Rebecca Michéle

Die Erbin von Clashmore House

Rebecca Michéle

Die Erbin von Clashmore House

Roman

Michéle, Rebecca: Die Erbin von Clashmore House. Hamburg,
Dryas Verlag 2022

1. Auflage 2022
ISBN 978-3-948483-74-6

Dieses Buch ist auch als E-Book erhältlich und kann über den Handel
oder den Verlag bezogen werden.
E-Book ISBN 978-3-948483-75-3

Lektorat: Christa Pohl, Heßdorf
Korrektorat: Sabrina Hirsch, Ober-Ramstadt
Satz: Dryas Verlag, Hamburg
Umschlaggestaltung: © Guter Punkt, München (www.guter-punkt.de)
Umschlagmotiv: © Polina Lebed / iStock / Getty Images Plus und
© Franco Bissoni / stock.adobe.com

Bibliografische Information der Deutschen Nationalbibliothek:
Die Deutsche Nationalbibliothek verzeichnet diese Publikation in der
Deutschen Nationalbibliografie; detaillierte bibliografische Daten sind
im Internet über http://dnb.d-nb.de abrufbar.

Der Dryas Verlag ist ein Imprint der Bedey und Thoms Media GmbH,
Hermannstal 119k, 22119 Hamburg.

EINS

Schottland – 1746

Das Quietschen der sich öffnenden Tür klang wie ein Schrei in der sonst stillen, tiefschwarzen Nacht.

»Wer ist da?« Heiser erklang eine Stimme aus dem Dunkel der windschiefen Bretterhütte.

»Ich bin es«, flüsterte die junge Frau und schlüpfte in die Kate. Erst nachdem sie die knarzende Tür hinter sich geschlossen hatte, entzündete sie die mitgebrachte Kerze. Die Fenster waren mit Läden verschlossen, so musste sie nicht fürchten, dass der Lichtschein nach draußen drang. Das nächste Haus lag zwar eine knappe Meile entfernt, dazwischen gab es nur freies, von Felsbrocken übersätes Hochland, in diesen Zeiten musste sie trotzdem vorsichtig sein und durfte nur wenigen Menschen vertrauen. »Ich bringe Euch Essen.«

Auf einem Strohsack in der Ecke kauerte eine Gestalt, die sich jetzt aufrichtete. Das Licht der flackernden Kerze fiel auf ein bartloses Gesicht mit vollen Lippen und hellbraunen Augen. Der Mann wirkte kaum älter als der freche Nachbarsjunge in ihrem Heimatdorf, der noch keine zwanzig war. Sie aber wusste, dass dieser Mann hier in der schmutzigen, zerrissenen Uniform, gerade mal vier Jahre älter, in seinem Leben bereits mehr erlebt hatte als andere in Jahrzehnten.

Dem mitgebrachten Korb entnahm sie einen in ein Tuch gewickelten Laib Haferbrot, ein Stück Käse und einen Krug Bier und legte alles auf den Hocker, das einzige Möbelstück in der kargen Behausung.

»Hat dich jemand gesehen?«, fragte er.

Sie schüttelte den Kopf. »Ich habe gewartet, bis alle zu Bett gegangen und die Lichter gelöscht waren.«

Er griff nach dem Krug, trank durstig, brach sich dann Stücke von Brot und Käse ab und kaute langsam.

»Das Brot ist trocken.«

»Verzeihung, Sir«, sagte sie leise. »Ich konnte nicht wagen, das frisch gebackene Brot mitzunehmen, in der Früh wäre es unweigerlich bemerkt worden. Morgen kann ich Euch vielleicht ein Stück Hammelbraten bringen.«

»Ich hasse Hammelbraten!« Unwillig runzelte er die Stirn. »Verdammt, wie lange muss ich noch in diesem Loch ausharren? Bis ich alt und grau bin oder bei lebendigem Leib von den Ratten aufgefressen werde?«

Sie verzichtete darauf, ihm zu sagen, dass es in der Hütte keine Ratten gab. Die Gegend war so karg, dass selbst die hässlichen Nager kaum Nahrung fanden.

»Der Herr, dem Ihr die Nachricht habt zukommen lassen, wird sich bestimmt bald melden.« Ihre Stimme klang hoffnungsvoller, als ihr zumute war. »Ihr müsst Euch gedulden, Sir.«

»Geduld …« Zum ersten Mal lächelte er und wirkte mehr denn je wie ein großer Junge. »Ich mag viele Tugenden haben, Geduld gehört nicht dazu.« Er musterte sie mit einem eindringlichen Blick, der ihr Schauer über den Rücken jagte. »Ich wollte nicht unhöflich sein«, sagte er versöhnlich, »schließlich habe ich dir mein Leben zu verdanken. Wie ist eigentlich dein Name, Mädchen?«

»Fionnghal.«

»Fionnghal«, wiederholte er. Er betonte den Namen mit dem weichen, singenden Akzent, der seiner Stimme zu eigen war. »Ein guter, alter schottischer Name.«

Sie nickte. »Einst gehörte meine Familie zu einem der größten und mächtigsten Clans der Inseln«, sagte sie stolz.

»Dann hat dein Vater für die große Sache tapfer gekämpft.« Es war eine Feststellung, keine Frage.

»Leider nicht, Sir. Er starb kurz nach meiner Geburt. Meine Mutter hat wieder geheiratet, und auch mein Stiefvater ist Euch ergeben.«

»Getreue gibt es inzwischen nur noch spärlich«, sagte er bitter.

»Ihr müsst Vertrauen haben, Sir. Mögt Ihr im Moment auch verloren haben, Eure Zeit wird kommen. Eines Tages wird Schottland wieder …«

»Nein, Mädchen!« Herrisch schnitt er ihr das Wort ab. »Ich mag zwar jung sein und des Lebens unerfahren – nichts weiter als ein haltloser Aufschneider, wie meine Feinde behaupten, die Realität sehe ich dennoch. Es ist vorbei, unwiderruflich vorbei. Ich hatte meine Chance, bin aber aufs Schändlichste hintergangen und verraten worden.«

Sie schwieg, denn ihr fiel kein Argument ein, das seine Meinung hätte widerlegen können. Auch wenn sie erst zweiundzwanzig Jahre zählte, in einer guten Familie behütet und in finanziellem Wohlstand aufgewachsen war, war sie dennoch nicht weltfremd. Es war mehr als unwahrscheinlich, dass der junge Herr ein weiteres Mal die Gelegenheit bekommen würde, sein von Gott gegebenes Recht einzufordern.

Er verspeiste den Käse und das Brot bis auf den letzten Krümmel, das Bier teilte er sich ein. Dann stand er auf.

»Ich möchte spazieren gehen, Mädchen.«

»Jetzt?«

»Es ist mitten in der Nacht, weit und breit ist kein Mensch, und wenn ich nicht an die frische Luft komme, werde ich noch verrückt.«

Aufmerksam sah sie sich um, als sie die Hütte verließen. Die Feinde lauerten überall. Nicht nur sein, auch ihr Leben wäre verwirkt, würden sie entdeckt. Am schwarzen Himmel funkelten vereinzelt Sterne, so konnten sie nur wenige Yards weit sehen. Fionnghal, die sich in der Gegend auskannte, führte ihn zum nahegelegenen See. Das Wasser war vollkommen ruhig, und er ließ sich auf einen Felsbrocken am Ufer nieder.

»Setz dich zu mir«, forderte er sie auf.

Der Stein war so schmal, dass sich ihre Körper berührten. Als er seinen Arm um ihre Schultern legte und sie an sich zog, verkrampfte sich ihr Körper.

Schmunzelnd fragte er: »Du hast doch nicht etwa Angst vor mir?«

»Nein, Sir, natürlich nicht«, versicherte sie hastig. Angst empfand sie in seiner Nähe wahrlich nicht.

»Ich bin dir sehr dankbar, Fionnghal. Deine nächtlichen Besuche sind die einzigen Lichtblicke in dieser trostlosen Zeit. Sag, Mädchen, hast du einen Liebsten?«

»Aber Sir!«

»So abwegig ist meine Frage nicht. Du bist eine attraktive junge Frau im heiratsfähigen Alter. Sag, gibt es jemanden, dem dein Herz gehört?«

Seine romantische Ausdrucksweise berührte sie. Er dachte wohl nicht daran, dass sie in naher Zukunft einen Mann würde heiraten müssen, den ihr Stiefvater ausgewählt hatte. Gefühle spielten in einer Ehe keine Rolle. Das war in ihren Kreisen üblich, und Fionnghal kannte es nicht anders. Wenn sie aufrichtig zu sich selbst war, dann musste sie sich eingestehen, dass es durchaus jemanden gab, der ihr Herz berührte, obwohl sie ihn erst wenige Tage kannte. Für sie war er der schönste Mann, der ihr je begegnet war. Ihn umgab eine Aura, der sie sich nicht entziehen konnte. Trotz seiner Jugend strahlte er etwas aus, das im letzten Jahr Tausende so sehr in den Bann gezogen hatte, dass sie ihm euphorisch gefolgt waren – viele bis in den Tod. Jeden Abend betete Fionnghal zu der Heiligen Jungfrau, sie möge dafür sorgen, dass er seinen Feinden bald entkommen konnte, auch wenn dies für sie bedeutete, ihn niemals wiederzusehen.

Sie räusperte sich. »Ich muss zurückgehen, Sir. Nicht, dass meine Mutter aufwacht und bemerkt, dass ich nicht in meinem Bett bin.«

Sie machte sich von ihm frei und stand auf. Auch er erhob sich, legte zwei Finger unter ihr Kinn und hob ihren Kopf. Er war nur wenig größer als sie, das schwache Mondlicht spiegelte sich in seinen schönen Augen.

»Bekomme ich einen Kuss, Fionnghal?« Sein charmantes Lächeln ging ihr durch und durch. »Mit einer süßen Erinnerung auf den Lippen könnte es mir gelingen, endlich Schlaf zu finden, anstatt mich ruhelos von einer Seite auf die andere zu wälzen, stets in der Furcht, mein Leben könnte jeden Augenblick vorbei sein.«

Sie atmete schneller und wehrte sich nicht, als sich seine vollen, sinnlichen Lippen auf ihre senkten. Alles in ihr schien bei diesem Kuss zu lodern, doch heftige Gefühle ließen sie wanken. Er würde sie verlassen, sie selbst tat alles dafür, damit es bald geschehen konnte. Niemals würde er in dieses Land zurückkehren können, ohne sein Leben aufs Spiel zu setzen. Heute und hier wollte sie den Moment jedoch genießen und nicht an die Zukunft denken.

Als seine geschickten Finger begannen, ihr Mieder aufzuschnüren, wusste sie, dass sie niemals einen anderen Mann derart innig würde lieben können.

ZWEI

Clashmore ...

Das länglich-schmale Ortsschild war zur Hälfte von einem üppig blühenden Ginsterbusch überwuchert. Pamela sah es erst im letzten Moment. Sie bremste ab und atmete erleichtert auf. Vor fünf Stunden war sie auf dem Flughafen von Glasgow gelandet, hatte den Mietwagen in Empfang genommen und sich durch den dichten, stockenden Verkehr auf der M8 erst nach Osten und dann nach Norden gequält. In der ersten Stunde hatte sich Pamela mit schweißnassen Händen ans Lenkrad geklammert. Zum ersten Mal in ihrem Leben fuhr sie einen Wagen mit Rechtssteuerung und im Linksverkehr musste sie sich erst zurechtfinden. Bei einem kleinen Rasthaus am Rand von Inverness hatte sie eine Pause eingelegt. Der Kaffee war gefriergetrocknet und lauwarm, der Schinken auf dem Sandwich hatte nach Gummi geschmeckt, aber die Waschräume waren einwandfrei sauber gewesen. Nach der Stadt waren die Straßen eng und kurvig geworden. Immer wieder hatte Pamela anhalten müssen, um sich auf der Straßenkarte, die ausgebreitet auf dem Beifahrersitz lag, zu orientieren.

Die Worte der Großmutter klangen in ihren Ohren: »Das Dorf Clashmore liegt am Fuß der Clashmore Berge, im Tal des Flusses Clashmore.«

Pamela hatte gelacht. »In Schottland hat wohl alles nur einen Namen.«

Louisa Davison war ernst geblieben. »Pam«, sie nannte ihre Enkelin meistens beim Kosenamen, »du wirst in Schottland eine völlig andere Landschaft und Infrastruktur als bei uns vorfinden. Atlanta hat zwar auch viele historische Gebäude aus dem 19. Jahrhundert, drüben jedoch«, Louisas Blick aus den sherryfarbenen Augen, die auch im Alter nichts von ihrem Glanz verloren hatten, verklärte sich, »in Schottland sind einhundert Jahre lediglich ein Wimpernschlag der Geschichte. Häuser, die so alt sind wie hier in Atlanta, gelten dort als Neubauten.«

»Hast du deine Heimat jemals vermisst, Grandma?«

»Meine Heimat ist Atlanta.« Entgegen ihrer entschlossenen Worte fiel ein Schatten über das runzlige Gesicht der Frau. Vor drei Wochen war Louisa Davison achtzig Jahre alt geworden, körperlich setzten ihr die typischen Alterswehwehchen zu, aber geistig war sie absolut fit. Sie streckte den Arm aus, ihre feingliedrigen Finger schlossen sich um das Handgelenk der Enkelin. »Pam, ich werde bald von dieser Erde abberufen werden. Nein, widersprich mir nicht«, rief sie, als Pamela den Mund öffnete. »Mit dem Tag unserer Geburt ist gewiss, dass wir sterben werden, der eine früher, der andere später. Mein Leben war erfüllt – nicht immer von Höhen geprägt, ich musste auch dunkle Täler durchschreiten und war manches Mal kurz davor zu verzweifeln, aber alles, was geschah, hat mich zu der Frau gemacht, die ich heute bin.«

Erwartungsvoll sah Pamela ihre Großmutter an. Sie kannte Louisa Davison als lebenslustige, optimistische Frau, immer ein Lächeln auf den Lippen und freundlich zu allen Menschen.

»Was hast du erlebt?«, fragte sie leise. »Was ist geschehen, das dich traurig gemacht hat?«

Louisa blieb die Antwort schuldig und wechselte das Thema: »Du hast alles? Die Flugtickets, die Buchungsbestätigung des Mietwagens, die richtigen Straßenkarten und die Unterlagen von Clashmore? Hast du alles verstanden oder noch Fragen? Du weißt, was du zu tun hast?«

Pamela nickte und klopfte auf die Umhängetasche, die neben ihrem Sessel stand.

»Mein Flug nach London geht morgen früh«, erwiderte sie. »Durch die Zeitverschiebung werde ich spät am Abend in Heathrow landen, dort in einem Hotel übernachten, und am nächsten Vormittag nach Glasgow weiterfliegen. So werde ich wohl in zwei Tagen in Clashmore sein. In dem Dorf muss ich mir eine Unterkunft suchen, aber du meinst, das sei kein Problem.«

Louisa nickte. »Es ist zwar Hauptsaison in Schottland, aber Clashmore liegt ziemlich abgelegen. Ich denke, du wirst ein gutes Bed & Breakfast im Dorf finden, in der Umgebung gibt es sicherlich kein Hotel.« Sie faltete die Hände im Schoß und sah Pamela eindringlich an. »Gebe Gott, dass alles reibungslos verläuft. Ich verlange sehr viel von dir, mein Kind. Wenn du die Angelegenheit lieber doch nicht machen willst, würde ich es verstehen.«

»Grandma!« Pamela beugte sich vor und küsste Louisas welke, warme Wange. »Du hast mich als Baby zu dir genommen, als dein Sohn, mein Vater, und meine Mutter gestorben sind. Du hast dich immer um mich gekümmert und dafür gesorgt, dass ich ein sorgloses und glückliches Leben hatte. Zum ersten Mal bittest du mich nun um einen Gefallen.« Schmunzelnd fügte sie hinzu: »Zumal du alle Kosten der Reise bezahlst, und ich wollte immer schon mal nach Europa.«

»Du rufst mich an, wenn du mit Mr Patterson gesprochen hast?«, fragte Louisa.

»Selbstverständlich, Grandma. Ich werde dem Makler Dampf machen, den Verkauf rasch abzuwickeln.«

Die Nachricht, dass ihre Großmutter ein Haus in Schottland besaß, hatte Pamela ziemlich überrascht, obwohl sie natürlich wusste, dass Louisa in Schottland geboren war. Nach dem Zweiten Weltkrieg war sie mit ihrem amerikanischen Mann in die Staaten gekommen und hatte diese seither nicht wieder verlassen. Da Louisa auf weitere Fragen nicht antwortete und sich in ihr Schneckenhaus zurückzog, wenn man versuchte, sie zu etwas zu drängen, hatte es Pam dabei belassen. Nun wollte Louisa das Haus verkaufen, weil es für sie ein Klotz am Bein war, doch die alte Frau wollte es nicht allein dem Makler und die anschließenden Vertragsverhandlungen den Anwälten überlassen und hatte deshalb ihre Enkelin gebeten, nach Schottland zu reisen, um den Verkauf persönlich in die Wege zu leiten und zu überwachen. Schriftlich hatte Louisa zu einem ansässigen Makler Kontakt aufgenommen und ein Treffen am Tag nach Pamelas Ankunft in Clashmore vereinbart.

»Vielleicht hat der Makler schon einen Interessenten für das Haus. Da ich keinen hohen Betrag möchte, wird es sicher Kundschaft geben. Aber ich muss dir noch was sagen, Pam.«

»Grandma?«

Louisa griff nach Pamelas Hand und drückte sie fest. »Hör mir jetzt gut zu, mein Kind. Bevor das Haus neue Besitzer bekommt, musst du eine Kassette finden. Sie ist aus schlichtem Holz, etwa so groß wie ein Schulheft. Wenn du sie gefunden hast, musst du sie vernichten. Am besten verbrennst du den Kasten.«

»Eine Kassette? Verbrennen?«, wiederholte Pamela konsterniert. »Was ist drin? Schmuck? Warum soll sie vernichtet werden?«

»Pamela Davison, ich kann und werde deine Fragen nicht beantworten. Du brauchst nicht mehr zu wissen. Du musst mir in die Hand versprechen, dass du, wenn du die Kassette findest, ihren Inhalt vernichten wirst!« Louisas Blick fixierte den ihrer Enkelin. »Bevor er nicht zerstört ist, darf das Haus auf keinen Fall in fremde Hände übergehen.«

Das klang geheimnisvoll und weckte Pamelas Neugier. Sie sagte: »Klar, ich mach's, Grandma. Wo finde ich die Kassette?«

»Ich kann dir nicht sagen, wo genau sie heute ist«, antwortete Louisa. »Geh zuerst in das Zimmer im ersten Stock am westlichen Ende des Korridors. Dort wirst du einen Schrank finden, wenn er überhaupt noch da ist. Schiebe ihn zur Seite. Ein hölzernes Wandpaneel ist locker. Vielleicht haben wir Glück, und die Kassette ist dort noch verborgen.«

»Ein Geheimversteck?« Pamelas Augen weiteten sich gespannt. »Was soll ich tun, wenn sie nicht da ist?«

»Dann musst du in den anderen Räumen suchen«, antwortete Louisa. »Ich habe dir alle Vollmachten ausgestellt, ergo kannst du im Haus frei ein und aus gehen und wirst ausreichend Zeit haben, nach der Kassette zu suchen. Wie ich dir bereits erklärte, kannst du in meinem Haus leider nicht wohnen.« Louise seufzte. »Clashmore steht schon lange leer, die Strom- und Wasserversorgung wird längst abgeschaltet sein, wenn die alten Leitungen überhaupt noch funktionieren. Deswegen kann ich für das Objekt auch nicht viel verlangen. Der neue Besitzer wird eine

Menge investieren müssen, um das Haus wieder bewohnbar zu machen.«

Zum ersten Mal kamen Pamela Zweifel, ob der Verkauf wirklich schnell über die Bühne gehen würde.

»Wer sollte so ein altes Haus haben wollen?«, fragte sie. »Nichts gegen ein bisschen Romantik, aber irgendwo im Nirgendwo ...«

»Viele Menschen suchen genau diese Einsamkeit und Ruhe, mein Kind.« Louisa küsste ihre Enkelin auf die Stirn. »Ich danke dir, dass du bereit bist, die weite Reise zu unternehmen und mir meinen letzten Wunsch zu erfüllen.«

»Ach, Grandma!« Lachend winkte Pamela ab. »Du wirst noch viele Wünsche haben und sie verwirklichen. Warum willst du mir nicht sagen, was es mit der ominösen Kassette auf sich hat?«

Bedeutungsvoll hob Louisa die Augenbrauen, und Pamela fragte nicht weiter. Sobald sie das Objekt gefunden hatte, würde sie wissen, was darin aufbewahrt wurde, denn die Großmutter hatte mit keinem Wort erwähnt, dass sie die Kassette nicht öffnen durfte.

Nun hatte sie ihr Ziel erreicht. In Flugzeugen konnte Pamela nicht schlafen, und die vergangene Nacht in London hatte den Jetlag auch nicht vertrieben. Heute würde sie früh zu Bett gehen, um morgen Nachmittag für das Treffen mit dem Makler ausgeruht zu sein. Zuerst brauchte sie aber eine gemütliche und saubere Unterkunft.

Durch das Dorf Clashmore zog sich eine lange, schnurgerade Straße, rechts und links kleine, zweistöckige Häuser. Pamela fragte sich, ob Louisas eines davon war. Wohl eher nicht, denn die Gebäude an der Hauptstraße waren alle in einem guten Zustand und sahen bewohnt aus.

Die genaue Adresse hatte Louisa ihr nicht genannt und gemeint, in den ländlichen Gegenden Schottlands gäbe es keine Straßennamen, in der Regel hätten die Häuser nur Namen.

Pamela bremste und hielt vor einem zweistöckigen Pub aus grauem Stein mit dunkelgrün gestrichenen Fensterläden. Über der ebenfalls grünen Holztür baumelte ein metallenes Schild mit der Abbildung eines jungen Mannes in altmodischer Kleidung und Lockenperücke und den verschnörkelten Worten *Bonnie Inn*. Sie stieg aus und drehte am Knauf. Die Tür war verschlossen.

»Ich mach' erst um sieben auf.«

Pamela fuhr herum. Sie hatte nicht bemerkt, dass ein gedrungener Mann mit einem struppigen, graugesträhnten Vollbart sich ihr genähert hatte. In seinem Mundwinkel hing eine brennende Zigarette. Obwohl Pamela nur mittelgroß war, reichte ihr der Mann gerade mal bis zur Schulter.

»Ich suche ein Zimmer«, sagte Pamela freundlich.

Die dunklen Augen des Mannes verengten sich, er musterte sie von oben bis unten.

»Bist nich' von hier, was?«

»Ich komme aus den Vereinigten Staaten«, antwortete Pamela ehrlich. Sein Auftreten und das leicht schmuddelige Äußere stießen sie zwar ab, aber sie sehnte sich nach einer heißen Dusche, einem herzhaften Essen und einem weichen Bett.

»Was willste hier? Kommen selten Fremde ins Dorf.«

Er nuschelte mit starkem Akzent, manche Wörter erahnte Pamela mehr, als dass sie sie verstand.

»Meine Großmutter ist Schottin. Ich möchte ihre Heimat kennenlernen. Vermieten Sie Zimmer?«

Der Mann schüttelte den Kopf, nahm die Zigarette aus dem Mundwinkel und deutete auf die gegenüberliegende Straßenseite.

»Versuch's bei Kirsty, die hat immer was frei. Das rote Haus mit den gelben Läden.«

»Danke. Gibt es in der Nähe ein Hotel?«

»Nee, wozu auch? Ich denk', in Beauly könnt's was geben. Weiß es aber nicht genau, war schon lange nicht mehr in der Stadt.«

Bei der Erwähnung von Beauly fiel Pamela ein, dass der Makler, den Louisa mit dem Verkauf ihres Hauses beauftragt hatte, dort sein Büro hatte. Vielleicht sollte sie sich besser in Beauly eine Unterkunft suchen? Andererseits war sie im Dorf Clashmore näher an Louisas Haus, in dem sie, neben dem Verkauf, eine Aufgabe zu erledigen hatte.

»Kann ich heute Abend bei Ihnen essen?«, fragte Pamela hoffnungsvoll.

»Nee, hab' niemanden, der kocht. Bier und 'nen guten Whisky kannste haben. Von beidem hab' ich reichlich.« Er tippte sich an die Stirn und schlurfte ohne Abschiedsgruß davon.

Pamela stieg wieder in den Wagen, fuhr ein paar Meter weiter die Straße entlang und in die Einfahrt des beschriebenen Hauses. Es war dreistöckig, im viktorianischen Stil erbaut, rechts und links neben dem Eingang zwei Erker mit bodentiefen Fenstern, die sich über zwei Stockwerke erstreckten. Das Haus sah ansprechend aus. Pamela wuchtete den Hartschalenkoffer, eine Reisetasche und ihr Beautycase aus dem Kofferraum und schleppte das Gepäck die drei Stufen zur Eingangstür hinauf. Sie war nur angelehnt. Pamela trat in eine kleine Lobby mit einem runden Tisch, zwei Stühlen und einem Tresen, der so etwas wie die Rezeption darstellte. Aus dem hinteren Bereich, der mit einem dunkelblauen Vorhang von der Lobby abgetrennt war, drangen die typischen Kommentare eines Fußballspiels.

»Hallo? Ist hier jemand?«

Als niemand erschien, schlug Pamela auf die Messingklingel auf dem Tresen. Prompt trat eine Frau hinter dem Vorhang hervor. Sie trug ein ärmelloses, mit bunten Blumen bedrucktes, Sommerkleid und war so füllig, dass ihr Kinn nahtlos in ihren Hals überging.

»Latha math«, begrüßte sie Pamela in gälischer Sprache und lächelte, dabei verschwanden ihre Augen nahezu in den umliegenden Hautfalten.

»Guten Tag«, erwiderte Pamela den Gruß. »Ich bin auf der Suche nach einem Zimmer.«

»Hm …« Die Frau kratzte sich am Kinn. Ihr Blick fiel auf Pamelas umfangreiches Gepäck, ein Lächeln zuckte in einem Mundwinkel. »Ich muss sehen, ob noch was frei ist. Ist schließlich Hauptsaison.« Sie nahm ein Buch und blätterte durch die Seiten.

An der Wand hinter ihr hingen vier altmodische Schlüssel mit Nummern. Für Pamela sah es nicht danach aus, als sei die Pension überfüllt. Dennoch wartete sie geduldig.

»Nummer drei ist frei«, sagte die Frau schließlich.

Pamela trat näher. »Wo muss ich mich eintragen?«

»Das ist nicht nötig. Ich brauche nur Ihren Namen.«

»Pamela Davison.«

»Ich bin Kirsty.«

»Kirsty …?«

»Lennox, für Sie einfach nur Kirsty.« Sie schmunzelte. »Wie lange werden Sie bleiben, Pamela?«

»Ich weiß es noch nicht.«

»Machen Sie Urlaub in Schottland?«, stellte Kirsty die nächste Frage. Wie der bärtige Mann verbarg sie nicht ihre Neugier. »Sie kommen aus Amerika, richtig?«

»Beides Mal ein Ja«, antwortete Pamela. »Ich würde jetzt gern auf mein Zimmer gehen. Kann ich bei Ihnen einen Kaffee und ein Sandwich bekommen?«

»Ein Wasserkocher ist auf dem Zimmer, zu essen mache ich nichts.«

Pamela hatte es befürchtet. In ihrem Magen klaffte inzwischen ein großes Loch. Hoffnungsvoll fragte sie: »Und Abendessen?«

Kirsty schüttelte den Kopf. »Bei mir gibt's nur Frühstück. Versuchen Sie es bei Morag, die Straße hinunter. Sie macht die besten Sandwiches im ganzen Clashmore Valley.«

Pamela nahm den Schlüssel mit dem klobigen Holzgriff, auf dem die Nummer 3 in knallroter Farbe aufgemalt war, und griff nach ihrem Koffer.

»Colin!«, rief die Frau und schob den Vorhang beiseite. »Bring unserem Gast das Gepäck auf Zimmer drei.«

»Doch nicht jetzt! Die Rangers haben gegen die Celtics ein Tor geschossen, und Larsen kann …«

»COLIN!« Kirstys Stimme wurde scharf. »Du kommst sofort her und hilfst Ms Pamela!«

»So ein Scheiß aber auch.«

»Colin, reiß dich zusammen!« Mit einem verlegenen Ausdruck sah sie zu Pamela. »Mein Sohn ist gerade in einem schwierigen Alter.«

Ein mittelgroßer, kräftig gebauter Teenager mit einem runden Gesicht und schulterlangen, strähnigen Haaren trottete aus dem Hinterzimmer. Er trug verwaschene Jeans und ein schmuddeliges T-Shirt. Aus wasserhellen Augen musterte er Pamela so unwillig, dass sie nahe dran war zu sagen, sie könne ihr Gepäck allein aufs Zimmer bringen. Colin schnappte sich den Koffer und die Reisetasche und stapfte die mit einem roten Teppich belegten Stufen hinauf. Pamela nahm das Beautycase und folgte ihm. Vor der rechten Tür im ersten Stock ließ er das Gepäck fallen, murmelte: »Rein schaffen Sie es wohl selbst«, und lief, zwei Stufen auf einmal nehmend, die Treppe hinunter. Gleich darauf hörte Pamela, wie der Ton des Fernsehers lauter gedreht wurde, und dass die Mannschaft der Rangers ein weiteres Tor geschossen hatte.

Das Zimmer war quadratisch mit einem der Erkerfenster mit den bodentiefen Scheiben. Die Einrichtung war einfach und zweckmäßig. An der Wand befand sich das Waschbecken, eine weitere Tür, die in ein Badezimmer führte, gab es nicht. Sie ging zurück in den Flur und öffnete die Tür am Ende des Ganges. Hier fand sie das Badezimmer, musste aber feststellen, dass es keine Duschkabine gab. Lediglich eine Badewanne mit zwei Wassereinläufen und keine Handbrause. Pamela drehte am Hahn mit der verschnörkelten Aufschrift *Hot*. Es blubberte in der Leitung, alles, was jedoch herauskam, war ein Rinnsal. Und das war nicht mehr als lauwarm.

»Ziemlich rückständig«, murmelte Pamela. Notgedrungen würde sie heute auf ein Bad verzichten müssen. Nun, wenn alles glattging, war Louisas Haus in ein paar Tagen verkauft. Dann wollte Pamela nach Edinburgh fahren, sich in ein schickes Hotel einmieten und die Sehenswürdigkeiten der Stadt ansehen. Grandma war so großzügig, dass sie ihr erlaubte, noch ein paar Tage Urlaub dranzuhängen.

Urlaub … Pamela seufzte. Sie war ohne Arbeit und hatte immer Urlaub. Das war einer der Gründe, warum sie Louisas Bitte ohne zu zögern gefolgt war. Die Trennung von Joe hatte sie noch nicht verarbeitet, obwohl sie es gewesen war, die gegangen war. Vor drei Jahren hatte sie das Medizinstudium aufgegeben, weil Joe – ein erfolgreicher Schönheitschirurg – gemeint hatte, er brauche eine Frau, die ihm den Rücken freihält. Pamela hatte in einer prächtigen Villa am Stadtrand von Atlanta gewohnt, inmitten eines weitläufigen Gartens, der ebenso wie das große Haus und der Pool von Dienstboten gepflegt und instandgehalten wurde. Regelmäßig empfingen sie Gäste oder waren zu Dinnerpartys eingeladen, die Wochenenden verbrachten sie mit Tennis, auf dem Golfplatz oder beim Tanzen. Es war ein Luxusleben, das Pamela zunächst wie ein Traum vorgekommen war. Bald schon aber war ihre Beziehung zu Joe für Pamela zu einem Albtraum geworden, denn er sah sie als seinen Besitz an. Einen attraktiven, charmanten Besitz, den er seinen Freunden und solchen, die sich als Joes Freunde bezeichneten, präsentierte, um von ihnen beneidet zu werden. Er mochte ein ausgezeichneter Arzt sein, der mit dem Skalpell viele Frauen glücklich machte, privat war er ein Egomane und Narzisst. Über jeden Schritt, den Pamela ohne ihn tat, musste sie Rechenschaft ablegen, schließlich untersagte er ihr jegliche Kontakte zu ihren früheren Bekannten. Selbst die Besuche bei Grandma Louisa versuchte Joe zu unterbinden. Vor sechs Monaten hatte es ihr dann endgültig gereicht. Pamela hatte einzig ihre persönlichen Sachen, mit denen sie in die Villa eingezogen war, zusammengepackt und war heulend bei Louisa angekommen. Die alte Frau hatte keine Fragen gestellt, sondern ihre Enkelin tröstend in die Arme genommen, ihren köstlichen New York Cheesecake gebacken, für den Pamela alles andere stehen ließ, und das Bett in ihrem früheren Kinderzimmer frisch bezogen. Sie hatte Pamela auch nicht gedrängt, wieder zur Universität zu gehen oder sich einen Job zu suchen, und Pamela fühlte sich noch nicht dazu bereit. Joe war es gelungen, sie in Selbstzweifel zu stürzen. Regelmäßig hatte er ihr klargemacht, sie sei ohne ihn ein Nichts, ein Niemand, nur von ihm abhängig. Sie fühlte sich so unwichtig und bedeutungslos, als könnte ihr im Leben nie wieder etwas gelingen. Erst in den letzten Wochen war es langsam besser geworden, und dass Louisa diese verantwortungsvolle Aufgabe ausgerechnet ihr anvertraute, hatte Pamela einen Schub in Richtung Normalität gegeben. Lange genug hatte sie ihre Wunden geleckt, jetzt war es an der Zeit, das Leben mit beiden Händen wieder anzupacken und nach vorne zu blicken.

Nachdem Pamela ihren Koffer ausgepackt und ihre Kleidung in dem geräumigen Kleiderschrank verstaut hatte, spritzte sie sich Wasser ins Gesicht und zupfte ihr kinnlanges, dunkelblondes Haar zurecht. Ein lautes Knurren im Magen riet ihr, auf Make-up zu verzichteten, um schneller zu etwas Essbarem zu kommen.

Die Übertragung des Fußballspiels war inzwischen beendet, denn von hinter dem Vorhang hörte Pamela einen Mann über das Balzverhalten von Fasanen sprechen. Von Kirsty und ihrem Sohn war nichts zu sehen. Pamela verließ das Haus und wandte sich nach rechts. *Am Ende der Straße* hatte Kirsty erklärt, gäbe es Sandwiches. Pamela erreichte das kleine Café nach wenigen Minuten. *Morag's Sandwiches* war in halbbogenförmiger blauer Schrift auf das Schaufenster gepinselt. Die Tür war allerdings verschlossen. Pamela klopfte und rief: »Hallo!«, doch im Café regte sich nichts. Vergeblich suchte sie nach einem Schild mit den Öffnungszeiten. Verflixt, es war doch erst sechs Uhr! Sie blickte die Straße entlang. Das Dorf hatte weder einen Bäcker noch Metzger, aber am Ende der Hauptstraße sah sie ein kleines Lebensmittelgeschäft. Pamela eilte auf das Haus zu, erkannte aber schon von Weitem, dass auch dieser Laden geschlossen war. Wie bei *Morag's* gab es auch kein Schild mit den Verkaufszeiten. Pamela vermutete, dass wohl jeder öffnete und schloss, wie es ihm gerade in den Kram passte. Sie dachte daran, zurück nach Inverness zu fahren, verwarf den Gedanken aber gleich wieder. Auch wenn im Sommer in den Highlands die Sonne erst spät unterging – sie war erschöpft und müde und wollte nicht riskieren, hinter dem Steuer einzuschlafen.

»Hoffentlich gibt's morgen ein gutes Frühstück«, murmelte sie, vergrub die Hände in den Jackentaschen und kehrte in die Pension zurück. Wenigstens konnte sie sich im Zimmer eine Tasse Tee aufbrühen, und ein Abend ohne Essen schadete ihrer Figur nicht. Joe hatte immer gesagt, an ihrem Körper gäbe es einige Problemzonen, an denen er Fett absaugen und die Haut straffen wollte. Pamela war froh, sich geweigert zu haben, dass Joe aus ihr ein Püppchen nach seinen Vorstellungen formte. Sie war zwar nicht dick, aber eine Frau mit weiblichen Rundungen, und inzwischen stand sie dazu. Ein weiterer, wichtiger Schritt beim Aufbau ihres Selbstwertgefühls.

Nach acht Stunden in tiefem, traumlosem Schlaf erwachte Pamela, als sie ein Sonnenstrahl an der Nase kitzelte. Zuerst dachte sie, sie hätte verschlafen. Der Blick auf den Wecker auf dem Nachttisch sagte ihr aber, dass es erst zehn Minuten vor sechs Uhr war. Trotzdem stand sie auf, ging zum Fenster und schob es nach oben. Pamela sog die reine, frische Luft, in der ein Hauch von Torf lag, tief in ihre Lungen. Ihr Blick ging über die Dächer der Häuser auf der gegenüberliegenden Straßenseite, dahinter breitete sich eine grüne, hügelige Landschaft aus. Am Horizont erhoben sich karge, felsige Berge in einen nahezu wolkenlosen Himmel. In ihrem dünnen Pyjama fröstelte Pamela. Die Sonne täuschte. Ein Morgen in den Highlands war auch im Hochsommer kühl.

Pamela schlüpfte in ihren Bademantel, schnappte sich den Kulturbeutel und tappte durch den Korridor zum Badezimmer. Im Haus war alles noch still. Sie sehnte sich danach, sich richtig waschen zu können, und öffnete die beiden Wasserhähne an der Badewanne. Es dauerte fünfzehn Minuten, bis die Wanne so weit mit warmem Wasser gefüllt war, dass sie zumindest ein Sitzbad nehmen konnte. Das Haarewaschen war eine weitere Herausforderung. Es blieb ihr nichts anderes übrig als die bereitstehende, altmodische Porzellankanne immer wieder mit Wasser zu füllen, um sich das Shampoo auszuspülen. Glücklicherweise waren ihre Haare glatt und nur kinnlang, sonst hätte die Prozedur sicher länger gedauert. Pamela hüllte sich gerade in ihren Bademantel, als es an der Tür klopfte.

»Einen Moment, ich bin gleich fertig.«

Sie hörte eine weibliche Stimme mit einem harten Akzent rufen: »Lassen Sie sich Zeit, ich habe es nicht eilig.«

Als Pamela das Badezimmer verließ, traf sie auf eine junge Frau mit raspelkurzen, blonden Haaren. Sie trug ebenfalls einen Bademantel, unter ihrem Arm klemmte ein pinkfarbener Kulturbeutel.

»Hi, ich bin Rosemary«, stellte sie sich vor. »Blöd, dass es nur ein Badezimmer gibt. Gestern Abend waren mein Freund und ich aber zu müde, um nach einer anderen Unterkunft zu suchen.«

»Mir erging es ebenso«, erwiderte Pamela. Rosemary war ihr auf Anhieb sympathisch, ihren Akzent konnte sie indes nicht einordnen. Sie war keineswegs Schottin, wahrscheinlich auch keine Engländerin.

Zehn Minuten später hatte Pamela die Haare geföhnt, war angezogen und ging mit laut knurrendem Magen hinunter. Das Frühstück wurde in dem Zimmer serviert, das direkt unter ihrem lag und ebenfalls einen Erker mit bodentiefen Fenstern hatte.

Kirsty begrüßte sie mit einem freundlichen Lächeln und erkundigte sich, ob sie gut geschlafen hatte.

»Wie ein Murmeltier«, antwortete Pamela fröhlich, denn sie hatte den Tisch entdeckt, auf dem Cornflakes, Obst, Joghurt und Milch standen. »Wo darf ich mich setzen?«

»Wo Sie wollen, Pamela.«

Sie wählte den Tisch im Erker mit Blick auf die Straße, und Kirsty fragte sie, wie sie ihre Eier mochte. Pamela entschied sich für Spiegeleier. Ihre Erwartung an das Frühstück wurde nicht enttäuscht, bis in einem Punkt: Auch hier gab es nur gefriergetrockneten Kaffee, den sich die Gäste mit heißem Wasser aus dem Wasserkocher selbst zubereiteten. Offenbar waren Filterkaffeemaschinen in Schottland unbekannt. Pamela brühte sich dann doch lieber einen Schwarztee auf, der in vier verschiedenen Sorten angeboten wurde. Neben dem Spiegelei wurden ihr zwei kleine, fette Schweinewürstchen, zwei kross gebratene Speckscheiben, eine Schöpfkelle gebackene Bohnen in Tomatensoße, gebratene Tomaten und Champignons, frittierte Kartoffelecken und Buttertoast serviert. Pamela mundete alles bis auf die Scheibe gebratener Blutwurst, die sie auf dem Teller zurückließ. Zum Nachtisch nahm sie sich einen Apfel aus dem Obstkorb. In diesem Moment kamen die junge, blonde Frau und ein großer, schlaksiger Mann in den Frühstücksraum. Er nickte Pamela zu.

»Ich bin Heiko.« Einen solchen Namen hatte Pamela nie zuvor gehört, und er fügte grinsend hinzu: »Rosemary und ich kommen aus der Schweiz. Eigentlich heißt sie Rose-Marie, das kann hier aber niemand aussprechen, auch nicht meinen Namen.«

»Wir wandern durch die westlichen Highlands«, erklärte Rosemary. »Machen Sie auch Urlaub in Schottland?«

Pamela nickte. Sie sah keine Veranlassung, dem jungen Paar, mochten sie noch so sympathisch sein, den Grund ihres Aufenthaltes in Clashmore zu erklären. Sie wünschte ihnen guten Appetit beim Frühstück und suchte nach Kirsty. Sie fand sie in der kleinen Küche, wo die Wirtin das benutzte Geschirr per Hand abwusch. Einen Geschirrspüler gab es anscheinend ebenso wenig wie eine Kaffeemaschine.

»Kirsty, darf ich Sie etwas fragen?«

»Nur zu, wenn ich die Antwort weiß.«

»Wo finde ich das Clashmore House?«

Aus Kirstys fleischigen Wangen wich alle Farbe, eine Tasse entglitt ihren Händen und zersprang auf dem hellen Fliesenboden. Kirsty schien es nicht zu bemerken. »Das Clashmore House?«, wiederholte sie heiser. »Warum wollen Sie das wissen?«

»Ich möchte mir das Haus ansehen.«

»Warum?«

Mit gerunzelter Stirn antwortete Pamela: »Man hat mir von dem Haus erzählt. Es soll sich in diesem Dorf oder zumindest in der Nähe befinden.«

Kirsty sah sie nicht an. Dem Schrank unter dem Spülbecken entnahm sie einen Handbesen und eine Schaufel, bückte sich und fegte die Scherben zusammen. Dabei atmete sie schwer, was bei ihrer Körperfülle wohl von der

Anstrengung des Bückens kam, und war sichtlich nervös. Pamela bemerkte das Zittern ihrer Hände.

»Können Sie mir nun sagen, wie ich zum Clashmore House komme oder nicht?«, fragte Pamela ungeduldig. »Sonst frage ich jemand anderen.«

»Das ist nicht nötig«, murmelte Kirsty, ohne Pamela anzusehen. »Ja, das Haus ist in der Nähe. Ich an Ihrer Stelle würde aber einen großen Bogen darum machen.«

»Warum? Spukt es dort etwa?«, fragte Pamela amüsiert. »Ich fürchte mich nicht vor weißen Frauen und kopflosen Reitern.«

Kirsty hob den nun hochroten Kopf und sah Pamela tadelnd an. »Nein, Geister gibt es in den Mauern von Clashmore keine, trotzdem sollten Sie besser nicht dorthin gehen. Es gibt in der Gegend andere Sehenswürdigkeiten, die sich mehr lohnen.«

»Wären Sie trotzdem so freundlich, mir den Weg zu beschreiben?«

Schwer atmend, eine Hand auf den Rand des Spülbeckens gestützt, zog sich Kirsty auf die Füße. »Nun gut, wenn Sie darauf bestehen. Sie müssen ja wissen, was Sie tun«, murmelte sie. »Aber beklagen Sie sich nachher nicht, ich hätte Sie nicht gewarnt. Nehmen Sie die Straße nach Westen, biegen Sie nach dem Wäldchen links ab, dann immer geradeaus. Der Weg endet direkt vor Clashmore House.«

»Das klingt, als läge es ziemlich weit außerhalb«, bemerkte Pamela nachdenklich.

»Etwa zwei Meilen, können auch drei sein«, erwiderte Kirsty. »Genau weiß ich es nicht, ich gehe nie dorthin.«

Pamela dankte und verließ die Küche, Kirstys Blicke im Rücken körperlich spürend. Auf die Reaktion der Wirtin konnte sie sich keinen Reim machen, nur vermuten, dass sich um Clashmore House wohl eine Legende rankte. Ihre Großmutter hatte ihr erzählt, in Schottland gebe es kaum ein altes Haus, in dem angeblich nicht irgendwann etwas Schreckliches geschehen war und es deshalb nicht mit rechten Dingen zuging. Clashmore House stand seit über fünfzig Jahren leer, kein Wunder, wenn die Einheimischen dachten, mit dem Haus stimme etwas nicht. Kirstys nebulöse Andeutungen hatten jedoch Pamelas Neugier geweckt. Sie wollte nicht bis zu dem Termin mit dem Makler am Nachmittag warten, sondern gleich einen Blick auf Louisas Haus werfen und sich einen ersten Eindruck verschaffen. Eigentlich hatte sie zu Fuß gehen und die frische Luft genießen wollen, wenn es aber wirklich drei Meilen waren, nahm sie besser den Wagen. Dass Louisas Haus so weit vom Dorf entfernt war, hatte sie nicht erwartet. Wer es kaufte, musste die Einsamkeit besonders lieben.

Kirsty hatte den Weg gut beschrieben, allerdings nicht erwähnt, dass die Straße nach dem Wald keine richtige Straße, sondern ein schlechter Feldweg war. Pamelas Mietwagen, ein Vauxhall Corsa Mk I, hatte sie zwar gut vom Flughafen Glasgow in die westlichen Highlands gebracht, für einen schmalen Pfad war er denkbar ungeeignet. Die Erde war matschig, in den Pfützen stand brackiges Wasser, und in der Mitte wucherten Gras und Unkraut. So schlecht der Weg auch war – irgendwie war es auch romantisch. Die Wipfel des hohen, dichten Gebüsches berührten sich über dem Weg und bildeten einen grünen Tunnel. Vor einem großen Schlammloch hielt Pamela an. Sie wollte nicht riskieren, dass sich der Wagen im Dreck festfuhr. Das Dorf war gute zwei Meilen entfernt, und in diese einsame Gegend verirrte sich wohl nur selten jemand. Pamela erinnerte sich daran, dass Joe mehrmals davon gesprochen hatte, sich ein mobiles Telefon anzuschaffen, das man überall hin mitnehmen und telefonieren konnte. Diese Teile waren jedoch recht klobig, zudem horrend teuer, außerdem bezweifelte Pamela, in den Highlands überhaupt Empfang zu haben. Nicht einmal das Mobilfunknetz des Bundesstaates Georgia war lückenlos erschlossen, und Amerika war sicher deutlich fortschrittlicher als Schottland. Sofort leistete Pamela stumme Abbitte über diesen Gedanken. Bisher hatte sie kaum etwas von Schottland gesehen und wollte kein vorschnelles Urteil fällen. Aber die beiden Hähne am Waschbecken und der Badewanne und die fehlende Brause waren wirklich nicht gerade fortschrittlich.

»Langsam bezweifle ich immer mehr, dass das Haus überhaupt jemand kaufen wird«, murmelte sie vor sich hin. Wenn der Feldweg die einzige Zufahrt war, musste der neue Eigentümer eine Menge Geld in die Hand nehmen, um eine asphaltierte Straße bauen zu lassen, denn im Winter, wenn Schnee lag, war hier wohl nur schwer ein Durchkommen.

Kirsty hatte nicht gesagt, wie weit es genau war, doch sie wollte lieber zu Fuß weitergehen. Beim Aussteigen versank sie bis zu den Knöcheln im Matsch. Er drang feucht und kalt von oben in ihre Schnürschuhe ein.

»Na, prima!«, rief sie ärgerlich. »Hoffentlich bekomme ich die Dinger jemals wieder sauber.« Zum Glück hatte sie ein zweites Paar feste Schuhe mitgenommen, wozu ihr Louisa geraten hatte.

In der mittigen Grasnarbe ging sie weiter, da diese einigermaßen trocken war. Der Weg machte bald eine scharfe Biegung nach rechts, dann führte er etwa zweihundert Yards steil nach oben auf einen Hügel. Pamela geriet ins Schnaufen. Sie musste unbedingt mehr Sport treiben! Im letzten halben Jahr hatte sie sich treiben lassen und kaum etwas unternommen. Neben ihr im Gebüsch raschelte es, ein Kaninchen hoppelte unmittelbar vor ihr über den Weg, wenige Meter weiter sah sie einen Fasan. Idyllisch lag das Haus sicherlich. Sie fragte sich, wie Louisa früher hier gelebt und was sie getan hatte. Es musste ein einsames Leben gewesen sein, weit entfernt von irgendwelchen Vergnügungen. Sie rief sich in Erinnerung, dass in der Zeit, als ihre Großmutter ein junges Mädchen gewesen war, die Begriffe *Vergnügen* und *Unterhaltung* anders als heute definiert waren. Vor sechzig Jahren hatte es keine Diskotheken gegeben, und auf dem Land war es sicher nicht üblich gewesen, regelmäßig Kinos, Theater und Konzerte zu besuchen. Pamela bedauerte, nicht mehr über die Kindheit und Jugend ihrer Großmutter zu wissen, aber sie hatte Louisa auch nie explizit nach ihrer Vergangenheit gefragt. Früher hatte es Pamela nicht interessiert, und dann war sie zu sehr in Selbstmitleid über die Trennung von Joe versunken gewesen.

Pamela schätzte, etwa eine halbe Meile von ihrem Wagen entfernt zu sein, als sie die Kuppe des Hügels erreichte und sich die Bäume und das Gebüsch lichteten. Der Blick ging frei in ein schmales Tal, durch das ein Bach gurgelte. Hier stand ein dreistöckiges Haus, zwei Enden von runden, mit Zinnen bewehrten Türmen flankiert, aus deren Spitze jeweils zwei weitere, kleine Türmchen wie Ableger einer Pflanze hervorwuchsen. Ein Dutzend Kamine ragten aus dem Flachdach empor, die bleiverglasten Fenster im Erdgeschoss waren klein, die Front nahezu vollständig mit Efeu überwuchert.

»Das ist ja ein kleines Schloss!« Laut dröhnte Pamelas Stimme in der Stille der Natur. Grandma hatte nicht erwähnt, dass sich ihr Haus in der Nähe eines herrschaftlichen Gebäudes befand, das einer alten Ritterburg glich.

Louisas Haus war wohl eines der Cottages, die früher die Pächter oder höhergestellten Bediensteten bewohnten. Da aus zwei der Kamine Rauch aufstieg, musste das schlossartige Anwesen bewohnt sein. Pamela wollte hingehen und nach dem Haus ihrer Großmutter fragen.

Im Tal angekommen sah sie, dass sich um das Grundstück eine meterhohe, zum Teil mit Unkraut überwucherte Mauer, zog. Ein großes Eingangstor war zwar vorhanden, um die massiven Eisenstäbe schlang sich allerdings eine rostige Kette mit einem Sicherheitsschloss. Es schien, als sei das Tor lange nicht mehr geöffnet worden. Pamela spähte durch die Gitterstäbe auf das etwa fünfzig Yards entfernte Haus. Aus der Nähe sah es längst nicht mehr so beeindruckend oder gar prachtvoll aus. Wo die Fassade nicht vom Efeu überwuchert war, bröckelte der Putz ab, die Mehrzahl der hölzernen Fensterrahmen waren morsch, die Scheiben schmutzig, die Fenster der oberen Stockwerke mit Brettern vernagelt. Auch auf dem Vorplatz und zwischen den Ritzen der fünf Steinstufen zur Eingangstür hinauf wucherten Unkraut und kleine gelbe Blüten. Weit und breit war keine Menschenseele zu sehen. Wäre nicht der Rauch aus den Kaminen, würde Pamela vermuten, das Haus sei unbewohnt.

Links neben dem Tor verlief entlang der Mauer ein Trampelpfad. Pamela folgte ihm, kam um eine Ecke und fand eine niedrige Pforte, halb zugewachsen von einem Busch mit blauen Blüten. Sie drückte auf die Klinke. Zu ihrer Freude sprang die Tür auf, und sie trat in einen erstaunlich gut gepflegten Garten auf der Westseite des Hauses. In mehreren Beeten wuchsen Kräuter wie Petersilie, Schnittlauch, Rosmarin und Thymian, in anderen gediehen Tomaten, Kohlrabi und verschiedene Blattsalate. Etwas weiter entfernt standen fünf mächtige Apfelbäume, die Kronen voll mit faustgroßen, gelb-roten Früchten, daneben eine üppige Hecke mit reifen, saftigen Brombeeren.

Pamela sah sich um. Der im Gegensatz zu der Verwahrlosung des Hauses akkurat angelegte Garten wies darauf hin, dass hier jemand wohnte. Sie fragte sich, wie die Leute auf das Grundstück kamen, wohl kaum durch die niedrige Pforte. Es musste eine zweite Einfahrt geben, die auch mit dem Auto passiert werden konnte – sofern man nicht schon auf dem Feldweg scheiterte. Wahrscheinlich fuhren die Leute hier Jeeps, um durch das unwegsame Gelände hierher zu gelangen. Einen Wagen konnte sie nicht entdecken, lediglich ein rostiges Fahrrad lag auf der Terrasse, die sich über die Westseite des Hauses zog und sich ebenso ungepflegt wie der Eingangsbereich präsentierte.

Sie hörte den Kies knirschen und drehte sich um. Ein riesiger Mann, sicher an die zwei Meter groß und mit Schultern wie ein Kleiderschrank, bog um die Ecke. Er schob eine Schubkarre vor sich her. Beim Anblick von Pamela blieb er stehen und blaffte: »Wie kommen Sie hier herein?«

Weder seine tiefe, raue Stimme noch sein Gesichtsausdruck waren freundlich. Am meisten überraschte Pamela jedoch seine Kleidung. Er trug eine eierschalenfarbene, mit einem Strick um die Taille gehaltene Kutte mit einer Kapuze, die locker auf seinen Schultern lag. Die bloßen Füße steckten in offenen Sandalen. Pamela schätzte ihn auf etwa fünfzig Jahre. Am auffälligsten waren seine blanke Glatze und zwei pechschwarze Augen, die sich stechend auf Pamela richteten.

»Entschuldigen Sie die Störung, Mister«, sagte Pamela und fragte sich, ob sie wohl in ein Kloster geraten war. Oder hatten schottische Gärtner die Vorliebe, sich wie Mönche zu kleiden? Unwillkürlich lächelte sie.

»Was machen Sie hier? Sie befinden sich auf Privatbesitz.«

»Ich wollte Sie nicht stören«, antwortete Pamela sanft. »Ich suche lediglich Clashmore House.«

»Warum?«

»Es muss ganz in der Nähe sein«, fuhr Pamela fort.

»Wer hat Ihnen das gesagt?«

»Die Leute im Dorf«, antwortete Pamela und verstand plötzlich, warum Kirsty sich so seltsam verhalten hatte, als sie nach dem Haus fragte. Dieser Typ gehörte nicht unbedingt zur freundlichen und hilfsbereiten Sorte Mensch.

»Wer sind Sie?« Seine Augen verengten sich, eine steile Falte bildete sich über seiner Nasenwurzel.

Pamela wurde langsam ungeduldig. »Hören Sie, es tut mir leid, dass ich einfach Ihren Garten betreten habe, aber vorn am Tor ist keine Klingel oder irgendetwas, mit dem ich mich hätte bemerkbar machen können.«

»Aus gutem Grund«, murrte der Hüne. »Wir wollen keinen Besuch.«

»Sagen Sie mir einfach, wo ich das Clashmore House finde, dann bin ich auch wieder weg.«

»Verschwinden Sie!« Der Mann beugte sich vor und zog eine Harke aus der Schubkarre. Pamela wich zurück.

»Meine Güte, ich wollte nichts anderes als eine harmlose Auskunft! Stellt Ihr Verhalten etwa die viel gerühmte schottische Gastfreundschaft dar?« Pamela schüttelte verwundert den Kopf über sein feindliches Gebaren. »Ihrer Kleidung nach sind Sie ein Mann Gottes. Bisher war ich der Meinung, als solcher sollten Sie allen Menschen gegenüber höflich sein.«

Ihre Worte machten keinen Eindruck auf den ungehobelten Kerl, denn er blaffte: »Gehen Sie und kommen Sie niemals wieder! Vergessen Sie Clashmore House und dass

Sie jemals hier gewesen sind. Beim nächsten Mal werde ich Sie nicht so freundlich auffordern zu gehen.«

Den Stiel der Harke mit beiden Händen umklammert, die dichten, dunklen Brauen über der Nase zu einer Linie zusammengezogen kam er näher. Pamelas Selbstsicherheit schwand. Sie glaubte zwar nicht, dass der Mann ihr wirklich etwas antun würde, dennoch wollte sie es lieber nicht herausfinden. Sie drehte sich um und lief zu der Pforte. Über die Schulter warf sie einen Blick zurück. Der Glatzköpfige folgte ihr, und kaum war sie auf der anderen Seite der Mauer angelangt, wurde die Tür zugeschlagen und der Schlüssel im Schloss gedreht.

»So ein Grobian!«, schimpfte sie und merkte, dass ihre Knie zitterten. Zum ersten Mal in ihrem Leben hatte sie wirklich Angst gehabt. Bis sie Joe kennengelernt hatte, war Pamelas Leben von der Güte und Liebe ihrer Großmutter erfüllt gewesen. Joes Egomanie hatte sie zwar fast seelisch zerstört, aber gefürchtet hatte sie sich vor ihm nie.

Sie folgte dem Weg zurück zu ihrem Wagen und sah sich dabei ständig um. Durch die Hecken führte kein Weg, und auf gut Glück wollte Pamela nicht in den nahen Wald gehen, um nach Clashmore House zu suchen. Kirsty musste sich bei der Wegbeschreibung geirrt haben, vielleicht hatte Pamela sie auch falsch verstanden. Sie seufzte. Es blieb ihr nichts anderes übrig, als ins Dorf zurückzufahren und den Termin mit dem Makler abzuwarten.

DREI

Seit Tagen hatte Ayleen das Gefühl, beobachtet zu werden. Auch heute als sie, einen Weidenkorb in der Armbeuge, die Markthalle betrat. Sie blieb stehen und drehte sich um. Dutzende von Menschen, vorrangig Frauen und junge Mädchen, drängten sich hinter ihr, um in der viktorianischen Halle frisches Fleisch, Obst und Gemüse zu kaufen. Seit den frühen Morgenstunden peitschten Schnee- und Eisregen durch die Stadt, so war jeder froh, in die Wärme zu gelangen, in der es an allen Ecken und Enden köstlich duftete. Auch Ayleen lief das Wasser im Mund zusammen. Zum Frühstück hatte es nur eine Scheibe Weißbrot mit etwas Schweinemalz gegeben, und jetzt lachten ihr dicke, gebratene Lammwürste entgegen. Bevor sie etwas aß, wollte sie aber die ihr von der Mutter aufgetragenen Einkäufe erledigen. Nach einem letzten Blick über die Menschenmenge schritt Ayleen zielstrebig zu dem Stand des alten Hanks. Bei ihm gab es den frischesten und größten Fisch der ganzen Stadt.

»Morgen, Mädchen«, grüßte sie der Zahnlose, seine wachen wasserhellen Augen straften seinem zerfurchten Gesicht und dem nahezu kahlen Schädel Lügen. »Bist ja ganz durchgefroren.«

»In diesem Jahr kommt der Frühling spät«, erwiderte Ayleen. »Ostern ist schon vorbei, und immer noch liegt Schnee, sogar im Flachland.« Aus dem Korb nahm sie ein in ein Tuch eingeschlagenes Weißbrot. »Mit den besten Grüßen von meiner Mutter, sie hat es heute Morgen gebacken.«

Erwartungsvoll leckte sich der Alte über die Lippen, nahm das Brot und legte es in ein Fach unter der Verkaufstheke. Wegen seiner fehlenden Zähne konnte er nur noch frisches Weißbrot essen, das war in der Stadt aber teuer. Die meisten Leute aßen Haferbrot, das schnell trocken wurde. Als Gegenleistung bekam Ayleen ein prächtiges Stück Schellfisch von Hank überreicht. Solche Tauschgeschäfte tätigten sie seit Jahren. Ayleens Vater betrieb eine kleine Mühle am Ufer des Flusses im Norden der Stadt Inverness, nicht weit von der Mündung in den Beauly Firth entfernt. Bis in die Stadtmitte war es etwa eine Stunde Fußmarsch, der bei dem winterlichen, kalten und nassen Wetter selbst für Ayleen kein Vergnügen war, obwohl sie den Aufenthalt in der Natur liebte. Sie war hier in Inverness geboren und hatte in den achtzehn Jahren ihres Lebens die Gegend nie verlassen. Zwischen Inverness und den Städten im Osten und Süden bestand zwar eine Eisenbahnverbindung, Derek Gibson, Ayleens Vater, sah aber keine Veranlassung, zu verreisen.

»Wir haben hier alles, was wir brauchen«, war seine Meinung. »Die Großstädte sind schmutzig, die Luft ist von Abgasen verpestet, und zwielichtiges Gesindel hat es auf harmlose Bürger abgesehen.«

Ayleen hätte gern mal eine größere Stadt gesehen. Es musste ja nicht gleich London sein, Edinburgh, die Hauptstadt Schottlands, hätte ihr schon gereicht. Aber sie war eine folgsame Tochter, die die Anordnungen ihres Vaters nicht infrage stellte. Bridget, ihre Mutter, schwieg ohnehin zu allem, was ihr Mann sagte und tat. Es war nicht so, dass Ayleen ihre Eltern nicht liebte, aber zwischen ihnen herrschte eine Distanz wie eine unsichtbare Mauer. Vielleicht wäre es anders, wenn sie Geschwister hätte, dachte Ayleen häufig, doch Bridget hatte bereits das vierzigste Lebensjahr erreicht, als sie Ayleen das Leben schenkte. Die Hoffnung auf ein eigenes Kind hatten die Eltern eigentlich schon aufgegeben, obwohl Bridget jeden Sonntag die Messe besuchte und täglich zur Jungfrau Maria betete, sie möge ihr ein Kind schenken. Die Mutter war streng katholisch wie so manche in diesem Teil Schottlands.

»Niemals, egal was geschieht, darfst du vom Glauben abweichen«, beschwor die Mutter Ayleen. »Alles auf dieser Welt ist Gottes Wille, daran darfst du niemals zweifeln.«

Ayleen nahm es hin, fand aber keinen Zugang zu Bibelsprüchen, und die Messen langweilten sie. Ob katholisch, protestantisch, Moslem oder Hindu – für sie spielte es keine Rolle, welchen Gott man wie und wo verehrte. Waren sie nicht alle Kinder von etwas Großem, dem die Menschen nur verschiedene Namen gegeben hatten? Ayleen hütete sich, den Eltern ihre heimlichen Gedanken mitzuteilen, sie hätten es nicht verstanden.

Schlecht war ihr Leben in Inverness nicht. Die Gibsons waren zwar nicht vermögend, hatten aber ihr Auskommen. Seit vier Generationen schon befand sich die Mühle im Besitz der Familie. Das Rattern des Mühlrades, gespeist vom Wasser des Flusses Ness, begleitete sie von früh bis spät. Manchmal fragte sich Ayleen, wer nach dem Tod ihres Vaters die Mühle wohl weiterführen würde. Ihr Vater, schon über sechzig, war aber gesund und kräftig und würde sicher noch lange leben. Im vergangenen Herbst hatte Derek Gibson einen Gesellen eingestellt. Russell, einen schlaksigen Jungen, das blasse Gesicht voller Pickel.

Erstaunlicherweise war er kräftiger, als seine magere Statur vermuten ließ. Allerdings verfolgte er Ayleen mit Blicken, die ihr unangenehm waren.

Ihr Vater wollte sie hoffentlich nicht mit dem Bengel verheiraten, dachte Ayleen. Glücklicherweise war das Thema Hochzeit bisher kein Thema im Hause Gibson gewesen, und in Ayleens Leben gab es keinen Mann, den sie sich als ihren Gatten vorstellen konnte. Bis zu ihrem sechzehnten Lebensjahr hatte Ayleen die Schule in Inverness besucht, in den letzten zwei Schuljahren sogar Grundkenntnisse in der französischen Sprache erworben und Schreibmaschine schreiben und stenografieren gelernt. Sie könnte sich also durchaus auf eine Stelle als Sekretärin bewerben. Schließlich lebten sie im Jahr 1935, und immer mehr junge Frauen wanderten vom Land in die Großstädte ab, um dort zu arbeiten. Wenn Ayleen das Thema zur Sprache brachte, wischte ihr Vater jedes weitere Wort mit einer herrischen Handbewegung beiseite.

»Mutter braucht dich hier. Du siehst doch, wie schwach sie ist. Außerdem ziemt es sich nicht für eine Frau, für Fremde zu arbeiten.« Was das Rollenbild der Frau anging, lebte der Müller noch im vergangenen Jahrhundert, und Ayleen war eine zu gehorsame Tochter, um zu widersprechen.

Im Gegensatz zu Derek Gibson war Bridget eine zarte, oft kränkelnde Frau. Der lange, harte Winter, der den Norden Schottlands seit nunmehr sechs Monaten im Griff hielt und die Temperaturen auch tagsüber kaum über den Gefrierpunkt steigen ließ, hatten Bridget einen festsitzenden Husten beschert, dazu kamen immer wieder auftretende Fieberschübe. In der Tat hätte Ayleen ein schlechtes Gewissen gehabt, die Mutter zu verlassen. Wer kochte dann das Essen, putzte das Haus und wusch die Wäsche?

Inverness bot durchaus einige Zerstreuungen. Neben den regelmäßigen Märkten – im Frühjahr und im Herbst fanden große Jahrmärkte mit Händlern und Schaustellern aus dem ganzen Land statt – gab es zahlreiche Restaurants, Pubs, ein Theater und ein Lichtspielhaus. Nicht, dass Ayleen jemals im Theater gewesen wäre oder sich einen Film hätte ansehen dürfen – für solch sinnlose Vergnügungen verschwendete Derek Gibson keinen Penny.

Nach einer Stunde hatte Ayleen ihren Einkauf in der Markthalle beendet. Neben dem Fisch lagen in ihrem Korb eine Speckseite, eine Packung Schweinswürste, Kartoffeln, vier Steckrüben, Zwiebeln und vom letzten Herbst verschrumpelte Äpfel, die köstlich dufteten. Auf dem Heimweg würde sie noch eine Farm aufsuchen, um Milch und Eier zu kaufen. Aromatische Kräuter zog Ayleen in Blumentöpfen auf den Fensterbänken, und im Sommer holte sie Salat und Beerenfrüchte aus dem hinter der Mühle liegenden Garten.

Daumennagelgroße Eisregenklumpen fegten waagrecht durch die Straße, als sie die Markthalle verließ. Sie zog sich die Mütze tief in die Stirn und den Schal vor Mund und Nase und eilte durch die Academy Street. Plötzlich kribbelte es in ihrem Nacken. Es war ein Gefühl, als bohrte sich der Blick eines Menschen in ihre Haut. Ayleen drehte sich um. Nur eine Frau mit zwei kleinen Kindern schritt ein paar Meter hinter ihr und hatte mit den quengelnden Kleinen mehr zu tun, als Ayleen einen Blick zu schenken.

»Das ist nur das Wetter«, murmelte Ayleen vor sich hin.

Vor einer kleinen Buchhandlung am Ende der Straße blieb sie stehen. Sehnsuchtsvoll betrachtete sie sich die beiden neuen Romane von Agatha Christie. Bisher hatte sie drei Bücher der Schriftstellerin gelesen und würde gern die neuen Werke kaufen. Das ihr vom Vater zugeteilte Haushaltsgeld für diese Woche war aber nahezu aufgebraucht, den Rest benötigte sie für die Milch und die Eier. Regelmäßig suchte Ayleen die städtische Bücherei auf, so hoffte sie, sich die neuen Kriminalromane bald ausleihen zu können. Vom Lesen hielt ihr Vater nichts, zumindest nichts von Romanen, die seiner Ansicht nach reine Zeit- und Geldverschwendung waren.

»Mord im Orientexpress kann ich wärmstens empfehlen«, sagte eine Stimme neben ihr. »Es ist, als sitze man selbst im Zug, denn die Autorin schafft es, den Leser in das Geschehen hineinzuziehen. Mögen Sie Agatha Christie?«

Ayleen sah auf. Neben ihr stand ein älterer Mann, gute zwei Köpfe größer als sie, in einen dicken, dunkelgrauen Tweedmantel gehüllt, einen flauschigen karierten Schal um den Hals geschlungen, und auf dem Kopf einen dunklen Hut, der der aktuellen Mode entsprach.

»Ich habe ein paar ihrer Romane gelesen«, antwortete Ayleen. »Sie gefallen mir sehr.«

Sein Blick aus den steingrauen Augen musterte sie, nicht abschätzend, sondern aufmerksam und freundlich. »Ich nehme an, Sie werden mein Angebot, Ihnen den Roman zu schenken, ablehnen«, sagte er.

Über seine etwas geschraubte Ausdrucksweise schmunzelte Ayleen und antwortete: »Da nehmen Sie richtig an, Mr ...«

Er unterließ es, sich vorzustellen, erwiderte nur ihr Lächeln, tippte sich an die Hutkrempe und ging, die Hände in den tiefen Manteltaschen verborgen, davon. Ayleen wunderte sich, warum ein völlig Fremder angeboten hatte, ihr ein Buch zu schenken. Einen freundlichen Eindruck hatte der Mann gemacht, seinem Akzent nach stammte er aus dem Norden oder Westen Schottlands, und sein Mantel war von allerbester Qualität. Inverness war zwar eine Kleinstadt, aber groß genug, um nicht jeden zu kennen. Vielleicht war er auch ein Kaufmann von außerhalb. Ayleen nahm den schweren Korb wieder auf, hängte ihn sich in die Armbeuge und setzte ihren Weg fort. Sie musste sich beeilen, denn der Vater wurde ärgerlich, wenn das Mittagessen nicht pünktlich auf dem Tisch stand.

Nachdem Ayleen den Rest Haggis vom gestrigen Abend aufgewärmt und frischen Kartoffelstampf zubereitet, Vater und Russell mit gutem Appetit gegessen, sie dann das Geschirr abgewaschen und die Küche aufgeräumt hatte, sah sie nach ihrer Mutter. Am Morgen hatte sie sich gut gefühlt, das Bett verlassen und das Brot für den alten Hank gebacken. Das hatte Bridget jedoch derart erschöpft, dass sie jetzt wieder ruhen musste und auch keinen Appetit hatte. An der heißen Hühnerbrühe, die Ayleen ihr brachte, nippte sie nur.

»Kann ich dich für eine Stunde allein lassen?«, fragte Ayleen. »Louisa besucht gerade ihre Eltern, muss morgen aber wieder nach Glasgow zurück. Ich würde sie gern noch einmal sehen.«

Bridget lächelte sanft. »Geh nur, mein Kind, und besuch deine Freundin. Ich bin ohnehin müde und möchte schlafen.« Bei jedem Wort rasselte es bedrohlich in ihrer Brust. Der Arzt hatte versichert, es sei keine Lungenentzündung, nur eine hartnäckige Bronchitis. Trotzdem verließ Ayleen die Mutter nur ungern, der Wunsch, ihre langjährige und beste Freundin wiederzusehen, war jedoch stärker.

Ayleen Gibson und Louisa Kelly kannten sich seit ihrer Kindheit. Damals waren sie Nachbarn gewesen, bis Louisas Vater ein Geschäft für Elektrowaren in der Stadtmitte eröffnet und die Familie – Louisa hatte zwei ältere Brüder – in die Wohnung über dem Laden gezogen war. Viele Jahre kannte Ayleen kein anderes Mädchen, dessen Eltern ein Rundfunkgerät besaßen, und bis heute keine Frau, die an einer Universität studierte.

»Meine Brüder werden das Geschäft eines Tages übernehmen«, hatte Louisa erklärt. »Ich mache mir nichts aus Elektrotechnik, meine Welt ist die Historie. Vielleicht werde ich Lehrerin und bringe Kindern bei, die Geschichte vergangener Zeiten zu verstehen und ebenso zu lieben, wie ich es tue.«

Louisa war immer eine ausgezeichnete Schülerin gewesen, so hatte es Ayleen nicht überrascht, dass die Freundin ein Stipendium erhalten hatte. Vor einem Jahr war Louisa nach Glasgow gegangen, die Mädchen schrieben sich aber regelmäßig, und trafen sich, wenn Louisa in den Trimesterferien ihre Eltern in Inverness besuchte.

Ayleen und Louisa wurden oft für Schwestern gehalten. Sie waren gleich groß, beide schlank mit flachen Brüsten, die Augen hellbraun, und hatten gewelltes goldblondes Haar. Seit Louisa Studentin war, trug sie eine kinnlange Kurzhaarfrisur, während Ayleens Haare lang auf den Rücken fielen, wenn sie sie nicht zu einem strengen Knoten am Hinterkopf aufsteckte. Langes, offenes Haar fand der Vater liederlich.

Die Mädchen verbrachten zwei angenehme Stunden. Louisa hatte Tee gekocht und bot der Freundin von den Ingwerkeksen an, die ihre Mutter gebacken hatte. Nachdem sie von ihrem Studentenleben berichtet hatte, fragte sie:

»Wie steht es mit Russell, eurem Gesellen?« Schmunzelnd zwinkerte sie der Freundin zu. Ayleen hatte ihr von den sehnsuchtsvollen Blicken des jungen Mannes geschrieben. »Du solltest mit ihm ausgehen. Vielleicht, wenn du ihn besser kennst …«

Ayleen unterbrach sie mit einer Handbewegung. »Russell ist der letzte Mann, mit dem ich ausgehen würde. Es sind nicht seine Pickel, dafür kann er nichts, er ist einfach … dumm. Mit Ach und Krach schaffte Russell seinen Schulabschluss, und er interessiert sich nur für das, was für seine Arbeit in der Mühle wichtig ist. Ich glaube, in seinem ganzen Leben hat er noch nie ein Buch nur zum Vergnügen gelesen, und das Wort Politik scheint er gar nicht zu kennen. Außerdem redet er ständig über sich selbst und lässt keinen Zweifel aufkommen, dass Frauen nur zu einem Zweck auf der Welt sind: Dem Mann den Haushalt zu führen und jedes Jahr ein Kind in die Welt zu setzen.«

Louisa lachte hell auf und meinte: »Dann ist er wirklich nicht der Richtige für dich, denn das klingt alles sehr nach deinem Vater. Du bist noch jung, lass dir Zeit mit dem Heiraten.«

»Ich bin zwei Monate älter als du«, erinnerte Ayleen die Freundin.

»Ich habe nicht vor, mich in absehbarer Zukunft zu binden«, antwortete Louisa. »Zumindest nicht, bis ich mein Diplom in der Tasche und eine gute Anstellung habe. Aber das ist Zukunftsmusik, es liegen noch Jahre in staubigen Hörsälen und ein enormes Lernpensum vor mir. Ab und zu gehe ich mit einem Kommilitonen aus, zum Tanzen oder ins Kino, mehr, als dass er vielleicht meine Hand halten darf, ist aber nicht drin.«

»Ich beneide dich.« Ayleen seufzte. Vor der Freundin musste sie sich nicht verstellen. Leider waren ihre Schulnoten nie so gut gewesen, dass sie für ein Stipendium gereicht hätten. Auch sie interessierte sich für die Historie, besonders für die aufregende und in weiten Teilen tragische Geschichte Schottlands, und das Fach Literatur hätte sie gereizt. Bei dem Gedanken erinnerte sie sich an den Fremden vom Vormittag, und sie erzählte der Freundin von der Begegnung vor der Buchhandlung.

»Warum hast du das Buch nicht angenommen?«, fragte Louisa erstaunt, angelte aus einer Tasche ein Päckchen Zigaretten und zündete sich eine an.

»Du rauchst?«, rief Ayleen, halb entsetzt, halb bewundernd.

»Nicht in der Öffentlichkeit, soweit geht die Freiheit der Frauen nun doch nicht«, erwiderte Louisa. »Auf dem Campus rauchen allerdings viele, da ist es völlig normal.« Sie hielt Ayleen das Päckchen hin. »Auch eine?«

Ayleen zögerte, lehnte dann ab. Sie hatte noch nie geraucht und wusste, der Vater würde es riechen, wenn sie nach Hause kam. Das würde ihr Ärger einbringen.

»Um auf den Fremden zurückzukommen«, sagte Louisa, nachdem sie einen langen Zug genommen und den Rauch genüsslich ausgestoßen hatte. »Ich an deiner Stelle hätte den Roman angenommen.«

»Aber Louisa!« Nun war Ayleen wirklich empört. »Ich kann mir doch nicht von einem X-beliebigen ein Geschenk machen lassen.«

Die Freundin zuckte mit den Schultern. »Was wäre dabei gewesen? Du wirst den Mann niemals wiedersehen, hättest aber ein neues Buch zum Lesen gehabt. Ich glaube nicht, dass er andere Absichten verfolgte, als dir eine Freude zu machen. Sagtest du nicht, er war uralt?«

»Etwa wie mein Vater.« Ayleen seufzte ein weiteres Mal. »In ein paar Wochen werden die Romane in der Bücherei

verfügbar sein, solange muss ich mich halt gedulden.«
Nun lächelte sie wieder, stand auf, umarmte die Freundin
und küsste sie auf die Wange. »Ich muss jetzt gehen und
wünsche dir eine gute Fahrt nach Glasgow und ein weiteres erfolgreiches Trimester.«

»Im Sommer komme ich wieder«, erwiderte Louisa und
hielt die Freundin eine Armlänge von sich. Ernst sagte sie:
»Ayleen, du solltest versuchen, mehr aus deinem Leben zu
machen, als den Haushalt zu führen und dich um deine
Mutter zu kümmern. Die Jugendjahre verfliegen schnell
und kommen nie wieder.«

Ayleen lächelte verhalten. Louisa hatte gut reden, deren
Eltern waren liberal, wollten nur das Beste für ihre Kinder
und ließen ihnen alle Freiheiten.

Die Graupelschauer hatten aufgehört, der böige, kalte
Wind fegte aber immer noch durch die Straßen. Ayleen
war etwa zehn Minuten gegangen, als sie wieder das
unangenehme Prickeln in ihrem Nacken spürte. Ruckartig
blieb sie stehen und drehte sich um. Die Straße war voller
Menschen, da die meisten Firmen und Büros jetzt Feier-
abend hatten und die Leute nach Hause strömten. Hektisch huschten ihre Augen von einer Seite zur anderen.
Niemand machte einen verdächtigen Eindruck.

»Ich bilde mir nur etwas ein«, murmelte Ayleen und
setzte ihren Weg fort, allerdings nicht, ohne alle paar
Schritte verstohlen über ihre Schulter zu spähen. Beim besten Willen konnte sie sich keinen vorstellen, der sie beobachten und verfolgen sollte und einen Grund, warum, erst
recht nicht.

VIER

Da es unmöglich war, auf dem engen Feldweg den Wagen zu wenden, musste Pamela rückwärtsfahren, bis sie wieder die asphaltierte Straße erreichte. Glücklicherweise kam ihr kein anderer Wagen entgegen, trotzdem waren ihre Hände schweißnass, und sie atmete schneller.

»Wer sollte sich schon hierher verirren?«, schimpfte sie. Wahrscheinlich wurde das Kloster, wenn alle so liebenswürdig wie dieser seltsame Mann waren, nur selten besucht. In Clashmore angekommen sah sie, dass die Tür von *Morag's Sandwiches* offenstand. Spontan hielt Pamela vor dem zweistöckigen Haus mit den blauen Fensterläden. Trotz des reichhaltigen Frühstücks knurrte schon wieder ihr Magen. Pamela trat in einen kleinen Gastraum mit niedriger Decke und zwei Sprossenfenstern. Eines nach vorne zur Straße, durch das andere sah sie in einen kleinen Blumengarten. Es gab nur drei runde Tische mit blau-weiß gemusterten Decken und schlanken Vasen voller rosafarbener Blumen sowie jeweils vier Stühlen.

»Latha math.« Aus dem Hinterzimmer, das durch einen Perlenvorhang vom Gastraum abgeteilt war, trat eine Frau, das schlohweiße Haar zu einem dicken Zopf geflochten, der ihr über den Rücken baumelte. In dem faltigen Gesicht funkelten zwei wasserhelle Augen. Sie trug einen knöchellangen, grau-grün karierten Tweedrock und einen grünen Wollpullover.

»Latha math«, erwiderte auch Pamela. Es war hier wohl üblich, sich in der alten schottischen Sprache zu begrüßen. »Bekomme ich bei Ihnen einen Lunch?«

»Sicher, sicher.« Eifrig nickte die alte Frau. »Ich bin Morag Logan, bei mir bekommen Sie die besten Sandwiches der Highlands. Sagen Sie einfach, worauf Sie Appetit haben, ich bereite alles frisch zu. Setzen Sie sich, setzen Sie sich …«

Morag Logan wischte hektisch über ein Tischtuch, obwohl es makellos sauber war. Pamela setzte sich und fragte: »Kann ich bitte ein Gurken-Kresse-Sandwich bekommen? Und eine Tasse Tee, Ms Logan?«

»Morag, sagen Sie einfach Morag.« Sie kniff die Augen zusammen und musterte Pamela. »Sie müssen die Amerikanerin sein, die bei Kirsty wohnt.« Pamela nickte. Sie wunderte sich nicht, dass Morag das wusste. Clashmore war so klein, dass jedes neue Gesicht schnell die Runde machte. »Welchen Tee bevorzugen Sie und wie möchten Sie ihn?«, fragte Morag.

»Wenn Sie haben, einen Darjeeling Second Flush. Er darf gern stark sein, dazu einen Schuss Sahne und keinen Zucker.«

Morag klatschte begeistert in die Hände und strahlte. »Eine Ausländerin, die guten Tee zu schätzen weiß.«

»Es ist der Lieblingstee meiner Großmutter«, erklärte Pamela schmunzelnd. »Sie stammt aus Schottland.«

»Ach, was Sie nicht sagen!« Morags Blick wanderte nach unten. »Ach herrje! Wo sind Sie denn reingeraten?«

Pamela folgte ihrem Blick. Nicht nur ihre Schuhe, auch die Hosenbeine ihrer Jeans waren bis zum Knie mit feuchter Erde und Schlamm bespritzt.

»Ich machte einen Spaziergang«, erklärte sie, »dabei bin ich etwas vom Weg abgekommen.«

»Ja, ja, das Erdreich ist hier immer feucht«, erwiderte Morag mit einem nachdrücklichen Nicken. »Das liegt am vielen Regen. Wenn es mal zwei Tage hintereinander nicht regnet, machen wir uns schon Sorgen. Von wegen Ozonloch und so ... Wo waren Sie denn spazieren?«

Pamela machte eine vage Handbewegung. »Ach, nur irgendwo in der Gegend.«

»Aber Sie sind doch mit dem Wagen gefahren.«

Der Frau entging nichts, dachte Pamela, und meinte: »Ich war zwei, drei Meilen im Westen.«

»Ach ja?«

Auf Pamela wirkte Morag, als würde sie ihr die Erklärung nicht abnehmen. Da Kirsty der alten Frau bereits von ihr erzählt hatte – vielleicht hatte sie ihr auch gesagt, dass Ayleen sich nach Clashmore House erkundigt hatte. Kirstys Reaktion auf Pamelas Frage nach dem Haus war so seltsam gewesen.

Morag zögerte, als wolle sie sich zu Pamela an den Tisch setzen, um mehr über ihren *Spaziergang* zu erfahren. Dann erinnerte sie sich daran, dass ihr Gast auf das Essen wartete, und verschwand im Hinterzimmer.

Das Sandwich schmeckte wirklich ausgezeichnet – Pamela vermutete, dass Morag das Brot selbst buk –, auch der Tee war genauso, wie sie ihn von Louisa kannte. Jetzt, da Pamela alles hatte und kein anderer Gast erschien, nahm Morag ihr gegenüber Platz.

»Sind Sie zum ersten Mal in Schottland?«

Pamela nickte, kaute und schluckte erst hinunter, bevor sie antwortete: »Ich wollte das Land kennenlernen, in dem meine Großmutter ihre Kindheit und Jugend verbrachte.«

»Warum ist sie fortgegangen?« Erstaunt und neugierig starrte Morag Pamela mit großen Augen an. Offenbar war es ihr unverständlich, dass jemand Schottland freiwillig verlassen konnte.

»Der Liebe wegen«, erwiderte Pamela ausweichend. »Ihr Mann war Amerikaner und hier stationiert.«

Die Antwort schien Morag zu gefallen. Sie faltete die Hände im Schoß und blickte träumerisch zur Decke.

»Ach, die liebe Liebe …« Sie sah wieder zu Pamela. »Hat Ihre Großmutter ihre Heimat jemals wieder besucht?«

»Nein, ich glaube nicht, sie hat große Flugangst«, murmelte Pamela und biss von dem Sandwich ab, um keine weitere Erklärung geben zu müssen.

Aber so einfach gab Morag Logan nicht auf. »Aus welcher Gegend kommt sie? Zu welchem Clan gehört ihre Familie?«

Trotz aller Freundlichkeit und des guten Essens ging Pamela die Neugierde der alten Frau entschieden zu weit. Nachdem sie geschluckt hatte, sagte sie: »Sie wurde in Inverness geboren.« Das entsprach der Wahrheit, allerdings hatte Louisa ihr nicht erklärt, aus welchem Grund sie sich in den Highlands ein Haus gekauft hatte.

Offenbar war Morags Wissensdurst damit gestillt, denn sie fragte: »Darf es noch ein Tee sein?«

Pamela lehnte ab und zückte ihren Geldbeutel, um zu bezahlen. Sie rundete die Summe um ein knappes Pfund auf, was ein erneutes Lächeln auf Morags faltiges Gesicht zauberte. Sie begleitete Pamela zur Tür und rief, als sie in ihren Wagen stieg: »Kommen Sie mich doch wieder besuchen, wenn Sie Lust auf ein Schwätzchen haben.«

Pamela lächelte unverbindlich, dann fuhr sie die wenigen Meter bis zur Pension. Sie hatte jetzt nur noch eine halbe Stunde Zeit bis zu dem Termin mit dem Makler, und sie musste sich eine andere Hose und saubere Schuhe anziehen.

Das Maklerbüro befand sich in Beauly, einer kleinen Stadt acht Meilen nordöstlich von Clashmore, in unmittelbarer Nähe einer Whiskybrennerei. Pamela stieg ein intensiver, torfig-rauchiger Geruch in die Nase. Sie machte sich nichts aus hochprozentigen Getränken, hatte aber einmal gelesen, dass der Duft, der über jeder Whiskybrennerei schwebte, *Angel's Share* genannt wurde, und die Engel über Schottland seien die glücklichsten im ganzen Himmel. Ihr Kommen war durch das Schaufenster beobachtet worden, denn die Tür des Büros mit der Aufschrift *Patterson* öffnete sich. Heraus trat eine große, hagere Frau mit herben Gesichtszügen und einem eckigen Kinn.

»Ms Davison? Pamela Davison?« Pamela nickte und ergriff die Hand der Frau. Ihr Druck war so kräftig, dass Pamela einen Schmerzenslaut unterdrücken musste. »Ich bin Adele Patterson, wir haben einen Termin.«

»Oh, ich dachte ein Mr Patterson …«

»Mein Mann vereinbarte unser Treffen mit Louisa Davison, das ist schon richtig. Er wartet im Büro.« Sie hielt Pamela die Tür auf und trat hinter ihr in einen langen, schmalen Raum mit zwei Schreibtischen und deckenhohen, mit Aktenordnern gefüllten Regalen. Hinter einem der Tische erhob sich ein kleiner, dickbäuchiger Mann. Sein Schädel umgab ein grauer Haarkranz, einzelne Strähnen hatte er sich über die Glatze gekämmt.

»Bruce Patterson«, stellte er sich vor. Auch er gab Pamela die Hand. Im Gegensatz zu seiner Frau war sein Druck lasch und feucht. Pamela widerstand der Versuchung, ihre Hand an der Jeans abzuwischen.

»Hatten Sie eine gute Reise?«, fragte Ms Patterson.

»Danke, alles verlief reibungslos«, antwortete Pamela.

»Wohnen Sie hier in Beauly?«, stellte die Maklerin die nächste Frage. »Das Hotel an der Hauptstraße ist zu empfehlen, die Küche ist dort ausgezeichnet.«

»Ich habe ein schönes Zimmer im Dorf Clashmore«, warf Pamela ein und verbarg ihre Ungeduld. Sie war nicht gekommen, um Small Talk zu betreiben.

»Sicher bei Kirsty«, sagte Mr Patterson und erklärte auf Pamelas erstaunten Blick hin: »Auf dem Land kennt man sich, Ms Pamela. Wir dürfen doch Pamela sagen, nicht wahr? Ich bin Bruce und das ist meine Frau Adele.«

Pamela nickte automatisch. Auch in den Staaten ging es zwanglos zu, selbst bei geschäftlichen Angelegenheiten sprach man sich mit den Vornamen an. Respekt erwarb man sich nicht durch die Anrede, sondern durch den Charakter und seine Fähigkeiten.

Mit einer Handbewegung bat Adele sie, auf einem der zwei Stühle an dem leeren Schreibtisch Platz zu nehmen, dann sagte sie zu ihrem Mann: »Bruce, brüh uns doch eine Kanne Tee auf.« Es klang mehr nach einem Befehl als nach einer Bitte. Mit einem Lächeln, das ihre Augen nicht erreichte, sagte sie zu Pamela: »Bei einem Tee plaudert es sich doch leichter.«

Pamela blieb nichts anderes übrig, als zuzusehen, wie der Makler in der kleinen Teeküche einen altmodischen Wasserkessel auf die Gasflamme stellte, aus einer Box drei Teebeutel nahm, sie in eine metallene Kanne warf, und – als das Wasser kochte – den Tee aufgoss. Verstohlen musterte sie Bruce und Adele. Die Frau war einen guten Kopf größer als ihr Mann, was Bruce mit seinem Leibesumfang wieder wettmachte. Beide waren Anfang bis Mitte Fünfzig, wobei Adele trotz ihrer herben Erscheinung ein nahezu faltenloses Gesicht hatte. Geduldig wartete sie, bis

Bruce drei Tassen mit dunklem, würzigem Tee auf den Schreibtisch stellte. Adele setzte sich ihr gegenüber, Bruce neben sie. Er roch leicht nach Schweiß. Pflichtschuldig trank Pamela einen Schluck, obwohl ihr Bedarf an Tee für den heutigen Tag gedeckt war, dann sagte sie:

»Wenn wir jetzt bitte zum Verkauf des Hauses kommen könnten?«

»Sicher, sicher.« Adele nickte eifrig, griff nach einer auf dem Tisch liegenden schmalen, blauen Akte und schlug sie auf. »Ms Louisa Davison gab uns schriftlich einige Anweisungen. Haben Sie denen etwas hinzuzufügen, Pamela?«

»Ich denke nicht. Meine Großmutter möchte das Haus baldmöglichst verkaufen. Ihre Preisvorstellung hat sie Ihnen genannt?«

Ein erneutes Nicken von Adele. »Ich muss sagen, wir sind über die niedrige Summe überrascht. Selbstverständlich werden wir versuchen, den Preis zu erhöhen. Das ist sicher auch in Ihrem Sinn.«

Für einen Moment runzelte Pamela die Stirn, denn bei einem höheren Preis würde auch die Courtage für die Makler steigen, sagte dann aber diplomatisch: »Meiner Großmutter und mir sind die aktuellen Immobilienpreise in Schottland unbekannt. Deswegen haben wir Sie beauftragt, denn Sie wissen am besten, welchen Wert das Haus darstellt.«

Adele lächelte zufrieden. »Ich habe mich bereits umgehört und kann Ihnen mitteilen, dass wir zwei potenzielle Interessenten haben, die Clashmore House gern erwerben möchten.«

»Das ist erfreulich. Das Haus liegt doch recht abgelegen und befindet sich laut meiner Großmutter in keinem guten Zustand.«

»Die Strom- und Wasserleitungen wurden in den letzten Jahren erneuert sowie notwendige Reparaturarbeiten im Erdgeschoss durchgeführt.« Zum ersten Mal mischte sich Bruce Patterson in das Gespräch ein.

Pamela fragte überrascht: »Wer hat das veranlasst?«

Die Makler tauschten einen kurzen Blick, und Adele sagte: »Es wäre eine Schande, das Haus dem Verfall preiszugeben.«

»Das beantwortet nicht meine Frage, Adele! Wer trug die Kosten für die Instandhaltung?« Pamela war sicher, dass Louisa nichts dergleichen erwähnt hatte.

Ein weiteres Mal gab die Maklerin keine konkrete Antwort, sondern sagte: »Es gibt Leute, denen liegt der Erhalt historischer Gebäude am Herzen.« Sie tippte auf die Akte. »Ich schlage vor, wir verhandeln zuerst mit Mae Crawford. Sie ist zwar schon älter, scheint aber vermögend zu sein, und ich hatte den Eindruck, ihr liegt viel an Clashmore House.« Adeles Gesichtsausdruck konnte man ansehen, dass sie hoffte, bei dieser Frau einen guten Preis zu erzielen.

»Bevor ich mich mit der Dame treffe, möchte ich das Haus gern sehen«, sagte Pamela. »Leider habe ich es heute Vormittag nicht gefunden.«

»Sie waren bereits beim Clashmore House?«, fragte Adele überrascht.

»Eben nicht«, antwortete Pamela. »Kirsty, meine Vermieterin, beschrieb mir zwar den Weg, aber ich habe wohl was falsch verstanden, denn ich landete bei einem alten, großen Haus, fast schon ein kleines Schloss, in dem Mönche leben.«

»Mönche?« Adele sah sie fassungslos an. »In der Gegend gibt es weit und breit kein aktives Kloster.«

Pamela winkte ab. »Auf jeden Fall war ein Mann wie ein Mönch gekleidet. Allerdings verhielt er sich ausgesprochen unfreundlich und war nicht bereit, mir den Weg zum Clashmore House zu erklären, im Gegenteil. Er schickte mich fort und bedrohte mich sogar mit einer Harke.«

Ein weiteres Mal wechselten die Makler Blicke, die auf Pamela betreten wirkten. Adele fragte: »Wo genau waren Sie denn, Pamela?«

Sie erklärte den Weg, den ihr Kirsty beschrieben hatte, und fragte: »Befindet sich das Haus meiner Großmutter auf dem Grundstück des Schlosses oder in dessen unmittelbarer Umgebung? Wenn ja, frage ich mich, warum der Mann mich vertrieben hat.«

»Äh … also, nun ja …« Nervös knetete Bruce seine Stummelfinger, bis die Gelenke knackten.

Beherrschter, dennoch verunsichert, sagte Adele: »Sie hätten nicht allein da rausfahren sollen, Pamela. Am besten überlassen Sie alles uns. Die potenziellen Käufer erhalten ein entsprechendes Exposé mit allen notwendigen Angaben. Sollte eine Besichtigung gewünscht sein, werden wir uns darum kümmern. Die weite Reise nach Schottland hätten Sie eigentlich gar nicht machen müssen.«

Verständnislos schüttelte Pamela den Kopf. »Von meiner Großmutter erhielt ich die Anweisung, Clashmore House persönlich aufzusuchen.«

»Aus welchem Grund?«, fragte Adele.

Ein weiteres Mal runzelte Pamela die Stirn. Sie sah keine Veranlassung, die angebliche Kassette zu erwähnen. Noch war das Haus Louisas Eigentum und sie, Pamela, ihre Treuhänderin. Daher sagte sie entschlossen: »Am besten fahren wir gemeinsam zum Haus. Wie wäre es mit gleich?«

Adele antwortete zögerlich: »Ich denke, Sie sollten noch ein paar Dinge über Clashmore House erfahren.«

»Spukt es dort etwa?«, fragte Pamela schmunzelnd, wie sie auch Kirsty gefragt hatte, als die Pensionswirtin eine ähnliche Reaktion gezeigt hatte.

Adele blätterte in den Unterlagen und schob Pamela eine Fotografie hin. »Das ist Clashmore House, das Objekt, das wir im Auftrag Ihrer Großmutter verkaufen werden.«

Pamela schnappte nach Luft. Das Bild zeigte das schlossartige, heruntergekommene Anwesen. »Das ist unmöglich …«

Adele nickte bekräftigend. »Sie waren also durchaus richtig. Hat Ihnen Louisa Davison nie Näheres über das Haus erzählt?«

»Ich glaube es nicht!«, rief Pamela. »Meiner Großmutter gehört doch kein Schloss! Und wenn doch: Wer ist der Mann in der Mönchskutte? Wohnt er dort? Im Gegensatz zum Haus wirkt der Garten gepflegt, es wird Obst und Gemüse angebaut und …«

Adele hob unterbrechend die Hand und erklärte: »Clashmore House steht seit über fünfzig Jahren leer. Nun ja, fast so lange, denn vor etwa sechs Jahren zogen dort …«, sie zögerte, »gewisse Leute ein. Sie bewohnen nur das Erdgeschoss, sorgen dafür, dass das Haus nicht weiter verfällt, haben neue Strom- und Wasserleitungen legen lassen und …«

»Sie hatten keine Berechtigung dazu!«, unterbrach Pamela aufgebracht. »Louisa hat keine Ahnung, dass jemand in ihr Haus eingebrochen ist und es besetzt hat! Warum wird das geduldet? Offenbar wissen Sie und wohl alle anderen«, Pamela dachte an Kirsty, »dass sich jemand widerrechtlich eingenistet hat.«

»Nun ja, das ist schon richtig«, bestätigte Bruce leise, »die Leute sind aber harmlos. Sie tun niemandem etwas, wollen unter sich bleiben und, wie meine Frau sagte: Es ist doch gut, wenn ein altes Haus bewohnt ist.«

»Tja, sie werden jetzt ihre Sachen packen und verschwinden müssen«, sagte Pamela verärgert. »Wenn das Haus verkauft wird …«

Erneut wurde sie von Adele unterbrochen: »Unser zweiter Interessent hat nichts dagegen einzuwenden, dass die Leute im Clashmore House bleiben. Er möchte das Anwesen nicht selbst bewohnen, allerdings versucht er, den Preis deutlich zu drücken.«

»Wie bitte?« Pamela glaubte, sich verhört zu haben. Sie beugte sich vor, ihr Blick bohrte sich in die Augen der Maklerin. »Wer sollte ein Haus kaufen, noch dazu in einem maroden Zustand, und in ihm Leute dulden, die sicher noch nie einen Penny Miete bezahlt haben? Wie ist der Name des Mannes? Ich möchte mit ihm sprechen!«

»Pamela, bitte beruhigen Sie sich und überlassen Sie alles uns. Wir machen den Job schon lange. Ich versichere Ihnen, in einer, höchstens zwei Wochen wird ein für alle Seiten zufriedenstellender Kaufvertrag geschlossen werden. Sie können dann in die Staaten zurückkehren und Clashmore House vergessen.«

»Ich denke, ich sollte erst mit meiner Großmutter sprechen.«

»Warum?« Adele sah sie verständnislos an. »Ihnen und Ms Davison kann es gleichgültig sein, an wen und unter welchen Konditionen Sie verkaufen.«

Nachdrücklich nickend fügte Bruce hinzu: »Hauptsache, der Preis stimmt.«

Im Prinzip hatte das Maklerehepaar recht, Pamela dachte aber an den Wunsch ihrer Großmutter. Wegen den Fremden konnte sie sich nicht nach Belieben und frei im Haus umsehen.

»Wissen die Leute, dass Clashmore verkauft wird?«, fragte sie. Sie las die Antwort in Bruce' Blick. Der Makler konnte seine Gefühle schlechter verbergen als seine Frau. »Sie haben es ihnen bisher nicht gesagt«, stellte sie seufzend fest. »Dann ist es höchste Zeit, dies nachzuholen.« Pamela schob ihre noch volle Tasse, der Tee war inzwischen kalt geworden, zurück und stand auf. »Wir treffen uns morgen um zehn Uhr am Clashmore House. Ich werde mir das gesamte Haus von oben bis unten ansehen und den mönchsgewandeten Brüdern mitteilen, dass sie ausziehen müssen. Sagen wir: bis Ende des Monats. Das ist mehr als fair, meinen Sie nicht? Wenn wir zu dritt kommen, werden sie uns wohl hereinlassen und uns zuhören.«

»Aber …«, wandte Bruce ein, und Adele sagte nachdenklich: »Man kann Menschen nicht einfach auf die Straße setzen.«

»Da kein ordentlicher Mietvertrag vorliegt, werden sie sich fügen müssen. Oder sagt in solchen Fällen das schottische Gesetz etwas anderes?«

»Das nicht, aber …«, versuchte Bruce erneut, zu Wort zu kommen.

Jetzt ließ Pamela ihn nicht aussprechen, denn die Diskussion führte eindeutig zu keinem Ergebnis. Sie sagte entschieden: »Um zehn Uhr! Wenn Sie sich diesem Auftrag nicht gewachsen fühlen, sagen Sie es am besten gleich. Dann werde ich mich nach einem anderen Makler umsehen, der dafür sorgt, dass das Haus geräumt wird. Wenn nötig mithilfe der Polizei, was ich im Moment jedoch, auch im Interesse meiner Großmutter, vermeiden möchte. Allerdings entgeht Ihnen dann die Provision.«

Spöttisch kräuselten sich Adeles Lippen. »Da werden Sie wenig Glück haben, Pamela. Die meisten machen einen großen Bogen um Clashmore House und sind froh, nichts damit zu tun zu haben.«

Pamelas Augen verengten sich. »Aus welchem Grund?« Adeles Antwort bestand lediglich aus einem Schulterzucken, während Bruce intensiv seine runden Fingernägel betrachtete. Etwas versöhnlicher sagte sie: »Ich möchte von den Leuten selbst erfahren, warum sie das Haus besetzt halten. Gemeinsam werden wir eine für alle Seiten zufriedenstellende Lösung finden.«

Seit Langem hatte sie sich nicht mehr so entschlossen und voller Tatkraft gefühlt. Joe war es nicht gelungen, ihr Selbstbewusstsein vollkommen zu zerstören.

Auf der Straße steuerte Pamela die nächste rote Telefonzelle an. In Atlanta war jetzt später Vormittag, eine gute Zeit, um Louisa zu erreichen. Aus ihrer Börse kramte Pamela alle Einpfundstücke, die sie hatte – es waren sechs –, nahm den Hörer aus der Halterung, warf ein Pfund in den Schlitz, dann zögerte sie. Die Auslandsvorwahl von Georgia kannte sie nicht. Sie war sich auch nicht sicher, ob ein solches Ferngespräch überhaupt von einer öffentlichen Telefonzelle geführt werden konnte. Musste sie es eventuell vorher anmelden? Pamela hängte ein, steckte die Münzen in ihre Hosentasche und verließ die Zelle. Am besten fragte sie bei einem Postamt nach.

Ein ovales, rotes Blechschild mit gelben Buchstaben wies ihr den Weg. Das Postamt des Ortes befand sich in einem Schreibwarengeschäft, der Schalter im hinteren Verkaufsraum war mit einer Plastikscheibe abgetrennt. Eine Frau in mittleren Jahren bediente gerade einen Kunden an der anderen Kasse. Sie nickte Pamela kurz zu, als sie an den Postschalter trat, und gab ihr mit einem Blick zu verstehen, dass sie gleich Zeit für sie haben würde. Nachdem der

Kunde den Laden verlassen hatte, ging die Frau hinter die Trennscheibe und sah Pamela erwartungsvoll entgegen.

»Ich muss in die Staaten telefonieren«, sagte Pamela.

Die Frau sah sie an, als hätte Pamela verlangt, sie möge ihr einen Flug zum Mond buchen. »Das hier ist eine Poststelle, Miss!« Sie sprach mit einem derart ausgeprägten Akzent, dass Pamela Mühe hatte, sie zu verstehen.

»Äh … ich dachte, wegen der Auslandsvorwahl …«

Die Frau winkte ab, sie wirkte ungeduldig. »Ich habe keine Ahnung, wie das bei Ihnen in den Staaten läuft«, nun bemühte sie sich um eine klarere Aussprache, weil sie erkannte, dass Pamela Ausländerin war, »bei uns in Schottland vermittelt eine Poststelle keine Telefonate.«

»Das wusste ich nicht«, erwiderte Pamela. »Sie kennen nicht zufällig die Ländervorwahl?«

Die Frau schüttelte den Kopf. »In der örtlichen Bücherei liegen Telefonbücher aus. Ich denke, da werden Sie finden, was Sie suchen.«

Pamela atmete erleichtert auf. »Danke für die Auskunft. Wo finde ich die Bücherei?«

Die Frau deutete vage mit der Hand irgendwo hin und erklärte: »Die Straße runter, dann links bis zu einem kleinen Platz.« Pamela wandte sich ab und war schon fast an der Tür, als die Frau ihr nachrief: »Die Bücherei hat Dienstag- und Donnerstagvormittags jeweils von zehn bis zwölf geöffnet.«

Mist, dachte Pamela. Heute war zwar Donnerstag, aber später Nachmittag. Sie kehrte zu dem Schalter zurück und fragte: »Ein Telegramm kann ich hier aber aufgeben, nicht wahr? Oder sind Sie dafür auch nicht zuständig?«

»Ein Telegramm?« Die Frau wirkte unsicher. »Das habe ich noch nie gemacht, aber ich glaube, ich bekomme das hin. Ist eigentlich auch nicht anders als nach England rüber, oder? Ausland ist Ausland.«

Durch den Schlitz unter der Trennscheibe schob sie Pamela ein Formular und einen Kugelschreiber hin. Ungeniert sah sie zu, wie Pamela es ausfüllte und die Nachricht an Louisa schrieb:

Clashmore House seit Jahren bewohnt – Zahlen keine Miete – Makler wollen Haus trotzdem verkaufen – Leute lassen mich nicht rein – Was soll ich tun? – Bin in Bed & Breakfast bei Kirsty Lennox in Clashmore – Lass Dir deren Nummer geben und ruf mich an!

Obwohl die Buchstaben auf dem Kopf standen, hatte die Frau die Worte gelesen. Jetzt legte sie den Kopf zur Seite, musterte Pamela skeptisch und fragte: »Was haben Sie mit Clashmore House zu tun?«

Pamela sah ihr fest in die Augen, mit kühler Stimme antwortete sie: »Ich weiß nicht, wie es bei Ihnen in Schottland läuft, bei uns jedoch gilt das Postgeheimnis.«

Die Frau zuckte zurück und murmelte pikiert: »Telegramme sind nicht geheim, ich muss den Wortlaut schließlich übermitteln.«

»Was bin ich Ihnen schuldig?«

Sie zählte die Worte und nannte einen dreistelligen Betrag in britischen Pfund. Die Ausgabe riss ein großes Loch in Pamelas Reisekasse, es war aber immens wichtig, mit Louisa über die unerwartete Sachlage zu sprechen. Darüber hinaus interessierte es Pamela brennend, warum Louisa nie erwähnt hatte, dass ihr ein altes Schloss gehörte und welcher Zusammenhang zwischen ihr und Clashmore House bestand.

FÜNF

Inverness, Schottland – 1935

Verständnislos drehte Ayleen das schmale, in graues Papier eingewickelte Päckchen in den Händen. Der Briefträger hatte es gerade gebracht. In eckigen, gestochen scharf geschriebenen Buchstaben standen ihr Name und die Adresse der Mühle auf der Vorderseite. Ein Absender war nicht angegeben.

»Was ist das?« Derek Gibson nahm ihr das Päckchen aus der Hand. »Wer schickt dir etwas?«

»Ich weiß es nicht«, antwortete Ayleen aufrichtig. Die einzige Person, die ihr regelmäßig schrieb, war Louisa, aber die Freundin hatte sie erst vor wenigen Tagen gesehen. Außerdem sandte Louisa Briefe und keine Päckchen.

Grob rissen Dereks kräftige Finger das Papier auf, dann hielt er ein Buch in der Hand. »Mord im Orientexpress?«, blaffte er. »Du hast dir ohne meine Erlaubnis einen Kriminalroman bestellt?«

»Das habe ich nicht«, antwortete Ayleen. Sie konnte nicht verhindern, dass sie bis zu den Haarwurzeln errötete. »Ich weiß nicht, von wem das Buch kommt.«

»Lüg mich nicht an, Tochter!« Unter dem drohenden Blick des Vaters zog Ayleen den Kopf ein. »Ich habe dir verboten, für diesen Schund Geld auszugeben. Es gibt nur einen Ort, wo der Mist hingehört.«

Bevor Ayleen etwas sagen oder den Vater gar hindern konnte, hatte er das Buch in das offene Herdfeuer geworfen.

Hilflos musste Ayleen mit ansehen, wie die Flammen erst über den farbigen Umschlag züngelten, dann die Seiten erfassten. Nach wenigen Minuten war von dem Roman nur noch ein Häufchen Asche übrig. Sie unterdrückte die Tränen, die ihr angesichts dieser sinnlosen Zerstörung in die Augen stiegen. Entgegen ihren Worten ahnte sie, wer der Absender war: Der Fremde aus der Stadt! Woher kannte er ihren Namen und ihre Adresse? Hatte er sie beobachtet und war ihr vielleicht sogar bis zur Mühle gefolgt? In Ayleens Magen drückte es unangenehm, und sie schluckte.

Derek Gibson bemerkte die Reaktion seiner Tochter, und er fragte harsch: »Was verheimlichst du vor mir?«

»Nichts, Vater«, murmelte Ayleen, seinem stechenden Blick ausweichend. »Ich nehme an, Louisa kaufte das Buch. Ich sagte ihr, dass ich es gern lesen wolle.«

»Louisa!« Er spie den Namen aus, als wäre er ein Stück fauliges Obst. »Die Kellys sind eine seltsame Familie. Wie Pfaue stolzieren sie durch die Gegend, weil sie mehr Geld als andere haben. Deine Mutter akzeptierte die Freundschaft zu diesem seltsamen Mädchen, ich hingegen bin froh, dass sie nun weit weg ist. Sag ihr, dass meine Tochter es nicht nötig hat, Geschenke anzunehmen. Erst recht keine trivialen Bücher, deren einziger Sinn es ist, Flausen in deinen Kopf zu setzen. Hast du verstanden, Mädchen?«

»Ja, Vater.«

Zufrieden nickte er. »Kümmere dich jetzt um das Essen und dann geh zu deiner Mutter hinauf. Sie fühlt sich heute wieder einmal erschöpft.«

»Ja, Vater.« Ayleen sah ihm nach, wie er aus der Küche stapfte. In ihr stritten widersprüchliche Gefühle. Natürlich hatte ihr Vater recht: Unmöglich durfte sie das Geschenk eines Fremden annehmen, dabei hätte sie den Roman so gern gelesen!

Einige Tage nach der Zusendung des Buchs ging Ayleen wieder in die Stadt. Am morgigen Sonntag, wenn die Arbeit in der Mühle ruhte, erwartete der Vater ein reichhaltiges, deftiges Mittagessen. Das Wetter hatte sich endlich gebessert. Es schneite nicht mehr, und immer häufiger ließ sich die Sonne am Himmel blicken. Täglich wurde es ein bisschen wärmer. Ayleen trug zwei bis an die Ränder gefüllte Körbe. Trotz der schweren Last fühlte sie sich beschwingt und summte fröhlich. Der nahende Frühling schien alles leichter zu machen.

Ein großer Mann kam ihr entgegen. Ayleen blieb so abrupt stehen, dass die Person hinter ihr gegen sie prallte.

»Kannst du nicht aufpassen?«, murrte die ältere Frau.

Ayleen war nicht fähig, sich zu entschuldigen. Sie starrte den Mann an, der seinen Hut zog und leicht den Kopf neigte. »Sie!«

»Ein herrlicher Tag, nicht wahr?«, sagte er leichthin. »Haben Sie schon Zeit gefunden, den Roman zu lesen? Wie hat er Ihnen gefallen?«

»Wie kommen Sie dazu, mir das Buch zu schicken?«, sagte Ayleen verärgert. »Woher kennen Sie überhaupt meinen Namen und wissen, wo ich wohne?«

Er lächelte und zwinkerte ihr zu. Statt einer Antwort nahm er Ayleen einen der schweren Körbe ab und sagte: »Sehen Sie das Café auf der anderen Straßenseite? Ich lade Sie ein.«

»Ich muss nach Hause, mein Vater mag es nicht, wenn ich unpünktlich bin.«

»Ach, kommen Sie, nur ein paar Minuten.« Nun nahm er auch den zweiten Korb. Ayleen ließ es widerstandslos geschehen, und er ging zielstrebig auf das Café zu. Auf dem Gehsteig waren Tische und Stühle aufgestellt. Automatisch bewegten sich Ayleens Füße, und sie folgte ihm. Sie hatten kaum Platz genommen, als eine Serviererin kam und sie nach ihren Wünschen fragte.

»Tee?«, fragte der Fremde. Ayleen nickte. »Und bringen Sie uns noch je ein Stück von dem Schokoladenkuchen.«

»Das geht wirklich nicht …«

Er wischte Ayleens Einwand mit einer Handbewegung zur Seite. »Ich habe den Eindruck, Sie arbeiten zu viel. Sie führen den Haushalt, kümmern sich um Ihre leidende Mutter und legen wohl kaum mal die Hände in den Schoß. Arbeit ist gut und wichtig, manchmal muss man sich aber auch etwas Freizeit gönnen. Konnte mein kleines Geschenk Ihnen ein paar entspannte Lesestunden bereiten?«

»Mein Vater verbrannte das Buch.« Ayleen sah keinen Grund, die Wahrheit zu verschweigen. »Er hält nichts von dieser Art Literatur, außerdem ist es unschicklich, ein anonymes Geschenk anzunehmen.« Auch wenn ich sofort wusste, dass das Buch von Ihnen kam, fügte sie in Gedanken hinzu.

»Er hat es verbrannt?«, stieß er ärgerlich hervor, eine steile Falte bildete sich über der Wurzel seiner langen Nase mit einem ausgeprägten Höcker, als wäre sie gebrochen und nicht fachgerecht wieder eingerichtet worden. »Ihr Vater ist ein Banause!«

Die Kellnerin, die die Bestellung brachte, enthob Ayleen einer Erwiderung. Insgeheim gab sie dem Fremden jedoch recht.

Der Tee war stark und aromatisch, und der Kuchen schmeckte köstlich nach Schokolade. Sie tranken und aßen schweigend. Ayleen fühlte sich fast ein wenig verrufen, weil sie an einem Samstagvormittag mit einem Fremden in der Sonne saß, sich eine süße Leckerei schmecken ließ und keinen Gedanken an Zuhause verschwendete. Louisas Worte, sie solle das Leben mehr genießen, kamen ihr in den Sinn. Der Mann zog ein goldenes Etui aus der Innentasche seines aus gutem Stoff gearbeiteten, dunkelblauen Jacketts, öffnete es und hielt es Ayleen hin.

Sie schüttelte den Kopf. »Ich rauche nicht.«

Er ließ es unkommentiert und zündete sich eine Zigarette an. Nachdem er tief inhaliert und den Rauch ausgestoßen hatte, sagte er: »Wie alt sind Sie, Miss Ayleen? Achtzehn, nicht wahr?«

Energisch schob Ayleen ihre noch halb volle Tasse zurück und antwortete: »Für den Tee, den Kuchen und auch Ihre sicher freundlich gemeinte Gabe danke ich Ihnen. Jetzt wollen wir aber festhalten: Mir gegenüber sind Sie deutlich im Vorteil, da Sie meinen Namen, meine Adresse und sogar meine Familienverhältnisse kennen. Wer sind Sie, was wollen Sie von mir und warum verfolgen Sie mich seit Tagen?«

Er schmunzelte. »War es so offensichtlich? Ich eigne mich wohl nicht besonders als heimlicher Beobachter. Seien Sie unbesorgt, Miss Ayleen, ich wollte Sie lediglich kennenlernen. Mein Name ist Jacob McKinnley, und ich halte Sie für eine interessante und kluge junge Frau.«

Ayleen fragte nicht, wie er das beurteilen konnte. »Leben Sie in Inverness?«

»Mein Heim befindet sich in den westlichen Highlands, und Geschäfte führen mich regelmäßig in die Stadt. Ich habe einfach Spaß daran, anderen Menschen eine Freude zu bereiten. Letzte Woche, vor der Buchhandlung, erkannte ich, dass Sie den Roman gerne hätten. Ich möchte

Ihnen nicht zu nahetreten, Miss Ayleen, mein Eindruck ist jedoch, dass Sie nicht oft die Möglichkeit haben, sich der Literatur zu widmen. Gerade junge Menschen sollten lesen, denn Lesen bildet und eröffnet Horizonte.«

Ayleen war hin- und hergerissen. Jacob McKinnley machte den Eindruck eines väterlichen Freundes. Sie hoffte, er würde nicht denken, mehr für sie sein zu können. Der Altersunterschied war einfach zu groß.

»Ich muss jetzt gehen«, sagte sie und stand auf.

»Ich werde Sie begleiten.«

»Nein!« Abwehrend hob Ayleen die Hände. »Mein Vater würde es missbilligen.«

»Unsinn! Für eine zarte Frau sind die Körbe viel zu schwer, und Ihren Vater überlassen Sie ruhig mir.«

Ayleen konnte ihn nicht daran hindern, die Körbe aufzunehmen und sie zu begleiten. Plötzlich fragte er: »Was halten Sie von dem Kronprinzen und seiner Beziehung zu der Amerikanerin?«

»Äh … also, ja …« Ayleen hatte keine Ahnung, wovon er sprach.

Er schien es nicht zu bemerken und plauderte munter weiter: »König George ist nicht mehr der Jüngste. Vielleicht kommt er nach seiner Großmutter, Königin Victoria, und ihm wird ein langes Leben beschieden sein. Trotzdem dürfen wir die Tatsachen nicht ausblenden. Der König ist über siebzig Jahre alt, und Edward wird ihm auf den Thron folgen. Als Kronprinz hat er gewisse Privilegien, da sieht man – besonders bei einem so attraktiven Mann wie Edward – gern über ein gewisses … nun ja, sagen wir mal unmoralisches Verhalten hinweg. Als künftiger König des britischen Empires wird er seine leidige Affäre zu Wallis Simpson jedoch beenden müssen. Mein Gott, die Frau ist verheiratet, und zwar schon zum zweiten Mal! Von ihrem ersten Mann ließ sie sich scheiden, und ihr Ruf ist außerordentlich schlecht.« McKinnley blieb stehen und sah Ayleen an. In ihrem Gesicht las er wie in einem offenen Buch, daher fragte er: »Kann es sein, dass Sie über die Vorgänge, die derzeit das Land bewegen, nicht im Bilde sind?«

»London ist weit weg«, antwortete Ayleen vage. »Ich bin erstaunt, wie sehr Sie sich als Schotte für das englische Königshaus interessieren. In der Schule habe ich einiges über die Beziehung zwischen den beiden Ländern gelernt. Nicht wenige Schotten möchten unser Land gern unabhängig vom Vereinigten Königreich sehen.«

Er fragte: »Wie ist Ihre Meinung, Miss Ayleen? Würden auch Sie eine Eigenständigkeit Schottlands befürworten?«

Ayleen zuckte mit den Schultern. »Ich bin nur die Tochter eines Müllers, Sir, Politik überlasse ich anderen. Schottland ist zu lange ein Teil Großbritanniens, als dass sich daran etwas ändern ließe.«

Er schien mit ihrer Antwort nicht zufrieden zu sein, wechselte aber das Thema: »Wie gefällt Ihnen London?«

»London?«, wiederholte sie überrascht und lächelte. »Ich war noch nie in London, nicht einmal in Edinburgh oder Aberdeen.«

Jacob McKinnley seufzte. »Das ist bedauerlich, aber Sie sind ja noch jung. Miss Ayleen, Sie müssen die Welt sehen! Paris, Florenz, Rom, Athen! Eigentlich auch Berlin, aber ein Aufenthalt in Deutschland ist derzeit nicht besonders angenehm.«

»Aus welchem Grund?«

Nun konnte er sein Erschrecken über ihre Ahnungslosigkeit nicht länger verbergen. »Ja, lesen Sie denn keine Zeitung oder hören die Nachrichten im Radio?«

»Wir haben keinen Radioapparat«, erwiderte Ayleen knapp und ließ unerwähnt, dass der Vater keine Zeitung kaufte, weil ihn außer der Mühle nichts anderes interessierte.

Jacob McKinnley ging wieder weiter. Dabei erklärte er Ayleen in groben Zügen, dass seit über zwei Jahren in Deutschland eine neue Regierung an der Macht war, deren Führer – so wurde der Reichskanzler allgemein genannt – sich zum Ziel gesetzt hatte, die Repressalien des Großen Krieges loszuwerden. Außerdem stand er gewissen Völkergruppen ablehnend gegenüber. »Hitler wird es nicht gelingen, die Juden völlig aus dem Land zu vertreiben. Dazu sind es zu viele, und die Bevölkerung wird es nicht dulden. Man munkelt, es geschehen furchtbare Dinge in Deutschland, und immer mehr Menschen verlassen das Land. Viele kommen auch nach England. Prinz Edward hingegen liebt Deutschland und alles, was deutsch ist. Privat spricht er nur diese Sprache. Das ist ein weiterer Aspekt, warum zu bezweifeln ist, dass er sich zum englischen König eignet.«

Ayleen wusste nicht, was Jacob McKinnley mit diesem politischen Gespräch bezweckte, aber offenbar war ihm das Schicksal des Prince of Wales nicht gleichgültig. Sie war erleichtert, als die Mühle in Sicht kam.

»Geben Sie mir die Körbe«, forderte sie ihn auf. »Den Rest muss ich allein gehen.« Wenn der Vater sie in Begleitung des Fremden sah, würde das weiteren Ärger bedeuten.

»Vielleicht haben Sie recht, und es ist noch zu früh.« McKinnley stellte die Körbe auf den Boden. »Morgen muss ich nach Hause fahren, aber ich komme bald wieder in die Stadt. Dann sehen wir uns, Miss Ayleen.«

Sie lächelte unverbindlich. Bei aller Freundlichkeit und obwohl sie ihn wegen seiner Weltgewandtheit und seines Wissens bewunderte – Jacob McKinnley war ein alter

Mann. Auf keinen Fall wollte sie irgendwelche Hoffnungen in ihm wecken, die sie nicht erfüllen konnte.

Zwei Wochen später fand Ayleen, nachdem sie vom Einkaufen nach Hause kam, Jacob McKinnley bei ihrem Vater im Wohnzimmer sitzend vor. Die beiden Männer im selben Alter wirkten sehr vertraut miteinander, der äußerliche Gegensatz konnte jedoch nicht größer sein. In dem eleganten dreiteiligen Anzug aus hellem Tweed, einem weißen, gestärkten Hemd, einer dezent gemusterten Krawatte und mit der goldenen Kette einer Taschenuhr in der Weste wirkte Jacob McKinnley in dem karg eingerichteten Raum deplatziert.

»Sir McKinnley möchte heute Abend mit dir zum Tanzen gehen«, erklärte Ayleens Vater. »Ich habe zugestimmt, aber du bist spätestens um zehn Uhr wieder zu Hause, Tochter.«

Ayleen schnappte nach Luft und wollte ablehnen. Wie kamen die Männer dazu, über ihren Kopf hinweg zu entscheiden? Dann zwinkerte McKinnley ihr verstohlen zu und lächelte so charmant, dass sie stumm nickte. Der Abend verlief dann auch sehr angenehm, denn ihr Begleiter war ein guter Tänzer und interessanter Plauderer. Jacob – er hatte sie gebeten, ihn beim Vornamen zu nennen – erzählte von seinen Reisen aufs Festland, von Orten und Stätten, die Ayleen nur von Fotografien kannte, und erstmalig sprach er auch über sein Zuhause.

»Ich lebe mit meiner Schwester zusammen, sie ist ein paar Jahre jünger und kümmert sich um den Haushalt. Unsere Eltern starben vor vielen Jahren, wir haben nur noch uns. Da ich regelmäßig auf Reisen bin, ist sie mir eine große Stütze.«

Ayleen, die sich immer Geschwister gewünscht hatte, fand es schön, wie liebevoll Jacob von seiner Schwester sprach. Sie wunderte sich zwar, dass sie beide niemals geheiratet hatten, wollte eine so intime Frage aber nicht stellen.

In den Tagen darauf trafen sie sich regelmäßig, stets mit dem Wohlwollen von Derek Gibson. Mit seinem Automobil holte Jacob Ayleen in der Mühle ab, führte sie in Cafés und Restaurants. Einmal besuchten sie sogar eine Theateraufführung – es wurde *Was Ihr Wollt* von William Shakespeare gezeigt –, und als Ayleen erwähnte, sie sei noch nie in einem Filmtheater gewesen, sah sich Jacob ihr zuliebe einen in Amerika produzierten Piratenfilm an. Ayleen spürte, dass der Streifen Jacob gar nicht gefiel, trotzdem plauderte er danach unbeschwert über die Hauptdarsteller, die farbenprächtigen Kostüme und die Handlung.

Für Ayleen war es eine interessante und aufregende Zeit. Jacob McKinnley war zu einem Freund geworden. Ein väterlicher Freund, dem sie vertraute und in dessen Gegenwart sie sich wohlfühlte. Ihre Beziehung wurde von Russell kritisch beäugt, er sah aber ein, dass er zu jung und zu unbedeutend war, um gegen einen Gentleman wie Jacob McKinnley auch nur den Hauch einer Chance zu haben. Mit keiner Geste zeigte Jacob, dass er sich von Ayleen mehr erhoffte, oder sprach über eine gemeinsame Zukunft. Daher kam es für Ayleen völlig überraschend, als der Vater an einem Sonntagnachmittag sie und die Mutter im Wohnzimmer zusammenrief und sagte: »Jacob McKinnley hat um die Hand unserer Tochter angehalten, Bridget.« Er sah an Ayleen vorbei. »Ich habe zugestimmt, die Hochzeit wird nächsten Sonntag sein.«

»Was?« Ayleen fuhr hoch, sie glaubte, sich verhört zu haben. »Bist du von allen guten Geistern verlassen? Ich habe nicht vor, Jacob zu heiraten, und selbst wenn: Hätte er nicht zuerst mich fragen sollen?«

»Tochter, zügle deine Zunge!«, maßregelte er sie streng. »Der *Laird*«, der Titel kam voller Genugtuung über seine Lippen, »kann dir ein Leben bieten, von dem ein Mädchen wie du nur träumen kann.« Sein Ärger legte sich, in Dereks helle Augen trat ein schwärmerischer Glanz. »Hat er dir nie gesagt, wie vermögend er ist?«

Ayleen schüttelte den Kopf. »Sein Geld interessiert mich nicht. Er ist freundlich, höflich, gebildet und kultiviert, aber viel zu alt, und ich liebe ihn nicht.«

»Liebe! Pah!«, spie der Müller aus. »Das Leben ist nicht so wie in deinen romantischen Schundromanen, Tochter. Die Mühle ernährt gerade uns und einen Gesellen, auf eine Mitgift darfst du nicht hoffen.« Er beugte sich vor, bis seine Nasenspitze nur noch eine Handbreit von Ayleens Gesicht entfernt war und kniff die Augen zusammen. »Was willst du sonst machen? Etwa Russell heiraten und wie deine Mutter und ich für den Rest deines Lebens jeden Penny dreimal umdrehen, bevor du ihn ausgibst?«

»Ich kann arbeiten«, wandte Ayleen ein, klang aber unsicher, wie immer, wenn der Vater so mit ihr sprach. »Ich habe Maschineschreiben und Stenografie gelernt. Heutzutage arbeiten viele Frauen, und ich …«

»Nichts da!« Mit der Hand fuchtelte Derek vor Ayleens Gesicht herum, als wolle er eine lästige Fliege verscheuchen. »Du bekommst die Chance, eine Lady zu werden. Eine richtige Lady!«

Unsicher sah Ayleen zu ihrer Mutter. Die Hände im Schoß gefaltet, den Kopf gesenkt, kauerte sie wie ein Häufchen Elend im Sessel und schwieg.

»Màthair …« Bewusst wählte Ayleen die zärtliche, gälische Anrede. »Warum sagst du nichts? Willst auch du, dass ich diesen alten Mann heirate?«

Bridget sah auf, in den rehbraunen Augen einen traurigen Ausdruck. »Ich bin nicht gesund, nur Gott allein weiß, wie viel Zeit mir noch auf Erden beschieden sein wird.« Sie sprach leise, aber bestimmt. »Alle Mütter wollen für ihre Kinder nur das Beste.«

»Ist eine Ehe mit Geld, aber ohne Liebe etwa das Beste?«, rief Ayleen aufgeregt. Sie sprang auf und lief unruhig im Zimmer auf und ab. »Ihr könnt mich nicht zwingen, Jacob zu heiraten.«

»Das können wir sehr wohl«, polterte Derek. »Du bist unmündig und wirst tun, was ich dir sage.«

»Was du mir *befiehlst*«, sagte Ayleen bitter und wandte sich zur Tür. »Ich gehe in mein Zimmer, ich wäre jetzt gern allein.«

Sie widerstand der Versuchung, die Tür hinter sich zuzuknallen. In ihrem Zimmer fasste sie den Entschluss, mit Jacob zu sprechen und zu sagen, dass ihre Gefühle für ihn nur freundschaftlich waren. Er würde sie verstehen und eine Ehe auf dieser Basis sicher nicht wollen. Ayleen fragte sich, ob ihr Verhalten in den letzten Wochen Jacob Anlass gegeben hatte zu glauben, sie wolle seine Frau werden. Sie war sich keiner Schuld bewusst, allerdings kannte sie sich weder mit Männern noch in Liebesdingen aus.

Das Gespräch mit Jacob McKinnley zwei Tage später verlief anders als von Ayleen geplant. Er hörte sie an, ohne sie zu unterbrechen, und sagte dann: »Ihre Beweggründe verstehe ich vollkommen, Miss Ayleen. Beachten Sie aber auch den Aspekt, dass Sie als meine Frau all das tun können, was Sie schon immer wollten. Die Bücher lesen, die Ihr Herz begehrt, und wir können reisen, Museen und Theater besuchen. Sie werden die Herrin eines eigenen Hausstandes sein. Sie und ich – trotz des Altersunterschiedes sind wir uns ähnlich. Es wäre vermessen von mir anzunehmen, dass ich in Ihrem Herzen romantische Gefühle hervorrufe, aber viele Ehen beruhen auf Verständnis, Freundschaft und vor allen Dingen auf gleichen Interessen.«

»Warum ich?«, flüsterte Ayleen. »Warum ausgerechnet ich? Sie sind ein Laird, ein gebildeter, weit gereister Herr, ich nur die Tochter eines Müllers. Sie müssen Dutzende Frauen Ihrer Gesellschaftsschicht kennen, die besser zu Ihnen passen und die liebend gern Ihre Frau werden würden.«

Er nahm ihre Hand und sah sie ernst an. »Gleich bei unserer ersten Begegnung wusste ich, dass Sie die Frau sind, nach der ich immer gesucht habe. Ich kann und will Sie nicht bedrängen, Ayleen, aber denken Sie über meinen Antrag nach. Ich verspreche Ihnen ein glückliches und sorgenfreies Leben.«

»Aber ich liebe Sie nicht!«, stieß Ayleen hervor.

Milde lächelnd erwiderte er: »Sie werden mich heiraten, Ayleen, denn nichts wollen Sie so sehr, als Ihrem Vater zu entfliehen.«

Wie recht Jacob McKinnley hatte, zeigte sich in den nächsten Tagen. Ayleens Vater verbot ihr, das Haus zu verlassen, bis sie – seinen Worten nach – zur Einsicht gekommen sei. Selbst zum Einkaufen durfte sie nicht mehr gehen, dies erledigte nun Bridget, obwohl es ihr schwerfiel, den weiten Weg in die Stadt zu gehen. Auch die Mutter sprach kaum ein Wort mit ihrer Tochter. Nie zuvor hatte sich Ayleen so allein gefühlt. Einen Brief an Louisa zu schreiben, unterband der Vater, und nachts schloss er sie in ihrem Zimmer ein. Ayleen fühlte sich wie im vergangenen Jahrhundert, hatte aber keine Ahnung, was sie tun konnte. In der Nacht aus ihrem Zimmerfenster klettern und fortlaufen? Wohin sollte sie gehen? Sie besaß keinen einzigen Penny und kannte außer Louisa niemanden, der ihr helfen konnte. Ohne Geld konnte sie auch nicht nach Glasgow gelangen, außerdem teilte sich die Freundin mit einer anderen Studentin ein kleines Zimmer in einem Wohnheim. Über Geld, das sie Ayleen hätte leihen können, verfügte Louisa nicht.

Jacobs Worte, sie wolle nichts so sehr, wie ihrem Vater entfliehen, gingen Ayleen nicht aus dem Sinn. Vielleicht war eine Ehe mit dem älteren Mann, der ihr so viel bieten konnte, wirklich einer weiteren Gefangenschaft in der Mühle vorzuziehen. Und so willigte Ayleen schließlich ein, Jacob McKinnleys Frau zu werden.

Zwei Wochen später stand Ayleen Gibson am Altar von St Mary's, der römisch-katholischen Kirche in Inverness, und gab Jacob McKinnley das Ja-Wort. Ebenso wie Ayleen gehörte auch Jacob dem katholischen Glauben an. Bei der Trauung waren nur ihre Eltern anwesend, als Trauzeugen fungierte ein benachbartes Ehepaar. Jacobs Schwester war nicht gekommen.

»Die Reise ist für sie zu zeitaufwendig«, erklärte Jacob. »Du wirst sie heute Abend ohnehin kennenlernen.«

Nach der kirchlichen Zeremonie aßen sie einen schnellen Lunch in einem Restaurant am Ufer des Flusses, bei dem Ayleen überhaupt nicht wahrnahm, was auf ihrem Teller lag, dann half ihr Jacob in sein schwarzes, wuchtiges Automobil. Von der Mutter verabschiedete sich Ayleen mit einem Kuss auf die Wange. Die war eiskalt, obwohl es ein warmer Sommertag war. Bridget sagte kein Wort, sie sah ihre Tochter nur nachdenklich an. Jacob hatte eine zuverlässige ältere Frau gefunden, die mehrmals in der Woche in die Mühle kommen, im Haushalt nach dem Rechten sehen und sich auch um die Mutter kümmern würde. Ayleen war Jacob sehr dankbar, dass er für die Kosten aufkam. Dem Vater nickte sie kühl zu und hatte den Eindruck, er war froh, sie los zu sein.

Jacob chauffierte selbst. Nachdem sie die letzten Häuser von Inverness hinter sich gelassen und auf die Hauptstraße gen Westen eingebogen waren, fragte Ayleen zum ersten Mal: »Wohin fahren wir? Wo ist dein … unser Zuhause?«

»Wir leben in Clashmore«, erklärte er. »Das ist ein kleines Dorf, etwa zwanzig Meilen im Südwesten, im Clashmore Valley, am Rand der Clashmore Mountains. Mein Heim liegt außerhalb des Ortes, allgemein wird es Clashmore House genannt.«

Clashmore – der Name klang warm und wohlig. Ayleen lehnte sich in den dunkelgrünen Lederpolstern zurück, betrachtete die draußen vorbeirauschende Landschaft und entspannte sich. Sie mochte Jacob zwar nicht in der leidenschaftlichen Art lieben, wie sie in Romanen häufig beschrieben wurde. Sie war aber gern in seiner Gesellschaft und mochte es, wenn er sie in die Arme nahm und sanft küsste. Dann fühlte sie sich geborgen. Voller Zuversicht sah Ayleen in die Zukunft.

SECHS

Clashmore, Schottland – August 1997

Zurück im Dorf wäre Pamela am liebsten zum Haus ihrer Großmutter gefahren, um die Leute zur Rede zu stellen. Die Erinnerung an den kräftigen Hünen mit den harten Gesichtszügen und wie er, die Harke in der Hand, drohend auf sie zugekommen war, hielt sie allerdings davon ab, sich ihm allein ein weiteres Mal zu stellen. Wenn seine Kumpane ähnlich veranlagt waren, führten die Leute nichts Gutes im Schilde.

Erst als Pamela in die Einfahrt der Pension fuhr, merkte sie, dass ihr Magen knurrte. Bei Kirsty gab es kein Abendessen, der Pub servierte auch keine Speisen, und das Sandwichcafé hatte jetzt wieder geschlossen.

»Mist aber auch«, fluchte Pamela. Immer, wenn sie sich aufregte oder Sorgen hatte, bekam sie Appetit. Während es anderen Menschen bei Kummer den Magen regelrecht zuschnürte, hatte sie das Gefühl, sie brauche etwas Deftiges, um sich zu beruhigen, sozusagen Nervennahrung. Die nächst erreichbare größere Ortschaft war Beauly, wo sie eben herkam, weiter westlich zeigte die Straßenkarte nur noch ein paar vereinzelte Gehöfte, und nach etwa zehn Meilen endete die Straße ohnehin in den Bergen. Vielleicht konnte sie Kirsty ein oder zwei Scheiben Toast und etwas Butter abschwatzen. Sie fand die Wirtin in dem Zimmer hinter der kleinen Rezeption.

Kirsty strahlte sie an und fragte: »Hatten Sie einen schönen Tag, Pam?«

»Es ging so«, antwortete Pamela ausweichend. »Ich frage mich, ob Sie nicht ein paar Scheiben Brot und etwas Butter übrighaben. Selbstverständlich bezahle ich dafür.«

»Wieder kein Abendessen?« Kirsty nickte verstehend. »Nun ja, eigentlich gibt es für meine Gäste kein Abendbrot, bei Ihnen will ich aber eine Ausnahme machen. Auch eine Tasse Tee?«

»Tee wäre wundervoll«, antwortete Pamela, die Kaffee zwar bevorzugte, dem gefriergetrockneten aber beim besten Willen nichts abgewinnen konnte. »Ich verspreche, mich in den nächsten Tagen besser vorzusehen.«

»Ja, hier auf dem Land ist es ratsam, Einkäufe für mehrere Tage zu planen.«

Kirsty verschwand in der Küche auf der anderen Seite des Hauses, und Pamela sah sich in dem Raum um, der Kirsty und ihrem Sohn als Wohnzimmer diente. Ein niedriger Tisch, zwei mit grünem Samt bezogene Sessel, eine Anrichte mit bunt zusammengewürfelten Trinkgläsern, darüber ein Regal mit einem Dutzend Romanen und einigen Videokassetten. Auf der anderen Seite befand sich ein Kamin mit einem elektrischen Feuer. Der Fernseher war ausgeschaltet, von Colin keine Spur zu entdecken – worüber Pamela nicht unfroh war –, und auf dem niedrigen Tisch lagen Zeitschriften. Zwei beschäftigten sich mit Fußball, die anderen waren typische Klatschblätter der Yellow Press. Vom Titelblatt des obenliegenden Magazins strahlte Lady Diana Spencer in die Kamera. Die Schlagzeile lautete:

Romantischer Urlaub an der Côte d'Azur – Lady Di und Dodi Al-Fayed turteln wie ein junges Liebespaar

Pamela schmunzelte. In den Staaten interessierten sich nur wenige Menschen für die europäischen Adelshäuser. Louisa hingegen hatte die Ehe von Lady Diana und die

Schlammschlacht der Scheidung von Kronprinz Charles stets verfolgt, so war auch Pamela über das Leben der schönen und eleganten Lady gut informiert. Der allgemeine royale Klatsch, gleichgültig welches Herrscherhaus er betraf, interessierte Pamela hingegen kein bisschen. Gut, wenn das, was Lady Di behauptete, der Wahrheit entsprach, war für sie die Ehe eine Qual und andauernde Erniedrigung gewesen. Dies hatte sie aber unerbittlich der Firma – wie sie das englische Königshaus bezeichnete – zurückbezahlt. Sie hatte Affären gehabt, ihr Interview von vor zwei Jahren sorgte weltweit für Aufsehen, und der Queen ging es gewaltig gegen den Strich, dass ihre ungeliebte Ex-Schwiegertochter auch heute noch von vielen als *Königin der Herzen* verehrt wurde. Pamela blätterte durch die Seiten und überflog den Artikel. Ein offenbar findiger Reporter schrieb, die Hochzeit zwischen Lady Di und Dodi Al-Fayed stünde unmittelbar bevor, wahrscheinlich sogar noch in diesem Jahr in Frankreich. Tatsächlich wirkte die Prinzessin auf den Fotos, die den Artikel bebilderten, so glücklich wie schon lange nicht mehr. Pamela vermutete indes, die Bilder stammten aus irgendwelchen Archiven und waren gar nicht aktuell geschossen worden.

»Lady Di scheint ihr Glück gefunden zu haben.«

Pamela fuhr herum, sie hatte Kirsty nicht zurückkommen hören.

»Entschuldigung, ich wollte nicht …«

»Ist schon gut, Pam. Die Zeitschriften sind schließlich zum Lesen da.«

Kirsty stellte ein Tablett auf dem Tisch und somit auf den Magazinen ab. Sie hatte es sich nicht nehmen lassen, für Pamela nicht nur Toast und Butter zu bringen, sondern hatte ihr zwei große Käse-Schinken-Sandwiches gemacht und den Teller mit aufgeschnittenen kleinen Tomaten und Salatgurkenscheiben dekoriert.

»Setzen wir uns doch«, schlug Kirsty vor und schenkte den Tee in zwei Steinguttassen. »Das heißt, wenn es für Sie okay ist, wenn ich Ihnen Gesellschaft leiste.«

»Gern, Kirsty. Herzlichen Dank, der Tee duftet köstlich.« Pamela war froh, jetzt nicht allein zu sein, lenkte die Unterhaltung mit Kirsty sie doch von der Verwirrung über das in Clashmore House Erlebte ab.

»Ich freue mich, dass sich Lady Di's Leben endlich zum Guten wendet«, sagte die Wirtin mit einem versonnenen Lächeln. »Die arme Frau hat es schwer gehabt. Kein Wunder bei einer solch harten und emotionslosen Schwiegermutter wie der Queen.« Kauend nickte Pamela, eine Beurteilung über die britische Königin lag ihr fern, und Kirsty fragte: »Drüben in Amerika – bekamen Sie mit, was im englischen Königshaus abging?«

Pamela schluckte und antwortete: »Die Klatschpresse der Staaten berichtet natürlich weniger als hier, aber da meine Großmutter Schottin ist, informiert sie sich über alles, was dieses Land bewegt.«

Kirstys Unterkiefer klappte herunter. »Sie sind Schottin?«

»Zu einem Viertel, ja«, bestätigte Pamela. »Louisa, meine Grandma, verließ das Land nach dem Zweiten Weltkrieg und heiratete einen Amerikaner. Mein Vater wurde in Atlanta geboren, und meine Mutter stammt aus Virginia. In den Staaten gibt es viele Leute mit britischen Wurzeln.« Pamela sah keinen Grund, Kirsty die Tatsachen zu verschweigen und fügte noch hinzu: »Früher lebte Louisa sogar in der Gegend von Clashmore.«

»Wie ist denn der Mädchenname Ihrer Großmutter?«, fragte Kirsty, ein interessiertes Funkeln in den Augen.

»Äh … Also …« Pamela zögerte. »Ich fürchte, ich weiß es nicht«, musste sie zugeben. »Wir haben nie darüber gesprochen. Ist es wichtig?«

Kirsty winkte ab. »Nein, nein, ich dachte nur … Wir leben hier sehr ländlich, jeder kennt jeden, und irgendwie sind alle über sieben Ecken miteinander verwandt.« Sie musterte Pamela und sagte: »Meinem Mann, Gott hab' ihn selig, gefiel es nie, dass ich mich für das Königshaus interessiere. Er war nämlich ein Lennox, müssen Sie wissen.« Pamela nickte und lächelte unverbindlich, denn mit dem Namen konnte sie nichts anfangen, aber Kirsty gab ihr sogleich die Erklärung: »Ich hingegen bin eine Campbell, allerdings eine sehr weitläufige Nachfahrin des einst mächtigen Clans der Campbells. Sie wissen bestimmt, dass sich die Campbells in der bewegten Geschichte des Landes nicht mit Ruhm bekleckert haben. Denken Sie nur an das Massaker von Glencoe! Schreckliche Sache, ganz furchtbar …« Kirsty brach ab, einen bekümmerten Ausdruck in den Augen.

»Ja, das war schlimm«, murmelte Pamela. Von einem Massaker von Glencoe hatte sie nie zuvor gehört, konnte sich auch nicht daran erinnern, dass das einst Thema im Geschichtsunterricht gewesen war. An den amerikanischen Schulen wurde ohnehin kaum etwas gelehrt, das nicht unmittelbar mit der Historie der Vereinigten Staaten zusammenhing.

Gedankenverloren, als hätte sie Pamelas Anwesenheit vergessen, fuhr Kirsty fort: »Die Lennox' hingegen, also, die Familie meines Mannes, standen immer auf der Seite der Stuarts. Im achtzehnten Jahrhundert verloren sie alles, wurden mehr oder weniger zu Bettlern, gut die Hälfte des Clans kam ums Leben. Auch bei der Schlacht bei Culloden standen die Campbells auf der Seite des englischen Königs. Aber das ist alles so lange her …« Kirsty seufzte, hob den Kopf und kehrte in die Gegenwart zurück. »Ich möchte Sie mit den alten Geschichten nicht langweilen, Pam. Heute spielt es keine Rolle mehr, auf welchen Seiten unsere Vorfahren einst kämpften. Schottland und England sind ein Land, auch wenn es nicht wenige gibt, die sich eine Unabhängigkeit Schottlands wünschen. Wenn man aber ein wenig Grips hier oben hat«, schmunzelnd tippte sie sich an die Stirn, »weiß man, dass wir auf London angewiesen sind. Gut, wir haben das Öl und den Whisky, das reicht aber nicht aus, um wirtschaftlich zu überleben. Ich bin durchaus dafür, dass unser Land durch ein eigenes Parlament im Unterhaus vertreten wird und hoffe, es kommt zu einem Referendum, bei dem die Mehrheit der Schotten dafür stimmen wird. Immerhin haben wir prominente Unterstützung in Gestalt von Sean Connery. Ihm liegt seine Heimat sehr am Herzen. Sie kennen den Schauspieler?«

»Klar, wer kennt Sean Connery nicht?«, antwortete Pamela. Kirstys Worte überraschten sie, denn sie hatte die Frau nicht als derart politisch informiert und interessiert eingeschätzt.

Kirsty sah zu der altmodischen Kaminuhr unter einem Glassturz. »Wenn Sie mich jetzt bitte entschuldigen würden? Gleich beginnt eine Quizsendung, die ich mir regelmäßig ansehe, das Mitraten macht Spaß. Möchten Sie die Show mit mir zusammen ansehen?«

»Ich denke, ich schnappe noch etwas frische Luft«, antwortete Pamela. »Herzlichen Dank für den Tee und die Sandwiches, Kirsty.«

»Keine Ursache, es war nett, ein wenig Unterhaltung zu haben. Colin ist mit seinen Freunden unterwegs, außerdem steht er nicht besonders auf einen Abend mit seiner alten Mutter.«

Pamela stimmte in Kirstys Lachen ein und verließ das Zimmer. Sie war noch in der Lobby, als sie hörte, wie der Fernseher anging und eine männliche Stimme drei Kandidaten vorstellte, die alle die Chance hatten, mit zehntausend Pfund in der Tasche das Studio zu verlassen. Draußen war es immer noch dämmrig, im Westen stand sogar noch ein Streifen Sonnenlicht am Horizont. Zügig schritt Pamela aus. Nach nur wenigen Minuten hatte sie das Ende des Dorfes erreicht, machte kehrt und erkundete Clashmore in die andere Richtung. Als hier die zweistöckigen Häuser aus grauem Stein endeten, führte ein Pfad nach rechts. Der Fußweg endete vor einer kleinen Kirche mit einem niedrigen, spitzen Turm. Der Friedhof rund um das Gotteshaus war mit flechtenüberzogenen Grabsteinen übersät, die meisten Inschriften so verwittert, dass die Namen nicht mehr zu erkennen waren. Am rechten Rand des Friedhofes, direkt neben einer hohen, dichten Hecke befand sich ein imposantes Grabmal. Es war gut vier Meter breit, mit einer etwa zwei Meter hohen Statue geschmückt. Diese stellte einen kräftigen Mann dar, gekleidet wie ein Kämpfer aus vergangenen Zeiten. Er trug einen Kilt, seine Gesichtszüge mit dem kantigen, harten Kinn waren grimmig, in der Hand hielt er eine Pike. Das Grabmal war aus einem hellen Stein gefertigt, frei von Unkraut und Moos, auch der eingemeißelte Name war gut zu erkennen:

McKinnley – Stuart of Clashmore

Pamela vermutete, es war das Grabmal der Familie, die in der Gegend einst angesiedelt gewesen war und ihr den Namen gegeben hatte. Dann ruhten hier die Gebeine von Louisas Vorfahren und somit auch ihrer Ahnen. Pamela kniff die Augen zusammen und versuchte, die unter dem Namen stehende Inschrift zu entziffern.

An seo cuir fois air cnàmhan teaghlach gaisgeil a tha an-còmhn-aidh air an dìlseachd a nochdadh agus a sheasas aon latha gu mòrachd

Es war Gälisch, und Pamela verstand kein Wort. Nun wurde es auch zunehmend dunkler, und der Wind rauschte in den mächtigen Rotbuchen und Eichen. Obwohl Pamela keine ängstliche Person war und von Aberglauben und solchen Sachen nichts hielt, lief ihr ein Schauer über den Rücken.

»So ein Unsinn«, murmelte sie und schmunzelte über sich selbst. Für einen Moment hatte sie den Eindruck gehabt, der kriegerisch wirkende Mann würde von seinem Sockel steigen und sie bedrohen, weil sie seine Totenruhe störte. Trotzdem beschleunigte Pamela ihre Schritte, um den unwirtlichen Friedhof zu verlassen. Die letzten Meter rannte sie sogar – so schnell, dass sie direkt in jemanden hineinlief.

»Hoppla!« Zwei Arme umfingen sie, sonst wäre sie wohl gestürzt. »Ist ein auferstandener Toter hinter Ihnen her, oder warum rempeln Sie unschuldige Passanten an?«

Pamela sah auf und direkt in zwei dunkle Augen, die sie von oben herab musterten. Sie standen unter einer Laterne, das gelbliche Licht schimmerte auf den gewellten, schwarzen Haaren, das der Fremde kinnlang trug.

»Entschuldigung«, murmelte Pamela und spürte, wie sie errötete. Er schien es nicht zu bemerken, oder es war ihm gleichgültig, denn er ließ sie los, steckte beide Hände in die Taschen seines olivgrünen Parkas und stapfte ohne ein weiteres Wort davon.

Pamela schlenderte die Hauptstraße wieder entlang. Vor dem Pub zögerte sie. Heute war sie kein bisschen müde, und ein Drink würde ihre Nerven beruhigen, so stieß sie die Tür auf und trat ein. Der Geruch nach Bier und dichter Zigarettenqualm schlug ihr entgegen. Der Gastraum war

größer als von außen vermutet, hatte eine niedrige, rußge-
schwärzte Balkendecke, die Wand zu ihrer Rechten nahm ein
so großer Kamin ein, dass ein ausgewachsener Mann darin
stehen könnte. Im hinteren Bereich befand sich ein Billard-
tisch, an der linken Wand eine Dartscheibe. Zwei ältere
Männer wandten sich nach ihr um. Sie saßen auf niedrigen
Hockern, auf dem runden Tisch zwei Gläser Bier. Sie waren
die einzigen Gäste. Unwillkürlich nickte Pamela ihnen zu
und lächelte. Hinter der Theke erkannte sie den Glatzkopf
mit dem struppigen Vollbart, der sie am Tag ihrer Ankunft
zu Kirsty geschickt hatte. Mit einem karierten Handtuch
polierte er Biergläser. Sie trat an den Tresen und grüßte.

»Tach'«, murmelte der Mann, ohne die Zigarettenkippe
aus dem Mundwinkel zu nehmen.

»Ich hätte gern einen Manhattan«, sagte Pamela.

»Ham' wir nicht.«

»Gin Tonic?«, versuchte es Pamela.

»'Nen Gin kannste haben, hier trinken wir aber eher Bier
oder 'nen Malt. Hab' die besten Single Malts der Gegend.«

Er deutete hinter sich auf das Bord. Darauf standen dicht
an dicht fünfzehn verschiedene Whiskyflaschen mit bunten
Etiketten. Sie gab sich einen Ruck, lächelte und sagte: »Also
gut, empfehlen Sie mir doch bitte einen von diesen … Malts.«

Sein grau gesträhnter Bart zuckte, als würde er darunter
lächeln. Er nahm ein kleineres Glas und zapfte den goldenen Alkohol aus einer der Flaschen.

»Acht Pfund zwanzig«, nuschelte er, als er den Drink vor
Pamela stellte. »Hier wird gleich bezahlt.«

Sie schluckte. Die Anmerkung, dass sie nur ein Glas trinken und nicht gleich Anteile des Pubs hatte kaufen wollen,
lag ihr auf der Zunge. Sie wusste nicht, ob Whisky in diesem
Land wirklich so teuer war oder der Mann ihre Unwissen-

heit als Ausländerin ausnutzte und sie gnadenlos abzockte. Sie zückte den Geldbeutel und legte den Betrag abgezählt auf den Tresen, dann nahm sie das Glas und führte es zum Mund. Ein scharfer Geruch stach in ihre Nase. Sie hatte schon Bourbon getrunken, dieser Whisky roch aber völlig anders. Sie nippte. Ihre Augen weiteten sich, den Reflex zu husten, konnte sie nicht unterdrücken.

Jetzt war es eindeutig, dass der Wirt grinste. »Ist was anderes als das G'söff in Amerika, nich' wahr? Ist gute schottische Gerste, gemaischt mit glasklarem Wasser, direkt aus den Hügeln der Isle of Skye.«

Tapfer nippte Pamela ein weiteres Mal, jetzt rann ihr der Alkohol schon leichter durch die Kehle. Er schmeckte intensiv nach Torf, gemischt mit einem Hauch von Schokolade.

»Wie heißt der Whisky?«, fragte sie.

»Talisker, achtzehn Jahre alt. Kommt von der Isle of Skye, ist mein bester hier im Laden.«

Und wohl auch dein teuerster, dachte Pamela. Sie wusste, dass der Wert eines Whiskys wesentlich von seinem Alter herrührte, und achtzehn Jahre waren schon eine Hausnummer. Sie nahm den dritten Schluck, jetzt war das Glas leer. Warm breitete sich der Alkohol in ihrem Magen aus, sie würde es aber bei einem Drink belassen. Am nächsten Morgen musste sie einen klaren Kopf haben, wenn sie die Makler beim Clashmore House traf.

»Noch einen, Lady?«

»Im Moment nicht, danke«, lehnte Pamela ab. »Geben Sie mir bitte ein Glas Orangensaft.«

Seine hochgezogene Augenbraue verriet ihr, dass der Wirt für Saft wohl nicht viel übrighatte. Aus dem Kühlschrank nahm er eine kleine Flasche, öffnete sie und schob sie und ein Trinkglas Pamela hin.

»Einssechzig.«

Erneut bezahlte sie. Einer der Gäste trat neben sie und sagt: »Archie, zapf mir noch ein Pint.«

Archies Aufmerksamkeit wandte sich von Pamela ab. Sie überlegte gerade, ob sie den Wirt nach Clashmore House fragen sollte, da öffnete sich die Tür. Zu Pamelas Freude war es das nette Schweizer Paar.

Rosemary trat zu ihr und fragte: »Dürfen wir uns zu dir setzen?«

»Gern, aber ich muss euch warnen: Der Whisky kostet hier ein Vermögen.«

Schmunzelnd erwiderte Heiko: »Das liegt an der hohen Steuer auf Genusswaren, das ist auf der ganzen britischen Insel so. Vor ein paar Tagen besuchten wir eine Whiskybrennerei. Bei der Führung erfuhren wir, dass es gesonderte Abfüllungen für Großbritannien und fürs Ausland gibt. In Schottland kommt der Whisky mit maximal vierzig Prozent in den Handel, um Steuern zu sparen, während er in den meisten europäischen Ländern mit vierundvierzig Prozent verkauft wird.«

Rosemary legte eine Hand auf den Arm ihres Freundes. »Halte keine ellenlangen Vorträge«, ermahnte sie ihn und sagte mit einem entschuldigenden Lächeln zu Pamela: »Heiko studiert Lehramt, daher sein Hang zum Dozieren.«

»Ich finde seine Erklärung interessant, denn das wusste ich bisher nicht.« Pamela deutete auf einen niedrigen runden Tisch mit drei Hockern. »Setzen wir uns doch dorthin.«

»Ich besorge die Drinks«, sagte Heiko. »Für dich auch noch was, Pamela?«

»Danke, ich bin versorgt.« Sie deutete auf den Organgensaft.

Zwei Minuten später stellte Heiko ein Glas Weißwein vor seine Freundin, er selbst hatte ein dunkles Bier gewählt. Die drei prosteten sich zu, dann sagte Pamela: »Ihr scheint euch mit Land und Leuten gut auszukennen. Heute hörte ich von der Schlacht von Culloden und muss gestehen, dass ich darüber nichts weiß.«

Beide nickten, Heiko seufzte und erklärte: »Die Schlacht fand am 16. April 1746 auf dem Culloden Moor östlich der Stadt Inverness statt. Das war wohl der schwärzeste Tag in der Geschichte Schottlands. Im Sommer des Vorjahrs kam Charles Edward Stuart, ein legitimer Nachkomme der einstigen Monarchen, mit dem Ziel ins Land, die Unabhängigkeit von der britischen Krone zu erkämpfen, wenn nötig auch mit Waffengewalt. Er sammelte zahlreiche getreue Clans um sich, zog mit ihnen gen Süden und fiel in England ein. Bald ging es nicht allein um die Freiheit Schottlands, nein, Bonnie Prince Charlie – wie er wegen seines guten Aussehens noch heute genannt wird …«

»Wohl deswegen heißt dieser Pub Bonnie Inn«, fiel Rosemary ihrem Freund ins Wort, der die Gelegenheit ergriff und einen kräftigen Schluck Bier trank.

»Das ist anzunehmen«, erwiderte Heiko. »Wo war ich stehengeblieben? Ach ja, Bonnie Prince Charlie wollte den englischen König George, den Zweiten, vom Thron stoßen, damit die Dynastie der Stuarts wieder über die gesamte Insel regiert.« Er runzelte die Stirn und sah Pamela fragend an: »Die Zusammenhänge, die in der Vergangenheit liegen und sehr komplex sind, jetzt zu erklären führt zu weit. Sonst sitzen wir morgen Abend noch hier.«

Schmunzelnd erwiderte Pamela: »Sag mir einfach, was es mit der Schlacht auf sich hatte. Es interessiert mich wirklich sehr.«

»Nun, nach einigen Erfolgen in eher kleineren Kämpfen gegen die britischen Regierungstruppen zog sich an dem besagten Tag im April das Heer der Jakobiten ...«, er zögerte und erklärte: »So werden die Anhänger der Stuarts genannt. Also, um die fünftausend Männer trafen auf dem Culloden Moor auf die Gegenseite. Der Stuartprinz und seine Anhänger wurden vernichtend geschlagen. Die Schlacht soll ein furchtbares Gemetzel gewesen sein. Es gab keine Gnade, auf beiden Seiten wurden keine Gefangenen gemacht. Es heißt, noch Tage später wurden die schottischen Verwundeten, die es nicht schafften, das Schlachtfeld zu verlassen, von den Rotröcken, den Engländern, abgeschlachtet.«

»Was geschah mit dem schönen Prinzen?«, fragte Pamela.

Heiko antwortete: »Ihm gelang die Flucht an die Westküste, von dort aus mit einem Fischerboot nach Frankreich. Er kehrte niemals nach Schottland zurück.«

Heiko griff wieder nach dem Bierglas und trank es bis zur Neige, und Rosemary ergänzte: »Nach der grausamen Schlacht verloren die Schotten alle Rechte. Ihnen wurde verboten, ihre Clanfarben zu tragen, ihre Sprache zu sprechen und ihre Tänze und Musik auszuüben. Wer bei einem dieser Dinge erwischt wurde, wurde ohne eine Anhörung oder gar ein Gerichtsverfahren getötet. Die Jakobiten wurden grausam verfolgt, sie, ihre Familien und alle, die mit ihnen sympathisierten, verloren ihre Besitztümer. Wer konnte, verließ das Land, die meisten jedoch fristeten ein elendiges Dasein, immer in dem Bewusstsein, dass ihr Leben jeden Tag vorbei sein kann.«

Pamela glaubte, einen feuchten Schimmer in Rosemarys Augen zu erkennen. Offenbar ging ihr das Schicksal der Schotten sehr nahe.

»Es dauerte lange, bis dem schottischen Volk nach und nach wieder ein paar Rechte zurückgegeben wurden«, erklärte jetzt Heiko. »Heute scheinen die Ereignisse lange zurückzuliegen, die damals geschlagenen Wunden mögen zwar geheilt sein, die Narben bestehen immer noch. Die klassischen Jakobiten existieren zwar nicht mehr, aber viele wünschen sich eine Abtrennung von Großbritannien. Meiner Ansicht nach wird es dazu niemals kommen. Die Bildung eines eigenständigen Parlaments ist schon mal ein guter Schritt in die richtige und friedliche Richtung.«

Pamela fragte: »In Schottland gab es doch keine Rebellionen und Kämpfe wie in Nordirland, nicht wahr?«

Heiko schüttelte den Kopf. »Glücklicherweise nein, die Geschichte Irlands ist aber eine völlig andere.«

»Die heute Abend nicht mehr erzählt wird«, sagte Rosemary und gähnte hinter vorgehaltener Hand. »Ich denke, wir gehen jetzt schlafen. Wir müssen morgen sehr früh aufstehen und unsere Wanderung fortsetzen.«

»Ihr verlasst Clashmore?«, fragte Pamela. Sie bedauerte es, denn die Schweizer waren sehr sympathisch.

»Wir wollen weiter in den Westen«, erklärte Heiko. »Die nächste Unterkunft ist fünfzehn Meilen entfernt, so haben wir morgen einen strammen Marsch vor uns.«

Sie standen auf, auch Pamela erhob sich, und wollte zusammen mit dem Paar das Pub verlassen. Da öffnete sich die Tür, und der Mann, auf den sie vor dem Friedhof geprallt war, betrat den Gastraum. Er trat an die Theke und rief: »Gib mir einen Glen Eagle, aber einen Doppelten!«

»Ärger gehabt, Gerald?«, fragte Archie.

»Ärger?« Der Mann schnaubte verächtlich. »Ich war vorhin bei den Spinnern draußen im alten Haus. Seltsame Leute, kann ich dir sagen, sehr seltsame Leute.«

Pamela zögerte und sagte zu Rosemary und Heiko: »Ich genehmige mir doch noch einen Drink. Habt einen schönen restlichen Urlaub.«

»Du ebenfalls«, erwiderte Rosemary, hängte sich bei Heiko ein, und die Tür schlug hinter ihnen zu.

Pamela stellte sich ans andere Ende des Tresens. Nachdem Archie dem Mann ein Glas mit reichlich Whisky hingestellt und den Betrag kassiert hatte, sah er sie an.

»Noch 'nen Saft?«

Pamela nickte und zählte das Geld schon mal ab. Verstohlen beobachtete sie den Gast, dessen Name Gerald lautete. Mit zwei Schlucken kippte er seinen Drink hinunter, Archie füllte ihm das Glas ungefragt nach und fragte: »Warum biste überhaupt zu den Irren rausgefahren?«

Gerald strich sich eine Haarsträhne aus dem Gesicht und seufzte. »Sie riefen mich an, jemand habe Bauchschmerzen. Ist schließlich mein Job.«

»Und?« Gespannt beugte sich Archie vor. »Warst du im Haus? Wie sieht es da aus? Feiern die Spinner Orgien mit toten Tieren und Blut und so?«

Gerald lachte hell auf. »Archie, du siehst zu viele Horrorfilme! So schlimm sind die Typen auch wieder nicht. Sie haben sich nur dazu entschlossen, nahezu autark zu leben.«

»Au... was? Du immer mit deinem studierten Gerede.«

Gerald winkte ab, seine Mundwinkel zuckten. »Sie lassen uns in Ruhe und wollen, dass wir sie in Ruhe lassen. So einfach ist das.«

Der Wirt beugte sich weiter über den Tresen und raunte, Pamela konnte ihn kaum noch verstehen: »Das Haus ist verflucht!«

»Das geht mich nichts an«, erwiderte Gerald. »Mich interessiert die Frau mit den Bauchschmerzen im rechten

Unterbauch. Sie hat hohes Fieber, und ich vermute eine Blinddarmentzündung. Ihre Freunde weigern sich jedoch, sie in ein Krankenhaus zu bringen.« Bitter verzog er die Lippen. »So ein Typ mit einem finsteren Gesichtsausdruck beschimpfte mich als Quacksalber und meinte, wenn ich ihr nicht helfen kann, soll ich wieder verschwinden.«

»Darum biste so sauer«, murmelte der Wirt. »Kannst doch froh sein, mit der Sekte nichts zu tun zu haben.«

Zornig hieb Gerald mit der Faust auf den Tresen und rief verärgert: »Draußen im Clashmore House ist eine junge Frau, die vielleicht stirbt, wenn sie nicht bald operiert wird. Und ich kann nichts weiter tun, als hier zu sitzen und Whisky zu trinken. Vielleicht sollte ich die Polizei …«

»Das bringt nichts.« Archie zuckte mit den Schultern. »Du weißt doch, dass unser Dorfsheriff um das Haus 'nen großen Bogen macht.«

Die beiden anderen Männer standen auf, einer runzelte die Stirn, trat zu Gerald und sagte: »Unser Doc sympathisiert mit den Verrückten? Es gibt Leute hier, die wollen wir nicht. Brauchen Sie auch nicht.« Seine Lippen verzogen sich, als hätte er etwas Fauliges im Mund.

Beherrscht entgegnete Gerald: »Wenn es um die Gesundheit und das Leben eines Menschen geht, sind Interessen unbedeutend. Ich helfe jedem, gleichgültig, was er oder sie getan hat.«

»Finlay …« Zum ersten Mal hörte Pamela Geralds Nachnamen. »Ich gebe Ihnen einen guten Rat: Verschwinden Sie aus Clashmore! Gehen Sie zurück in die Stadt und werden Sie erst mal erwachsen, bevor Sie versuchen, an uns herumzudoktern.«

Gerald Finlays einzige Erwiderung war eine hochgezogene Augenbraue.

»Komm, Will«, sagte der Kumpan des unfreundlichen Mannes. »Er wird schon merken, dass er keinen Fuß auf den Boden kriegt, weil sich nämlich niemand von ihm behandeln lässt. Und wenn er nicht freiwillig geht, müssen wir halt ein bisschen nachhelfen.«

Bei dieser Drohung sog Pamela scharf die Luft ein.

Der Kopf des Wirtes ruckte herum, und er starrte Pamela an. »Is' was, Lady? Noch 'nen Drink?«

»Nein, danke, ich habe genug.« Tatsächlich hatte Pamela genug gehört. Aus der Unterhaltung schloss sie, dass Gerald Finlay Arzt war, offenbar wenig beliebt im Dorf, und die unrechtmäßigen Bewohner des Schlosses eine Art Sekte bildeten.

Nun trafen sich zum ersten Mal Geralds und ihr Blick. Er lächelte verhalten, Pamela nickte kurz. Gern hätte sie ihm gesagt, wie empört sie über das Benehmen der Männer war. Das würde aber doch zu weit führen.

Auf der Straße atmete sie tief die kühle Nachtluft ein. Für das morgige Treffen mit den Maklern war sie nun etwas vorbereitet. Sie fragte sich, warum die Pattersons nicht erwähnt hatten, dass sich eine Sekte im Clashmore House eingenistet hatte. Mit solchen Glaubensvereinigungen fehlte Pamela die Erfahrung, aber sie hatte noch nie davon gehört, dass diese Menschen grundsätzlich gewalttätig waren. Vor dem Mann mit dem Schubkarren hingegen hatte sie sich schon gefürchtet. Morgen, wenn sie zu dritt waren, würde es wohl niemand wagen, handgreiflich zu werden.

SIEBEN

Seit zwei Tagen hatte es nicht mehr geregnet, in den Schlag-
löchern stand nur wenig Wasser, und Pamela befürchtete
nicht, mit dem Wagen auf dem Feldweg steckenzubleiben.
Entschlossen fuhr sie bis zum Clashmore House und hielt
vor dem verschlossenen Tor. Ihre Finger trommelten nervös auf dem Lenkrad, immer wieder sah sie auf die Uhr. Es
war bereits zwanzig Minuten nach zehn und von den Pattersons weit und breit keine Spur. Nervös und auch verärgert, dass die Makler sie offenbar versetzten, stieg Pamela
aus, ging zu dem mit der Eisenkette verschlossenen Tor
und spähte durch die Gitterstäbe. Auch heute stieg aus
zwei Kaminen Rauch empor. In den Hecken und Büschen
summten Bienen, Krähen, so groß wie kleine Raben, saßen
in den Ästen der Bäume und krächzten fortlaufend. Trotz
des Verfalls war noch zu erkennen, dass das Haus einst
ein prächtiges Anwesen gewesen war. Pamela war nicht
unbedingt eine Romantikerin, beim Anblick des Schlosses dachte sie aber unweigerlich an vergangene Zeiten
mit Rittern und Prinzessinnen. Sie lachte. In Schottland
hatte es nie Ritter in schimmernden Rüstungen gegeben,
und die Töchter der großen Clanchiefs waren auch keine
Prinzessinnen gewesen. Pamela verstand, dass sich Louisa
von einem Tausende von Meilen entfernten Besitz trennen
wollte. Es wäre wirklich jammerschade, wenn Clashmore
House zu einer Ruine verfiel. Gleichzeitig empfand Pamela
einen Funken Stolz, dass ihre Vorfahren zu der sogenann-

ten besseren Gesellschaft Schottlands gehört hatten. Auf Louisas Erklärungen war sie sehr gespannt und hoffte, bald mit ihr sprechen zu können.

Hinter dem linken Fenster neben der Eingangstür erschien der Umriss einer Frau. Pamela zuckte zusammen und trat einen Schritt zurück, die Gestalt hatte sie aber gesehen und starrte zu ihr hinaus. Pamela war zu weit entfernt, um ihren Gesichtsausdruck erkennen zu können. Sie hob die Hand und winkte. Bevor die Frau reagieren konnte, trat ein Mann neben sie und zog sie vom Fenster weg. War das die Frau mit den Bauchschmerzen?, fragte sich Pamela. Nein, der Arzt hatte von einer jüngeren Frau gesprochen. Ob sie wirklich eine Blinddarmentzündung hatte? Sie konnte nicht länger darüber nachdenken, denn die schwere Eichentür des Portals öffnete sich. Ein Mann, die eierschalenfarbene Kutte mit einem Strick in der Taille gebunden, kam mit weit ausholenden Schritten auf sie zu. Es war ein anderer als der aus dem Garten, ebenfalls glatzköpfig, mit einem noch jungen, bartlosen Gesicht. Einen Meter vor dem Tor blieb er stehen und fragte unwirsch: »Was wollen Sie hier? Sie befinden sich auf Privatbesitz.«

Erleichtert bemerkte Pamela, dass er nicht ganz so unfreundlich wie sein Kamerad war. Ein Gedankenblitz schoss ihr durch den Kopf, und sie sagte lächelnd: »Doktor Gerald Finlay schickt mich, ich bin seine Assistentin. Wie geht es der Patientin? Haben sich ihre Bauchschmerzen gebessert?«

Der Glatzkopf runzelte zwar die Stirn, klang aber besorgt, als er antwortete: »Leah geht's richtig mies. Sie hat die ganze Nacht nicht geschlafen, sich immer wieder übergeben, und sie wimmert vor Schmerzen.«

»Ich würde mir Leah gern ansehen.«

Der Mann schüttelte den Kopf, aber Pamela sah, wie es in ihm arbeitete, dann sagte er: »Das würde Keith nicht gefallen.«

»Dann sollte ich am besten mit Keith sprechen.«

Der Mann winkte ab. »Würde nichts bringen, außerdem ist er heute Morgen nach Inverness gefahren. Keith will nicht, dass wir Fremde ins Haus lassen. Dass ich gestern den Arzt gerufen hab', brachte mir eine Menge Ärger ein.«

Aus seinen Worten schloss Pamela, dass dieser Keith wohl der Oberguru der Sekte war oder wie immer deren Anführer genannt wurde. Sie fragte: »Ist Keith so um die fünfzig, sehr groß und hager, mit schwarzen Augen?«

Der Mann nickte. »Sie kennen Keith?«

»Wir sind uns einmal begegnet«, antwortete Pamela. Sie war erleichtert, dass der furchteinflößende Typ nicht im Haus war, denn sie spürte, dass es ihr gelingen könnte, den jungen Mann zu überzeugen, sie einzulassen. »Sie wollen sicher nicht, dass Leah stirbt«, fuhr sie fort. »Dr. Finlay kann sogar bestraft werden, wenn er von einer Schwerkranken weiß und nicht alles versucht, ihr Leben zu retten.«

Mit der Spitze seiner Sandale, in denen seine bloßen Füße steckten, scharrte der Mann im Kies und seufzte. »Okay, kommen Sie rein. Leah geht es wirklich verdammt schlecht.«

»Haben Sie einen Schlüssel?« Pamela deutete auf die Eisenkette.

Er schüttelte den Kopf. »Das Tor ist schon lange zu. Es darf erst wieder geöffnet werden, wenn …« Erschrocken brach er ab, und seine Wangen färbten sich rosa, als habe er etwas Verbotenes verraten. Er deutete nach hinten. »Auf der Rückseite des Hauses ist ein zweites Tor. Folgen Sie der Mauer, ich werde Ihnen öffnen.«

Pamelas Herz schlug in ihrem Hals, als sie die Mauer umrundete und an der Rückseite zu einem niedrigeren, ebenfalls schmiedeeisernen, Tor gelangte. Der junge Mann erwartete sie und hatte bereits aufgesperrt. Kaum war Pamela hindurchgetreten, verschloss er das Tor hinter ihr sorgfältig. Den Bund, an dem ein Dutzend Schlüssel hingen, steckte er in die Tasche seiner Kutte. Pamela folgte ihm durch den Garten zum Portal und trat hinter ihm in eine sich über zwei Stockwerke erstreckende Halle. Der Boden war schachbrettartig rostrot und schwarz gefliest. Aufgrund des äußerlichen Verfalls des Hauses war Pamela über die peinliche Sauberkeit im Inneren überrascht. Eine geschwungene Treppe, die Stufen mit einem dunkelroten, abgetretenen Teppich ausgelegt, führte nach oben. Pamela trat an den Fuß der Treppe, legte eine Hand auf das wurmstichige Geländer und sah hinauf. Louisa hatte gesagt, sie könne die ominöse Kassette in einem der Zimmer im ersten Stock finden.

»Kommen Sie!« Der junge Mann winkte ihr. »Leah ist hier unten.« Er ging auf eine der sechs Türen zu, die von der Halle in die Zimmer führten.

»Wie darf ich Sie ansprechen, Mr …?«, fragte Pamela.

»Robin. Wir nennen uns alle beim Vornamen, Nachnamen spielen keine Rolle.«

»Okay, Robin. Ich bin Pamela.«

Er öffnete eine der Türen. Pamela schnappte nach Luft, denn in dem Raum war es unerträglich heiß und stickig. In dem mannshohen Kamin prasselte ein helles Feuer, und beide Fenster waren geschlossen. Fünf Betten standen an den Seiten, weiter gab es einen Holztisch, drei Hocker und einige Kleiderhaken an den holzgetäfelten Wänden. Die bunt zusammen gewürfelten Möbel waren alt und abgenutzt.

»Leah, wie geht es dir?« Der Mann trat zu einem metallenen Bett direkt neben dem Kamin, das auf Pamela wirkte, als stammte es noch aus der Zeit vor dem Krieg. Was wahrscheinlich auch so war. »Da ist eine Frau, die will nach dir sehen«, sagte Robin sanft.

Pamela hörte ein verhaltenes Wimmern. In dem Bett lag eine Frau, kaum älter als zwanzig, die Beine bis fast ans Kinn hinaufgezogen und mit beiden Armen umschlungen. Auch sie hatte ihr Haar vollständig rasiert, was Pamela jetzt kaum zur Kenntnis nahm, denn Leahs Gesicht war rot, auf ihrer Stirn standen Schweißperlen, gleichzeitig zitterte sie vor Schüttelfrost. Pamela legte eine Hand auf ihre Stirn. Sie war glühend heiß.

Sie fragte: »Darf ich mir Ihren Bauch ansehen?«

Stöhnend drehte sich Leah auf den Rücken, sodass Pamela die dicke Wolldecke zurückschlagen konnte. Auch Leah trug wie die Männer eine Kutte. Pamela drehte sich zu Robin um.

»Es ist besser, wenn Sie uns allein lassen, solange ich Leah untersuche.«

Er schüttelte den Kopf. »Das ist okay, Leah ist meine … also, ich meine, wir beide …«

Pamela verstand. Sie schob die Kutte über Leahs Hüfte hinauf. Darunter trug sie einen altmodischen Schlüpfer aus Feinripp mit angeschnittenem Bein, wie sie in der westlichen Welt heutzutage keine junge Frau mehr kaufen würde. Vorsichtig glitten Pamelas Finger über Leahs schlanke Körpermitte. Äußerlich war nichts zu erkennen, die Bauchdecke war nicht aufgebläht und fühlte sich weich an. Fest drückte Pamela zwei Finger in die Leiste. Leah schrie laut und durchdringend.

Eine Hand legte sich schwer auf Pamelas Schulter. »Sie tun Leah weh!«, herrschte Robin sie an.

Ruhig entgegnete Pamela: »Ich habe nur getestet, ob die Diagnose von Dr. Finlay zutrifft. Leah«, sie sah die junge Frau ernst an, »ich werde jetzt Ihr rechtes Bein anwinkeln, das könnte noch mal schmerzen.«

Zu Pamelas Sorge verlief auch dieser Test positiv. Sie zog die Kutte wieder herunter, deckte Leah aber nicht zu. Sie stand auf und sah Robin ernst an: »Alles weist auf eine Blinddarmentzündung hin ...«

»Das sagte der Arzt auch.«

Seinen Einwand missachtend, fuhr Pamela fort »Leah muss unverzüglich ins Krankenhaus und operiert werden. Es grenzt an ein Wunder, dass in den letzten Stunden der Appendix nicht durchgebrochen ist. Wenn das geschieht, geht es um Minuten, sonst wird Ihre Leah sterben.«

»Ist es wirklich so schlimm?« Erschrocken und gleichzeitig bedrückt sagte Robin: »Keith hält nichts von Krankenhäusern. Er sagt, die Schmerzen kamen von selbst, und sie werden auch von selbst wieder verschwinden.«

»So ein gequirlter Bullshit!«, rief Pamela empört. Ihre Finger krallten sich in den rauen Stoff seiner Kutte. Am liebsten hätte sie Robin geschüttelt. »Hören Sie, es ist mir schnuppe, welcher religiösen Richtung Sie angehören und was Ihre Sekte in diesem Haus treibt! Hier liegt eine junge Frau, die in ein paar Stunden tot sein wird, wenn Sie nicht unverzüglich einen Rettungswagen anrufen. Sie haben hier doch ein Telefon?«

Robin nickte, unsicher sah er zum Bett. Leah hatte sich wieder wie ein Embryo auf der Seite zusammengerollt, wimmerte und zitterte.

»Okay, auch wenn ich nicht weiß, wie ich das Keith erklären soll. Er wird furchtbar wütend sein, vielleicht schickt er Leah und mich sogar fort.«

»Das Risiko sollte Ihnen das Leben Ihrer Freundin wert sein«, erwiderte Pamela kühl. »Sagen Sie der Notrufzentrale, dass der Blinddarm kurz vor dem Durchbruch steht und es um Minuten geht.«

Robin eilte aus dem Zimmer. Pamela hatte jetzt zwar die Gelegenheit, sich Clashmore House näher anzusehen und nach dem von Louisa genannten Zimmer zu suchen, aber sie blieb an Leahs Seite, auch wenn sie nichts tun konnte, um ihre Schmerzen zu lindern. Pamela bedauerte, ihr Medizinstudium abgebrochen zu haben. Anderen Menschen zu helfen, war immer ihr Wunsch gewesen. Jetzt konnte sie nur hoffen, dass der Rettungswagen sich beeilte. Es war anzunehmen, dass sich das nächste Krankenhaus in Inverness befand. Für Leah also noch an die zwei Stunden, die sie durchhalten musste.

Die Zeit verrann wie zähflüssiger Honig, bis Pamela das Signal des Rettungswagens hörte, Minuten später polternde Schritte in der Halle und jemand rief: »Was soll der Quatsch mit dem abgeschlossenen Tor und dass wir durch den Garten stapfen müssen?« Die Tür wurde aufgerissen, und zwei Männer und eine Frau kamen herein. Sie trugen die typische gelb-grüne Kleidung des *Scottish Ambulance Service*, die Frau hatte einen Notfallkoffer aus Aluminium bei sich, die anderen eine Trage. Pamela schenkten sie keine Beachtung, sie kümmerten sich sofort um Leah. Pamela zog sich zurück und stellte sich an die Seite von Robin. Durch den Lärm aufgeschreckt, waren weitere Personen in die Halle gekommen. Alle waren sie in die sackartigen Kutten gehüllt und hatten sich die Kopfhaare rasiert. Auf die Schnelle zählte Pamela drei Frauen und sechs Männer. Schweigend beobachteten sie, wie die Notärztin Leahs Vitalfunktionen prüfte und ihr ein paar Fragen stellte, auf die Leah nur mit einem schwachen Nicken antworten konnte, dann wurde ihr Körper vorsichtig auf die Trage gelegt. Vor Schmerzen schrie Leah auf.

Robin trat vor. »Wohin bringen Sie sie? Kann ich mitfahren?«

»Wer sind Sie?«, fragte ein Sanitäter. »Ein Verwandter?« Skeptisch glitt sein Blick über die Kutte.

»Leah ist meine Freundin«, antwortete Robin.

»Gut, kommen Sie mit. Das nächstgelegene Krankenhaus ist in Inverness, wir müssen uns daher beeilen. Leider befindet sich der Rettungshubschrauber bei einem Verkehrsunfall auf der Black Isle. Wir könnten ihn hier gut gebrauchen.«

»Sie wird doch nicht sterben?«, fragte Robin angstvoll.

Die Ärztin lächelte ihm aufmunternd zu. »Wir tun alles, was möglich ist.«

Pamela vermutete, die Frau gab sich positiver, als ihr zumute war. Ohne jemanden zu beachten, eilten die Sanitäter mit der auf der Trage sich krümmenden Leah aus dem Haus. Robin folgte ihnen.

»Das wird Keith nicht gefallen«, sagte eine kleine, rundliche Frau in mittleren Jahren mit roten Apfelbäckchen. Auf den ersten Blick wirkte sie mütterlich, der Blick aus ihren wasserhellen Augen war aber steinhart. »Er wird kochen vor Wut. Wer hat die Leute angerufen?«

Pamela trat zu ihr und sagte: »Es spielt keine Rolle, ob Ihr Keith es gutheißt oder nicht. Hauptsache, Leahs Leben wird gerettet.«

»Wer sind denn Sie?«, blaffte die Frau und stemmte die Hände in ihre nicht vorhandene Taille.

»Mein Name ist Pamela Davison, und ich kam zufällig vorbei«, erwiderte Pamela nicht ganz aufrichtig. Sie sah in die Runde und in teils skeptische und auch betretene Gesichter. »Wenn ich nun schon mal hier bin«, fuhr sie fort, richtete sich zu ihrer vollen Größe auf und streckte das Kinn vor, »würde es mich interessieren, mit welchem Recht Sie das Haus besetzt halten.«

»Das geht Sie nichts an«, blaffte die rundliche Frau.

»Sie irren, es geht mich eine ganze Menge an«, sagte Pamela ruhig. »Clashmore House gehört nämlich meiner Großmutter, und ich bin nach Schottland gekommen, um es in ihrem Namen zu verkaufen.«

Die Frau schnappte nach Luft. »Das ist unmöglich!«

»Das dürfen Sie nicht!« Ein Mann in mittleren Jahren trat zu der älteren Frau und legte eine Hand auf deren Schulter. »Vika, sag ihr, sie soll verschwinden und uns in Ruhe lassen.«

Vika blaffte Pamela an: »Sie haben es gehört. Gehen Sie und kommen Sie niemals wieder. Wir werden nicht zulassen, dass uns unser Zuhause genommen wird.«

»Tja, ich wüsste nicht, wie Sie das verhindern können«, erwiderte Pamela mit einem schnippischen Unterton.

»Sie lügen!«, rief Vika. »Seit Jahrzehnten hat Clashmore House keinen Besitzer.«

»Da unterliegen Sie einem Irrtum«, erwiderte Pamela. »Wie ich eben sagte, meine Großmutter …«

»Wie ist der Name Ihrer angeblichen Großmutter?«, fragte einer der älteren Männer.

Pamela drehte sich ihm zu und antwortete aufrichtig, denn sie wollte weiteren Ärger vermeiden. »Louisa Davison. Sie lebt in den USA und ist im Besitz der Eigentumsurkunde.«

»Louisa?«, wiederholte Vika langgezogen und schüttelte verwirrt den Kopf. »Das geht nicht mit rechten Dingen zu.«

»Nennen Sie meine Großmutter etwa eine Betrügerin? Sie können gern die Behörden einschalten und ihren Anspruch überprüfen.«

Eine jüngere Frau rief: »Clashmore House gehört einzig und allein demjenigen, der es erhält, seine wahre Bestimmung schützt, und wir …«

»Livia, halt den Mund«, herrschte Vika sie an. »Ich denke, die Miss wird jetzt gehen und sich nicht wieder hier blicken lassen.« Sie trat zu Pamela und stupste sie gegen die Schulter. »Es ist zu Ihrem eigenen Besten, wenn Sie meinem Rat folgen.«

Empört wiederholte Pamela die Worte, die sie bereits Robin an den Kopf geworfen hatte: »Mir persönlich ist es egal, welche Zwecke Ihre Sekte verfolgt und was Sie treiben. Nicht jedoch in diesem Haus! Ich gebe Ihnen bis Ende des Monats Zeit, dann will ich, dass Sie das Haus verlassen haben. Verstanden?«

Niemand antwortete, aber alle Kuttengekleideten bildeten jetzt einen Kreis um Pamela. Sie kamen immer näher, Ablehnung und Wut in den Augen. Nun bekam es Pamela doch mit der Angst zu tun. Robin, der Einzige, der etwas Freundlichkeit gezeigt hatte, war fort, und die anderen schienen ebenso wie Keith fest entschlossen, auch Gewalt anzuwenden, um sie zu vertreiben. Beherzter, als ihr zumute war, trat sie auf Vika zu, die in Abwesenheit des Anführers offenbar das Sagen hatte.

»Ich rate Ihnen, meiner Aufforderung nachzukommen, sonst sehe ich mich gezwungen, die Polizei einzuschalten.«

Zwei Männer, einer ebenso groß und kräftig wie Keith, grinsten sich zu. Pamelas Drohung schien sie nicht zu beeindrucken. Vika zögerte, trat dann zwar zur Seite, wirkte aber auch amüsiert. Schnell, aber nicht hastig, ging Pamela zur

Tür in Erwartung, jederzeit von hinten angegriffen zu werden. Erst im Garten begann sie zu rennen. Glücklicherweise fand sie das hintere Tor noch offen vor. Wie tags zuvor war sie erleichtert, als sie es hinter sich hatte und eilte an der Mauer entlang. Vor dem Eingangstor angekommen, stutzte sie. Neben ihrem Wagen stand ein dunkelgrüner Landrover. Gerald Finlay lehnte lässig gegen die Karosserie.

»Was ist hier los?«, fragte er ohne eine Begrüßung. »Was, um Himmels willen, machen *Sie* hier?«

»Leah wurde ins Krankenhaus gebracht.«

»Das habe ich mitbekommen«, erwiderte der Arzt. »Ich kam, weil mir die Frau keine Ruhe ließ und ich nach ihr sehen wollte. Ich traf gerade ein, als der Rettungswagen losfahren wollte.« Er musterte sie von oben bis unten, seinen Blick konnte Pamela nicht deuten. »Robin sagte mir, dass meine Assistentin gekommen sei. Können Sie mir bitte erklären, was für ein Spiel Sie treiben?«

»Ich kam zufällig vorbei und erkannte Leahs kritischen Zustand«, antwortete Pamela nicht ganz wahrheitsgemäß. »Es gelang mir, Robin zu überzeugen, den Rettungsdienst zu rufen.«

Gerald Finlay musterte sie erst skeptisch, dann stahl sich ein anerkennender Blick in seine Augen. Er fragte: »Sind Sie tatsächlich eine Kollegin?«

»Nein, ich habe nur ein paar Semester Medizin studiert. Sie reichten aus, um zu erkennen, dass Leahs Blinddarm kurz vor dem Durchbruch stand.«

»Warum machten Sie keinen Abschluss?«

Pamela runzelte die Stirn. »Ich denke, das spielt keine Rolle, Dr. Finlay.«

»Ach, Sie kennen meinen Namen? Darf ich Ihren erfahren?«

»Pamela Davison.« Sie verzichtete darauf, ihm die Hand zu reichen. »Gestern Abend im Pub … Also, ich kam nicht umhin, Ihr Gespräch mit dem Wirt anzuhören. Was sind das für Leute?« Sie deutete mit der Hand auf das Haus. »Eine Sekte, nicht wahr? Wohl keine der friedfertigen Sorte.«

Gerald zuckte mit den Schultern. »Was genau sie tun und welche Ziele sie verfolgen, weiß ich nicht. Vor ein paar Jahren zogen sie einfach in das Haus ein. Es heißt, die Gruppe sei harmlos und wolle in Ruhe gelassen werden.«

»Harmlos?«, rief Pamela aufgeregt. »Bereits zweimal wurde ich massiv bedroht! Gibt es in der Gegend einen Polizeiposten?«

»Polizei?«, wiederholte Gerald erstaunt. »Ist das nicht übertrieben? Augenscheinlich ist Ihnen nichts geschehen.«

Pamela erwiderte kühl: »Wenn Sie es mir nicht sagen können oder wollen – ich finde es auch selbst heraus. Diesen Leuten muss das Handwerk gelegt werden!«

Er gab sich einen Ruck. »Im Dorf gibt es ein Polizeibüro. Es ist aber nicht immer besetzt. Fahren Sie mir einfach hinterher.«

An einem kleinen Haus aus neuerer Zeit mit einem Flachdach wies ein Schild auf die *Police Station* hin. Die Bezeichnung war maßlos übertrieben, denn Pamela trat durch die Tür direkt in einen einzigen Raum, der kaum größer als ihr Zimmer bei Kirsty war. Hinter einem altmodischen, wuchtigen Schreibtisch mit bestoßenen Ecken saß ein untersetzter Mann. Hätte er nicht die schwarz-weiße Uniform getragen, hätte Pamela gedacht, einem weiteren Mitglied der Sekte gegenüberzustehen. Auch der Mann hatte eine Glatze, wobei diese wohl eher seinem Alter als seinem

Glauben geschuldet war. Unter den grauen, eng stehenden Augen lagen dicke Tränensäcke, zwei steile Falten zogen sich von der Nase bis zum Kinn hinunter. Er sah aus wie jemand, der nur selten an die frische Luft kam. Ein billiges Plastikschild auf dem Schreibtisch wies ihn als *DC Wallace* aus.

»Kann ich Ihnen helfen?«, fragte er in dem ausgeprägten Dialekt der Gegend.

»Ich möchte Anzeige erstatten«, sagte Pamela mit verhaltenem Zorn. »Anzeige wegen Bedrohung oder Nötigung oder wie das heißt. Darüber hinaus wegen Hausfriedensbruch.«

»Das ist ja gleich eine ganze Menge.« Der Beamte musterte Pamela skeptisch »Wann, wo und von wem wurden Sie bedroht?«

»Von den Leuten im Clashmore House.«

»Clashmore House?« Seine ohnehin fahle Gesichtsfarbe wurde noch eine Spur blasser. »Das kann ich mir nicht vorstellen. Diese Leute machen keinen Ärger.«

»Tja, da sind Sie im Irrtum«, erwiderte Pamela mit einem schnippischen Unterton. »Heute wurde ich zum zweiten Mal des Grundstücks verwiesen, und ich hatte nicht den Eindruck, dass die Leute es bei Worten belassen hätten.«

Wallace zog eine Augenbraue hoch. »Sie haben in dem Haus auch nichts zu suchen. Es handelt sich um Privatbesitz und ist Touristen nicht zugänglich.«

»Ganz Ihrer Meinung, Constable Wallace.« Pamela lächelte süffisant. »Es ist mir durchaus bekannt, dass Clashmore House ein privates Anwesen ist, denn es gehört meiner Großmutter, Ms Louisa Davison.«

»Ihrer Großmutter?« Sein Unterkiefer klappte herunter, und er knetete nervös seine Finger, bis die Knöchel knackten. »Aber … Ich verstehe nicht … Das Haus stand lange leer, der letzte Besitzer starb vor Jahrzehnten. Wie ist eigentlich Ihr Name?«

»Pamela Davison«, erklärte sie und schilderte in knappen Sätzen die Umstände, die sie nach Schottland führten. »Wenn wir schon dabei sind, Detective, dann möchte ich, dass Sie das Haus räumen lassen. Die Leute müssen bis Ende des Monats verschwinden. Für die Schäden, die sie im Haus angerichtet haben, müssen sie natürlich aufkommen.«

Unterbrechend hob Wallace die Hand. Er klang nun resolut, als er sagte: »Ms Davison, in den Staaten mögen solch brachiale Maßnahmen vielleicht üblich sein, wir Schotten achten unsere Nachbarn, besonders wenn es sich um friedfertige Mitbürger handelt.«

Pamela stemmte die Hände in die Seiten und rief empört: »Sie wollen also nichts unternehmen, um die Sekte aus Clashmore House zu entfernen? Sie sehen einfach zu, wie sich Fremde am Eigentum anderer vergreifen? Was für eine Art Gesetzesvertreter sind Sie eigentlich?«

»Wieso sprechen Sie immer von einer Sekte?«, fragte Wallace. »Die Gruppierung hat keine religiösen Hintergedanken, sie wollen nur in Ruhe gelassen werden und in Frieden leben. Das ist in unserem Land nicht strafbar.«

»Was sonst als eine Sekte sollen sie sein? Sie tragen Kutten und Glatzen, auch die Frauen. Kennen Sie die Leute überhaupt persönlich, Detective?«

»Meine *liebe* Ms Davison«, seine Betonung ließ keinen Zweifel zu, dass sie genau das nicht war, »kehren Sie nach Amerika zurück und mischen Sie sich nicht in unser Leben ein. Wir Highlander mögen es nicht, wenn Ausländer versuchen, uns Vorschriften zu machen.«

Ob dieser Unverschämtheit schnappte Pamela nach Luft. »Clashmore House wird verkauft, ob es Ihnen passt oder nicht, Detective. Deswegen müssen die Leute verschwinden. Wer kauft schon ein Haus, das von so seltsamen Personen besetzt gehalten wird?«

Adele Patterson hatte zwar einen Interessenten erwähnt, der Clashmore trotzdem kaufen würde, aber wie sollte es Pamela gelingen, nach der Kassette zu suchen? Davon brauchte der Polizist nichts zu wissen. Das war eine rein private Angelegenheit zwischen ihr und Louisa. Auf keinen Fall würde sie sich ein weiteres Mal allein den Glatzköpfigen aussetzen, mochte Constable Wallace auch noch so betonen, sie seien friedfertig.

»Sie werden also nichts unternehmen?«, hakte Pamela nach. »Auch nicht in dem Fall, dass ich tätlich bedroht wurde?«

»Wie es aussieht, ist Ihnen nichts geschehen, Ms Davison. Nun muss ich mich wieder wirklich wichtigen Fällen widmen.« Demonstrativ griff Wallace nach einem Aktenordner und schlug ihn auf. Das deutliche Zeichen, dass er die Unterhaltung für beendet erachtete.

Pamela verzichtete auf einen Abschiedsgruß und eilte davon. Die Tür fiel lauter als nötig hinter ihr ins Schloss.

»Nicht gut gelaufen, was?« Zu Pamelas Überraschung hatte Gerald Finlay auf sie gewartet.

Pamela schnaubte: »Nicht gut ist untertrieben. Der Cop hat die Leute in Schutz genommen und mich regelrecht aus dem Büro geworfen.«

»Neulinge sind in der Gegend nicht gern gesehen«, murmelte Gerald nachdenklich. »Kommen sie als Touristen, geben ihr Geld hier aus und sind nach einer oder zwei Wochen wieder weg, dann sind Fremde durchaus willkommen. Sonst wollen die Einheimischen lieber unter sich bleiben.«

»Sie sprechen aus Erfahrung?«, fragte Pamela. »Ich meine, Sie als Arzt …?«

»Die meisten misstrauen mir auch noch nach einem Jahr«, antwortete Gerald. »Mein Vorgänger war die vierte oder fünfte Generation einer Familie von Ärzten, die sich um die Beschwerden der Landbevölkerung kümmerte. Er hatte keine Kinder, so standen nach seinem Tod die Praxisräume leer. Da das nächste Ärztezentrum in Inverness ist, wollte der Nationale Gesundheitsdienst weiterhin einen ständig anwesenden Arzt in Clashmore haben. Ich griff zu und dachte, ich könne hier Erfahrungen sammeln. Leider bekomme ich nur selten die Gelegenheit, solche zu machen. Nun ja, der NHS bezahlt mich wenigstens einigermaßen anständig, trotzdem macht die Arbeit wenig Freude, wenn das Wartezimmer tagelang leer steht.«

Pamela, die noch nie vom NHS gehört und keine Ahnung vom britischen Gesundheitssystem hatte, erwiderte: »Trotzdem bleiben Sie.«

Er zuckte mit den Schultern. »Ich werfe nicht so schnell die Flinte ins Korn, außerdem mag ich das Landleben. Hier sind die Patienten keine Nummern, sondern noch echte Menschen. Tja, offenbar bin ich zu jung, zu unerfahren, als dass mir etwas zugetraut wird. Vielleicht ändert es sich ja in zehn oder vielleicht auch erst in zwanzig Jahren, wenn ich für die Leute kein Fremder mehr bin.«

Pamela überraschte seine Offenheit, gleichzeitig berührte sie sein sarkastischer Unterton. Sie war nicht die Einzige, die sich mit Problemen auseinandersetzen musste.

»Ich bin sicher, Sie sind ein wunderbarer Arzt«, sagte sie mehrmals nickend. »Gestern erkannten Sie sofort, dass

Leah eine Blinddarmentzündung hat. Sie haben ihr das Leben gerettet.«

Schmunzelnd erwiderte er: »Diese Ehre gebührt Ihnen, da Sie schnell und richtig handelten.«

»Dann sind wir ja quitt.« Pamela lachte. Nach den unerfreulichen Erlebnissen des Tages tat ihr die Unterhaltung mit Gerald Finlay gut.

»Darauf sollten wir einen trinken«, sagte Gerald. »Vielleicht auch einen Happen essen, es ist längst Zeit für den Lunch.«

»Bei Morgan?«, fragte Pamela skeptisch.

Er schüttelte den Kopf. »Etwa eine halbe Autostunde außerhalb kenne ich ein gemütliches Pub. Dort gibt es fangfrischen Fisch direkt aus dem See. Das heißt, wenn Sie Fisch mögen.«

»Ich liebe alles, was aus dem Wasser kommt.«

Er schien erfreut über ihre Zusage und schlug vor: »Wir nehmen meinem Wagen, Ihren können Sie wieder hier abholen, wenn wir zurückkommen.«

Als Pamela neben Gerald auf dem Beifahrersitz saß und er den Geländewagen über die enge, gewundene Landstraße lenkte, fühlte es sich fast so an, als führen sie und der Arzt zu einem Date. Seit der Trennung von Joe war sie mit keinem Mann ausgegangen, nicht einmal zu einem Drink. Auch wenn es nur ein zwangloser Lunch war – Gerald Finlay war attraktiv, ein paar Jahre älter als sie, zuvorkommend und freundlich. Außerdem verband sie, dass sie beide in Clashmore Außenseiter waren.

ACHT

Anfänglich genoss Ayleen die Fahrt gen Westen, auch, weil sie zum ersten Mal in einem Automobil saß. Der Wagen schien noch neu zu sein, denn die Sitze dufteten nach Leder, und Ayleen konnte keine einzige Schramme in dem dunkelgrünen Lack feststellen. Neben der Faszination, wie schnell die Landschaft an ihnen vorbeiflog, blickte sie auch immer wieder zu ihrem Ehemann und musterte sein scharf geschnittenes Profil mit der Hakennase und seine kräftigen Hände, die den Wagen sicher über die schmalen Landstraßen lenkten.

Ob ich auch lernen kann, Auto zu fahren?, dachte Ayleen, wollte Jacob aber nicht gleich heute darum bitten, es ihr beizubringen. Nach einer knappen Stunde fing es so heftig zu regnen an, dass die Scheibenwischer kaum noch Herr der Wassermassen wurden. Der Wagen schlingerte auf der nassen Fahrbahn, und Jacob drosselte die Geschwindigkeit. Er deutete auf ein Schild am Straßenrand, das auf ein Gasthaus hinwies. »Wir machen eine Pause und trinken Tee, bis sich das Wetter gebessert hat.«

Bei den wenigen Schritten vom Parkplatz zur Tür des Pubs durchdrang der Regen Ayleens dünnen Staubmantel und durchweichte auch ihren kleinen Hut. Sie traten in einen gemütlichen Gastraum. Im Kamin loderte ein heimeliges Feuer, während die schweren Tropfen gegen die bleiverglasten Fensterscheiben prasselten. Ein Mann mit lichtem Haupthaar lächelte ihnen freundlich entgegen.

»Können wir Tee und Sandwiches bekommen?«, fragte Jacob.

Der Wirt warf sich in die Brust und antwortete: »Den besten Tee in ganz Schottland. Setzen Sie sich doch neben den Kamin, Miss, dann trocknet Ihr Mantel schneller.«

»Meine Frau ist mit *Lady* McKinnley anzusprechen«, sagte Jacob so scharf, wie Ayleen ihn nie zuvor hatte sprechen hören. »Beeilen Sie sich mit dem Tee, Mann, wir haben nicht den ganzen Tag Zeit. Die Sandwiches möchten wir mit Schinken, aber keinen Käse.«

Bei den harschen Worten verschloss sich das Gesicht des Wirtes. Er nickte kurz und verschwand durch eine Tür hinter der Theke.

Ayleen raunte: »Du warst eben sehr unfreundlich, Jacob.«

Er runzelte die Stirn. »Ich dulde nicht, dass meine Ehefrau despektierlich behandelt wird.«

Ayleen hatte die Anrede des Wirtes als nicht respektlos empfunden. Er hatte ja nicht wissen können, dass sie Jacobs Frau war. Sie wollte nun aber etwas anderes wissen.

»Du hast gesagt, ich sei eine Lady, aber du bist doch nur ein Laird.«

»Auch der Ehefrau eines Lairds gebührt die Anrede Lady«, erklärte Jacob mit belehrendem Unterton. »Seit Jahrhunderten gehören die McKinnleys zum niedrigen Landadel. Zu einem richtigen Adelstitel hat es bisher leider niemand gebracht. Vor zweihundert Jahren wäre es beinahe soweit gewesen, aber dann ...« Er seufzte, und fuhr murmelnd fort: »Vielleicht kommt die Chance wieder. Noch nie war eine Gelegenheit so günstig.«

Das Herantreten des Wirtes ließ Jacob verstummen. Wortlos platzierte der Mann zwei Kannen Tee, Tassen und Teller mit Sandwiches auf dem Tisch.

»Herzlichen Dank, ich bin sehr hungrig«, sagte Ayleen und fing einen ärgerlichen Blick von Jacob auf. Nachdem sich der Wirt wieder in die Küche zurückgezogen hatte, tadelte Jacob sie:

»Es ist nicht notwendig, einem Diener zu danken. Du musst noch viel lernen, Ayleen.«

»Er ist Gastwirt, kein Diener«, begehrte sie gegen seinen Snobismus auf. »Für mich ist Höflichkeit eine hohe Tugend, und ich …«

»Als meine Ehefrau wirst du meine Meinung respektieren«, unterbrach Jacob sie scharf. »Schenk jetzt den Tee ein, bevor er kalt wird.«

Konsterniert befolgte Ayleen seinen Wunsch, der mehr wie ein Befehl geklungen hatte, dann griff sie nach einem Sandwich. Sie bevorzugte Käse, aber Jacob hatte einfach bestellt, ohne sie zu fragen.

Sein Verhalten ist nur den Ereignissen des Tages geschuldet, dachte sie. Erst die Hochzeit, dann die anstrengende Fahrt durch den Regen …

»Ich denke, wir können jetzt weiterfahren«, sagte Jacob und deutete auf das Fenster. Es regnete zwar immer noch, die Tropfen waren aber deutlich weniger geworden. Er blickte auf den handgeschriebenen Zettel der Rechnung, zog aus der Innentasche des Jacketts eine Geldbörse, zählte exakt den geforderten Betrag in Münzen ab und legte sie auf den Tisch. Dann stand er auf, ohne Rücksicht darauf zu nehmen, dass Ayleen ihren Tee noch nicht ausgetrunken und sie vom Sandwich nur einmal abgebissen hatte. Der Wirt lugte durch einen Türspalt, Ayleen nickte ihm lächelnd zu, Jacob hingegen beachtete ihn nicht.

Sie konnten die Fahrt jetzt zügig fortsetzen. »In etwa einer Stunde werden wir zu Hause sein«, sagte Jacob.

Zu Hause … Die Worte waren für Ayleen noch unge-wohnt. Ihr Zuhause war die Mühle am Rand von Inver-ness, und die Vorstellung, ein anderes Haus als ihr Heim zu betrachten, war ihr noch fern.

Sie sagte: »Vorhin sagtest du, vor zweihundert Jahren sei deine Familie beinahe in den Adelsstand erhoben worden. Was ist geschehen, dass es nicht dazu kam?«

Für einen Moment drehte Jacob sein Gesicht ihr zu, sie las Verwunderung auf seinen Zügen.

»16. April 1746? Das Culloden Moor?«

Ayleen nickte verstehend. »Die McKinnleys haben Charles Edward Stuart unterstützt.«

»Ganz richtig, Ayleen, und du weißt auch, wie die Schlacht endete.«

»Hattet ihr große Verluste zu beklagen?«, fragte Ayleen etwas bang. Damals waren ganze Familien ausgelöscht wor-den, und viele der Menschen, die den Gewehren und Bajo-netten der Rotröcke entkommen konnten, flüchteten nach Frankreich oder Amerika.

»Einige haben überlebt«, antwortete Jacob. »Sonst wäre ich heute wohl nicht auf der Welt.« Er presste seine Lippen zu einem Strich zusammen.

In der Schule hatte Ayleen alles über die Jakobiten-aufstände und die Schlacht von Culloden gelernt. Obwohl es lange her war und das Land sich längst mit der Regierung in London arrangiert hatte, empfand Ayleen wie jeder Schotte und jede Schottin einen gewissen Nationalstolz. Ob sich Schottland allerdings vom Vereinigten Königreich lösen und einen eigenen Staat bilden sollte, wie immer wieder Stimmen forderten, dazu hatte sie keine Meinung. Über Politik wusste Ayleen nicht viel, und es interessierte sie auch nicht. Sie erin-nerte sich jedoch an eine weitere Bemerkung Jacobs.

»Was meintest du damit, dass es vielleicht eine neue Chance gibt, die McKinnleys doch noch zu adeln?«

»Das werde ich dir erklären, sobald ich der Meinung bin, dass du bereit dazu bist.«

Ob dieser kryptischen Antwort runzelte Ayleen die Stirn und ließ das Thema aber fallen. Auch weil sie jetzt ein Dorf erreichten, dessen Ortsschild es als Clashmore auswies. In Ayleens Magen begann es zu kribbeln. Gleich würde sie das Haus sehen, in dem sie von nun an leben würde! Zu ihrem Erstaunen hielt Jacob nicht an, sondern fuhr zügig die schnurgerade Hauptstraße entlang. Erst, als sie das Dorf wieder verlassen und ein Wäldchen passiert hatten, bog er in einen schmalen Weg ein. Er war nicht asphaltiert und von Unkraut überwuchert. Nach etwa zwei Meilen erreichten sie eine Hügelkuppe. Jacob bremste ab, drehte sich zu Ayleen und sagte: »Das ist Clashmore House.«

Ayleen blickte auf ein dreigeschossiges, schlossähnliches Gebäude, an zwei Ecken von Türmen flankiert.

»Hier wohnst du?«, fragte sie überrascht.

Mit unverhohlenem Stolz antwortete er: »Hier leben wir nun beide, Ayleen.«

Ihr Ehemann war ein Laird, sie eine Lady, Clashmore House ein großes, schlossartiges Gebäude – und die nächste Überraschung erwartete Ayleen, als Jacob ins Tal hinuntergefahren war. Das hohe Tor, hinter dem eine kurze Einfahrt zum Portal führte, war nämlich mit einer massiven, dicken Kette und einem handgroßen Sicherheitsschloss versperrt.

»Warum ist das Tor verschlossen?«, fragte sie.

»Nach der verlorenen Schlacht auf dem Culloden Moor schlang mein Ahn die Kette um das Tor«, erklärte Jacob.

»Es wird erst wieder geöffnet, wenn ein Stuart-König auf Schottlands Thron sitzt.«

»Du bist ein Jakobit?«, fragte Ayleen überrascht.

Er nickte. »Und das mit Stolz! Alle männlichen Nachkommen der McKinnleys tragen den Vornamen Jacob, und unser Sohn wird es ebenfalls tun.«

Ayleen zuckte zusammen. Den Aspekt, dass sie mit Jacob das Ehebett würde teilen müssen, hatte sie bisher erfolgreich verdrängt. Schnell wechselte sie das Thema und fragte: »Wie kommen wir hinein?«

»An der Rückseite ist ein zweites Tor.«

Langsam fuhr Jacob entlang einer hohen Mauer über den vom Regen aufgeweichten Untergrund, bis er zu einem kleineren Tor gelangte. Dieses war geöffnet und gerade so breit, dass der Wagen durch die Maueröffnung passte. Sie waren auf der Hausrückseite. Eine Terrasse nahm die gesamte Breite ein, fünf Stufen führten auf eine weitläufige Rasenfläche mit einem Springbrunnen hinab. Clashmore House machte einen ordentlichen und gepflegten Eindruck.

Ihre Ankunft war bemerkt worden. Eine der Terrassentüren öffnete sich, heraus trat eine große, hagere und ganz in dunkelblau gekleidete Frau. Das rötlich-blonde Haar, durch das sich erste graue Strähnen zogen, trug sie zu einem Dutt aufgesteckt.

Das muss Jacobs Schwester sein, dachte Ayleen und lächelte freundlich, nachdem er ihr aus dem Wagen geholfen hatte und sie der Frau entgegenblickte.

»Catriona!«, rief Jacob, ging ihr entgegen, ergriff ihre Hände und küsste sie auf die Wange. »Der Regen hat uns leider aufgehalten.«

»Ich habe den Tee warmgehalten«, erwiderte sie. Ihre Stimme war rau und ebenso kühl wie ihr Blick aus den grünen Augen, der Ayleen abschätzend musterte. »Ist sie das?«

Bevor Jacob eine Antwort geben konnte, schritt Ayleen entschlossen die Stufen zur Terrasse hinauf und sagte: »Ich freue mich sehr, dich kennenzulernen, Catriona. Ich habe nie eine Schwester gehabt und hoffe, wir werden Freundinnen.«

Catrionas Blick wurde keine Spur wärmer, als sie Ayleen musterte und feststellte: »Du bist sehr jung. Bisher hast du in einer Mühle gelebt, nicht wahr? Ich fürchte, die Aufgabe, ein Haus wie Clashmore zu führen, wird dich überfordern.«

»Ich lerne schnell …«

»Wir sollten den Tee nicht kalt werden lassen«, unterbrach Jacob Ayleen und bot ihr seinen linken Arm. Mit der rechten Hand nahm er die seiner Schwester.

Durch die Terrassentür traten sie in einen länglichen Salon. Ayleens Blick wurde wie magisch von dem über einen Meter hohen Wappen aus Gips über dem Kamin angezogen. In einem Ring, der unten wie mit einer Gürtelschnalle verschlossen war, stand ein Löwe mit wallender Mähne auf den Hinterpfoten, das Maul zum Brüllen geöffnet.

Jacob hatte Ayleens Interesse bemerkt und erklärte: »Das Wappen unserer Familie. Du wirst es im Haus öfters vorfinden.«

Sie setzten sich in die Sitzgruppe vor dem Kamin. Die zwei Sofas und der Sessel waren mit karmesinrotem Samt bezogen, und Ayleen sank tief in das weiche Polster. Catriona setzte sich ihr gegenüber auf das zweite Sofa, Jacob neben sie. Auf dem niedrigen Tisch stand bereits eine silberfarbene Teekanne auf einem Rechaud und eine dreistufige Etagere mit Sandwiches, von denen die Rinde abgeschnitten worden war, und kleine, runde Kuchen, die nach Äpfeln dufteten. Ayleen lief das Wasser im Mund zusammen. Da Jacob sie im Gasthaus nicht hatte aufessen lassen, hatte sie jetzt großen Hunger.

Routiniert schenkte Catriona den Tee in die zierlichen, weißen Porzellantassen, und Ayleen bediente sich mit der Milch selbst. Zucker nahm sie keinen. Weder Jacob noch seine Schwester griffen nach einem Sandwich oder Kuchen, und Ayleen traute sich nicht, den Anfang zu machen.

Es ist jetzt auch dein Haus, dachte sie, fühlte sich trotzdem wie ein Gast. Ein unerwünschter Gast, da Jacobs Schwester vermied, sie anzusehen und kein Wort an sie richtete.

»Waren deine Geschäfte in der Stadt erfolgreich?«, fragte Catriona.

Jacob bejahte es, dann plauderten die Geschwister über das Wetter, die anstehende Ernte und über ein Kulturfestival, das im Oktober in Inverness stattfinden sollte. Auch hier blieb Ayleen außen vor. Einmal knurrte ihr Magen laut, die anderen taten aber, als hätten sie es nicht gehört. Endlich, es war über eine Stunde vergangen, erhob sich Catriona, musterte Ayleens weinrotes Kleid mit den eierschalenfarbenen Manschetten und sagte: »Das Dinner wird um acht Uhr serviert. Wir kleiden uns dafür um und erwarten Pünktlichkeit.«

Sie küsste Jacob auf die Wange und verließ den Salon.

Ayleen fragte verwirrt: »Jacob, was soll ich zum Abendessen anziehen? Ich trage bereits mein bestes Kleid.«

Milde lächelnd antwortete er: »Bleib einfach, wie du bist. Cat hängt noch sehr an den alten Traditionen.«

Sie mag mich nicht, lag es Ayleen auf der Zunge, sie schwieg jedoch. Einen Menschen sollte man nicht vorschnell beurteilen. Dass Jacob mit einer Ehefrau zurück-kehrte, hatte Catriona wohl überrascht, auch wenn er ihr einen Brief geschrieben und ihr Kommen angekündigt hatte. Ayleen vermutete, dass Catriona das Haus bisher allein geführt hatte und nun befürchtete, sie, Ayleen, würde alles auf den Kopf stellen und durcheinanderbringen. Am Abend wollte sie Jacobs Schwester sagen, dass alles so blei-ben kann wie bisher und dass sie sich gern unterweisen las-sen will. Mit ihrer Bemerkung, sie sei jung und unerfahren, hatte Catriona durchaus recht.

»Wie alt ist deine Schwester?«, fragte sie Jacob.

»Cat ist fünf Jahre jünger als ich.«

»Sie sieht dir überhaupt nicht ähnlich.«

»Wie?« Jacob fuhr zu Ayleen herum. »Spielt das eine Rolle?«

»Nein, natürlich nicht«, versicherte Ayleen hastig, über Jacobs Reaktion überrascht. »Ich meine nur, weil eure Haar- und Augenfarben unterschiedlich sind, und dass …«

»Ich zeige dir jetzt dein Zimmer«, unterbrach er Ayleen. Sie folgte ihm durch eine Halle, die sich über zwei Stock-werke erstreckte und mit rostroten und schwarzen Platten gefliest war. Eine geschwungene Treppe mit einem polier-ten Eichenholzgeländer und einem roten Läufer führte zu einer Galerie im ersten Stock, von der einige Türen abgin-gen. Von den Wänden blickten Frauen und Männer in histo-rischen Gewändern aus ihren Rahmen auf Ayleen hinunter.

»Meine Vorfahren«, erklärte Jacob. »Ich werde sie dir noch im Einzelnen vorstellen, denn jeder von ihnen hat für die Familie Großes geleistet.«

Am Ende des Korridors öffnete Jacob eine Tür. Ayleen trat vor ihm in einen mittelgroßen, quadratischen Raum. Durch zwei Fenster auf der gegenüberliegenden Wand war das Zimmer hell und freundlich. Ein breites Himmelbett mit goldgelben Vorhängen und einem Baldachin dominierte das Zimmer. Die Farbe fand sich im Teppich und auf dem Sitzkissen des Stuhls vor der Frisierkommode wieder. Dem Bett gegenüber gab es einen kleineren Kamin, in dem jedoch kein Feuer brannte.

Jacob bemerkte ihren Blick und sagte: »Wenn es dir kalt ist, bitte ich das Mädchen, das Feuer anzuzünden.«

»Mir ist warm genug, und der Raum gefällt mir sehr. Du hast ein eigenes Zimmer?«, fragte Ayleen, weil es keinen Hinweis auf die Anwesenheit eines Mannes gab.

Jacob nickte. »Ich arbeite oft bis spät in die Nacht und möchte dich dann nicht stören.« Er legte einen Arm um ihre Schulter und zog sie an sich heran. »Du wirst dich nicht einsam fühlen, denn ich werde dich regelmäßig besuchen, meine Liebe.«

Ayleens Lächeln wirkte etwas gezwungen. Sie trat ans Fenster und sah hinaus. Der Blick ging nach vorn zu dem mit der Kette verschlossenen Tor.

»Ich hole jetzt dein Gepäck aus dem Wagen«, fuhr Jacob fort. »Du musst deine Sachen selbst auspacken.«

»Daran bin ich gewöhnt und möchte mich auch nicht bedienen lassen«, erwiderte Ayleen und wandte sich Jacob wieder zu.

»Auch wenn Clashmore auf den ersten Blick wie ein herrschaftliches Anwesen wirkt«, sprach Jacob weiter, als hätte er ihren Einwurf nicht gehört, »haben wir nur wenig Personal. Eine Köchin sorgt für das Essen, ein Mädchen unterstützt sie und hält die Räume sauber. Sie wohnen beide im Dorf, kommen am Vormittag und gehen am Abend wieder. Du wirst mit ihnen nicht viel zu tun haben, meine Schwester kümmert sich um den Haushalt. Zwei- oder dreimal im Jahr engagieren wir ein paar Frauen aus dem Dorf, um gründlich zu putzen. Catriona und ich bewohnen längst nicht alle Zimmer. Meines ist auf der anderen Seite am Ende des Korridors, Catrionas im zweiten Stock. Die oberste Etage, in der früher die Dienstbotenunterkünfte und die Wäsche- und Stiefelkammern waren, wird nicht mehr genutzt. Dort lagert nur altes Gerümpel. Von den Türmen musst du dich fernhalten. Die hölzernen Treppenstufen sind morsch, und das Mauerwerk hat Risse. Es ist lebensgefährlich, sie zu besteigen. Auch um den Keller brauchst du dich nicht zu kümmern. Er ist feucht, schimmelig und voller Ungeziefer.«

»Ich verstehe.« Ayleen neigte den Kopf. Ihr Ehemann war zwar ein Laird und sie eine Lady, das bedeutete aber nicht, dass sie vermögend waren. Ein Schicksal, das die McKinn- leys mit zahlreichen Adelshäusern in Großbritannien teilten.

»Das Badezimmer findest du auf der anderen Seite des Korridors«, erklärte Jacob weiter. »Ruh dich jetzt aus. Kurz vor acht hole ich dich zum Essen herunter. In ein paar Tagen wirst du dich im Haus dann auskennen.« Er trat zu ihr, beugte den Kopf, küsste sie flüchtig und leidenschafts- los auf die Lippen, dann fiel die Tür hinter ihm zu.

Ayleen fühlte sich kein bisschen müde, sie war aller- dings sehr hungrig. Sie ärgerte sich, dass sie vorhin nicht einfach nach einem Sandwich gegriffen hatte. Am liebsten wäre sie auf eigene Faust durch das Haus gestreift, um es zu erkunden. Es erschien ihr jedoch besser, abzuwarten, bis Jacob ihr alles zeigen würde. Nach ein paar Minuten kehrte er zurück und stellte die zwei Koffer, in denen sich Ayleens Sachen befanden, ab, sagte aber kein weiteres Wort. Sie begann ihre Kleidung in den Schrank zu hängen und in den Fächern zu verstauen. Das war schnell geschehen, daher verließ sie den Raum und suchte das Badezimmer auf. Es war klein und dunkel, und ein Holzofen musste erst angefeuert werden, um warmes Wasser zu bekommen. Aus dem Hahn über dem Waschbecken floss nur kaltes Wasser. Sie seufzte verhalten. Selbst in der Mühle hatten sie einen mit Öl betriebenen Boiler und damit immer warmes Wasser gehabt. Auf einem Stuhl lag ein Stapel weißer, flauschiger, nach Lavendel duftender Handtücher. Ayleen wusch sich die Hände und das Gesicht, steckte die Haarsträhnen, die sich aus der Frisur gelöst hatten, auf, kehrte in ihr Zimmer zurück, setzte sich aufs Bett und wartete. So hatte sie sich ihren Hochzeitstag nicht vorgestellt. Dass sie und Jacob nach der Trauung sofort nach Clashmore aufgebrochen waren, war verständlich. Ayleen hatte jedoch gehofft, Jacob würde eine kleine Feier ausrichten. Ihr wurde bewusst, dass Catriona ihnen noch nicht einmal gratuliert hatte.

Das Dinner erfüllte Ayleens Erwartungen. Nach einer kalten Pastete und einer klaren Gemüsesuppe gab es Rinderbraten mit Kartoffeln und Karotten, zum Dessert einen Karamellpudding. Ayleen störte es nicht, dass Jacob und Catriona schwiegen, denn sie aß mit gutem Appetit. Nach dem Pudding servierte Catriona Kaffee, und Jacob zündete sich eine Zigarette an.

Ayleen räusperte sich, sah zu Catriona und sagte: »Ich möchte, dass du weißt, dass ich dir in nichts hineinreden werde. Clashmore Castle ist dein Zuhause, ich strebe keine Veränderungen an, wäre dir aber dankbar, wenn du mir zeigst, wie der Haushalt funktioniert, Cat.«

Catriona runzelte die Stirn und erwiderte mit einem scharfen Unterton: »Mein Name ist Catriona, und so möchte ich auch angesprochen werden.«

»Es tut mir leid«, sagte Ayleen verwirrt. »Ich dachte, weil Jacob dich Cat nennt …«

»Jacob ist auch mein Bruder. Er kann sich eine solche Vertraulichkeit erlauben.«

Und ich bin nur eine Fremde, dachte Ayleen bitter. Unter Catrionas kaltem Blick erschauerte sie und fragte sich, ob sie wohl je Freundinnen werden konnten.

»Selbstverständlich«, sagte sie leise. Jacob zog genüsslich an der Zigarette, blies den Rauch aus und tat, als habe er nicht zugehört.

Ayleen schob den Stuhl zurück und stand auf. »Ich gehe jetzt schlafen, die Fahrt hat mich erschöpft«, sagte sie, obwohl es nicht der Wahrheit entsprach. Sie wollte dem Esszimmer mit seinen dunkel getäfelten Wänden entfliehen, denn die Stimmung schien sie zu erdrücken.

»Ich komme in einer halben Stunde nach«, sagte Jacob, Ayleen sah, wie Catriona ihre Lippen zu einem Strich presste und Jacob einen zornigen Blick zuwarf.

Aus freien Stücken hatte sich Ayleen zu der Ehe mit dem deutlich älteren Mann entschieden. Er hatte sie mit seinem Charme, seiner Bildung und den vielfältigen Interessen beeindruckt und Verständnis für sie und ihre Wünsche und Bedürfnisse gezeigt. Ayleen war es nicht bang gewesen, ihre Eltern und Inverness zu verlassen, im Gegenteil. Sie hatte sich auf ein neues Heim und neue Menschen gefreut. Jetzt war sie erst wenige Stunden in Clashmore, hatte aber schon den Eindruck, das Haus würde sie einengen und ihr die Luft zum Atmen nehmen.

»Du musst erst alles kennenlernen«, murmelte sie, während sie die Treppe zu ihrem Zimmer hinaufstieg. Ebenso wie sie und Catriona sich kennenlernen mussten. Und schlussendlich auch Jacob, denn Ayleen hatte ihn am Mittag im Gasthaus von einer Seite erlebt, die ihr zuvor fremd gewesen war.

NEUN

Der angenehme gestrige Nachmittag in Geralds Gesellschaft hatte Pamela auf andere Gedanken gebracht. Sie und
der sympathische Arzt hatten nicht länger über Clashmore
und deren seltsame Bewohner gesprochen, sondern von
sich erzählt. Pamela verschwieg zwar ihre kürzlich been-
dete Beziehung zu Joe, sagte Gerald jedoch, sie bedauere,
das Medizinstudium abgebrochen zu haben.

»Du hast sofort erkannt, wie lebensbedrohlich Leahs
Zustand war.« Sie waren schnell zum Du übergegangen.
»Das Studium solltest du wieder aufnehmen. Ich glaube,
du wärst eine gute Ärztin.«

»Ach, ich weiß nicht«, hatte Pamela ausweichend erwidert. »Im Moment braucht mich meine Grandma.«

Gerald ließ das Thema fallen und erzählte von seiner
Familie. Er war das einzige Kind, seine Eltern hatten früher
ein kleines Hotel in einem Ort in der Nähe von Edinburgh
geführt und waren inzwischen im Ruhestand. Nach dem
Essen machten sie einen längeren Spaziergang um einen
von Bergen umgebenen See – in Schottland Loch genannt.
Dabei schwiegen sie und genossen die unberührte Natur.
Obwohl die Vegetation kaum kniehoch war, weideten
zahlreiche Schafe auf den Hängen, Fasane huschten über
den Weg, und einmal machte Gerald sie auf einen kleineren, dunklen Vogel aufmerksam.

»Das ist ein schottisches Moorschneehuhn.«

Pamela hatte gelacht. »Für Schnee ist sein Gefieder aber ziemlich dunkelbraun.«

»Leider kann ich dir den Grund dafür nicht erklären«, sagte Gerald. »Mein Spezialgebiet sind Menschen.«

Bevor sie nach Clashmore zurückkehrten, tranken sie noch Tee in einem Pub an der Straße. Allmählich gewöhnte sich Pamela an den ständigen Tee, der jedes Mal einen anderen Geschmack hatte. Sie freute sich aber auf einen kräftigen, amerikanischen Kaffee, wenn sie wieder zu Hause sein würde.

In der Nacht schlief Pamela tief und traumlos. Am Morgen kehrte der Ärger über das Verhalten der Makler jedoch schlagartig zurück. Gleich nach dem Frühstück wollte sie nach Beauly fahren und die Pattersons zur Rede stellen, warum sie ihre Verabredung nicht eingehalten hatten.

Heute war Pamela die Einzige im Frühstücksraum. Nach einem fröhlichen »Guten Morgen« und der Frage, wie sie geschlafen habe, sah Kirsty sie aufmerksam an und bemerkte: »Beim alten Haus war ja mächtig was los.«

»Ich hätte heute gern Toast, Butter, ein Rührei, keinen Speck und Bohnen, nur Tomaten und Pilze«, sagte Pamela deutlich.

»Es heißt, es hätte einen Unfall gegeben«, plapperte Kirsty weiter. »Ein Rettungswagen sei zum Haus gefahren.«

Pamela seufzte verhalten. Es hatte wohl keinen Sinn, Kirstys Neugier zu ignorieren, daher erklärte sie: »Eine Frau hatte eine Blinddarmentzündung und wurde ins Krankenhaus gebracht.«

»Das ist alles?« Kirsty war sichtlich enttäuscht. »Colin meint, es sei auch die Polizei da gewesen, darum dachte ich, dass …«

»Da ist Ihr Sohn falsch informiert«, fiel Pamela Kirsty ins Wort. »Um weitere Spekulationen zu vermeiden: Ich war im

Clashmore Haus, habe die Kranke gesehen und gewartet, bis der Rettungsdienst eintraf. Dr. Finlay kam dann auch dazu.«

»Dieser Quacksalber, pah!« Kirsty schnaubte verächtlich. »Der hat doch keine Ahnung.«

Pamela fragte: »Warum trauen Sie Gerald Finlay nicht zu, ein guter Arzt zu sein? Weil er noch jung ist?«

»Dr. Thomson, sein Vorgänger, war hier der Arzt, solange ich denken kann«, antwortete Kirsty im Brustton der Überzeugung. »Ebenso sein Vater und sein Großvater. Thomson brachte meinen Sohn zur Welt und alle anderen Kinder im Ort ebenfalls. Der Doc kannte jeden Einzelnen ganz genau, nicht nur deren Akte, sondern den Menschen. Auch wir kannten ihn in- und auswendig. Dann kommt so ein Grünschnabel, noch nicht trocken hinter den Ohren, und meint, neue Methoden einzuführen und uns vorzuschreiben, wie wir zu leben haben.«

Pamela war überzeugt, dass sich Gerald in das Leben der Dorfbewohner nicht einmischte. Sie erwiderte bestimmt: »Vielleicht sollten Sie Dr. Finlay die Chance geben, Sie ebenfalls kennenzulernen. Jeder fängt einmal an und verdient es, mit Respekt behandelt zu werden.«

Über Kirstys Nasenwurzel bildete sich eine steile Falte. »Sie verteidigen den Doc aber mächtig. Ich wusste gar nicht, dass Sie sich so gut kennen. Tja, Finlay ist recht attraktiv, und Sie eine junge, alleinstehende Frau …«

Nun wurde es Pamela zu bunt. Laut sagte sie: »Kirsty, ich möchte jetzt gern frühstücken, wenn es keine Umstände macht.«

Die Pensionswirtin wollte noch etwas sagen, klappte aber den Mund wieder zu, wohl weil Pamelas Blick ihr sagte, dass sie die Unterhaltung für beendet hielt. Während sich Pamela von den bereitstehenden Cornflakes und dem

Obst bediente, bereitete Kirsty in der angrenzenden Küche die Eier zu. Als sie den Teller vor Pamela stellte, fragte sie: »Wissen Sie schon, wie lange Sie noch bleiben werden?«

»Nicht genau«, antwortete Pamela.

»Es ist nur so, dass ich jetzt laufend Anfragen reinbekomme. Es ist Hochsaison, viele Gäste reisen in unsere schönen Highlands, um die Landschaft und die unberührte Natur zu genießen. Nächste Woche finden in der Gegend Highland Games statt, da kann ich jedes Zimmer zu einem guten Preis vermieten.«

Für Pamela klang es wie die Aufforderung, die Pension baldmöglichst zu verlassen. Sie reagierte darauf unterkühlt: »Ich lasse es Sie wissen, wenn meine Angelegenheiten geregelt sind und ich abreisen werde.«

Kirsty sah ein, dass Pamela zu weiteren Erklärungen nicht bereit war und verschwand wieder in der Küche. Pamela aß bis auf den letzten Krümel alles auf, dann zog sie sich die Jacke über und nahm ihre Handtasche. Sie hoffte, die Makler in ihrem Büro anzutreffen. Sie war bereits an der Haustür, als das Telefon an der Rezeption klingelte. Kirsty meldete sich, dann rief sie laut: »Pamela, ein Anruf für Sie. Aus Amerika!«

Schnell nahm Pamela den Hörer entgegen.

»Grandma?«

»Ja, ich bin's. Wie geht es dir, mein Schatz?«

»Grandma, bei dir ist es mitten in der Nacht!«

Sie hörte Louisa lachen. »In meinem Alter braucht man nicht mehr viel Schlaf. Dein Telegramm klang dringend. Glücklicherweise konnte die Auslandsauskunft die Nummer der Pension herausfinden.« Mit einem leicht tadelnden Unterton fügte sie hinzu: »Du hast sie mir nicht telegrafiert.«

»Weil ich sie nicht wusste«, erwiderte Pamela. »Grandma, hier läuft nichts wie geplant.« Pamela zögerte. Kirsty stand nur zwei Meter weiter und blätterte scheinbar beschäftigt in einem Aktenordner, hatte die Ohren aber gespitzt. Leise fuhr Pamela fort: »Das, was du verkaufen willst, ist möglich, es gibt aber gewisse Umstände ...«

»Die Leute, die sich in Clashmore eingenistet haben«, vollendete Louisa den Satz. »Ich denke, du kannst im Moment nicht frei sprechen, daher höre mir zu: Verkaufe das Haus, gleichgültig zu welchen Konditionen und unter welchen Umständen. Mir sind die Leute egal, ich will mit dem alten Kasten nichts mehr zu tun haben. Zuvor jedoch musst du die Kassette finden, hörst du, Pamela? Es ist sehr wichtig, dass ihr Inhalt unwiderruflich zerstört wird.«

»Das ist ja das Problem«, raunte Pamela so leise, dass Louisa sie gerade noch verstehen konnte. »Ich komme nicht rein.«

»Du *musst* es schaffen!«

»Willst du mir nicht sagen, warum ...«

»Das kann ich nicht, Pamela. Später wirst du alles erfahren. Jetzt muss ich auflegen. Das Telefonat kostet sonst ein halbes Vermögen. Du hast mich verstanden? Verkaufe Clashmore House so schnell wie möglich, finde aber zuerst das, worum ich dich bitte.«

»Ja, Grandma ...«

Es klickte in der Leitung, Louisa hatte aufgelegt.

Kirsty ließ es sich nicht nehmen zu fragen: »Schlechte Nachrichten? Geht es Ihrer Großmutter gut? Wenn sie mitten in der Nacht anruft ...«

»Sie ist in Ordnung«, murmelte Pamela und verließ nun endgültig die Pension.

Während der Fahrt nach Beauly ließ sich Pamela die Worte ihrer Großmutter durch den Kopf gehen. Ihre Anweisung war eindeutig. Einerseits verstand Pamela nicht, warum es Louisa nicht störte, dass Fremde einfach ihren Besitz in Beschlag genommen hatten, andererseits ersparte es Pamela, sich wegen der Leute weitere Gedanken zu machen. Wie jedoch sollte es ihr gelingen, in den ersten Stock des Hauses zu gelangen? Sollte sie sich etwa wie ein Dieb einschleichen? Pamela konnte sich lebhaft vorstellen, was mit ihr geschehen würde, sollte sie entdeckt werden. Von der Polizei war keine Hilfe zu erwarten. Dieser behäbige Constable stand eindeutig auf der Seite der Sekte oder was immer die Gruppierung auch darstellte. Pamela hatte keine Ahnung vom britischen Recht, es konnte aber sicher nicht angehen, dass ihr – die Vertretung der rechtmäßigen Eigentümerin – verwehrt wurde, sich frei und ungestört im Haus umzusehen.

Vielleicht sollte ich einen Anwalt einschalten, dachte Pamela. Inzwischen hatte sie Beauly erreicht und sah sich in der Hauptstraße um. Der Ort war groß genug, dass es hier eine Anwaltskanzlei geben könnte. Zuerst aber das Gespräch mit den Pattersons.

Bevor Pamela die Tür zur Makleragentur aufstieß, atmete sie tief durch und zählte innerlich bis zehn. Den Rat hatte ihr Louisa bereits als Kind gegeben, wenn Pamela aufgeregt war.

»Zähle langsam bis zehn, das beruhigt, und du sagst nicht Worte, die du später bereuen könntest.«

Bruce Patterson saß hinter seinem Schreibtisch und sah auf, als Pamela das Büro betrat.

Schlagartig wurde sein Gesicht rot. Er murmelte: »Pamela …«

»Bruce Patterson«, sagte Pamela mit verhaltenem Zorn. »Warum haben Sie unsere gestrige Verabredung nicht eingehalten?«

»Äh ... Also ... Meine Frau ... Es traten gewisse Umstände auf ...«

»Welche Umstände?«, unterbrach Pamela sein Gestammel. »Beim Verkauf von Clashmore House erhalten Sie und Ihre Frau eine nicht geringe Courtage. Ich kann verlangen, dass Sie ein bisschen mehr Einsatz zeigen, um das Geschäft abzuwickeln.«

»Wir stehen in Verhandlungen«, sagte eine Stimme hinter ihr.

Pamela fuhr herum, sie hatte nicht bemerkt, dass Adele Patterson das Büro betreten hatte. Einen Schritt hinter der Maklerin stand eine zierliche, alte Dame. Sie trug ein elegantes, dunkelblaues Kostüm, auf den kurzen, weißgelockten Haaren einen farblich passenden Hut.

»Davon merke ich nichts«, sagte Pamela.

Mit einem leicht spöttischen Lächeln antwortete Adele: »Ich sagte Ihnen bereits, dass wir das Haus jederzeit verkaufen können, wenngleich zu einem niedrigeren Preis als veranschlagt. Sie, Pamela, bestehen jedoch darauf, dass es zuvor geräumt wird, was die Angelegenheit erschwert.«

Zähneknirschend musste Pamela der Maklerin recht geben. Inzwischen hatte sie die Anweisung von Louisa erhalten, Clashmore so oder so zu verkaufen. Sie lenkte ein: »Okay, dann bin ich einverstanden, dass die Gruppe dort wohnen bleibt. Allerdings bestehe ich darauf, mich im Haus in aller Ruhe umzusehen. Eine weitere Bedrohung werde ich nicht hinnehmen und gegebenenfalls die Behörden in Inverness einschalten.«

»Wie ich eben Ms Patterson sagte, liegt es auch in meinem Interesse, ein leerstehendes Gebäude zu kaufen, und ich bezahle mehr als den gewünschten Preis.« Zum ersten Mal sprach die ältere Dame. Sie trat vor und reichte

Pamela die Hand. »Mae Crawford, wir sind uns bisher noch nicht vorgestellt worden. Ich interessiere mich sehr für das Clashmore House und habe eigene Pläne mit dem Anwesen.«

Adele sagte hastig: »Wir sollten das noch mal in Ruhe besprechen, Ms Crawford.«

»Sie kennen meine Meinung«, erwiderte Mae. »Sobald die Subjekte ausgezogen sind, können Sie den Kaufvertrag aufsetzen. Ms Patterson ...«, sie sah zu dem Makler, »Mr Patterson ... Ich hoffe, in den nächsten Tagen eine positive Nachricht von Ihnen zu erhalten.«

Beim Vorbeigehen schenkte sie Pamela ein freundliches Lächeln, dann fiel die Tür hinter der eleganten Dame ins Schloss.

Adele seufzte laut, ihr Mann wirkte bedrückt, und Pamela sagte: »Ich freue mich, dass Ms Crawford die Sachlage wie ich sieht. Allerdings frage ich mich, was die Frau mit einem so großen Haus anfangen möchte.«

Adele winkte ab. »Das soll nicht Ihre Sorge sein. Ms Crawford sagte zu mir, seit ihrer Kindheit habe sie sich gewünscht, in einem Schloss zu wohnen. Den Wunsch möchte sie sich nun im Alter erfüllen. Ich habe mir erlaubt, Ms Crawfords Bonität zu prüfen. Sie ist in Ordnung.«

Pamelas Stimmung hob sich. »Dann ist ja alles bestens. Sorgen Sie also dafür, dass die Leute verschwinden, und verkaufen Sie an Mae Crawford.«

»Das ist nicht so einfach.« Mit einem Taschentuch tupfte sich Bruce Patterson Schweißperlen von der Stirn, obwohl es im Büro kühl war. »Pamela, die Bewahrer haben sozusagen ein stilles Einverständnis, in Clashmore zu leben, solange sie unter sich bleiben.«

»Die Bewahrer?«, fragte Pamela überrascht.

Bevor Bruce antworten konnte, sagte Adele scharf: »Das spielt für Ihre Belange keine Rolle, Pamela.«

»Die Entscheidung, was für mich eine Rolle spielt, überlassen Sie bitte mir, Adele.« Pamela verschränkte die Arme vor der Brust und sah die Maklerin herausfordernd an. »Und jetzt möchte ich alles über die sogenannten Bewahrer erfahren. Wer sind sie? Woher kommen sie, und was tun sie in Clashmore House?«

Adele zuckte mit den Schultern. »Wir wissen nicht mehr, als dass sie sich Bewahrer des weißen Lichtes nennen. Zuerst waren es zwei oder drei Männer, dann wurden es mehr, und es kamen auch Frauen hinzu.«

»Es handelt sich also doch um eine Sekte«, murmelte Pamela und lauter: »Es ist wohl nicht auszuschließen, dass das Haus meiner Großmutter zu verbrecherischen Zielen missbraucht wird. Allgemein ist bekannt, wie solche Vereinigungen vorgehen, um den Menschen das Geld aus der Tasche zu ziehen und sie psychisch unter Druck zu setzen.«

»Das tun die Bewahrer nicht«, wandte Bruce ein. »Sie verfolgen keine religiösen Ziele, sie sind einfach nur eine Gruppe, die unter sich bleiben möchte.«

Pamela erwiderte sarkastisch: »Sie scheinen die Leute näher zu kennen, weil Sie sie so genau einschätzen können.«

Die Bemerkung ignorierend, sagte Adele: »Es gibt noch den Interessenten, den die Bewahrer nicht stören. Sein Angebot liegt jedoch deutlich unter dem von Ms Crawford.«

Pamela zögerte. Louisa kam es nicht darauf an, Clashmore House zu einem möglichst hohen Preis zu verkaufen. Es blieb aber das Problem, dass sie die Kassette finden musste, daher beharrte sie auf ihrer Meinung: »Diese Leute ziehen entweder aus, oder sie lassen mich im Haus einige Tage frei schalten und walten. Adele, Bruce – sorgen Sie dafür, dass es noch diese Woche geregelt wird. Auf Wiedersehen.«

Ohne eine Antwort abzuwarten, verließ Pamela das Maklerbüro. Auf der Straße atmete sie tief durch. Dass der scheinbar einfache Wunsch ihrer Großmutter sich derart schwierig darstellen würde, hatte sie nicht geahnt.

Nachdem Pamela die Pension betreten hatte, eilte ihr Kirsty entgegen und sagte mit gerunzelter Stirn: »Da sind Sie ja endlich! Constable Wallace wartet bereits seit einer Stunde im Frühstücksraum auf Sie.«

Pamela nickte nur, ihr Herz tat aber einen Sprung. Offenbar hatte der Polizist seine Meinung geändert und war nun bereit, ihr zu helfen.

Mit den Worten: »Constable, ich freue mich, Sie zu sehen«, betrat Pamela das Zimmer. Ihre Hochstimmung verflog schlagartig, als sie in sein Gesicht sah. Er war nicht nur ernst, sondern ärgerlich. Deswegen fügte Pamela hinzu: »Es tut mir leid, dass Sie warten mussten, aber ich konnte nicht wissen, dass Sie mich sprechen möchten.«

Wallace erhob sich schwerfällig und sagte: »Wo waren Sie in der vergangenen Nacht von etwa Mitternacht bis heute Morgen sechs Uhr?«

»In der letzten Nacht?«, wiederholte Pamela verständnislos. »Warum wollen Sie das wissen?«

»Beantworten Sie einfach meine Frage, Ms Davison.«

»Da ich nichts zu verbergen habe: Ich war in meinem Zimmer.«

»Sie haben das Haus nicht verlassen?«

»Nein, Constable. Ich habe geschlafen.«

»Kirsty Lennox kann das leider nicht bestätigen.«

»Wie sollte sie?«, fragte Pamela schmunzelnd. »Ich hoffe nicht, dass Kirsty in den Nächten heimlich in die Zimmer ihrer Gäste schleicht und überprüft, ob sie auch brav in ihren Bettchen liegen.«

»Ms Davison, ich bin nicht in der Stimmung für Scherze«, blaffte Wallace und kniff die Augen zusammen. »Kann es nun jemand bezeugen, dass Sie dieses Haus nicht verlassen haben?«

»Was bedeuten Ihre Fragen, Constable? Sie klingen, als bräuchte ich ein Alibi. Tja«, Pamela zuckte mit den Schultern, »ich fürchte, damit kann ich nicht dienen.«

»Sie waren allein?«, fragte Wallace.

Empört rief Pamela: »Das geht Sie zwar überhaupt nichts an, Constable, aber ja, selbstverständlich war ich allein.«

Wallace zog die Augenbrauen hoch und erwiderte süffisant: »Immerhin haben Sie den gestrigen Nachmittag und Abend mit Dr. Finlay verbracht. Sie scheinen sich gut zu verstehen.«

Pamela schluckte, bevor sie kühl fragte: »Es gibt wohl nichts, was im Dorf nicht sofort die Runde macht? Mein Privatleben geht Sie nichts an!«

»Bei einem Mordfall gibt es kein Privatleben.«

»Mord?«, wiederholte Pamela erschrocken. »Was habe ich mit einem Mord zu tun?«

Emotionslos erklärte Wallace: »In den frühen Morgenstunden wurde die Leiche eines bisher unbekannten Mannes im Gebüsch bei Clashmore House gefunden. Das Messer in seiner Kehle lässt keinen Zweifel aufkommen, dass er unter Fremdeinwirkung starb.«

Halt suchend klammerte sich Pamela an eine Stuhllehne. »Sie denken doch nicht, ich habe etwas damit zu tun?«

»Ich muss jeden überprüfen, der mit dem Haus in Verbindung steht«, antwortete der DC. »Gestern waren Sie dort, danach kamen Sie zu mir und berichteten von Ärger …«

»Der nicht von mir ausgelöst wurde!«, fiel Pamela ihm ins Wort. »Wie ich Ihnen bereits erklärte: Meine Großmutter ist die rechtmäßige Eigentümerin, ich handle in ihrem Auftrag, es zu verkaufen, und möchte nichts anderes, als mich in Ruhe in dem Haus umsehen. Wenn Sie den Mörder suchen, Constable: Fangen Sie bei den seltsamen Bewahrern des weißen Lichtes an! Auf mich machen sie nämlich nicht den Eindruck friedvoller, sanfter Mitbürger. Eher das Gegenteil ist der Fall. Was immer der Tote dort wollte – es ist offensichtlich, dass seine Anwesenheit unerwünscht war.«

»Sagen Sie mir nicht, wie ich meine Arbeit zu machen habe, Ms Davison!« Er wandte sich zum Gehen. An der Tür drehte er den Kopf und sagte: »Bis die Sache geklärt ist, dürfen Sie Clashmore nicht verlassen und müssen sich zu meiner Verfügung halten.«

»Keine Sorge, Constable, ich mache schon nicht die Fliege«, erwiderte Pamela verärgert. »Ihre Unterstellung, ich könnte in den Mord verwickelt sein, ist eine Unverschämtheit! Bei allem Respekt, aber ich habe den Eindruck, Sie schützen die Sekte, aus welchen Gründen auch immer. Werden Sie von den Bewahrern bezahlt? Ich nehme an, dass Ihr Gehalt als Dorfpolizist nicht gerade üppig ausfällt.«

»Seien Sie vorsichtig mit Ihren Worten«, ermahnte sie Wallace grimmig. »Sonst kommt zu dem Verdacht der Beteiligung an einem Tötungsdelikt noch Beamtenbeleidigung hinzu.«

Pamela wusste, dass sie zu weit gegangen war, konnte ihre Empörung über diese haltlose Unterstellung aber nicht verbergen. Die Arme vor der Brust verschränkt, die Lippen zusammengepresst, schwieg sie und starrte Wallace nach, als er die Pension verließ. Die Tür war gerade hinter ihm zugefallen, als Kirsty ins Zimmer trat.

»Mit einem Mord möchte ich nichts zu tun haben«, sagte sie kühl. »Ich denke, es ist das Beste, wenn Sie sich eine andere Unterkunft suchen.«

Pamela schnappte erst nach Luft, dann rief sie: »Sie werfen mich raus?«

Ausweichend und an Pamela vorbeisehend, antwortete Kirsty: »Ich führe ein anständiges Haus.«

»Da ich annehme, Sie haben jedes Wort belauscht, wissen Sie, dass ich Clashmore vorerst nicht verlassen darf. Wo soll ich also bitte hin? Weit und breit gibt es keine andere Pension oder ein Hotel.«

»Das ist nicht meine Angelegenheit. Ich mache die Rechnung fertig, und wenn Sie gepackt haben, wird Colin Ihr Gepäck runtertragen.« Brüsk drehte sich Kirsty um und ließ eine völlig konsternierte Pamela zurück.

Der Vorgarten des zweistöckigen Cottages aus Granitsteinen war gepflegt. Sommerliche Blumen und ein dichter Rosenstrauch blühten in bunten Farben. Langsam ging Pamela drei Stufen zu der weiß lackierten Eingangstür hinauf. Sie war nur angelehnt. Pamela trat in einen schmalen Korridor. Eine steile Treppe führte in das erste Stockwerk, auf der Tür zur Linken stand *Praxis*. Dahinter befand sich das Wartezimmer. Keiner der acht Holzstühle mit bunten Sitzkissen war besetzt, auf einem niedrigen Tisch lagen diverse Zeitschriften aus. Am anderen Ende des Raums war eine weitere Tür nur angelehnt.

»Hallo?«, rief Pamela.

»Kommen Sie einfach durch«, antwortete Gerald Finlay, und Pamela trat in das Sprechzimmer.

Der Arzt saß hinter einem schweren, eichenen Schreibtisch, vor sich einen Stapel Karteikarten, in denen er Eintragungen vornahm.

»Pamela!« Seine Augen leuchteten auf. »Du bist hoffentlich nicht krank?«

»Nicht körperlich«, antwortete Pamela. »Allerdings bin ich derart wütend, dass ich fürchte, jeden Moment zu platzen.«

Besorgt musterte Gerald sie. »Setz dich und sprich dich aus. Ich brühe uns schnell einen Tee auf.«

»Ich möchte dich nicht von der Arbeit abhalten.«

Er winkte ab, sein Lächeln war säuerlich. »Wie du siehst, rennen mir die Patienten nicht gerade die Bude ein. Ich habe also jede Menge Zeit, mehr als mir lieb ist.«

Pamela setzte sich auf den Stuhl auf der anderen Seite des Schreibtisches. Während sie beobachtete, wie Gerald den auf einer Anrichte stehenden Wasserkocher einschaltete und Teebeutel in zwei Steingutbecher gab, begann sie sich zu entspannen.

Nachdem sie einen Schluck von dem starken, herben Tee getrunken hatte, platzte sie heraus: »Kirsty hat mich rausgeschmissen.«

»Ich fürchte, ich verstehe nicht …«

Grimmig erklärte Pamela: »Beim Clashmore House ist ein Mord geschehen. Der Constable hat mich eben vernommen und nach meinem Alibi gefragt. Offenbar stehe ich unter Verdacht, die Täterin zu sein. Kirsty Lennox hat alles belauscht und mir daraufhin quasi die Koffer vor die Tür gestellt.« Mit einem bitteren Lächeln fügte sie hinzu: »Beziehungsweise war es ihr Sohn Colin, der sich sichtlich darüber freut, dass ich verschwinde.«

Gerald seufzte, seine Finger spielten mit dem Kugelschreiber, und er sagte: »Es ist Unsinn zu denken, du könntest mit dem Mord etwas zu tun haben. Noch weiß niemand, wer das Opfer ist und warum es sich mitten in der Nacht beim Haus aufgehalten hat.«

»Du hast von dem Toten bereits gehört?«, fragte Pamela.

Er nickte. »Da ich der einzige Arzt in der Gegend bin, wurde ich heute Morgen nach Clashmore gerufen. Wallace mag zwar nicht viel von mir halten, und ich bin kein offiziell bestellter Leichenbeschauer, aber der Constable benötigte einen Arzt, der den Tod feststellt, sonst hätte er die Leiche nicht fortbringen können. Alles Weitere liegt in den Händen des Reviers in Inverness, dort wird auch die Obduktion durchgeführt. Zweifelsfrei starb der Mann nicht von selbst.«

»Ein Messer im Hals«, murmelte Pamela. »Du kennst ihn nicht?«

»Nein, wobei sich mein Bekannten- und Patientenkreis in Grenzen hält, wie du weißt.«

Nachdenklich sagte Pamela: »Du sagst, Wallace habe die Leiche fortbringen lassen. Wurde denn nicht die Spurensicherung gerufen? Ich meine, der Tatort muss doch genau untersucht werden und so.«

Schmunzelnd erwiderte Gerald: »Das mag in amerikanischen Krimiserien vielleicht so sein, hier in Schottland ticken die Uhren anders. Wallace wird schon alles Notwendige in die Wege leiten. Nachdem ich den Tod festgestellt hatte, bin ich wieder gegangen, daher weiß ich nicht, was danach geschehen ist.«

Pamela schüttelte sich wie ein junger Hund und sagte nachdenklich: »Der Tote ist ein weiterer Beweis, dass mit den Leuten etwas ganz und gar nicht stimmt. Sie nennen sich die Bewahrer des weißen Lichtes, das haben mir die Makler erzählt. Was jedoch bewahren sie?«

Gerald hob hilflos die Hände. »Ich habe nicht den Hauch einer Ahnung, Pamela. Was wirst du jetzt machen? Nach Hause fliegen?«

»Ich darf die Gegend vorerst nicht verlassen«, antwortete Pamela grimmig. »Ich werde wohl im Auto kampieren müssen, oder kennst du jemanden, der mir ein Zelt leiht, das ich am Flussufer aufschlagen kann?«

»Auch im Sommer werden die Nächte ziemlich kalt«, erwiderte Gerald mit einem Zwinkern. »In diesem Haus gibt es ein kleines Gästezimmer. Wenn du es dir mal ansehen möchtest …«

»Ich soll hier wohnen? Bei dir?«

»Ich weiß, wir kennen uns kaum, aber ich möchte dir gern helfen.«

Warum?, lag es Pamela auf der Zunge, aber sie schwieg, denn es schien, dass sie keine andere Wahl hatte, als Geralds Angebot anzunehmen.

Er stand auf, Pamela tat es ihm gleich. »Komm, ich zeige dir das Zimmer.«

Auf der Hälfte der Treppe hörte Pamela von oben eine Stimme: »Hallo! Hallo! Wer da?«

Sie verharrte im Schritt und fragte: »Du lebst nicht allein?«

Gerald, der vorausgegangen war, sah zu ihr hinunter und schmunzelte. »Das ist Nora. Du brauchst dir keine Sorgen zu machen, sie wird dich nicht stören.«

Pamela schluckte. Bisher war sie davon ausgegangen, der junge Arzt sei alleinstehend, doch offenbar teilte er sein Haus mit einer Frau. War sie seine Freundin oder gar Ehefrau? Oder etwa seine Mutter, da die Stimme nicht jung, sondern irgendwie seltsam geklungen hatte. Die Erinnerung an den Film *Psycho* schoss Pamela durch den Kopf, sie schalt sich sogleich eine Närrin. Andererseits – auch Norman Bates war gegenüber seinen Gästen freundlich und zuvorkommend gewesen ...

Gerald öffnete die erste Tür auf der linken Seite im oberen Stockwerk. Sogleich ertönte wieder die Stimme: »Hallo! Herein, herein!«

Es war das Wohnzimmer. Klein, mit einem offenen Kamin, zwei Fenstern und mit den notwendigsten Möbeln eingerichtet.

»Das ist Noras Bereich«, erklärte Gerald, und Pamela fragte sich, warum er amüsiert gluckste. »Komm, sag ihr Hallo. Sie wird sich freuen, dich kennenzulernen.«

Gerald trat zur Seite und gab den Blick auf eine deckenhohe Voliere frei. Auf einer Stange trat ein mittelgroßer Vogel mit einem grün-gelben Federkleid von einem Fuß auf den anderen, nickte hektisch mit seinem Köpfchen, krächzte: »Gerald, Gerald, Gerald«, drehte dann seinen Kopf um einhundertachtzig Grad und sah Pamela von unten herauf an.

»Ein Papagei!« Pamelas Anspannung entlud sich in einem befreienden Lachen. »Nora ist ein Papagei.«

»Genau genommen eine Blaustirnamazone, wie du an dem blauen Fleck über den Nasenlöchern erkennst. Sie ist noch jung, erst etwa dreißig Jahre alt, und sehr gut erzogen. Nora ist zwar geschwätzig, aber ich habe ihr keine obszönen Wörter und Ausdrücke beigebracht, sie plappert jedoch alles nach, was sie so aufschnappt.« Er steckte einen Finger zwischen die Gitterstäbe, und der Vogel zwickte leicht in seine Haut. »Du bekommst später dein Fressi, meine Kleine«, sagte er sanft, dann an Pamela gewandt: »Mach das bitte nicht nach. Nora kennt dich noch nicht. Der Schnabel eines Papageis ist sehr kräftig und kann einen menschlichen Fingerknochen mit einem Biss durchtrennen.«

»Wie lange hast du sie schon?«, fragte Pamela.

»Nora gehörte meinen Eltern«, antwortete Gerald. »Als ich nach Clashmore zog, schlug meine Mutter vor, ich solle sie mitnehmen, um nicht so allein zu sein. Seit meine Eltern Rentner sind, sind sie regelmäßig auf Reisen und brauchen jemanden, der sich um Nora kümmert. Sie ist pflegeleicht und vertreibt mir mit ihrem Geplapper an so manchen einsamen Abend die Zeit. Allerdings kann kein noch so zahmer Vogel einen Menschen aus Fleisch und Blut ersetzen.«

»Und ich dachte …«

»Nora wäre meine Frau?«, vollendete er Pamelas Satz. Mit einem Augenzwinkern fügte er hinzu: »Ich bin weder verheiratet noch in einer Beziehung, und Kinder habe ich auch keine. Jedenfalls keine, von denen ich weiß.«

Er sah sie mit einem so charmanten und zugleich wissenden Blick an, dass es Pamela warm wurde. Seit Joe hatte kein Mann eine derart starke Wirkung auf sie ausgeübt. Betont forsch fragte sie: »Wo ist nun mein Zimmer?«

Der Raum lag dem Wohnzimmer gegenüber. Er war lang und schmal, mit nur einem Fenster, der Ausblick ging über die sanften Hügel im Westen. Die ersten lilafarbenen Blüten des Heidekrautes begannen gerade zu erblühen. Auf der rechten Seite stand ein Bett mit bunt karierter Wäsche, daneben ein niedriges Nachtkästchen, davor ein zweiflügliger Kleiderschrank. Gegenüber gab es einen Schreibtisch mit einem Stuhl und ein Regal an der Wand, in dem ein paar Bücher standen.

»Ich stelle dir noch einen Wasserkocher, Tassen, Tee und Kaffee hinein. Einen zweiten Fernseher kann ich leider nicht bieten.«

»Den brauche ich nicht.« Pamela sah sich um. »Das Zimmer ist hübsch. Wenn ich dich nicht störe, bleibe ich gern. Ist es für dich okay, wenn ich dir für das Zimmer den gleichen Preis wie Kirsty bezahle?«

»Nichts da, du bist mein Gast.« Wegen Pamelas gerunzelter Stirn fügte er hinzu: »Ich verstehe, dass du niemandem etwas schuldig bleiben willst. Wie wäre es, wenn du mir in der Praxis hilfst? Nur ein paar Stunden täglich, so, wie du Zeit hast.«

Grinsend erwiderte Pamela: »Deine Praxis macht nicht den Eindruck, als benötigst du eine Hilfe.«

Er winkte ab. »Leider hast du recht. Da mein Vorgänger von Computern nichts hielt und die Patientenkartei handschriftlich führte, muss ich jetzt alle Daten in den Rechner übertragen, da ich die digitale Verwaltung bevorzuge. Dabei kann ich wirklich Hilfe brauchen.«

»Das mache ich gern.« Pamela konnte fast wieder unbeschwert lächeln. »Ich weiß nicht, wie ich dir danken soll, Gerald. Du glaubst also nicht, dass ich den Mann getötet habe?«

Gerald lachte schallend. »Natürlich nicht. Du bist wirklich nicht die Art Frau, die einem Mann eine Klinge in den Hals sticht. Das Messer steckte tief, es wurde mit großer Kraft geführt.«

»Dieser Keith ist groß und kräftig«, raunte Pamela.

Grimmig verzog Gerald die Mundwinkel und sagte: »Ich habe ihn kennengelernt, als ich Leah untersuchte. Ein äußerst unsympathischer Typ, aber ihm gleich einen Mord zuzutrauen? Ich weiß nicht ...«

Unten klappte eine Tür, und eine männliche Stimme rief: »He, Doc, sind Sie da?«

Gerald trat in den Korridor und antwortete: »Einen Moment, ich bin gleich unten.« Er grinste Pamela an. »Tatsächlich ein Patient! Nachher bringe ich dir dein Gepäck hoch. Ruh dich etwas aus. Heute Abend überlegen wir gemeinsam, was wir gegen die sogenannten Bewahrer tun und vielleicht mehr über den Mord erfahren können.«

Ein wohliges Gefühl durchzog Pamela. Er hatte *wir* gesagt! Nach der Erfahrung mit Joe hatte sie nicht gedacht, jemals wieder einem Mann vertrauen zu können.

ZEHN

Clashmore House – Dezember 1935

Miss Louisa Kelly, Universität Glasgow …

Schwungvoll vollendete Ayleen die Adresse und klebte den elfenbeinfarbenen Umschlag zu. Es war lange her, seit sie von ihrer lieben Freundin gehört hatte, dabei hatte sie seit ihrer Ankunft in Clashmore bereits vier Briefe an Louisa geschrieben und von ihrer Heirat berichtet. Einen Brief hatte sie auch nach Inverness an die Adresse von Louisas Eltern geschickt. Ayleen machte sich Sorgen, da Louisa so lange nichts von sich hören ließ. Wäre der Freundin etwas geschehen, hätten die Eltern sie, Ayleen, sicher informiert. Aber diesen Gedanken wollte sie gar nicht zu Ende denken. Es mussten andere Gründe vorliegen. Auch ihren Eltern hatte sie mehrmals geschrieben, von Clashmore House, Jacob und Catriona berichtet, und auch von ihnen keine Antwort erhalten.

Ayleen hüllte sich in ihren Mantel aus dickem Tweedstoff, stülpte sich eine Mütze über die aufgesteckten Haare und verließ, den Brief in der Hand, ihr Zimmer. Im Korridor fröstelte sie trotz des warmen Mantels. Durch die undichten Fensterrahmen zog es wie in einem Kamin. Ayleen ging gerade durch die Halle, als sich die Tür der Bibliothek öffnete und Catriona ihr in den Weg trat.

»Du willst ausgehen?«, fragte Jacobs Schwester und musterte Ayleens Mantel.

»Ich möchte einen Spaziergang machen«, antwortete Ayleen.

»Bei dem Schnee?« Catrionas Blick war ebenso eisig wie das derzeitige Wetter. Sie deutete auf den Brief in der Hand ihrer Schwägerin. »Was ist das?«

»Ein Brief an meine Freundin«, erwiderte Ayleen und straffte das Kinn. »Ich gehe zur Poststation nach Clashmore.«

»Das Mädchen kann den Brief mitnehmen, wenn es heute Abend nach Hause geht.«

»Ich möchte es selbst tun.« Wie einen kostbaren Schatz presste Ayleen den Umschlag gegen ihre Brust. »Wie du siehst, Catriona, bin ich warm gekleidet, außerdem bin ich nicht aus Zucker.« Sie sagte nicht, dass sie seit Wochen das Haus nur verlassen hatte, um sich im Park die Beine zu vertreten. Aber nie allein. In der Regel wurde sie von Jacob begleitet, und wenn er keine Zeit hatte, drängte sich ihr Catriona auf.

»Jacob möchte nicht, dass du bei der Kälte ausgehst. Du könntest dich erkälten.« Catriona streckte die Hand aus. »Gib mir den Brief!« Es klang wie ein Befehl.

Ayleen schüttelte den Kopf und wandte sich ab. Sofort war Catriona bei ihr und riss ihr den Umschlag so schnell aus der Hand, dass Ayleen es nicht verhindern konnte.

»Jacob bat mich, auf dich aufzupassen, wenn er nicht zu Hause sein kann«, presste Catriona zwischen schmalen Lippen hervor. »Immerhin …«, ihr Blick wanderte zu Ayleens Taille, »könntest du seinen Sohn unter deinem Herzen tragen. Zeit wäre es, und Jacob lässt nichts unversucht, um den Clan der Stuarts of Clashmore fortzusetzen.«

Ayleen schoss das Blut ins Gesicht. Sie schluckte und blinzelte mehrmals, um die aufsteigenden Tränen zurückzuhalten.

»Gib mir den Brief zurück«, bat sie leise. »Ich verspreche, vorsichtig und vor Einbruch der Dunkelheit wieder da zu sein.« Im selben Moment, als sie die Worte ausgesprochen hatte, wusste sie, dass es sinnlos war.

Mit einem triumphierenden Lächeln steckte Catriona den Brief in ihre Rocktasche und sagte: »Du wirkst angespannt, meine Liebe, du solltest dich ausruhen.«

»Ich nehme nicht an, dass heute Post für mich gekommen ist?«, fragte Ayleen heiser. Von einer Sekunde auf die andere hatte sie den Verdacht, dass ihre Briefe von Catriona unterschlagen wurden. Wahrscheinlich wusste Louisa noch gar nicht, dass sie verheiratet war und Inverness verlassen hatte.

»Nein, heute kam keine Post«, antwortete Catriona. »Jedenfalls nicht für dich.«

Resigniert drehte sich Ayleen um, ging die Treppe hinauf und legte Mantel und Mütze wieder ab, sank dann auf die Bettkante und starrte auf den Teppich. Das Verhältnis zwischen ihr und der Schwägerin hatte sich auch nach drei Monaten nicht verändert. Catriona behandelte sie nach wie vor wie einen Eindringling, und Jacob tat, als bemerke er es nicht. Mehrmals hatte Ayleen versucht, mit Catriona zu sprechen, und sie gefragt, was sie gegen sie hätte.

»Wenn du den Eindruck hast, ich hätte ein Problem mit dir«, hatte Catriona geantwortet, »ist das allein deine Sicht der Dinge. Du bist Jacobs Frau, nicht mehr und nicht weniger, und als diese habe ich dich zu akzeptieren. Meine Freundinnen suche ich mir aber selbst aus.«

Auch mit Jacob konnte Ayleen nicht über seine Schwester reden. Als sie das Thema zum ersten Mal anschnitt, hatte er unwillig das Gesicht verzogen und barsch gesagt: »Verschone mich mit eurem Weiberkram! Ich habe anderes zu tun, als mich mit deinen Launen zu beschäftigen.«

Überhaupt Jacob … Ayleen seufzte. Sie würde nicht sagen, dass sie bereute, ihn geheiratet zu haben, die Ehe hatte sie sich aber wahrlich anders vorgestellt. Meistens sah Ayleen ihren Mann beim Frühstück und erst wieder beim Abendessen. Wo und wie er seine Tage verbrachte, teilte er ihr nicht mit. Einmal darauf angesprochen, hatte er gemeint, er sei ihr keine Rechenschaft schuldig. Regelmäßig verließ Jacob für mehrere Tage das Haus und sagte ihr nie, wohin er fuhr. Bis heute wusste Ayleen nicht, womit ihr Ehemann sein Geld verdiente. Sie war sicher, dass Catriona in alle Belange ihres Bruders eingeweiht war. Es war, als liefe Ayleen gegen eine massive Wand, die die Geschwister bildeten. Es gab nur die Nächte, in denen sie sich wie eine verheiratete Frau fühlte. Ayleen errötete, wenn sie daran dachte, wie Jacob nahezu jede Nacht ihr Bett aufsuchte. Anfangs waren seine Berührungen und all das, was er mit ihrem Körper tat, zwar nicht erregend, ihr aber willkommen gewesen, denn Jacob war durchaus zärtlich, verständnisvoll und ging auf ihre Gefühle ein. Als die Wochen jedoch vergingen und sich bei Ayleen keine Anzeichen einer Schwangerschaft zeigten, waren Jacobs Bemühungen rauer geworden. Inzwischen glichen sie einer Pflichtübung. Er sprach kaum noch ein Wort mit ihr, verließ sie unmittelbar nach Vollendung des Aktes und zog sich in sein Zimmer zurück. Ayleen hatte keine Erfahrung mit Männern, sie wusste nicht, ob sich alle so verhielten. Wie gern hätte sie sich mit einer anderen Frau darüber ausgetauscht, am liebsten mit Louisa. Sie nahm zwar nicht an, dass die Freundin entsprechende Erfahrungen hatte, aber allein mit einer Seelenverwandten zu sprechen, würde ihr helfen.

Ayleens Tage verliefen in gleichförmigem Trott. Im Haushalt gab es für sie nicht viel zu tun, denn es war Catriona, die sich darum kümmerte. Sie besprach mit der Köchin die Speisepläne, ohne Ayleens Meinung einzuholen. Ms Grant war eine große Frau mit einem grauen Dutt und runzligem Gesicht und außergewöhnlich hager. Ayleen hatte sich Köchinnen immer klein, rundlich und mit Apfelbäckchen vorgestellt, ihr Essen aber war ausgezeichnet und reichhaltig. Mit keinem Wort ließ Ms Grant eine Regung erkennen, dass ihr Herr eine deutlich jüngere Frau geheiratet und zur Herrin von Clashmore House gemacht hatte. Mary, dem Hausmädchen, begegnete Ayleen zwar öfter, diese senkte jedoch immer schnell den Blick und sprach nie ohne Aufforderung. Mary war noch jung, vielleicht vierzehn oder fünfzehn Jahre alt, klein, mager mit einem spitzen Gesicht und wirkte eingeschüchtert. Einmal hatte Ayleen sie nach ihrer Familie gefragt und wie lange sie schon im Haus sei.

»Vor zwei Jahren nahm mich Lady Catriona in Stellung«, hatte Mary geantwortet. »Dafür bin ich ihr sehr dankbar. Mein Vater hatte einen Unfall und erblindete. Seitdem kann er nicht mehr arbeiten, und Ma muss sich um meine drei jüngeren Geschwister kümmern. Ohne meinen Lohn müssten wir wohl hungern.« Erschrocken sah sie Ayleen an. »Habe ich einen Fehler gemacht, Mylady?«

»Nein, nein«, versicherte Ayleen schnell. »Es ist alles in Ordnung.«

»Dann darf ich wieder gehen? Ms Grant wird böse, wenn ich das Gemüse nicht rechtzeitig geputzt habe.«

Ayleen nickte, und das Mädchen flüchtete regelrecht aus dem Zimmer.

Die Bibliothek mit einer umfangreichen Sammlung an Büchern unterschiedlichster Genres war für Ayleen ein Lichtblick. Sie las nicht nur Kriminalromane, sondern auch Sach- und Fachbücher über diverse Themen. So wusste sie inzwischen über die Aufzucht und Pflege der schottischen Hochlandrinder – obwohl es auf Clashmore keinen

Viehbestand gab – ebenso Bescheid wie über die Jagd nach Moorhühnern, Fasanen und Schnepfenvögeln. Da Catriona ihr den Gang ins Dorf verweigert hatte, blieb Ayleen auch heute nichts anderes übrig, als zu lesen. Sie griff nach einem Kriminalroman von Agatha Christie, den sie noch nicht kannte. Dabei dachte sie an die erste Begegnung mit Jacob vor dem Buchladen in Inverness. Wie aufmerksam, wie charmant er gewesen war! Es ist nur der kalte, dunkle Winter, er drückt uns allen aufs Gemüt, sagte sie sich. Wenn das Grün auf den Hügeln wieder zu sprießen begann, würde sich alles ändern. Dann würde Jacob auch sein Versprechen, mit ihr nach Edinburgh und vielleicht sogar nach London zu reisen, einlösen. Oder sie wenigstens mit nach Inverness nehmen, damit sie ihre Mutter besuchen konnte.

Zwei Tage später, am dritten Advent, kehrte Jacob von einer seiner Reisen zurück. Erneut gab er keine Erklärung, wo er die letzten acht Tage verbracht hatte, suchte Ayleen aber in ihrem Zimmer auf und sagte: »Ich habe Gäste zu Weihnachten eingeladen. Es ist an der Zeit, dich meinen Bekannten vorzustellen.«

Ayleens Herz tat einen freudigen Sprung. »Das ist wundervoll! Allerdings ist nur noch wenig Zeit für die Vorbereitungen.«

Jacob winkte ab. »Wir werden ein kleiner Kreis sein, zehn oder zwölf Personen. Sie werden zwei oder drei Nächte bleiben. Die Planung der Speisenfolge und die Auswahl der Gästezimmer überlasse ich dir und meiner Schwester.«

Ayleen schluckte diesen Wermutstropfen hinunter und hoffte, Catriona würde die Vorbereitungen nicht ausnahmslos an sich reißen. Zu Ayleens Freude arbeitete Jacobs Schwester dann aber zum ersten Mal mit ihr zusammen.

Catriona blieb zwar kühl, überließ es aber überraschender-weise Ayleen, die Zusammenstellung der Speisen mit Ms Grant zu besprechen, ebenso die Auswahl der Räume, in denen die Gäste übernachten sollten.

»Ich kümmere mich um die Tagesabläufe«, sagte Catriona, »da ich unsere Bekannten und ihre Vorlieben und Abneigungen kenne. Wenn es das Wetter erlaubt, werden die Männer am zweiten Weihnachtstag auf die Jagd gehen.«

Voller Elan stürzte sich Ayleen in die Vorbereitungen. Zum ersten Mal, seit sie im Clashmore House war, hatte sie etwas wirklich Sinnvolles zu tun. Zusammen mit Mary reinigte sie die entsprechenden Zimmer und schaffte fri-sche Bettwäsche und Handtücher aus der Wäschekammer herbei. Dabei stellte Ayleen fest, dass die Räume im oberen Stockwerk – wie von Jacob erwähnt – nahezu unbewohn-bar waren. Die hölzernen Fensterrahmen waren verrottet, Nässe drang herein, auch die Decken und Wände wie-sen feuchte Flecken auf. Die Tapeten und Teppiche hatten Stockflecken und rochen modrig. Ayleen tat diese Ver-wahrlosung von Herzen weh, denn es wäre lohnenswert, Clashmore House zu erhalten.

»Derzeit verfüge ich nicht über die finanziellen Mittel, um das Haus zu renovieren«, sagte Jacob grimmig. »Aber ich werde alles dafür tun, dass sich diese Situation in naher Zukunft ändert, und du, Ayleen, wirst mich dabei unterstützen.«

»Selbstverständlich«, antwortete Ayleen, froh, dass Jacob sie als Ehefrau wahrnahm. »Sag mir, was ich tun kann.«

Er musterte sie von oben bis unten, sein Blick hatte etwas Abschätzendes, dann sagte er: »Werde endlich schwanger! Ich will einen Sohn, meinetwegen auch eine Tochter. Ein Mädchen ist besser als gar nichts.«

Betroffen senkte Ayleen den Kopf. »Hast du mich nur geheiratet, um ein Kind zu bekommen?«

»Wozu sonst taugt eine Ehe?«, antwortete er brüsk, stand auf und ließ Ayleen allein.

Die Vorfreude auf das Fest war ihr beinahe verdorben. Vielleicht lag es gar nicht an ihr, dass sie noch nicht schwanger war? Sie hatte munkeln hören, dass es manchmal auch am Mann lag, wenn sich kein Nachwuchs einstellen wollte. Darüber zu sprechen war jedoch verpönt, denn für einen Mann bedeutete das eine Kränkung seiner Eitelkeit. Sie selbst wollte ja auch ein Kind. Ein Wesen, das ganz ihr gehörte, dem sie ihre Liebe und Zärtlichkeit schenken und es umsorgen konnte. Dann würde sie sich in Clashmore House nicht mehr so allein fühlen.

Pünktlich zum Heiligen Abend klärte sich der Himmel auf. Es schneite nicht länger, es war aber bitterkalt. Der Unterschied zwischen Inverness, wo die Winter ebenfalls streng waren, und den westlichen Highlands war indes groß. Um das Haus pfiff ein starker Wind, der wie Rasierklingen in die Wangen schnitt, wenn Ayleen das Haus verließ und sich im Park die Füße vertrat. Die Eltern hatten eine buntbedruckte Karte mit den üblichen Weihnachtsgrüßen geschickt, aber kein persönliches Wort hinzugefügt. Ayleen fragte sich, wie es der Mutter ging. Kümmerte sich die von Jacob engagierte Frau ausreichend um die Kranke?

»Im Frühjahr, meine Liebe«, versprach Jacob, als Ayleen ihn bat, die Mutter besuchen zu dürfen. »Im Winter ist die Fahrt nach Inverness kein Vergnügen.«

Auf Ayleens Zunge lag die Bemerkung, dass er trotz Schnee und Kälte regelmäßig unterwegs war. Das würde nur eine weitere Missstimmung hervorrufen. In den letzten Tagen war Jacob wieder zugänglicher geworden und verhielt sich ihr gegenüber fast so wie in der Zeit ihres Kennenlernens.

Von Louisa war immer noch keine Nachricht gekommen, nicht einmal ein Weihnachtsgruß. Ayleen vermutete, die Freundin verbrachte die Feiertage in Inverness und würde sich wundern, warum sie Ayleen nicht antraf. Bridget würde Louisa sicher die Neuigkeiten mitteilen und der Freundin auch Ayleens Adresse geben. Im Moment hatte Ayleen keine Zeit für weitere Gedanken, denn heute war der Heilige Abend, und im Laufe des Nachmittags sollten die Gäste eintreffen. Ayleen war stolz darauf, dass alles vorbereitet war. Mit der Hilfe des Mädchens Mary hatte die Köchin Unmengen von Kuchen und kleinen Gebäckstückchen gebacken, und es roch aromatisch nach Äpfeln, Zimt und Kardamom. Eine von Jacob geschlagene Tanne stand im Salon, Catriona hatte sie mit Wachskerzen und Holzschmuck, der seit Generationen in der Familie war, hübsch geschmückt.

Für Jacob hatte Ayleen einen warmen Wollschal gestrickt. Die blaue Wolle dafür hatte sie in einer Kommode gefunden. Für Catriona hatte sie allerdings noch kein Geschenk. Ayleen bezweifelte, dass sich die Schwägerin über einen selbst gestrickten Schal oder ein paar Strümpfe freuen würde. Da Ayleen kein eigenes Geld besaß und auch nicht ins Dorf kam – wie sollte sie für Catriona etwas besorgen? Das Thema Geld drückte Ayleen ohnehin aufs Gemüt. Sie hatte zwar alles, was sie brauchte: Ausreichend zu essen, und was ihre Kleidung betraf, war Ayleen nicht anspruchsvoll, zumal auch Jacob und Catriona sich eher praktisch als elegant kleideten. So hatte sie Jacob bisher noch nie um Geld bitten müssen. Ayleen wusste, dass das Gesetz Frauen das Recht auf eigenes Geld verweigerte. Hätte sie bei ihrer Heirat etwas besessen, würde es jetzt Jacob gehören. So gesehen war es von Vorteil, dass sie arm war. Zwar durften Frauen seit dem Ende des Krieges wählen und sich auch selbst in ein politisches Amt wählen lassen – als Ehefrau war sie ihrem Mann jedoch rundum ausgeliefert.

Mit dem Handrücken wischte sich Ayleen über die Stirn, um die trüben Gedanken zu vertreiben. Ihr kam eine Idee. Sie zog die Schublade der Frisierkommode auf. Zwischen ihrer Leibwäsche lag eine schlichte, silberfarbene Kette mit einem kleinen Kreuz. Vor ein paar Jahren hatte Ayleens Mutter das Schmuckstück auf dem Jahrmarkt in Inverness gekauft und es ihr geschenkt. Es war kein Silber, nur einfaches Blech, und Ayleen hatte die Kette bisher nur zu besonderen Anlässen getragen. Hauptsächlich, weil ihr das Symbol des Kreuzes nicht gefiel. Sie war zwar katholisch getauft, in ihrem Leben spielte der Glauben aber keine Rolle. Anders bei Catriona. Sie war ebenso wie Jacob mit der Kirche in Rom fest verbunden. Ayleen zögerte. Immerhin war die Kette ein Geschenk ihrer Mutter. Da sie aber keine Möglichkeit sah, Catriona etwas anderes zu besorgen, hoffte sie, mit dieser Gabe die Sympathie der herben Frau zu erringen.

Zu Ayleens Verblüffung handelte es sich bei den Gästen ausschließlich um Männer, alle im Alter von Jacob und Catriona. Mr McKay, Mr Wright, Sir Graham, Sir McDonald … An Ayleens Ohren schwirrten die Namen nur so vorbei. Sie trugen Kilts, die Tartans in bunten, auffälligen Farben, mit kunstvoll gearbeiteten Belt Buckles, den mit dem Clanzeichen verzierten Gürtelschnallen, ledernen Sporrans, in den dicken Wollstrümpfen die Scheide mit dem Sgian Dubh, einem kleinen Dolch.

Am Morgen hatte Jacob Ayleen sein Geschenk überreicht: Ein Plaid in den Farben rot und grün, mit feinen, eingewebten weißen Streifen. Er hatte ihr das Tuch umgelegt und mit einer ovalen Spange aus durchbrochenem Silber über der Brust geschlossen.

»Trage das Plaid heute Abend«, hatte er gesagt. »Und trage es mit Stolz!«

»Zu welchem Clan gehört der Tartan?«, hatte Ayleen gefragt, denn es waren nicht die Farben der McKinnleys.

»Den Stuarts natürlich«, hatte Jacob in einem Tonfall erwidert, als würde das alles erklären.

Ayleen fragte nicht, warum Jacob wollte, dass sie sich die Farben der Stuarts umlegte, während er und Catriona die der McKinnleys trugen. Das Plaid und die Spange waren indes hübsch und kleideten sie ausgezeichnet.

Ayleens Mundwinkel schmerzten vom verkrampften Lächeln, als sie einem nach dem anderen die Hand gab und sie auf Clashmore begrüßte.

»Wo hat der gute Jacob so ein Schmuckstück gefunden?«, fragte einer und zwinkerte ihr zu. Zu vertraulich nach Ayleens Geschmack und auch sein Blick, der unverhohlen über ihren Körper glitt, war ihr unangenehm.

Jacob, neben ihr stehend, schien es nicht zu bemerken. Er lachte dröhnend und meinte: »Tja, alter Knabe, man muss seine Augen eben offenhalten.«

Catriona schien sich nicht darüber zu wundern, dass keine Frau unter den Gästen war. Während die Männer vor dem Dinner Scotch und Brandy tranken, ging Ayleen zu der Schwägerin und raunte ihr zu: »Sind alle Männer unverheiratet, oder warum haben Sie ihre Frauen nicht mitgebracht?«

Catriona bedachte sie mit dem üblichen kühlen Blick und erwiderte: »Es sind Jacobs und meine Freunde, und du wirst entsprechend freundlich zu ihnen sein.«

»Selbstverständlich, ich fragte mich nur …«

Catriona packte sie am Arm. »Du begleitest unsere Gäste jetzt zu Tisch und benimmst dich, wie es der Herrin von Clashmore ansteht. Nach dem Dessert kannst du dich zurückziehen.«

Ayleen fühlte sich wie vor den Kopf gestoßen, aber sie tat, was von ihr erwartet wurde. Im Speisezimmer war das Essen auf der Anrichte in Warmhalteschalen bereitgestellt worden, jeder bediente sich selbst. Ayleen stocherte nur in ihrem Fasan, sie merkte nicht, was sie aß. Manchmal fing sie den Blick einer der Männer auf, der sofort den Kopf senkte, als sie ihn ansah, ansonsten wurde sie in die Gespräche nicht miteinbezogen.

»George ist schwer krank«, sagte einer, Graham, wenn sich Ayleen richtig erinnerte. »Der macht es nicht mehr lange, und dann …«

Jacobs Faust krachte auf die Tischplatte, die Teller klapperten. »Niemals wird das Volk diesen Schönling und Lebemann Edward als König anerkennen.«

»Mein guter Jacob, die Thronfolge ist klar geregelt«, sagte der erste Sprecher belehrend. »Ein Großteil des Volkes, besonders die weiblichen, liebt Edward, und …«

»Jacob hat nicht unrecht«, fiel ihm ein anderer ins Wort. »Wenn der Prinz seine Beziehung zu dem liederlichen, amerikanischen Weibsbild nicht beendet, bedeutet das das Ende der Windsors!«

Alle nickten zustimmend, auch Catriona. Mit einem besonderen Glanz in den Augen sagte sie: »Mag sich das Volk seit fast zweihundert Jahren mit den Zuständen abgefunden haben – der Zeitpunkt, die alte Ordnung wiederherzustellen, ist nah. Unsere Vorfahren und wir haben uns lange in Geduld üben müssen, jetzt spielt uns der abnormale Sexualtrieb des Prinzen von Wales in die Hände.«

Ayleen schnappte nach Luft, das Blut schoss in ihre Wangen. Alle Köpfe wandten sich ihr zu. Die Männer musterten sie abschätzend, als sei sie eine Ware, die es galt, meistbietend zu versteigern.

»Wie ist Ihre Meinung zu dem Thema, Lady McKinnley?«, fragte Sir McDonald. »Unterstützen Sie die wahren Thronerben und verurteilen die Emporkömmlinge, die die Krone unrechtmäßig an sich gerissen haben und Schottland seit Jahrhunderten knechten und ausbluten?«

Zwölf Augenpaare starrten Ayleen an. Es schien, als hielten sie die Luft an, gespannt auf ihre Antwort, von der offenbar viel abhing.

Leise sagte sie: »Prinz Edward hat das Recht auf seiner Seite, und er …«

Weiter kam sie nicht, denn Jacob rief im Brustton der Überzeugung: »Lady McKinnley teilt selbstverständlich unsere Meinung!« Er sah in die Runde und fügte mit einem süffisanten Lächeln hinzu: »Hätte ich sie sonst zur Frau genommen?«

»Jacob, ich kann für mich sprechen …«

Wieder unterbrach er sie: »Ich denke, du solltest dich jetzt zurückziehen, meine Liebe. Es ist spät geworden, du brauchst Ruhe.«

Spät? Es war noch nicht einmal neun Uhr, aber Ayleen war über den Wink nicht undankbar. Die Gesellschaft der Männer und ihre Gespräche waren ihr unangenehm, wenn nicht sogar unheimlich. Es klang nach Aufruhr, nach einem Umsturz der bestehenden Ordnung. Im Gegensatz zu Catriona, die es sichtlich genoss, im Mittelpunkt zu stehen, wollte sie lieber allein sein. Ayleen legte ihre Serviette auf den Tisch, schob den Stuhl zurück und stand auf. Alle Männer, mit Ausnahme von Jacob, erhoben sich ebenfalls.

»Ich wünsche Ihnen einen schönen Abend«, sagte sie, ohne jemanden direkt anzusehen. »Wir sehen uns morgen.«

Nachdem Ayleen die Tür des Speisezimmers hinter sich geschlossen hatte, atmete sie tief durch. Sie hörte Gemurmel im Raum, deswegen legte sie das Ohr an die Tür. Ayleen schämte sich zwar, zu lauschen, konnte in diesem Moment aber nicht anders handeln.

Sie hörte einen der Männer sagen: »Gut, dass sie so jung ist. Sie ist noch formbar und wird tun, was wir von ihr verlangen, sobald die Zeit gekommen ist.«

Ein anderer bemerkte zweifelnd: »Lady McKinnley macht auf mich den Eindruck, dass sie genau weiß, was sie will. Ihre Mutter hat sie doch im katholischen Glauben erzogen, nicht wahr?«

»Das steht außer Frage«, antwortete Jacob. »Wir hatten stets ein wachsames Auge auf die Müllersfrau und sorgten dafür, dass alles gewahrt bleibt. Bridget Gibson ist ein einfältiges Weib und völlig ahnungslos. Es war nicht nötig, die Frau einzuweihen, und Ayleens Vater, ein grobschlächtiger Müller, haben ein paar Geldscheine zur Einsicht gebracht. Der konnte seine Tochter gar nicht schnell genug loswerden.«

Ayleen biss auf die Knöchel ihrer Faust, um nicht laut zu keuchen. Als sie das Knarzen von Stuhlbeinen auf den Holzdielen hörte, hastete sie die Treppe hinauf und hielt erst in ihrem Zimmer an. Mit pochendem Herzen lehnte sie sich von innen gegen die Tür. Was hatte ihre Mutter mit all dem zu tun? Warum war sie überwacht worden? Hatte sie es wirklich richtig verstanden, dass der Vater von Jacob Geld erhalten hatte, damit er der Ehe zustimmte? War sie wie auf einer Auktion meistbietend verkauft worden? Warum dieser Aufwand? Nur, weil Jacob einen Erben wollte? Er war ein gebildeter und für sein Alter attraktiver

Mann, dem es sicher nicht schwergefallen wäre, eine Frau zu finden. Warum ausgerechnet sie?

Ayleen öffnete einen Fensterflügel. Die eisige Luft half ihr sich zu beruhigen. Aus den Gesprächen während des Dinners schloss sie, dass Jacobs Gäste nicht nur den römisch-katholischen Glauben praktizierten – das taten viele Menschen in Schottland –, sondern auch dass sie alle Jakobiten waren. Die Zeit der Anhänger des letzten Erben der Stuart-Dynastie war aber längst vorüber. Prinz Charles Edward Stuart, *Bonnie Prince Charlie* genannt, hatte nach seiner Flucht aus Schottland nie wieder einen Fuß in das Land gesetzt und war einsam und verarmt in Rom gestorben. Nach seinem Tod war sein Anspruch auf die Krone vom Papst zwar posthum anerkannt worden, das war jedoch eine reine Formsache und hatte keinerlei Konsequenzen nach sich gezogen. Das Oberhaupt der englischen Kirche war der jeweilige König oder die Königin, mit dem Papst und Rom hatte das Land seit Jahrhunderten schon nichts mehr zu tun. Bonnie Prince Charlies einzige Ehe blieb kinderlos, es gab jedoch eine illegitime Tochter. Sie, Charlotte, blieb unvermählt und soll mit einem Liebhaber drei Kinder gehabt haben. Das waren aber alles nur Gerüchte, und von nachfolgenden Generationen war nichts bekannt.

Was hatten Jacob, seine Schwester und ihre seltsamen Gäste mit den alten Geschichten zu tun? Es war vermessen, anzunehmen, dass nach fast zweihundert Jahren auch nur der Hauch einer Chance bestand, einen Nachfolger der Stuart-Dynastie auf den Thron in London zu setzen. Glaubte Jacob etwa, seine Familie stamme direkt vom Geschlecht der Stuarts ab? Wollte er deswegen unter allen Umständen einen Sohn haben, der das Erbe weiterführte und eines Tages König wurde?

Ayleen legte ihre heiße Stirn gegen die kühle Scheibe. Hoffentlich bekam sie keine Erkältung. Andererseits wäre es ihr gerade recht, wegen Unwohlsein die nächsten Tage im Bett zu verbringen, um den Gästen so wenig wie möglich zu begegnen. Da Catriona die Rolle der Hausherrin übernommen hatte, würde ihr Fehlen überhaupt nicht auffallen.

Ayleen schloss das Fenster, knipste die kleine Lampe auf der Frisierkommode an und nahm Schreibpapier und einen Füllfederhalter aus der Schublade. Sie wollte an ihre Mutter schreiben und sie fragen, was Jacobs Bemerkung zu bedeuten hatte. Dieses Mal würde sie dafür sorgen, dass der Brief auch abgeschickt wurde. Da um diese Jahreszeit die Sonne erst am späten Vormittag aufging und davon auszugehen war, dass die Männer bis tief in die Nacht hinein Bier und Whisky tranken, würden sie morgen erst spät aufstehen. Ayleen wollte sich sehr früh aus dem Haus schleichen und ins Dorf gehen. Am Weihnachtstag war die Poststation zwar geschlossen, sie konnte aber klingeln und sich nicht abweisen lassen, bis ihr Brief angenommen war. Jacob würde es nicht erfahren, das Problem war Catriona. Sie war eine Frühaufsteherin. Ayleen war fest entschlossen, sich dieses Mal nicht einschüchtern oder abhalten zu lassen. Nachdem sie den Brief an ihre Mutter beendet hatte – es waren zwei dicht beschriebene Seiten geworden –, schrieb sie einen zweiten an Louisa Kelly nach Glasgow. Der Freundin gegenüber verschwieg sie zwar die politischen Hintergründe, die nicht mehr als Vermutungen waren, bat Louisa jedoch, sich zu melden und sie in Clashmore House zu besuchen, sobald sie es einrichten konnte. Ayleen brauchte unbedingt einen Menschen, mit dem sie über ihre Sorgen offen sprechen konnte, denn sie hatte das Gefühl, ihr Kopf könne jeden Moment platzen.

Mühsam, als wäre sie seit dem Weihnachtstag um Jahre gealtert, schleppte sich Ayleen zur Frisierkommode. Jede Bewegung schmerzte, es fiel ihr schwer, einen Fuß vor den anderen zu setzen. Die Handflächen aufgestützt, starrte sie ihr Spiegelbild an. Ihre linke Gesichtshälfte hatte sich grün-blau-violett verfärbt, das Augenlid dick geschwollen, sodass sie nur einen Spalt hindurchsehen konnte. Auf ihrer Oberlippe klaffte eine Platzwunde. Auch die Nase war rot-blau verfärbt, und sie bekam kaum Luft. Ayleen befürchtete, dass sie gebrochen war.

Am ganzen Körper zitternd, sank sie auf den Stuhl und verbarg ihr geschundenes Gesicht in den Händen. Tränen kamen keine. In den vergangenen Tagen hatte sie so viel geweint, dass ihre Augen leer waren.

Alles war schiefgegangen. Wie geplant, hatte sich Ayleen um sechs Uhr am Morgen des Weihnachtstages aus dem Haus geschlichen. Es war ruhig gewesen, Jacob und die Gäste hatten noch geschlafen. Trotz des hohen Schnees und der völligen Dunkelheit empfand Ayleen keine Furcht, den Weg zu verfehlen. Sie hatte bereits die Rauchfahnen aus den Kaminen des Dorfes in den Nachthimmel steigen sehen, als, wie aus dem Nichts, Jacob und Catriona neben ihr auftauchten. Jacob hatte nichts gesagt und Ayleen keine Chance für eine Erklärung gegeben. Seine Faust war so schnell in ihr Gesicht gekracht, dass sie nicht hatte ausweichen können.

»Durchsuch ihre Taschen«, hatte er Catriona angewiesen und dann verächtlich auf die beiden Briefe gestarrt.

Hilflos sah Ayleen mit an, wie Catriona das Papier in Fetzen riss und in den Schnee fallen ließ. Jacob hatte sie gepackt und sich wie einen Mehlsack über die Schulter geworfen. Keiner hatte gesprochen, bis Jacob sie in ihrem Zimmer aufs Bett geworfen und die Tür verriegelt hatte.

»So dankst du also meine Großzügigkeit!«, schrie er voller Zorn. »Hintergehst und betrügst mich wie eine Straßendirne.«

Mit schmerzverzerrtem Gesicht und blutender Nase würgte Ayleen hervor: »Es waren nur Briefe. Harmlose Briefe an meine Mutter und meine Freundin.«

»Wem du was schreibst, bestimme ich.« Mit einem Ruck riss er ihr den Mantel vom Leib und dann das schlichte braune Wollkleid über der Brust auf. »Du wirst mir endlich einen Sohn gebären, das ist deine Aufgabe als Ehefrau. Bis du schwanger bist, wirst du dieses Zimmer nicht mehr verlassen.«

An das, was danach geschah, konnte sich Ayleen heute kaum erinnern. Anfangs hatte sie sich gewehrt und versucht, Jacob von sich zu stoßen, da hatte er sie wieder geschlagen. So lange, bis sich ihre Mundhöhle mit Blut füllte und sie vor Schmerzen unfähig zur Gegenwehr war. Später am Tag hatte Catriona ihr ein Tablett mit einer Kanne Tee, Wasser und zwei Sandwiches gebracht und dabei geschwiegen. Auf Ayleens Fragen hatte sie nicht reagiert, hatte sie nicht einmal angesehen. In der Nacht war Jacob wiedergekommen, in der darauffolgenden Nacht erneut. Bei der kleinsten Gegenwehr Ayleens hatte er sie wieder geschlagen. So ließ sie es über sich ergehen.

In der oberen Schublade der Kommode lagen immer noch die zwei Päckchen mit den Geschenken für Jacob und Catriona. Ayleen hatte keine Gelegenheit gehabt, sie zu übergeben. Sie wusste nicht, ob ihre Abwesenheit bei den Gästen zu Fragen führte. Es war ihr auch gleichgültig. Sie wollte nur noch eines: Clashmore House verlassen und niemals wieder zurückkehren.

ELF

Verstohlen betrachtete Pamela seine um das Lenkrad gelegten Finger. Sie waren lang und schmal wie die eines Klavierspielers oder Chirurgen, die Fingernägel kurz und gepflegt. Sicher steuerte Gerald den Jeep über die enge Landstraße, die sich in zahlreichen Kurven windend durch ein beeindruckendes Bergmassiv zog. Kaum eine Wolke störte den tiefblauen Himmel, und es war angenehm warm.

»Es ist ein herrlicher Tag«, hatte Gerald beim Frühstück gesagt. »Hast du Lust auf einen Ausflug? Ich fürchte, bisher hast du von Schottland kaum etwas gesehen, und meine Praxis ist heute geschlossen. Nicht, dass das eine Rolle spielen würde ...«

Freudig hatte Pamela zugestimmt. In den letzten drei Tagen war sie beim Verkauf von Louisas Haus keinen Schritt weitergekommen. Wenigstens war sie von Constable Wallace nicht mit weiteren Fragen oder gar Verdächtigungen bedrängt worden. Pflichtschuldig hatte Pamela ihm gemeldet, er erreiche sie nun bei Dr. Gerald Finlay, was Wallace mit einem wissenden Lächeln zur Kenntnis genommen hatte.

Gleich nach dem Frühstück, das für Pamela aus einer Schüssel salzigem Porridge, einem gebratenen Ei, Tomaten, Champignons und Buttertoast bestanden hatte, waren sie aufgebrochen.

»Habe ich dir schon gedankt, dass ich bei dir wohnen darf?«, fragte Pamela leise. »Und für das immer leckere Frühstück? Ich wusste nicht, dass du so ein guter Koch bist.«

Er lächelte verlegen. »Ich freue mich über deine Gesellschaft und Hilfe bei der Erfassung der Patientenkartei. Was das Kochen angeht: Da ich gutes Essen zu schätzen weiß, seit dem Auszug bei meinen Eltern aber niemand mehr für mich kocht, habe ich es mir eben selbst beigebracht.« Er sah wieder auf die Straße, die jetzt so schmal war, dass nur ein Fahrzeug sie passieren konnte. »Wie ist es bei euch in Amerika: Herrscht da immer noch das Bild der Frau vor, die sich um den Haushalt und die Kinder zu kümmern hat, während der Mann das Geld verdient?«

Pamela lachte laut. »Im Gegenteil! Ich habe den Eindruck, in den Staaten sind viel mehr Frauen selbstständig und auch in hohen beruflichen Positionen zu finden als in Europa. Sogar in der Politik, wobei ihr euch mit Maggie Thatcher nicht verstecken müsst.«

»In den Städten ist es auch fortschrittlicher«, erwiderte Gerald. »Hier in den Highlands denken noch viele wie im letzten Jahrhundert.«

Instinktiv dachte Pamela an Joe. Ihm zuliebe hatte sie das Studium aufgegeben, und er hatte ihr nicht erlaubt, einen richtigen Beruf auszuüben. Gegen eine ehrenamtliche, gemeinnützige Arbeit hätte Joe nichts einzuwenden gehabt, weil dies seinem Ansehen zugutekam. Pamela fuhr sich mit dem Handrücken über die Stirn und seufzte. Joe war Schnee von gestern. Hoffentlich würde sie ihn niemals wiedersehen!

»Alles okay?«, fragte Gerald und sah Pamela wieder an. »Du wirkst bedrückt.«

»Ach, ich fragte mich gerade, wie lange sich der Verkauf noch hinziehen wird«, schwindelte Pamela. Sie wollte den schönen Tag nicht verderben, indem sie Gerald von Joe erzählte. »Gestern rief mich Adele Patterson an und meinte, wegen des toten Mannes seien die Verhandlungen derzeit ausgesetzt. Es sei schwierig, einen Käufer für ein Haus zu finden, in dessen Nähe ein Mord passiert ist.«

»Was ist mit der älteren Lady?«, fragte Gerald. »Hast du mit ihr noch mal gesprochen?«

»Leider weiß ich nicht, wo sie wohnt«, antwortete Pamela. »Außerdem will sie Clashmore nur kaufen, wenn die Sekte auszieht. In dieser Sache gibt es leider keinen Fortschritt. Grandma will auch mit den seltsamen *Mietern*«, sie zog eine Augenbraue hoch, »verkaufen.

Für einen Moment löste er die linke Hand vom Lenkrad und berührte Pamela am Arm. Mit einem aufmunternden Lächeln sagte er: »Wir sind gleich am Ziel. Vergiss heute die Probleme, im Moment kannst du nichts ausrichten. Ist es nicht herrlich hier?«

Nachdem sie bei Dromnadrochit den Loch Ness erreicht hatten, waren sie der Hauptstraße nach Süden gefolgt, hatten Fort Augustus und Invergary passiert, dann war Gerald am Loch Linnhe nach Westen abgebogen. Einige Meilen hatte sich die Straße am Ufer von Loch Eil entlanggeschlängelt, jetzt kam der nächste See in Sicht, der sich nach Süden zog.

»Genaugenommen sind die meisten Lochs gar keine Seen«, erklärte Gerald, »sondern Fjorde, da sie alle einen Zugang zum Meer haben. Eine Ausnahme bildet Loch Lomond, von der Fläche her der größte See Schottlands. Sein Wasservolumen wird jedoch vom viel tieferen Loch Ness übertroffen.«

»Hast du Nessie schon mal gesehen?«, fragte Pamela.

»Sicherlich, jedes Mal, wenn ein Tourist am Ufer von Loch Ness entlangschlendert.«

Pamela lachte schallend. Entspannt lehnte sie sich zurück. Gerald hatte recht: Der Tag war zu schön, um ihn mit trüben Gedanken zu belasten und über Dinge zu grübeln, die sie nicht ändern konnte.

Gerald bog jetzt auf einen Parkplatz ein, löste das Ticket und sie stiegen aus. Pamela folgte ihm über die Straße auf einen schmalen Fußweg. In etwa dreihundert Yards Entfernung sah Pamela einen hoch aufragenden, dunklen Turm am Ufer des Loch Shiel.

Ist das unser Ziel?, fragte sie sich. Zugegeben, die kahlen Berge, die sich aus dem See hoch hinauf erstreckten und die absolut klare Luft waren wunderschön. Wahrscheinlich hatte man von der Spitze des Turms einen fantastischen Ausblick. Der asphaltierte Fußweg führte über einen moorigen Untergrund, über den Wasserpfützen tanzten Libellen.

Sie erreichten den Fuß des Turms. Er war nicht besonders hoch, Pamela schätzte ihn auf etwa zwanzig Meter, seine Spitze krönte eine steinerne Figur im Kilt.

»Das ist das Glenfinnan Monument«, beantwortete Gerald ihre stumme Frage. »Man könnte denken, die Statue stelle Prince Charles Edward Stuart dar, tatsächlich ist es ein unbekannter Highlander. Am 19. August 1745 hisste der Prinz an dieser Stelle seine königliche Standarte auf schottischem Boden und beanspruchte im Namen seines Vaters James Francis Edward Stuart den schottischen und englischen Thron. Als Erinnerung an diesen denkwürdigen Tag, der die schottische Geschichte nachhaltig veränderte, wurde 1815 das Monument errichtet.«

Pamela nickte verstehend. Schmunzelnd erwiderte sie: »Gibt es in den Highlands überhaupt eine Gegend, die nicht eng mit Bonnie Prince Charlie verbunden ist?«

»Durchaus, denk nur an Maria Stuart. Auch ihr sind zahlreiche Monumente gewidmet.« Er deutete zur Turmspitze. »Wie wäre es? Du bist hoffentlich schwindelfrei?«

Das war Pamela nun nicht unbedingt, der Turm sah aber massiv und sicher aus. Außerdem wollte sie sich vor Gerald keine Blöße geben. Bei einem, wie es Pamela schien, uralten Mann mit zerfurchtem Gesicht und einem schneeweißen, bis auf die Brust reichenden Bart, entrichtete Gerald das Eintrittsgeld. Der Alte bedankte sich in einer Sprache, die mit der schottischen, die Pamela bisher gehört hatte, nichts zu tun hatte. Dabei war der Dialekt der Bewohner von Clashmore für ihre Ohren schon gewöhnungsbedürftig.

»Er spricht schottisch-gälisch«, erklärte Gerald. »Gerade an der Westküste ist es noch sehr verbreitet, Kinder lernen es bereits in der Schule. Bleibe dicht hinter mir und halte dich gut fest, Pamela, der Aufstieg ist steil und eng. Im Moment sind keine Besucher auf der Plattform, so müssen wir nicht mit Gegenverkehr rechnen.«

Sie mussten den Kopf einziehen, um durch die schmale Tür das Innere des Turms zu betreten. Gerald hatte nicht übertrieben: Nie zuvor war Pamela eine derart enge Treppe hinaufgestiegen. Ihre Figur war zwar nicht elfenhaft, dick war sie nicht, trotzdem streiften ihre Arme beidseitig das Mauerwerk. Gerald musste gebückt gehen, um nicht steckenzubleiben. Die steinernen Stufen waren feucht und glitschig. Pamela war froh über ihre Turnschuhe mit rutschfesten Sohlen, allerdings kam sie schon nach dem halben Aufstieg außer Atem. Endlich erreichten sie die

Ausstiegsluke über ihrem Kopf. Es war lediglich eine Leiter, deren Besteigung akrobatisches Geschick erforderte. Gerald reichte ihr helfend die Hand und zog sie die letzten zwei Sprossen zur offenen Plattform hoch.

Die Aussicht war atemberaubend! Sonnenstrahlen glitzerten auf dem Loch Shiel, die wenigen Wolken warfen Schatten auf die baumlosen Berge, und über der Landschaft lag eine Stille, die nur vom gelegentlichen Zwitschern eines Vogels unterbrochen wurde.

»Wir haben Glück, dass heute so schönes Wetter ist«, sagte Gerald, die Hände auf die Brüstung gelegt und den Blick über die Landschaft schweifen lassend. »Obwohl – wenn die Berge nebelverhangen sind und Regen über den See peitscht, hat es fast etwas Mystisches.«

»Du liebst deine Heimat sehr?« Unwillkürlich flüsterte Pamela, denn der Moment war besonders, fast schon magisch.

»Das tue ich«, antwortete Gerald, ohne sie anzusehen. »Mit Atlanta bist du sicher auch fest verwurzelt.«

»Eigentlich nicht«, erwiderte Pamela spontan. »Wenn Louisa eines Tages nicht mehr ist …« Pamela brach ab. Den Gedanken, Louisa könne sterben, wollte sie nicht aussprechen, wusste in diesem Moment aber, dass sie dann nichts mehr in der Großstadt hielt. Eine Heimatverbundenheit wie Gerald zu Schottland hatte sie für Atlanta nie empfunden.

Plötzlich packte sie Gerald am Arm und rief: »Sieh dort, bei etwa zwei Uhr! Ich glaube, das ist ein Steinadler.«

Ein mächtiger Vogel in einem dunklen Federkleid zog lautlos über den See, seine Flügel hatten sicher eine Spannbreite von zwei Metern. Pamela bedauerte, kein Fernglas zu haben. Schweigend beobachteten sie den König der

Lüfte, der sich hoch in den Himmel tragen ließ und dann hinter einem Berggipfel verschwand.

Die Schönheit der Landschaft, die Einsamkeit – nur sie und Gerald – ließen in Pamela die Vergangenheit auferstehen. Vor ihrem geistigen Auge sah sie das kleine Ruderboot, mit dem Bonnie Prince Charlie von den westlichen Inseln über den Loch Shiel an Land gekommen war. Ein junger Mann, unter der warmen Sonne Italiens geboren, von Privatlehrern erzogen, mehrere Sprachen fließend beherrschend, voller Enthusiasmus und Gottvertrauen, und nicht zuletzt der festen Überzeugung, seinem Vater – und später ihm – gebühre das Anrecht nicht nur auf den Thron Schottlands, sondern auch auf die Krone von England.

»Gab es nach der verheerenden Schlacht auf dem Culloden Moor wieder einen neuen Versuch, die Stuart-Dynastie zu etablieren?«, fragte Pamela.

»Die Schotten, die die Schlacht und die darauffolgenden Massaker überlebten, hatten alle Hoffnungen begraben. Viele wanderten aus. Dass der schöne Prinz keinen weiteren Versuch unternahm, stattdessen ein ausschweifendes Leben in Frankreich und Italien führte, desillusionierte seine Anhänger zusätzlich. Nicht wenige verloren den Glauben an die Stuarts. Im Laufe der Zeit arrangierten sich die Verbliebenen mit den Engländern.«

»Es soll Nachkommen des Prinzen geben«, sagte Pamela.

Gerald zuckte die Schultern. »Eine illegitime Tochter, ja, aber über sie ist kaum etwas bekannt, wenn sie überhaupt existiert hat. Außerdem hätten die Jakobiten nur Erben anerkannt, in denen schottisches Blut von beiden Elternteilen floss.« Er grinste verschmitzt. »Ich ahnte nicht, dass dir die bewegte Vergangenheit meines Landes derart zu Herzen geht.«

Aufrichtig erwiderte Pamela: »Es ist, als würde ich sie tief in mir spüren. Über Louisa bin ich auch zu einem Teil Schottin.«

Er streckte einen Arm aus, seine Hand legte sich auf ihre Schulter. Langsam zog er Pamela näher. Sie zögerte zuerst, doch seine Berührungen und seine Nähe fühlten sich gut an. Als sein anderer Arm sie umschlang und sich seine Lippen ihrem Mund näherten, erschien Joes Bild vor ihren Augen. Unwillkürlich versteifte sich ihr Körper.

Abrupt ließ er sie los. »Entschuldige, ich wollte nicht …«

»Es ist nicht deine Schuld«, murmelte Pamela, hob den Kopf und sah in seine dunklen Augen. Sie erkannte Leidenschaft, aber auch eine Zärtlichkeit, mit der Joe sie niemals angesehen hatte. »Meine letzte Beziehung ist noch nicht lange vorbei.«

»Du musst mir nichts erklären. In deiner Gegenwart fühle ich mich einfach wohl, und es ist, als würde ich dich schon lange kennen – und mögen.«

Pamela griff nach seiner Hand. Ernst sagte sie: »Mir geht es ebenso.«

Sie hörten ein Geräusch im Inneren des Turms, gleich darauf erschien das krebsrote Gesicht eines älteren Mannes am Ende der Leiter.

»Meine Güte, ich bin doch kein Steinbock«, japste er. »Können die keinen Lift einbauen?«

Pamela und Gerald tauschten einen Blick und grinsten. Der Mann war korpulent, die Treppe war für ihn wohl nur schwer zu bewältigen gewesen.

»Ich helfe Ihnen.« Gerald reichte ihm die Hand. Dem Akzent nach stammte der Mann aus England. Seine Frau, klein und zierlich, erklomm behände die Leiter, sah sich um und rief: »Mein Gott, ist das wunderschön!«

»Gehen wir«, raunte Pamela Gerald zu. Er kletterte zuerst über die Leiter. Beim Abstieg musste Pamela mehr als beim Aufstieg aufpassen, auf den glitschigen Stufen nicht auszurutschen.

Beim Wagen angekommen, sagte Gerald: »Da hinten liegt gleich das Dorf Glenfinnan. Wir haben uns jetzt einen Lunch verdient.«

»Danke, dass du mich hergebracht hast. Ich glaube, in meinem Leben habe ich noch keine schönere Landschaft gesehen.«

Und doch werde ich bald abreisen, dachte Pamela. Wenn ihre Mission erfüllt war, gab es keinen Grund, noch länger als eine oder zwei Wochen in Schottland zu bleiben. Dass sie bedauerte, Gerald niemals wiederzusehen – daran wollte sie jetzt nicht denken. Dafür kannten sie sich viel zu kurz.

Das Dorf Glenfinnan bestand aus ein paar verstreuten Farmhäusern, Bed & Breakfast-Unterkünften, einem kleinen Lebensmittelladen, der gleichzeitig die Poststation der Gegend war, und einem zweistöckigen Hotel und Restaurant, in das sie einkehrten. In der gläsernen Veranda war es angenehm warm. Zum ersten Mal aß Pamela Haggis. Zunächst war sie skeptisch, als Gerald vorschlug, das schottische Nationalgericht zu kosten.

»Eigentlich mag ich keine Innereien«, sagte Pamela. »Dann noch im Magen gekocht …«

Gerald lachte. »Die Hülle besteht längst aus einem Kunststoff, und ich kann dir versichern, dass Haggis sehr würzig und gar nicht nach Innereien schmeckt.«

Serviert wurde der Haggis mit einem pikant abgeschmeckten Püree aus Kartoffeln und Steckrüben, die

Single-Malt-Sahnesoße rundete den Geschmack perfekt ab. Nach den ersten zögerlichen Bissen aß Pamela ihre Portion restlos auf. Zum Nachtisch tranken sie Espressi.

Entspannt lehnte sich Pamela zurück. Sie konnte sich nicht erinnern, wann sie das letzte Mal einen so schönen Tag verbracht hatte.

Gesättigt machten sie noch einen Spaziergang entlang des Seeufers. Gerald hielt Pamelas Hand in der seinen. Es war ein angenehmes Gefühl, die Wärme seiner Haut zu spüren. Von einem Moment auf den anderen frischte der Westwind auf und trieb dunkle Wolken über den See. Bei den ersten Tropfen hasteten sie zum Parkplatz. Gerald hielt immer noch ihre Hand. Kaum, dass sie im Auto saßen, öffnete der Himmel seine Schleusen.

»In ein paar Minuten ist es auch schon wieder vorbei«, sagte Gerald und deutete nach Westen, wo bereits ein Stück blauer Himmel zu erkennen war. »Nach jedem Regen folgt Sonnenschein, nur im Winter – da schneit es.«

Pamela stimmte in sein Lachen ein. Im Auto war es trocken und warm und irgendwie gemütlich. Sie sahen den Mann und seine Frau vom Turm, die zu ihrem Wagen eilten. Die beiden hatten nicht so viel Glück wie sie gehabt, denn sie waren bis auf die Haut durchnässt.

Gerald stellte das Autoradio an. Sarah Brightman und Andrea Bocelli sangen vom Abschiednehmen. Pamela schluckte. Das Lied war traurig und hoffnungsvoll zugleich, ein passender Song für einen Wendepunkt im Leben. Einem Wendepunkt, an dem sie jetzt stand?

Nach dem letzten Ton folgten die Nachrichten. Neben den üblichen politischen und wirtschaftlichen Meldungen, sagte die Sprecherin: »Lady Diana und Dodi Al-Fayed sind in Paris gesehen worden. Offenbar wohnt Lady

Diana in der eleganten Wohnung ihres Freundes. Aus gut unterrichteten Kreisen ist zu vernehmen, dass eine baldige Hochzeit ansteht. Wie ihre Söhne, die Prinzen William und Harry, auf einen neuen Mann an der Seite ihrer Mutter reagieren werden, kann nur vermutet werden.«

Pamela runzelte die Stirn und rief: »Können die Lady Di nicht mal in Ruhe lassen? Muss über ihr Privatleben sogar in den Nachrichten berichtet werden? Die Frau hat wahrlich genug durchgemacht.«

»Lady Di ist eine Person des öffentlichen Lebens und die Mutter eines zukünftigen Königs von England«, bemerkte Gerald. »Es ist schön, dass du Anteil an ihrem Schicksal nimmst.«

Pamela zuckte mit den Schultern. »Für Klatsch habe ich nichts übrig und finde, jeder Mensch hat das Recht auf ein ungestörtes Privatleben. Wen kümmert es, ob Lady Di einen Freund hat und beabsichtigt, wieder zu heiraten?«

»Mehr Menschen als du glaubst, Pamela. Die frühere Prinzessin von Wales ist nicht nur für die Briten die Königin der Herzen. Viele werden Prinz Charles niemals verzeihen, was er ihr angetan hat.«

»Nun ja, zum Scheitern einer Beziehung gehören immer zwei«, murmelte Pamela und dachte erneut an Joe. Das strafte ihre Worte Lügen. Es war sein Narzissmus gewesen, den sie nicht länger hatte ertragen können. Gleichgültig, was sie getan und wie sie sich verhalten hatte: Joe wich niemals von seiner einmal gefassten Meinung ab oder hätte sich geändert, um ihre Beziehung zu retten.

Gerald sagte: »Lassen wir Lady Di und Dodi ihre Zeit in Paris genießen. Ich jedenfalls bin sehr froh, heute mit dir hier zu sein und würde um nichts in der Welt mit den beiden tauschen wollen.«

Sie drehte sich ihm zu und sagte ernst: »Danke, Gerald, für diesen schönen Ausflug.«

»Wir können ihn gern wiederholen, allerdings nur an den Sonntagen. Auch wenn sich kaum Patienten in meine Praxis verirren, muss ich unter der Woche vor Ort sein. Nächsten Sonntag könnten wir an die Westküste zum Eilean Donan Castle fahren. Ein weiteres Highlight Schottlands und absolut sehenswert.«

Nächsten Sonntag … Pamela hoffte, dann die Verträge zum Verkauf von Clashmore House endlich unterschrieben zu haben und auf dem Weg nach Hause zu sein. Daher antwortete sie vage: »Wir werden sehen.«

Am späten Nachmittag kehrten sie nach Clashmore zurück. Während Gerald in dem kleinen Laden, der auch sonntags geöffnet hatte, Lebensmittel für das Abendessen einkaufte, wartete Pamela im Wagen. Ihre Hochstimmung verflog, als sie Detective Wallace mit großen Schritten über die Straße eilen sah. Mit grimmiger Miene klopfte der Polizist an die Scheibe, und Pamela öffnete die Beifahrertür.

»Ms Davison! Hatte ich nicht gesagt, Sie sollen die Gegend nicht verlassen? Schon den ganzen Tag versuche ich, Sie zu erreichen.«

»Dr. Finlay und ich haben lediglich einen Ausflug gemacht, und jetzt bin ich ja wieder da. Gibt es was Neues?«

Er antwortete nicht, sondern zog einen braunen Umschlag aus der Brusttasche seiner Uniformjacke und daraus drei Fotografien, die er Pamela vor die Nase hielt.

»Haben Sie diesen Mann schon mal gesehen?«

Pamela starrte auf die Aufnahmen: ein glattrasiertes Gesicht, flammend rote Haare bedeckten seine Ohrläppchen. Die Augenlider waren geschlossen, die Hautfarbe wächsern, Pamela schätzte ihn auf etwa Vierzig. Es war das erste Mal, dass sie eine Leiche sah, auch wenn es nur ein Foto war. Sie erschauerte.

»Ist das der Tote?«

DC Wallace nickte. »Kennen Sie ihn nun oder nicht?«, wiederholte er ungeduldig.

»Ich habe ihn nie zuvor gesehen«, antwortete Pamela. »Glauben Sie mir endlich, dass ich mit dem Mord nichts zu tun habe, Detective?«

»Das ist noch nicht geklärt«, brummte Wallace.

Pamela war froh, dass Gerald aus dem Laden kam, zwei prall gefüllte Tüten in den Händen, und mit einem Stirnrunzeln zu ihnen trat.

»Was gibt's, Detective? Können Sie uns nicht einmal am Sonntag in Ruhe lassen?«

»Bei einer Mordermittlung gibt's kein Wochenende«, blaffte Wallace. »Ich muss Ms Davison bitten, mich zum Clashmore House zu begleiten.«

»Aus welchem Grund?«, fragte Gerald unwillig.

»Ich komme gern mit«, rief Pamela schnell. »Haben Sie endlich eingesehen, dass der Mörder dort zu finden ist? Und werden Sie mithelfen, dass die Sekte das Haus räumt?«

Wallace ließ die Antworten offen und sagte: »Wir fahren mit meinem Wagen.«

»Ich begleite Sie ebenfalls«, sagte Gerald.

»Das ist nicht notwendig«, erwiderte Wallace. »Bei allem Respekt, Dr. Finlay, aber ich gebe Ihnen den guten Rat, sich als Fremder nicht in unsere Angelegenheiten zu mischen.«

Pamela sah, wie der Ausdruck *Fremder* Gerald verletzte. Mit steinernem Gesichtsausdruck bemerkte er: »Ich verstehe, Constable Wallace.« Er sah zu Pamela. »Ich warte auf dich und stelle eine Flasche Wein kalt. Außerdem muss ich Nora ihr Abendessen geben.«

Wallace' Augenbraue ruckte nach oben. »Ach, ich dachte, Sie leben allein, Dr. Finlay.«

»Mein Privatleben wird für Ihre Ermittlungen wohl ohne Bedeutung sein, Detective«, antwortete Gerald kühl.

Pamela folgte Wallace zum Polizeiposten, vor dem sein Streifenwagen stand. Nachdem sie sich angeschnallt hatte, fragte sie: »Warum fahren wir zum Haus?«

»Ich muss noch mal mit den Leuten sprechen«, antwortete der DC, »und möchte, dass Sie dabei sind.«

Die Sache schien immer vertrackter, doch Pamela war froh, Clashmore House an der Seite eines Gesetzesvertreters zu betreten. Wallace war ihr zwar nicht sonderlich sympathisch, aber er tat nur seine Pflicht, und die Leute dort würden sich hüten, einen Polizisten abzuweisen oder gar anzugreifen.

Das schmiedeeiserne Tor war immer noch mit der Eisenkette verschlossen. Wallace stellte den Wagen dort ab und schritt an der Mauer entlang zum hinteren Tor. Sie waren bemerkt worden. Pamela war wenig erfreut, als Keith, der Mann, dem sie beim ersten Mal begegnet war, auf sie zukam und im Garten abfing.

»Was wollen Sie hier?«, fragte er unfreundlich. »Wir haben Ihnen alles gesagt, was wir wissen. Und was macht die hier?« Sein ausgestreckter Finger zeigte auf Pamela.

Auch dieses Mal gab Wallace keine Antwort. »Ist inzwischen jemandem von Ihnen eingefallen, ob Sie den Mann kennen, was er hier wollte und warum er ermordet wurde?«

»Nein, und wenn Sie jeden Tag hier rauskommen und uns nerven: Wir wissen von nichts.«

»Mr …?«

»Einfach Keith.«

»Also, Keith, ich werde mir jetzt das Haus ansehen.«

»Haben Sie einen Durchsuchungsbefehl?«

»Den brauche ich nicht«, antwortete Wallace. »Außerdem heißt es Durchsuchungsbeschluss.« Er winkte ab. »Lassen Sie mich, ohne Schwierigkeiten zu machen, reinkommen, oder muss ich mit Verstärkung anrücken?«

Keith zögerte, in seiner Miene arbeitete es. »Okay, sehen Sie sich um, wir haben nichts zu verbergen. Die da bleibt aber draußen.«

»Die da hat einen Namen, nämlich Pamela Davison«, rief Pamela. »Wie Sie inzwischen wissen, Keith, habe ich jedes Recht, Clashmore zu betreten. Es gehört immer noch meiner Großmutter.«

»Nicht mehr lange«, brummte Keith. Sein stechender Blick glitt über Pamelas Körper, sie hielt ihm stand. »Wer ist eigentlich die Frau, und wie kam sie in den Besitz des Hauses?«

»Darüber bin ich Ihnen keine Rechenschaft schuldig«, antwortete Pamela kühl. »Meine Großmutter ist im Besitz der Eigentumsurkunde, die Makler haben sie natürlich geprüft.« Sie verschränkte die Arme vor der Brust und sah Keith herausfordernd an. »Ich nehme nicht an, Sie können irgendetwas vorweisen, das Ihnen das Recht gibt, das Haus zu besetzen und mich davon abzuhalten, es zu betreten.«

»Nichts, außer einem uralten Recht, das allerdings nicht verbrieft ist«, murmelte Keith. »Die Sache mit Ihrer Großmutter ist seltsam, ausgesprochen seltsam …«

»Welches Recht meinen Sie?«, fragte Pamela. Sie spürte, dass Keith etwas wusste, das ihr Louisa verschwieg.

»Können wir jetzt hineingehen?«, fragte Wallace ungeduldig, bevor Keith antworten konnte. »Ich habe meine Zeit nicht gestohlen.«

»Gut, kommen Sie, aber wir haben Ihnen nichts weiter zu sagen.«

Keith drehte sich um und ging auf das Haus zu. Als Pamela ihm folgen wollte, hielt Wallace ihren Arm fest. »Es ist besser, wenn Sie hier warten, Ms Davison.«

»Warum haben Sie mich dann mitgenommen?«, fragte Pamela missmutig. »Ich dachte, Sie unterstützen mich …«

»Ich habe einen Mord aufzuklären«, schnitt Wallace ihr das Wort ab, ließ sie stehen und eilte Keith nach, der über die Terrassentür im Haus verschwunden war.

Unschlüssig trat Pamela von einem Fuß auf den anderen. Sie wusste nicht, was sie von DC Wallace halten sollte. Einerseits verdächtigte er sie, einen Menschen getötet zu haben, dann bat er sie, ihn zum Clashmore House zu begleiten, ließ sie dann aber wie ein lästiges Anhängsel im Garten stehen. Was hatte der Mann vor? Warum schien er allein zu ermitteln? Pamela kannte sich mit der Arbeit der britischen Polizei nicht aus, vermutete aber, dass sie sich nicht wesentlich von der in den Staaten unterschied. Dass ein Beamter völlig allein den Täter zur Strecke brachte, war nur eine Erfindung der Autoren der Fernsehserie *Columbo*.

Pamela hatte eine Idee. Wenn sie schon auf dem Grundstück war, wollte sie sich umsehen. Solch alte Häuser hatten mehrere Eingänge, früher für die Lieferanten und Dienstboten. Sie sah zu den Fenstern. Niemand blickte heraus und beobachtete sie. Entschlossen umrundete sie das Gebäude und fand an der Ostseite einen schmalen Treppenabgang, der zu einer niedrigen Tür führte. Pamela drehte den Knauf, die Tür sprang auf. Ihr Herz schlug schneller, als sie in einen düsteren, muffig riechenden Korridor trat. Mehrere Türen gingen beidseitig ab, in der Mitte des Flurs befand sich eine Leiste mit rund zwei Dutzend altmodischen Glöckchen.

Drawing Room, Front Door, Back Door, Her Ladyship Room, His Lordship Room …

Pamela hatte den Dienstboteneingang gefunden. Sie öffnete eine der Türen und trat in einen weitläufigen, lichten Raum. Ein mannshoher Kamin, zwei massive, gusseiserne Herde und zahlreiche Regale an den Wänden sagten ihr, dass sich hier einst die Küche befunden hatte. Heute war sie verwaist, im Kamin und in den Öfen war schon lange kein Feuer mehr entzündet worden. In den Ecken hingen Spinnweben, eine besonders dicke, schwarze Spinne krabbelte über eine Wand. Pamela ekelte sich nicht, sie beschäftigten im Moment ganz profane Fragen. Wo kochten die Leute? Sicher nicht in diesen alten Räumen. Würde sie eine Treppe in den ersten Stock finden, ohne entdeckt zu werden?

Sie ging weiter. Alle Räumlichkeiten sahen aus, als seien sie seit Jahren nicht mehr benutzt worden. Der Verputz blätterte ab, manche Stellen wiesen Schimmelflecken auf, die Fensterscheiben waren verschmutzt, und über allem lag der Geruch nach Verfall. Pamela dachte an die kleine Dame mit den weißen Kringellöckchen. Wenn sie das Haus kaufte: Würde sie Clashmore wieder zum Leben erwecken? Pamela hatte nur eine ungefähre Ahnung von den dafür anfallenden Kosten, das sollte aber nicht ihr Problem sein.

Am Ende des Korridors führte eine steinerne Treppe nach oben, daneben befand sich eine weitere Tür. Auch diese ließ sich öffnen, und Pamela spähte in völlige Dunkelheit, in die Holzstufen hinunterführten. Erfolglos drehte sie am Lichtschalter und erinnerte sich, wie Adele Patterson gesagt hatte, die unrechtmäßigen Bewohner hätten die elektrischen Leitungen erneuern lassen. Wohl nicht im Keller, der nicht mehr genutzt wurde.

Sie verließ das Haus auf dem Weg, den sie gekommen war. Im Garten atmete sie tief durch. Sie bog um die Ecke und lief direkt in die Arme von Wallace.

»Wo sind Sie gewesen?«, rief er zornig. »Sie sollten warten.«

»Ich habe mir nur den Garten angesehen«, erwiderte Pamela kühl. »Das ist wohl nicht verboten, oder?«

»Gehen wir.«

»Ach ja?« Pamela blieb stehen und runzelte die Stirn. »Hätten Sie die Freundlichkeit, mir zu erklären, warum Sie mich überhaupt mitgenommen haben, Detective?«

»Ich bin Ihnen keine Rechenschaft schuldig«, antwortete Wallace mit ausdrucksloser Miene.

»Auch nicht, ob Sie der Spur des Täters nähergekommen sind?«

»Nein.« Er stapfte davon und rief: »Entweder kommen Sie jetzt, oder Sie müssen zurück ins Dorf laufen.«

Darauf hatte Pamela nun wirklich keine Lust. Die Hände in den Jackentaschen zu Fäusten geballt, folgte sie dem Polizisten. Die Stunde war indes keine verlorene Zeit gewesen. Immerhin hatte sie einen Eingang ins Haus gefunden. Wenn es keine andere Möglichkeit gab, würde sie versuchen, durch den Dienstboteneingang ins Haus und dann in den ersten Stock zu gelangen. Von den Bewahrern wurden die oberen Räume offenbar nicht bewohnt, da dort die Fenster mit Brettern vernagelt waren. Pamela fragte sich gleichzeitig, ob sie genügend Mut für ein solches Vorhaben aufbringen konnte. Sie hatte Louisa aber in die Hand hinein versprochen, ihren Wunsch zu erfüllen und die Kassette zu finden. Pamela seufzte. DC Wallace warf ihr einen fragenden Blick zu, und Pamela lächelte verhalten.

ZWÖLF

Clashmore House – Herbst 1936

Ein anhaltendes Hupen ließ Ayleen von ihrer Lektüre aufblicken. Sie legte das Buch – *Murder in Mesopotamia*, der neue Fall des belgischen Detektivs Hercule Poirot – auf den Tisch, stand auf und trat ans Fenster. Halb verborgen hinter der Gardine spähte sie hinunter. Vor dem verschlossenen Tor stand eine dunkle Limousine. Aus der Ferne konnte Ayleen den Fahrer nicht erkennen, nur einen Schatten, der wiederholt die Hupe betätigte. Ayleen vermutete, es handle sich nicht um einen der Freunde ihres Mannes, denn diese wussten alle, dass nur die schmale Einfahrt an der Rückseite des Hauses geöffnet war. Wer aber sonst besuchte sie an einem Mittwochnachmittag? Jemand, der sich verfahren hatte und nach dem Weg fragen wollte? Ayleen sah, wie Catriona über die Zufahrt eilte. Die Schwägerin trat an die Gitterstäbe, und aus dem Wagen stieg ein hochgewachsener, überschlanker Mann. Er sagte etwas, Catriona schüttelte erst den Kopf, dann deutete sie nach rechts. Der Mann stieg wieder in sein Automobil, startete den Motor, und der Wagen rollte davon.

Ayleen seufzte und wandte sich vom Fenster ab. Seit König George V. im Januar dieses Jahres gestorben war, herrschte ein reges Kommen und Gehen in Clashmore House. Anders als am Weihnachtsfest, an das Ayleen auch Monate später nur mit Schrecken zurückdenken konnte, mischten sich unter die Besucher inzwischen auch Frauen. Nach wie vor verreiste Jacob für mehrere Tage, einmal war er sogar drei Wochen fort gewesen, ohne ihr, Ayleen, zu sagen, wo er seine Zeit verbrachte. Positiv war, dass Jacobs Bemühungen, einen Erben zu zeugen, nachgelassen hatten. In der Regel suchte er Ayleen nur noch zwei oder drei Mal im Monat in ihrem Schlafzimmer auf. Jetzt, ein Jahr nach der Hochzeit, war Ayleen immer noch nicht schwanger geworden. So gern sie ein eigenes Kind in den Armen gehalten hätte, war Ayleen nicht traurig darüber, dass ihr Körper offenbar nicht in der Lage war, Jacobs Wunsch zu erfüllen. Seit seiner rohen Gewalt war ihr Verhältnis zueinander deutlich abgekühlt, und Jacob ließ Ayleen spüren, dass er die Ehe inzwischen bereute und sie als Störenfried ansah. Die Unterhaltungen während der Mahlzeiten bestritten ausschließlich er und seine Schwester. Die beiden lachten miteinander, verstanden sich nahezu ohne Worte, und Catriona tat alles, dass es Jacob an nichts fehlte. Wenn Ayleen wagte, zu einem Thema ihre Meinung zu äußern, gingen sie entweder auf ihre Worte nicht ein oder Catriona bedachte sie mit einem so missbilligenden und gereizten Blick, dass Ayleen den Mund hielt. Es war nicht so, dass Ayleen nicht daran dachte, Jacob zu verlassen, doch wohin sollte sie gehen? Wovon leben? Außerdem hatten Jacob und Catriona es inzwischen fast geschafft, Ayleens Willen zu brechen. In Clashmore House hatte sie alles, was sie brauchte. Die Arbeit im Haushalt, die trotz der zwei Bediensteten und Catriona auch für sie anfiel, lenkte Ayleen von ihren trüben Gedanken ab. In einer Hinsicht verwöhnte Jacob sie tatsächlich und hielt, was er ihr vor der Hochzeit versprochen hatte: Ayleen bekam immer die neuen Kriminalromane von Agatha Christie und von anderen Autoren, die sie sich wünschte, auch Kleider und Schmuck besaß sie mehr, als sie benötigte. Manchmal kamen auch ganz normale Gäste ins Clashmore House. Normal in der Hinsicht, dass die Leute nicht geheimnisvoll oder gar verschlagen wirkten, sondern nett und freundlich waren. Als Gastgeberin musste Ayleen dann lächeln, Hände schütteln und die Tischgespräche am Laufen halten. Wenn sich die Männer nach dem Essen in den Rauchsalon zu Whisky und Zigarren zurückzogen, saß sie mit den Damen im Salon und plauderte über belanglose Themen. Weder die politische Lage in Deutschland, über die sich Ayleen durch die Zeitung informierte, noch die Stimmung im britischen Königreich wurden angeschnitten. Brachte Ayleen das Wort auf die Unzufriedenheit vieler Briten mit ihrem neuen König Edward VIII., wechselte eine der Damen sofort das Gesprächsthema und erzählte von ihren Kindern, Neffen oder Nichten. So beliebt Edward als Prince of Wales gewesen war, desto kritischer wurde die Stimmung im Volk gegen ihn als König. Hatte man dem attraktiven, charmanten Prinzen zugestanden, seine königlichen Hörner abzustoßen, lehnte nun die Mehrheit seine Liaison mit der bürgerlichen, geschiedenen und katholischen Amerikanerin Wallis Simpson ab. Auch das Parlament drängte den König, die Beziehung zu beenden und eine integre Prinzessin aus einem europäischen Königshaus oder zumindest eine unbescholtene Frau aus der englischen Aristokratie zu ehelichen.

»London ist weit, wir Schotten haben damit nichts zu tun«, wiegelte Jacob ab, wenn Ayleen ihn auf die Problematik ansprach.

Instinktiv wusste Ayleen, dass ihr Mann log. Ihn beschäftigte das englische Königshaus mehr, als er zeigte, ebenfalls, dass bei einer eventuellen Abdankung Edwards sein ein Jahr jüngerer Bruder Albert den Thron besteigen würde. Kaum jemand schien als König ungeeigneter zu sein als dieser schüchterne, unbeholfene Mann, der die Öffentlichkeit scheute und so stark stotterte, dass man ihn kaum verstehen konnte.

Es klopfte an die Tür. Ohne eine Antwort abzuwarten, trat Catriona ein. »Du hast Besuch.« Tadelnd starrte sie Ayleen an. »Warum hast du mir nicht gesagt, dass du Gäste eingeladen hast?«

»Ich habe niemanden eingeladen«, erwiderte Ayleen. Wie hätte sie das auch machen sollen, wenn kein Brief das Haus je verließ? »Ich habe keine Ahnung, wer mich hier besuchen sollte.«

»Der Mann ist Ausländer, ich glaube, ein Deutscher.« Catriona spie das Wort aus, als hätte sie Dreck im Mund. »Komm runter, um sie zu begrüßen. Das sind wir der Gastfreundschaft schuldig.«

»Das muss ein Irrtum sein, ich kenne niemanden aus Deutschland.«

Catriona hatte die Besucher in den kleinen Salon im Erdgeschoss geführt. Als Ayleen eintrat, drehte sich der schlaksige Mann zu ihr um. Seine Augen waren ebenso hell wie sein Haar, sein Gesicht glattrasiert.

»Guten Tag«, grüßte Ayleen höflich. »Ich habe keine Ahnung …«

»Ayleen!« Hinter dem Mann schoss eine Frau hervor, fiel Ayleen um den Hals und drückte sie so fest, dass Ayleen die Luft wegblieb. »Endlich! Ich habe schon gedacht, ich sehe dich niemals wieder.«

»Louisa!« In Ayleens Augen schossen Tränen. Sie wollte sich kneifen, dass es nicht nur ein Traum war. Sie löste sich aus Louisas Umarmung und hielt sie eine Armlänge von sich. Gut sah die Freundin aus und ungewöhnlich elegant in einem mintgrünen Twinset, einen kleinen, kecken Hut mit einer geschwungenen Feder auf den goldblonden, kinn-langen Locken.

»Möchtest du mir deine Gäste nicht vorstellen?«, hörte Ayleen Catrionas Stimme. Sie klang pikiert.

»Das ist Louisa Kelly, meine Freundin aus Inverness«, erklärte Ayleen, »und das ...« Sie sah zu dem attraktiven Mann.

Er deutete eine Verbeugung an. »Jan Carstens. Ich freue mich, Ihre Bekanntschaft zu machen. Louisa hat mir viel von Ihnen erzählt.«

Verständnislos sah Ayleen Louisas Begleiter an. Er sprach ein gutes Englisch, aber mit einem harten Akzent. Sie erinnerte sich, dass Catriona gesagt hatte, er sei Deutscher.

Louisa nahm ihre Hand und sagte: »Das ist Jan, mein Ehemann, und ich bin jetzt Mrs Louisa Carstens.«

»Du hast geheiratet?« Ayleen fiel aus allen Wolken. »Aber wie ... Warum ... So plötzlich ...?«

Catriona drängte sich zwischen die Frauen. Mit einem unfreundlichen Blick auf Ayleen sagte sie: »Ich denke, wir sollten Tee anbieten.« Sie klang, als sei es eine Zumutung, und sah zu dem attraktiven Mann. »Sie trinken doch Tee, nicht wahr?«

»Gern, wenn wir nicht stören ...«

»Du störst niemals!«, rief Ayleen schnell. »Catriona, bist du bitte so freundlich, ein paar Sandwiches zuzubereiten, vielleicht ist auch noch Kuchen da.«

Catriona zögerte. Für einen Moment dachte Ayleen, die Schwägerin würde von ihr verlangen, das Gewünschte zu holen. Catriona verließ dann doch den Salon, nicht ohne verächtlich zu schnauben.

Kaum waren sie allein, fragte Louisa: »Meine Güte, ist die immer so? Ich habe nicht den Eindruck, dass wir hier willkommen sind.«

Ayleen zuckte mit den Schultern. »Catriona ist die Schwester meines Mannes und etwas … speziell. Aber zu dir: Wie kommt es, dass ihr geheiratet habt?«

»Jan kam für ein Auslandssemester nach Glasgow, so haben wir uns kennengelernt.« Louisa trat zu ihrem Mann und nahm seine Hand. »Ja, die Entscheidung fiel schnell, aber bei unserer ersten Begegnung wussten wir sofort, dass wir füreinander bestimmt sind.«

»Lou ist die Liebe meines Lebens«, sagte Jan mit einem zärtlichen Blick auf seine Frau.

Ernst sah Louisa die Freundin an. »Warum hast du nie auf meine Briefe geantwortet? Auch von deiner Hochzeit und wo du jetzt lebst, habe ich erst letztes Weihnachten erfahren, als ich dich in der Mühle besuchen wollte. Willst du mit mir nichts mehr zu tun haben? Jetzt, da du eine Lady bist und in einem Schloss wohnst?«

»Ich habe nie einen Brief erhalten«, erwiderte Ayleen leise, »und ich habe dir mehrmals geschrieben.«

»Auch ich habe keine Nachricht bekommen.« Die Freundinnen sahen sich an, und Louisa fragte kritisch: »Kann es sein, dass hier etwas nicht so ist, wie es sein sollte? Verzeih mir meine direkten Worte, aber Freundinnen sollten sich immer die Wahrheit sagen. Du siehst nicht gut aus, Ayleen. Du bist doch glücklich in deiner Ehe?«

Ayleen konnte nicht verhindern, dass ihre Augen in Tränen schwammen. Wie gern hätte sie der Freundin ihr Leid geklagt, aber nicht vor Jan, außerdem konnte Catriona jeden Moment zurückkehren. Sie schluckte den Kloß in ihrem Hals hinunter und antwortete ausweichend: »Jacob ist viel älter als ich und ein einflussreicher Mann. Mein Leben in Clashmore unterscheidet sich sehr von dem einer Müllerstochter.«

»Das sind keine Gründe, warum du …«

Louisa brach ab, denn Catriona trat wieder in den Salon, sie schob den Teewagen vor sich her. Instinktiv schien die Freundin zu spüren, dass sie vor Ayleens Schwägerin besser nicht offen sprechen sollte. Pflichtbewusst schenkte Ayleen ein und konnte das Zittern ihrer Hände nicht verbergen. Es gab so vieles, was sie der Freundin hätte sagen wollen, doch Catriona machte keine Anstalten, sie allein zu lassen. Daher fragte sie: »Ihr bleibt doch zum Abendessen? Vielleicht sogar über Nacht? Wir haben gemütliche Gästezimmer.«

Catriona warf ihr einen bärbeißigen Blick zu. Ayleen war es gleichgültig. Sie konnte einladen, wen sie wollte!

»Das ist leider nicht möglich«, antwortete Louisa zu Ayleens Enttäuschung. »Jan und ich müssen noch heute nach Glasgow. Wir waren in Inverness, um meine Sachen zu holen, denn in zwei Tagen geht unser Schiff von Newcastle nach Calais.«

»Du fährst nach Frankreich?«

Louisa nickte und warf ihrem Mann einen liebevollen Blick zu. »Jans Familie besitzt eine Reederei in Hamburg, das liegt im Norden Deutschlands. Die politische Lage hat einiges verändert, daher brauchen ihn seine Eltern an ihrer Seite. Künftig werden wir in Hamburg leben, zuerst wollen wir aber noch ein paar Tage in Paris verbringen. Flitterwochen, du verstehst?«

Automatisch nickte Ayleen. »Was ist mit deinem Studium? Mit deinen Plänen für die Zukunft?«

Jan antwortete an Louisas Stelle: »Mein Studium der Nautik und Betriebswirtschaftslehre werde ich in diesem Jahr abschließen, dann in der Reederei arbeiten und in ein paar Jahren die Firma übernehmen. Selbstverständlich wird Lou weiterhin studieren. Hamburg hat eine ausgezeichnete Universität, an der auch in englischer Sprache gelehrt wird. Durch den Hafen ist meine Heimatstadt international.« Den letzten Satz hatte er voller Stolz gesagt.

»Trotzdem muss ich die Sprache so schnell wie möglich lernen«, fügte Louisa hinzu und zwinkerte Ayleen zu. »Ich will schließlich wissen, was hinter meinem Rücken über mich getuschelt wird.«

»Nur das Allerbeste, Darling«, bemerkte Jan Carstens.

Ayleen fragte nicht, was die Freundin machen würde, sollte ein Kind kommen. Deutlich erinnerte sie sich an Louisas frühere Einstellung, erst eine Familie zu gründen, wenn sie das Diplom in der Tasche hätte. Manchmal schlug das Leben einen anderen Weg ein, und Louisa schien vollkommen glücklich zu sein.

»Wir werden bei Jans Eltern wohnen, ich gebe dir die Adresse in Hamburg«, sagte Louisa. »Bitte, schreibe, sooft du kannst. Ich werde dir immer gleich antworten und von meinem neuen Leben in Deutschland berichten.«

Ayleen nickte, die Tränen stiegen ihr wieder in die Augen. Ihr Verdacht, dass Catriona, und wahrscheinlich auch Jacob, ihre Korrespondenz unterschlug, hatte sich bestätigt. Aus der Schublade der kleinen Kommode nahm sie einen Schreibblock und einen Bleistift und reichte beides Louisa. Die Freundin notierte die deutsche Adresse und fügte noch eine Telefonnummer hinzu. Sie schob den Zettel Ayleen hin, die ihn schnell in ihre Rocktasche steckte. Dann sah sich Louisa im Salon um und fragte: »Habt ihr hier einen Telefonanschluss?«

»So einen neumodischen Quatsch brauchen wir nicht«, antwortete Catriona harsch. »Wir führen ein zurückgezogenes Leben in Clashmore. Die Familie ist sich selbst genug.«

Louisa griff nach Ayleens Hand und drückte sie. »Wegen deiner Mutter tut es mir sehr leid.«

»Was meinst du?«, fragte Ayleen.

Verständnislos antwortete die Freundin: »Sie ist doch vor drei Monaten gestorben. Es tut mir leid, dass ich nicht zur Beerdigung kommen konnte. Ich steckte gerade mitten in einer wichtigen Klausur.«

Ayleens Unterlippe zitterte. Sie sah zu Catriona und rief: »Hast du es gewusst? Haben du und Jacob es gewusst?« Sie las die Antwort auf dem Gesicht der Schwägerin. »Warum habt ihr mir nichts gesagt?«

»Das frage ich mich ebenfalls«, sagte Louisa und mit einem grimmigen Blick auf Catriona. »Ms McKinnley, kann es sein, dass Sie und Ihr Bruder meine Freundin nicht so behandeln, wie sie es verdient hat?«

Statt einer Antwort erwiderte Catriona kühl: »Ich fürchte, wir sollten Sie nicht länger aufhalten. Es ist eine weite Fahrt bis nach Glasgow, und Sie wollen sicher vor der Dunkelheit ankommen.« Catriona stand auf, das Zeichen, dass die Gäste zu gehen hatten.

Jan und Louisa zögerten, als Ayleen ihnen aber zunickte, erhoben auch sie sich. Louisa umarmte die Freundin und raunte ihr ins Ohr: »Du bist uns in Hamburg jederzeit willkommen. Zögere nicht, wenn etwas sein sollte.«

»Danke«, flüsterte Ayleen, den Tränen nahe.

Demonstrativ öffnete Catriona die Tür und sagte: »Ich werde Sie zum Tor begleiten. Ayleen braucht jetzt Ruhe, Ihr Besuch hat sie aufgeregt.«

Louisa sah Ayleen noch einmal fest in die Augen. Ihr Blick schien zu sagen: »Geh fort von hier!« Dann seufzte sie und verließ an Jans Seite hinter Catriona das Haus. Schwer atmend lehnte sich Ayleen an den Türpfosten. Nie zuvor in ihrem Leben hatte sie sich so einsam und verlassen gefühlt.

DREIZEHN

Clashmore, Schottland – August 1997

Mit der Digitalisierung der Patientenkarteien kam Pamela gut voran. Sie hatte bereits Dreiviertel der Daten in den Rechner eingegeben. Dabei blieb es nicht aus, dass sie die Diagnosen und Behandlungsmethoden von Geralds Vorgänger durchlas. Als Pamela auf die Akte von Kirsty Lennox stieß, stutzte sie. Die Pensionswirtin litt seit ihrer Kindheit an Diabetes Typ 1, musste täglich ihren Blutzuckerspiegel testen und sich entsprechend Insulin spritzen. Seit über einem Jahr war Kirsty nicht mehr hier gewesen – seit der Zeit, als Gerald die Praxis übernommen hatte. Das bedeutete, dass Kirsty den weiten Weg in die Stadt auf sich nahm und sich dort behandeln ließ, anstatt lediglich ein paar Schritte durch den Ort zu gehen. Nur, weil Gerald noch jung und in Kirstys Augen unerfahren war? Verständnislos schüttelte Pamela den Kopf und gab Kirstys Daten in den Rechner ein.

Die Tür öffnete sich. Ein bärtiger Mann trat ein, um die rechte Hand ein schmuddeliges Geschirrhandtuch geschlungen.

»Ist der Doc da?«

Pamela sprang auf. »Ich werde ihn holen. Bitte, setzen Sie sich. Was ist passiert?«

Der Mann antwortete nicht, starrte Pamela an und brummte: »Arbeiten Sie jetzt hier? Dachte, Sie sind längst verschwunden. Nach Amerika, wo Sie hingehören.«

Jetzt erkannte Pamela den unfreundlichen Patienten. Es war Archie, der Wirt vom *Bonnie Inn*. Sie legte eine Hand auf seine Schulter und drückte ihn mit sanfter Gewalt auf den Stuhl.

»Was ist passiert?«, wiederholte sie und musterte den Teil seines Gesichts, der nicht von dem struppigen Bart verdeckt war. Er war blass, auf seiner Stirn standen Schweißperlen. Archie schien stärkere Schmerzen zu haben, als er sich anmerken ließ. »Ein Bierfass ist umgekippt«, antwortete er murrend. »War wohl nicht richtig gelagert. Wollte es noch festhalten …« Er streckte seinen rechten Arm hoch. »Wo ist jetzt der Doc? Oder spielen Sie hier Ärztin?«

Pamela griff zum Telefonhörer auf dem Schreibtisch und drückte auf der Tastatur die 1 – die Verbindung zum Apparat in Geralds Wohnräumen. Er nahm sofort ab.

»Gerald, du hast einen Patienten«, sagte Pamela. »Es ist der Wirt vom Pub, er hat sich an der Hand verletzt.«

Eine Minute später war Gerald unten und bat Archie ins Behandlungszimmer. Pamela folgte den Männern. Vielleicht konnte sie helfen?

Während Gerald vorsichtig das Tuch von Archies Hand abwickelte, wiederholte der Wirt seine Geschichte und ergänzte: »Schmier 'ne Salbe drauf, Doc. In zwei Stunden muss ich den Laden aufmachen.«

Archies rechte Mittelhand und seine Finger waren stark geschwollen und rot.

»Ich fürchte, mit einer Salbe ist es nicht getan«, sagte Gerald. »Es kann ein Knochen, vielleicht auch mehrere, gebrochen sein. Du solltest die Hand röntgen lassen.«

»Dann mach«, erwiderte Archie.

Gerald zuckte mit den Schultern. »Leider habe ich kein Röntgengerät. Du musst ins Krankenhaus nach Inverness.«

Verächtlich lachte Archie. »Und wie soll ich das machen? Mit der Hand kann ich nicht fahren. Willst du etwa einen Rettungswagen rufen? Wegen der Bagatelle?«

»Ob es sich um eine Bagatelle handelt, werden meine Kollegen klären«, antwortete Gerald streng. »Hast du niemanden, der dich fahren kann?«

»Nee, ich leb' allein.«

Pamela trat vor. »Ich kann fahren.«

»Du?« »Sie?«, fragten beide Männer gleichzeitig, und Gerald fuhr fort: »Das musst du wirklich nicht …«

»Bis ein Rettungswagen von Inverness kommt, bin ich schneller selbst in der Stadt.« Sie sah den Wirt an. »Oder ist Ihnen übel? Nicht, dass Sie mir während der Fahrt kollabieren.«

Archie runzelte die Stirn. »Wusste nicht, dass du neuerdings eine zweite Ärztin hast, Gerald. Lohnt sich das überhaupt?«

»Ms Davison ist keine Ärztin, von Medizin versteht sie aber eine ganze Menge«, erwiderte Gerald. »Was ist nun? Rettungswagen oder Pamela?«

»Ach tha sin sucks cuideachd!«, fluchte Archie auf Gälisch. Pamela verstand die Worte zwar nicht, ahnte aber, dass es nichts Galantes war. Deutlich freundlicher fragte er dann: »Ist das echt nötig? Könnt' doch nur eine Prellung sein. In ein paar Tagen ist es wieder okay.«

»Es ist unverantwortlich, die Verletzung nicht röntgen zu lassen«, erwiderte Gerald. »Wenn Knochen gebrochen sind, kann deine Hand steif werden und du kannst sie nie wieder richtig benutzen. Von Infektionen, die eine Amputation zur Folge haben können, ganz zu schweigen.«

Die drastischen Worte wirkten. Archie seufzte und sah Pamela an.

———

»Okay, dann fahren wir, Lady. Hoffe, Sie kennen den Weg.«

Zu dritt gingen sie zu Pamelas Mietwagen. Gerald half dem Wirt beim Einsteigen und legte ihm den Sicherheitsgurt um. Bevor sich Pamela hinters Steuer setzte, sagte er: »Das Krankenhaus liegt im Osten der Stadt. Von der A82 kommend, fährst du über die Brücke und nimmst dann die A9 in Richtung Süden. Ab da ist das Krankenhaus ausgeschildert.« Gerald beugte sich vor und flüsterte in Pamelas Ohr: »Ich danke dir. Archie verhält sich manchmal zwar etwas ungehobelt, er ist aber einer der wenigen, die mir hier freundlich gesinnt sind.«

»Ich passe auf ihn auf«, versprach Pamela und stieg ein.

Während der Fahrt von einer knappen Stunde sprachen sie nicht miteinander. Archie starrte durch die Windschutzscheibe, und Pamela warf ihm immer wieder Seitenblicke zu. Er schwitzte nicht stärker, auch wurde er nicht fahl. Das wären deutliche Anzeichen für einen Schock gewesen, der bei starken Schmerzen durchaus eintreten kann.

Im Krankenhaus, ein lang gestrecktes, modernes Gebäude, wurde Archie sofort in ein Behandlungszimmer geführt. Pamela sah sich nach der Cafeteria um, denn sie rechnete mit einer längeren Wartezeit. Da auch heute der Himmel nahezu wolkenlos war, setzte sie sich mit ihrem Kaffeebecher in der Hand auf eine der Bänke in der Nähe des Haupteingangs und entspannte sich.

Nach über zwei Stunden und einem weiteren Kaffee, der erstaunlich gut schmeckte, da die Cafeteria über eine Maschine verfügte, verließ Archie das Krankenhaus und sah sich suchend um. Seine rechte Hand war bis zum Ellenbogen eingegipst, er trug ihn in einer Schlinge.

Pamela ging ihm entgegen. »Gebrochen?«

Archie nickte grimmig. »Drei Mittelhandknochen sind hin. Der Doc meint, es wird wohl sechs bis acht Wochen dauern, bis der Gips runter kann. Wie, im Himmel, soll ich so das Pub führen?«

»Haben Sie niemanden, der einspringen kann?«

»Nee, ich schmeiß den Laden allein. Wenn mal 'ne Feier ansteht oder so was, hilft mir jemand aus dem Ort. Die kann aber nicht jeden Abend hinterm Tresen stehen.«

»Ich fahre Sie jetzt wieder nach Hause, dann sehen wir weiter«, sagte Pamela aufmunternd. »Vielleicht weiß Gerald Rat.«

Sie verstand, dass es für den Wirt ein großer finanzieller Verlust war, das Pub für mehrere Wochen schließen zu müssen.

»Sie könnten nicht vielleicht?«, fragte Archie, als sie im Wagen saßen. »Ich meine, weil Sie ja auch beim Doc arbeiten.«

Unwillkürlich lachte Pamela, wurde aber gleich wieder ernst. »Ich helfe Dr. Finlay lediglich bei einfachen organisatorischen Aufgaben. Meine Kenntnisse in der Gastronomie beschränken sich auf ein paar Monate kellnern während meines Studiums. Das habe ich wieder aufgegeben, da mehr Geschirr auf dem Boden als auf den Tischen vor den Gästen landete.«

»Sie bräuchten nur Bier zu zapfen«, brummelte Archie.

»Ich helfe gern, aber in diesem Fall …« Bedauernd schüttelte Pamela den Kopf.

Als sie auf der A862, der Hauptstraße nach Westen, waren, fragte Pamela unvermittelt: »Warum mögen Sie mich nicht, Mr …? Wie ist eigentlich Ihr Nachname?«

»Grant, aber sagen Sie Archie, das tun alle«, brummte er und sah Pamela von der Seite an. »Warum fragen Sie?«

»Ganz einfach: Jeder in Clashmore scheint gegen meine Anwesenheit zu sein«, antwortete Pamela kühl.

»Nun ja, Sie sind eine Fremde …«

»Was ich zuvor über die schottische Gastfreundschaft hörte, war, dass Besucher in diesem Land herzlich willkommen sind.«

Mit der unverletzten Hand winkte er ab und schnaubte. »Das sind Touristen. Sie kommen, lassen ihr Geld hier, sind dann auch wieder weg«, sagte er in einem Ton, als würde das alles erklären.

»Es hat mit Clashmore House zu tun, nicht wahr?« Der Wirt zuckte zusammen, und sie sprach schnell weiter: »Auch ich werde wieder abreisen, zuvor muss ich das Haus aber verkaufen. Ich nehme an, Sie wissen über die Hintergründe Bescheid, oder? Im Dorf bleibt ja nichts verborgen.«

»Wir wollen mit dem Haus nichts zu tun haben«, erwiderte Archie und starrte durch die Seitenscheibe auf die vorbeirauschende Landschaft.

»Wegen der Sekte, den Bewahrern, wie sich die Leute nennen?«

»Vom Clashmore House kam noch nie was Gutes, egal, wer da wohnte.«

»Würden Sie mir das näher erklären?« Pamela verbarg ihre Aufregung. Offenbar wusste Archie mehr, als sie bisher herausgefunden hatte. »Sie leben doch schon immer in Clashmore, nicht wahr?«

Er nickte. »Noch vor dem Krieg kaufte mein Großvater das Pub. Dann wurde mein Vater der Wirt, jetzt gehört mir der Laden. Da ich keine Kinder habe, werd' ich wohl irgendwann verkaufen müssen. Das ist aber noch lange hin.«

»Erinnern Sie sich an die früheren Bewohner von Clashmore House?«, fragte Pamela.

»Nee, als ich geboren wurde, stand das Haus schon leer. Meine Großmutter sprach manchmal von der Zeit, als da noch Leute wohnten. Deren Mutter hat früher im Clashmore House gearbeitet, ich glaub' als Köchin.«

Pamelas Finger legten sich fester um das Lenkrad. Sie fragte: »Lebt Ihre Großmutter noch, Archie? Oder Ihre Eltern?«

»Sind alle tot.«

»Das tut mir leid.« Pamela meinte es ehrlich und stellte die nächste Frage: »Hat Ihre Großmutter jemals den Namen Louisa erwähnt?«

»Wer soll das sein?«

»Meine Großmutter.«

»Nee, die letzten im Haus waren die McKinnleys. Die gehörten zum alten Clan der Stuarts of Clashmore.«

»Was bedeutet das?«, fragte Pamela, erleichtert, dass Archie so gesprächig war und seine Ressentiments ihr gegenüber aufgegeben hatte.

»Na, früher, als es noch die Clans gab und diese Macht und Einfluss in Schottland hatten, waren die Lairds von Clashmore den Stuarts treu ergeben, zahlten denen ihre Pacht und kämpften für sie, wenn es nötig war. Noch vor dem Krieg verschwanden die McKinnleys aus Clashmore. Ich hab' keinen Schimmer, ob's von denen noch jemand gibt.« Er runzelte die Stirn, Pamela konnte sehen, wie es in seinem Kopf arbeitete, dann fragte er: »Wenn das Haus Ihrer Großmutter gehört, muss sie wohl eine McKinnley sein. Warum ist sie aus Schottland weggegangen?«

Sie heiratete meinen Großvater Ray Davison, einen Amerikaner«, antwortete Pamela. Sie spürte, dass sie von dem brummigen Wirt noch mehr erfahren konnte, und fragte: »Was wissen Sie über die Bewahrer des weißen

Lichtes? Sie sagten, die Gruppe möge keine Fremden, von den Dorfbewohnern wird sie offenbar akzeptiert.«

»Weil sie sich von uns fernhalten!«, rief Archie aufgeregt. »Etwas Seltsames geht in dem Haus vor sich, etwas, mit dem wir nichts zu tun haben wollen. Da draußen ist schon genug Blut geflossen.«

»Sie meinen den Mord? Eine furchtbare Sache, und niemand weiß, wer der Tote ist.«

Archie drehte den Oberkörper, legte seine unverletzte Hand auf Pamelas Unterarm und sagte ernst: »Ist nicht der erste Mord im alten Haus. Weiß nichts Genaues, man sagt aber, schon früher wurden Leute, die gegen die Interessen der McKinnleys gearbeitet haben, um die Ecke gebracht.«

Ein Schauer lief über Pamelas Rücken. Leise fragte sie: »Welche Interessen?«

Archies Blick verschloss sich wieder. Er nahm seine Hand fort und starrte nach draußen. »Keine Ahnung, Pamela. Will es auch gar nicht wissen.«

Den Rest der Fahrt über schwiegen sie. Pamela ließ Archie vor dem Pub aussteigen, nachdem er versichert hatte, er käme zurecht, und kehrte zu Gerald zurück. Sie berichtete ihm, dass die Hand des Wirtes gebrochen war, dann sagte Gerald:

»Während du fort warst, rief eine Frau an. Ihr Name ist Mae Crawford, sie möchte dich sprechen. Ich habe die Nummer des Hotels in Beauly, in dem sie zu erreichen ist, notiert.«

»Mae Crawford?«, wiederholte Pamela überrascht. »Woher weiß sie, dass ich derzeit bei dir wohne?«

Er zuckte mit den Schultern. »Ruf sie an, dann wirst du es erfahren.« Gerald sah auf seine Armbanduhr. »Hast du Lust auf einen Tee? Du hast ihn dir verdient.«

Pamela nickte. »Das wäre wunderbar, aber zuerst möchte ich mit Mae Crawford sprechen.«

Sie erreichte Mae in ihrem Hotelzimmer in Beauly, und die kam sofort zur Sache: »Ich muss unbedingt mit Ihnen sprechen, Pamela.« Ihre Stimme klang eindringlich. »Es geht um das alte Haus. Morgen, zehn Uhr, an der Straße, die von Clashmore nach Südwesten führt. Nach etwa zehn Meilen erreichen Sie einen Tearoom. Sie können ihn nicht verfehlen, er ist gleich neben einer alten Kapelle.«

Pamela fragte: »Warum treffen wir uns nicht in Clashmore, oder ich komme zu Ihnen nach Beauly?«

Mae zögerte, dann flüsterte sie, als könne sie nicht frei sprechen: »Es ist mir lieber, wenn man uns nicht zusammen sieht. Das, was ich Ihnen zu sagen habe, ist nur für Ihre Ohren bestimmt. Bis morgen, Pamela.« Sie legte einfach auf.

Pamela ging ins Wohnzimmer, wo Gerald die Teekanne und die Tassen schon auf den Tisch gestellt hatte. Aus einer Pappschachtel füllte er gerade Noras Napf mit Futter.

»Quatsch, Quatsch, Quatsch«, kreischte die Blaustirnamazone und hüpfte von einem Bein auf das andere.

»Ja, alles ist Quatsch, da hast du recht«, sagte Gerald und kraulte Nora mit einem Finger am Hals. Pamela war überrascht, wie der Vogel es sichtlich genoss. Kaum, dass Gerald die Voliere wieder geschlossen hatte, plapperte Nora: »Clashmore, Clashmore, Bewahrer.«

Gerald lachte unbeschwert, Pamela runzelte jedoch die Stirn.

»Warum sagt sie das?«, fragte sie.

Gerald zuckte mit den Schultern. »Nora plappert alles nach, was sie aufschnappt. Wir haben uns mehrmals über das Haus und die Leute unterhalten.« Pamela überlegte, ob sie in Noras Anwesenheit wirklich über die Bewahrer gesprochen hatten, konnte sich aber nicht genau erinnern. »Was wollte die Frau?«

»Mae Crawford möchte mich morgen treffen. Sie ist interessiert, das Haus zu kaufen.«

»Solltest du Clashmore House nicht besser vergessen?«, fragte Gerald. »Auf das Geld eines Verkaufs scheint deine Großmutter nicht angewiesen zu sein. Lasst die Leute doch in Ruhe.«

Überrascht erwiderte Pamela: »Bisher hatte ich den Eindruck, dir seien die Bewahrer ebenso suspekt wie mir. Und dann der schreckliche Mord! Warum hast du deine Meinung geändert?«

Gerald ging zum Fenster, drehte ihr den Rücken zu und antwortete leise: »Ich glaube nicht, dass die Bewahrer wirklich gefährlich sind. Ohne Zweifel haben sie komische Ansichten und ein seltsames Gebaren, es scheint aber vernünftig, die Leute in Frieden zu lassen, um nicht in etwas hineinzugeraten, das aus dem Ruder laufen könnte.«

Bass erstaunt über Geralds Worte fragte Pamela: »Hast du etwas erfahren, das ich wissen sollte?«

Er ging auf ihre Frage nicht ein. Immer noch aus dem Fenster sehend erwiderte Gerald: »Vielleicht ist es besser, du reist ab und lässt hier alles seinen gewohnten Gang gehen. Die wenigsten Schotten mögen Veränderungen. Man sollte nicht in Vergangenem herumstochern, sondern sich mit Tatsachen, die nicht zu ändern sind, abfinden.«

»Dann liegen die Interessen der Bewahrer am Clashmore Haus in der Vergangenheit?«, fragte Pamela, trat hinter ihn und berührte ihn an der Schulter. Als sie merkte, wie sich Geralds Körper unter ihrer Berührung versteifte, trat sie schnell einen Schritt zurück. Eigentlich hatte sie Gerald von der Kassette und Louisas Wunsch, deren Inhalt zu vernichten, erzählen wollen, um seine Meinung zu hören, doch seine Worte hatten sie nun irritiert.

»Ich habe dir alles gesagt, was ich weiß«, murmelte Gerald, immer noch sah er sie nicht an.

»Wenn du willst, dass ich wieder ausziehe, brauchst du es nur zu sagen.« Pamela konnte die Enttäuschung in ihrer Stimme nicht verbergen.

Er drehte sich zu ihr um und sagte: »Ich bin nur besorgt, Pam, und denke, dass die Sache eine Nummer zu groß für dich ist.«

»Was verschweigst du mir über das Haus und die Bewahrer?«, fragte Pamela leise. »Warum willst auch du, dass es nicht verkauft wird?«

»So habe ich das nicht gesagt.« Er zuckte mit den Schultern, seine Miene war ausdruckslos. »Ich gehe eine Runde an die frische Luft und sehe später bei Archie vorbei. Warte nicht auf mich, es kann spät werden.«

Gerald nahm seine Jacke und verließ, ohne ihr noch einen Blick zu schenken, das Haus. Konsterniert starrte Pamela auf die hinter ihm zufallende Tür. Sie zog in Erwägung, ihre Sachen zu packen und zu gehen, aber sie zögerte. Sie spürte, dass hinter seinem Verhalten mehr steckte, und wollte ihm die Chance geben, es zu erklären.

»Du *willst* ihm vertrauen, weil du ihn magst«, murmelte sie und wusste nicht, ob sie darüber glücklich oder geknickt sein sollte, da sie Schottland ohnehin bald wieder verlassen würde.

Eng und kurvig schlängelte sich die Straße am südlichen Ufer des Flusses Glass entlang gen Südwesten. Es war eine einsame Gegend, durch die Pamela seit einer halben Stunde fuhr. Lediglich eine Farm und einzelne Ruinen von längst verlassenen Häusern waren hin und wieder zu sehen. Am gegenüberliegenden Ufer des Flusses verlief die gut ausgebaute A831, Mae Crawford hatte aber gesagt, Pamela möge die weniger befahrene Straße nehmen.

»Wenig befahren ist gut«, murmelte Pamela, denn bisher war ihr kein anderer Wagen begegnet. Zugegeben, die Landschaft war atemberaubend: Rechts der Fluss, der mit tiefbraunem Wasser über moosbewachsene Steine gurgelte. Die Farbe war kein Schmutz, sie kam vom moorigen Untergrund in den Bergen, wo der Glass entsprang. Auf der anderen Seite ragten nahezu kahle Berghänge steil in die Höhe, die Gipfel im Nebel verborgen.

Geralds seltsames Verhalten ging Pamela nicht aus dem Kopf. Gestern Abend war sie schon im Bett gewesen, als er nach Hause kam. Sie hatte ihn zwar gehört, sich aber nicht bemerkbar gemacht. Heute Morgen war Gerald bereits in der Praxis, als Pamela in die Küche kam. Bevor sie sich auf den Weg machte, sah sie ins Sprechzimmer und sagte: »Ich fahre jetzt.«

Geralds einzige Antwort war ein ge.rauntes »Okay«, und er hatte sie nicht angesehen. Pamela verdrängte die Gedanken an den Arzt. Sie war gespannt wie ein Flitzbogen, was Mae ihr über Clashmore House zu sagen hatte und warum sie den Treffpunkt in einer so einsamen Gegend wählte.

Die Straße machte einen scharfen Knick nach links und führte steil bergan. Pamela fuhr in eine Nebelbank, die so dicht war, dass sie kaum zwanzig Yards weit sehen konnte, und die Feuchtigkeit beschlug die Windschutzscheibe. Die Sache kam ihr immer seltsamer vor, und sie war kurz davor, umzukehren, aber nirgendwo gab es eine Stelle, an der sie hätte wenden können. Es erschien Pamela wie eine kleine Ewigkeit, bis sich die Umrisse eines niedrigen

Turms aus dem Nebel schälten. Das musste die von Mae erwähnte Kapelle sein, und tatsächlich befand sich daneben ein zweistöckiges Cottage aus grauen Steinen. Auf einem metallenen, weißen Schild mit dunkelgrüner Schrift stand: *Teas, Coffees, Sandwiches*. Pamela fuhr in die schmale Einfahrt links neben dem Haus, an deren Ende sich eine Garage befand. Einen anderen Wagen sah sie nicht, hinter dem Haus aber drei Cottages, sowie einen Schuppen und eine kleine Lagerhalle.

Die hellgrün gestrichene Holztür war nur angelehnt. Pamela klopfte und rief: »Hallo? Ist hier jemand?«

Sie hörte Schritte, und eine Frau öffnete die Tür ganz. Sie war etwa in Pamelas Alter, trug Jeans, ein hellgelbes Sweatshirt mit einem braunen Halstuch, die kinnlangen, rötlichen Haare hielt ein Reif aus ihrer Stirn zurück.

Lächelnd sagte sie: »Madainn mhath«. Pamela erwiderte den Gruß, und die Frau fuhr in Englisch, aber mit dem typischen starken Akzent der Gegend fort: »Möchten Sie frühstücken?«

»Nur eine Tasse Tee«, antwortete Pamela. »Ich bin hier verabredet.«

»Sie sind bisher mein einziger Gast«, erwiderte die junge Frau. »Es verirren sich nur selten Leute in diese Gegend.« Sie machte eine einladende Handbewegung, und Pamela trat durch einen schmalen Flur in einen kleinen, quadratischen Raum mit vier Tischen mit grün-rot-karierten Tischdecken, an denen jeweils zwei Stühle standen. In dem offenen Kamin prasselte ein Feuer, und es roch nach Eiern und Speck. »Ich bin Alicia.«

»Pamela«, erwiderte Pamela.

Alicia stellte die Frage, die Pamela in den letzten Tagen oft gehört hatte: »Sie sind nicht von hier?«

»Ich bin zu Besuch in Schottland.« Da Pamela vermutete, Mae Crawford kannte diesen kleinen Tearoom, weil sie ihn vorgeschlagen hatte, fragte sie: »Ich bin mit Mae Crawford verabredet.«

Auf Alicias Gesicht zeigte sich keine Spur, dass ihr der Name bekannt war. Sie fragte nur: »Möchten Sie Earl Gray, Darjeeling oder Assam? Diese drei Teesorten habe ich da.«

Pamela entschied sie sich für Darjeeling und setzte sich an einen der Tische. Als Alicia ihr das metallene Kännchen, ein weiteres mit heißem Wasser, eine mit Blumen bemalte Tasse, ein Milchkännchen und eine Schale mit Zucker hinstellte, schlug die Wanduhr zehn Uhr. Mae musste also jeden Moment kommen. Da sich Alicia ebenfalls einen Tee aufgebrüht hatte, fragte Pamela: »Leben Sie ganz allein hier?«

»Gott bewahre, nein!« Sie lachte. »Das wäre mir viel zu einsam. Ich wohne hier mit meinem Mann, seinen Eltern und unseren drei Kindern. Wir betreiben eine kleine Farm, den Tearoom mache ich sozusagen nebenbei als Hobby. Meine Gäste sind in der Regel Wanderer, die die umliegenden Hügel erkunden.«

Nach der Ablehnung, die Pamela bisher erfahren hatte, war es erfrischend, mit Alicia locker zu plaudern. Sie fragte: »Sie haben drei Kinder? Ich meine, Sie …«

»Sehen jünger aus«, vollendete Alicia lachend. Sie zwinkerte Pamela zu. »Ich bin Anfang dreißig. Meine Jüngste ist vier, meine Jungs, Zwillinge, sind acht. Während des Schuljahrs sind die Jungs im Internat in Inverness, da es in der Gegend keine Schule gibt. Jetzt, in den Ferien, sind die Kinder den ganzen Tag über mit ihrem Vater draußen bei den Schafen. Vor heute Abend kommen sie nicht zurück, darum freue ich mich über jeden Besuch. Machen Sie Urlaub in Schottland?«

Pamela nickte. Obwohl Alicia offen und sympathisch war, sah Pamela keinen Grund, ihr die näheren Umstände ihres Aufenthaltes zu erklären. »Ich habe ein Zimmer in Clashmore.«

Fast hatte Pamela erwartet, dass sich Alicias Miene bei der Erwähnung des Ortes verändern würde, die Frau blieb aber unbefangen. Die Uhr schlug zwei Mal. Überrascht sah Pamela auf. Inzwischen war es halb elf, und Mae Crawford immer noch nicht eingetroffen.

Alicia bemerkte ihre Unruhe und fragte: »Ihre Bekannte verspätet sich?«

»Es scheint so. Vielleicht wird sie durch den Nebel aufgehalten? Im Tal war noch alles klar.«

»Das ist möglich«, antwortete Alicia. »Möchten Sie nicht doch etwas essen? Heute Morgen habe ich einen Dundee Cake gebacken. Meine Kinder lieben ihn!«

Obwohl Pamela nicht hungrig war, sie Alicia aber nicht enttäuschen wollte, bestellte sie ein Stück Kuchen. Er schmeckte wirklich sehr gut, fruchtig, mit einem Hauch Marzipan. Eine zweite Tasse Tee trank sie ebenfalls. Dann war es elf Uhr, und Pamela schwankte zwischen Sorge und Ärger. Mae Crawfords Anruf hatte dringend geklungen, und jetzt kam sie nicht. Als gegen halb zwölf Alicia meinte, sie müsse sich um den Haushalt kümmern, verlangte Pamela die Rechnung. Es hatte wohl keinen Sinn, noch länger zu warten. Nachdem sie bezahlt hatte, fragte sie: »Kann ich bei Ihnen kurz telefonieren? Ein Gespräch nach Beauly, ich bezahle es auch.«

Alicia winkte ab. »Das ist okay, Pamela. Das Telefon steht in der Diele.«

Pamela hatte den Zettel mit der Nummer des Hotels in Beauly in die Jackentasche gesteckt. Auf ihre Frage nach

Mae antwortete der Portier: »Heute Morgen nach dem Frühstück verließ Ms Crawford das Haus. Möchten Sie eine Nachricht hinterlassen?«

»Ja, richten Sie ihr bitte aus, ich hätte zwei Stunden auf sie gewartet. Sie möge mich bitte wieder anrufen.«

Bevor Pamela den Tearoom verließ, sah sie in die Küche. Alicia, die Hände und Unterarme in pinkfarbenen Gummihandschuhen, kniete vor dem Backofen und schrubbte ihn aus.

»Herzlichen Dank für Ihre Gastfreundschaft, Alicia. Eine Frage habe ich noch: Komme ich von hier aus auf die Straße am anderen Flussufer? Sie erscheint mir schneller zurück nach Clashmore.«

Alicia schüttelte den Kopf. »Erst in etwa sechs Meilen gibt es flussabwärts eine Brücke auf die andere Seite. Es ist besser, Sie fahren wieder auf den Weg zurück, auf dem Sie gekommen sind.«

Pamela dankte und verabschiedete sich. Zu ihrer Erleichterung lichtete sich der Nebel, als sie das Flusstal erreichte. Inzwischen war sie nicht mehr ärgerlich, dass Mae Crawford sie versetzt hatte. So hatte Pamela einen weiteren Teil der faszinierenden Landschaft kennengelernt und mit einer netten Frau zwei Stunden angenehm geplaudert. Am besten fuhr sie gleich nach Beauly und suchte die Makler auf, um ihnen Druck zu machen. Mord hin oder her – von den Pattersons hatte sie seit Tagen nichts mehr gehört. Danach wollte sie im Hotel nachfragen, ob Mae inzwischen zurückgekommen war. Sicher hatte die Dame eine plausible Erklärung, warum sie nicht zu der Verabredung gekommen war.

Nach einer unübersichtlichen Rechtskurve musste Pamela mit voller Kraft auf die Bremse treten. Das Heck

brach aus, der Wagen schlingerte und blieb quer zur Fahrbahn stehen. Ein Polizeifahrzeug mit blinkendem Blau-
licht stand mitten auf der Straße und versperrte den Weg.

»Können die kein Warndreieck *vor* der Kurve auf-
stellen?«, schimpfte sie. Einige Meter weiter standen
ein zweiter Streifenwagen sowie ein Rettungs- und ein
Abschleppwagen.

Ein uniformierter Beamter trat zu ihr. Pamela kurbelte
das Fenster runter. »Was ist los?«, fragte sie freundlich,
denn es war nicht ratsam, einen Gesetzesvertreter anzu-
blaffen.

»Sie müssen umkehren, Miss.«

»Aber ich muss nach Beauly«, rief Pamela und seufzte.
»Wenn ich zurückfahre, ist das ein meilenweiter Umweg.«

»Tut mir leid, aber die Straße wird bestimmt noch eine
Stunde oder länger gesperrt sein.«

Pamela stieg aus dem Wagen. Der Polizist runzelte die
Stirn und streckte einen Arm aus, damit sie nicht weitergehen konnte. Aber auch von ihrem Standort aus erkannte
sie einen auf dem Dach liegenden dunkelblauen Mittel-
klassewagen im Fluss. Zwei Männer trugen gerade einen
leblosen Körper die flache Böschung hinauf.

»Ist ein Unfall passiert?«, fragte Pamela mit belegter
Stimme.

»Der Wagen scheint von der Straße abgekommen zu
sein«, antwortete der Polizist. »Bitte, fahren Sie jetzt zurück.«

Mit sanfter Gewalt schob er sie zum Auto. Pamela wollte
gerade einsteigen, da erhaschte sie einen Blick auf die Person, die jetzt auf eine Trage gelegt wurde. Es war eine Frau
mit hellen Kringellöckchen. Pamela schluckte und sagte
sich: Weißhaarige Frauen gibt es viele. Trotzdem fragte sie
heiser: »Wer ist die Frau?«

»Das darf ich Ihnen nicht sagen, Miss«, antwortete der Beamte.

»Es … es kann sein, dass ich sie kenne.«

Der Polizist zögerte, dann sagte er: »Gut, kommen Sie mit.«

Als Pamela ihm folgte und nur noch wenige Meter von der Trage entfernt war, begannen ihre Knie unkontrolliert zu zittern. Das gekräuselte Haar war nass, das Gesicht fahl, trotzdem erkannte Pamela Mae Crawford sofort.

»Was ist mit ihr?«, fragte sie.

In diesem Moment sagte der Sanitäter zu einem der Polizisten: »Sir, die Frau ist tot. Ich vermute, im Wagen ertrunken. Endgültig kann das aber nur der Arzt feststellen.«

Später konnte Pamela nicht mehr sagen, wie sie nach Clashmore zurückgekommen war. Es grenzte an ein Wunder, dass nicht auch sie einen Unfall gebaut hatte. Nach der Identifizierung der Toten hatte sie ihre Personalien angegeben und war von zwei Polizisten ausgiebig befragt worden. Viel konnte Pamela Ihnen nicht sagen:

»Sie heißt Mae Crawford, hat ein Zimmer in einem Hotel in Beauly, und ich bin ihr nur einmal begegnet. Allerdings …«

Die Augenbraue eines Beamten schoss nach oben. »Allerdings?«

»Ms Crawford rief mich gestern an und bat um ein Treffen in einem Tearoom.« Vage deutete Pamela in die Richtung, aus der sie gekommen war. »Ich wartete zwei Stunden und dachte, sie hätte unsere Verabredung vergessen.« Fragend sah sie die Polizisten an. »Wie ist es passiert?«

»Das können wir noch nicht mit Gewissheit sagen. Im Moment scheint es, als hätte das Opfer die Kontrolle über den Wagen verloren und wäre in den Fluss gestürzt. Da hier selten jemand vorbeikommt, wurde sie erst vor einer Stunde von einem Farmer entdeckt, der uns informierte.«

Mit einem Kloß im Hals sah Pamela, wie ein dunkler Wagen heranrollte. Dem Laderaum entnahmen zwei Männer einen Zinksarg und betteten den Körper von Mae Crawford hinein.

»Es war kein Unfall.«

»Wie bitte?«, riefen die Beamten unisono, und der Ältere fragte: »Wie meinen Sie das, Ms Davison?«

»Mae Crawford wurde ermordet«, antwortete Pamela mit belegter Stimme. »Sie müssen ihre L...«, sie schluckte, »Sie müssen ihren Körper untersuchen lassen. Auch das Auto. Ich bin überzeugt, jemand hat die Bremsen manipuliert.«

Pamela wurde zwar nicht ausgelacht, bemerkte aber, dass der jüngere Polizist etwas amüsiert wirkte. Prompt sagte er: »Das mag in amerikanischen Krimiserien vielleicht üblich sein, bei uns jedoch ...«

»Glauben Sie mir, Detective!« Spontan griff Pamela nach seinem Arm und klammerte sich daran. »Mae Crawford wusste ganz bestimmt etwas über die Leute, die bereits einen Mann getötet haben. Das wollte sie mir heute mitteilen, daher der Treffpunkt in dieser einsamen Gegend. Die Bewahrer des weißen Lichtes haben sie zum Schweigen gebracht!«

»Die wer?«

»Die Bewahrer des weißen Lichtes«, wiederholte Pamela, jede Silbe betonend. »Die Sekte, oder was immer sie sind, wohnen seit Jahren unrechtmäßig im Clashmore House.«

Der andere Beamte zuckte zusammen. »Clashmore House? Faulkner, ist das nicht das Haus, in dessen Nähe letzte Woche ein Mann erstochen wurde?« Sein Kollege bestätigte es mit einem Nicken. »Was haben Sie mit dem Clashmore House zu tun, Ms Davison?«

Pamela erzählte alles: Von Louisa, dem alten Haus und dass sie zweimal bedroht worden war. »Mae Crawford wusste etwas, vielleicht sogar, wer der Mörder ist, deswegen musste sie sterben!«

»Kollege Wallace ist für den Fall in Clashmore zuständig«, sagte DC Faulkner. »Sir, es wäre sinnvoll, ihn zu informieren.«

Pamela fragte hoffnungsvoll: »Werden Sie den Unfall überprüfen, ob es Mord war?«

»Ich werde unsere Vorgesetzten einschalten«, antwortete der ältere Beamte. »Fahren Sie jetzt nach Hause, Ms Davison, halten Sie sich aber bitte zu unserer Verfügung und verlassen das Land in der nächsten Zeit nicht.«

Als Geralds Cottage in Sicht kam, atmete Pamela erleichtert auf. Sie fühlte sich müde und erschöpft und begierig darauf, dem Arzt alles zu erzählen. Mit einem Blick sah sie, dass sein Jeep nicht in der Einfahrt stand. Pamela war kaum aus ihrem Wagen gestiegen, als Archie auf sie zueilte. Mit der linken Hand stützte er seinen rechten Arm und schimpfte: »Na endlich, da sind Sie ja wieder! Die Hand tut mir weh, ich brauch' was gegen die Schmerzen.«

»Das darf Ihnen nur Gerald geben«, erwiderte Pamela. »Sie müssen ihn fragen.«

»Würd' ich ja gern, aber er ist den ganzen Tag schon weg«, brummte der Wirt unwillig.

Pamela runzelte die Stirn. Gerald hatte nicht gesagt, dass er das Haus verlassen wollte. Sie fragte: »Seit wann ist er fort?«

»Keine Ahnung, ich hab' so gegen Mittag das erste Mal geklingelt, vor 'ner Stunde noch mal«, brummte Archie. »Was ist jetzt? Kann ich Tabletten haben? Kann ja schlecht nach Beauly fahren, mir da was besorgen.«

Pamela zögerte. Sie hatte kein Recht, eigenmächtig einem Patienten Medikamente zu geben. Andererseits – ein einfaches Aspirin hätte sich Archie auch in jedem Supermarkt kaufen können, wenn er Auto fahren könnte.

»Gut, kommen Sie rein. Aber nur für heute, morgen müssen Sie mit Gerald sprechen, besonders, wenn die Schmerzen anhalten. Er muss es sich ansehen.«

»Was wollte der Kuttenmann heute vom Doc?«

»Der Kuttenmann?«, wiederholte Pamela erstaunt. »Meinen Sie, jemand von Clashmore House war hier?«

»Sag' ich doch«, brummte Archie. »Wusste nicht, dass Gerald die Leute in sein Haus einlädt. Er hat immer gesagt, er will mit denen nichts zu tun haben.«

»Wie lange war der Mann hier?«

Archie zuckte mit den Schultern. »Hab' nur gesehen, wie so ein riesiger Glatzkopf mit Kutte ins Haus gegangen ist. Weggehen habe ich ihn nicht gesehen, hab' schließlich was anderes zu tun, als Leute zu beobachten.«

Das war wirklich seltsam. Laut Archies Beschreibung konnte es Keith gewesen sein, der Gerald aufgesucht hatte.

»Wahrscheinlich wollte der Mann dem Doc sagen, wie es Leah geht«, bemerkte Pamela. »Sie erinnern sich doch, Archie: Eine junge Frau aus dem Haus hatte eine Blinddarmentzündung.«

»Wozu gibt's Telefone?«, brummelte der Wirt, steckte einen Blister mit Aspirintabletten ein und schlurfte davon.

Pamela ging in die Wohnräume hinauf, füllte den Wasserkessel und stellte ihn auf den Herd. Sie brauchte jetzt

unbedingt einen Kaffee, wenngleich sie das gefrierge-
trocknete Pulver immer noch nicht mochte. Während sie
wartete, dass das Wasser kochte, fand sie auf dem Küchen-
tisch einen handgeschriebenen Zettel vor:

*Ich muss nach Livingston. Mein Vater ist krank. Ich weiß noch
nicht, wie lange ich bleiben werde. Hänge ein Schild an die Tür,
dass die Praxis geschlossen ist. Fühle dich wie zu Hause, zum
Essen musst Du aber was einkaufen. Und kümmere dich um
Nora. Ich melde mich. Gerald.*

Pamela sank auf den Hocker und seufzte. Sie verstand,
dass er sich um seine Eltern kümmern musste, aber ausgerechnet jetzt! Mae Crawford war ermordet worden, weil
sie etwas über die Bewahrer herausgefunden hatte – daran
hegte Pamela keinen Zweifel. Jetzt hätte sie einen Freund
gebraucht, hätte sie Gerald gebraucht … Dennoch blieb der
Rest eines Zweifels wegen seines Verhaltens am gestrigen
Abend, und heute bekam er Besuch von einem der Bewahrer. Was verschwieg Gerald? Nach dem Desaster mit Joe,
seiner Selbstherrlichkeit, seiner verletzenden Behandlung
war Gerald der erste Mann gewesen, dem Pamela wieder
vertraut und ihr Herz geöffnet hatte. Das Vertrauen hatte
nun einen Sprung bekommen.

Aus dem Handschuhfach ihres Wagens holte Pamela
die Straßenkarte von Schottland. Sie brauchte ein paar
Minuten, bis sie die kleine Stadt Livingston westlich von
Edinburgh gefunden hatte. Sie schätzte die Entfernung
auf etwa zweihundert Meilen, zu weit, um mal kurz für
einen Tag hin- und wieder zurückzufahren. Das Pfeifen des Wasserkessels riss Pamela aus ihren Gedanken.
Mechanisch brühte sie sich den Kaffee auf, nippte dann

daran, schmeckte aber gar nicht, was sie trank. Auch wenn Constable Wallace und die anderen in Clashmore meinten, die Bewahrer seien friedfertig – für Pamela waren sie eiskalte Killer! Clashmore House barg ein Geheimnis, das unter keinen Umständen entdeckt werden durfte. Dafür waren die Leute auch bereit, zu morden. Was sollte sie jetzt tun? Mit den Pattersons sprechen? Mit Mae Crawford war eine potenzielle Käuferin ausgeschieden, aber Adele hatte gesagt, es gäbe jemanden, der Clashmore auch mit den Bewahrern kaufen würde. Vielleicht sollte sie das Haus einfach verkaufen und so schnell wie möglich nach Atlanta zurückkehren. Es war aber nicht nur das Versprechen, das sie Louisa gegeben hatte, die Kassette zu finden, ihre Neugier trieb sie immer heftiger um. Was ging in dem alten Haus vor? Was *bewahrte* die Gemeinschaft?

Pamela ging ins Wohnzimmer, nahm das Telefon und wählte Louisas Nummer. Wenn sie Glück hatte, war die Großmutter jetzt zu Hause. Die Kosten für das Ferngespräch würde sie Gerald ersetzen, sie musste aber unbedingt mit Louisa sprechen. Pamela ließ es lange läuten, die Großmutter nahm nicht ab, dabei war es in Atlanta später Vormittag. Einen Anrufbeantworter, auf dem Pamela eine Nachricht hätte hinterlassen können, besaß Louisa nicht.

Sie kann beim Arzt sein, sagte sich Pamela, *oder einkaufen, könnte sich auch mit einer Bekannten zu einem Kaffee getroffen haben …*

Es gab viele logische Erklärungen, warum Louisa nicht ans Telefon ging, trotzdem klopfte Pamelas Herz schneller. Was, wenn Grandma krank oder ihr etwas passiert war? Wenn sie hilflos in ihrem Haus lag und das Telefon nicht erreichen konnte? In Schottland hatten die Bewahrer zwei Menschen getötet – reichte deren Arm auch über den

Atlantik bis in die Staaten? Vergeblich versuchte Pamela diesen Gedanken zu verdrängen. Sie musste ruhig bleiben, nachdenken, bloß nicht panisch werden!

Über die Auslandsauskunft ließ sich Pamela mit dem Nachbarhaus verbinden. Hier hatte sie mehr Glück. Mrs Williams, die freundliche Nachbarin, erklärte sich sofort bereit, bei Louisa nach dem Rechten zu schauen und ihr auszurichten, sie möge Pamela anrufen.

»Machen Sie sich keine Sorgen, Pam«, sagte Ms Williams beruhigend, nachdem sie sich Geralds Nummer notiert hatte. »Ich glaube, ich habe heute Morgen gesehen, wie Louisa fortgegangen ist.«

»Ich danke Ihnen«, sagte Pamela etwas erleichtert. »In solchen Fällen wäre ein modernes Mobiltelefon nützlich.«

Ms Williams lachte. »Das können sich nur vermögende Geschäftsleute leisten, die Dinger sind viel zu teuer.«

Dem stimmte Pamela zu und verabschiedete sich von der Nachbarin. Jetzt konnte sie nur noch abwarten – oder durch die unverschlossene Hintertür in Clashmore House eindringen, um nach der Kassette zu suchen. Pamela war sicher: Was immer der Kasten enthielt, er würde offenbaren, was in dem Haus vor sich ging und warum zwei Menschen sterben mussten. Hatte sie aber wirklich den Mut, sich dort einzuschleichen? Wenn man sie entdeckte – würde man sie dann auch beseitigen? Für einen Moment dachte Pamela daran, DC Wallace ins Vertrauen zu ziehen. Sie wusste aber, dass von dem Polizisten keine Hilfe zu erwarten war. Sollte sich der Verdacht eines Mordes an Mae Crawford bestätigen, würde Wallace ihr wohl endlich glauben. Nein, sie war völlig auf sich allein gestellt und wollte abwarten, bis Louisa angerufen hatte, bevor sie eine Entscheidung traf.

»Nora, Hunger! Nora, Hunger!«

Pamela zuckte zusammen. Über allem hatte sie völlig den Papagei vergessen! Der Vogel trippelte aufgeregt auf der Stange hin und her, nickte mit seinem Köpfchen und klackerte mit dem Schnabel.

»Du bekommst gleich dein Fressi«, sagte Pamela.

»Schneller! Schneller! Hunger!«

Aus der Pappschachtel nahm sie eine Handvoll des trockenen Futters und öffnete mit der anderen Hand die Klappe.

»Geh brav in die Ecke, Nora.«

Zu Pamelas Erstaunen hüpfte der Vogel tatsächlich auf eine der hinteren Stangen, so konnte sie das Futter in den an den Gitterstäben befestigten Napf geben. Schnell verschloss Pamela wieder den Käfig. Nora drehte ihren Kopf, sah Pamela aus ihren gelben Augen an und krächzte: »Kutte! Glatze! Kutte! Glatze!«

Pamela runzelte die Stirn. Offenbar war Keith oben in den Wohnräumen gewesen. Das war seltsam, Gerald hätte ihn doch sicher in der Praxis empfangen.

»Ach, du bist nur ein Vogel, der irgendwann mal was aufgeschnappt hat«, murmelte sie.

Nora schien keine Lust auf eine weitere Unterhaltung zu haben. Sie flatterte auf die Stange vor dem Napf und ließ sich das Futter schmecken. Pamelas Zweifel an Geralds Aufrichtigkeit festigten sich aber immer mehr.

VIERZEHN

Die Stunden vergingen – aber Louisa meldete sich nicht. Pamela musste sich zwingen, die Nachbarin nicht erneut anzurufen, das war dann doch übertrieben. Louisa war schließlich eine vitale, gesunde Frau, Mitglied in einem Literaturzirkel, sang in einem Chor und unterstützte tatkräftig ein Tierheim. Pamela zappte durch die vier Fernsehprogramme, keine Sendung konnte sie von ihrer Unruhe ablenken. Kurz vor acht Uhr klopfte es an die Tür.

»Ich komme!«, rief Pamela, hastete die Stiege hinunter und öffnete. »Sie?«

»Guten Abend, Ms Davison«, grüßte Detective Constable Wallace. Er wirkte sehr ernst. »Wir müssen uns unterhalten.«

Pamela seufzte und öffnete die Tür ganz. »Ich kann mir denken, warum. Gut, kommen Sie rein.«

Wallace trat in die Diele, sah sich um und fragte: »Ist Finlay nicht da?«

»Er musste zu einem Krankheitsfall«, antwortete Pamela. Das entsprach zwar nicht der Wahrheit, sie wollte dem Constable die privaten Umstände aber nicht erklären.

Wallace kam gleich zur Sache. »Ms Davison, Sie kannten Mae Crawford.« Es war eine Feststellung, keine Frage. »Die Kollegen haben mich informiert.«

»Kennen ist zu viel gesagt, wir sind uns nur einmal begegnet«, antwortete Pamela.

»Aus welchem Grund wollten Sie sich heute mit Ms Crawford treffen?«

Pamela erklärte es ihm und hielt mit ihrer Überzeugung, jemand habe bei Maes Unfall nachgeholfen, nicht hinterm Berg. Sie schloss mit den Worten: »Mae wollte das Haus kaufen, aber nur, wenn die Bewahrer ausziehen. So wurde sie aus dem Weg geräumt.«

Die Andeutung eines Lächelns zuckte um Wallace' Lippen. »Über Ihre lebhafte Fantasie bin ich ein weiteres Mal überrascht.«

»Zwei Tote binnen weniger Tage, und beide haben mit Clashmore House zu tun! Da braucht es nun wirklich nicht viel Fantasie, um einen Zusammenanhang zu erkennen.«

»Die einzige Verbindung zwischen Clashmore und den Toten sind Sie, Ms Davison. Bevor Sie gekommen sind, lebten wir hier ruhig und friedlich.«

Skeptisch runzelte Pamela die Stirn und fragte: »Zuvor gab es nie Probleme mit den Bewahrern? Keine besonderen Vorfälle, Angriffe auf unschuldige Leute oder einen Mord?«

»Das Dorf und die Leute im Haus kamen immer gut miteinander zurecht«, erwiderte Wallace. »Als ich vor sechs Jahren nach Clashmore kam …«

»Vor sechs Jahren?«, schnitt Pamela sein Wort ab. Sie lachte spöttisch. »Genau in der Zeit, in der die Bewahrer das Haus meiner Großmutter besetzten, und Sie stehen eindeutig auf deren Seite. Was für ein Zufall!«

»Am liebsten würde ich Ihnen befehlen: Packen Sie Ihre Sachen und verschwinden Sie, Pamela Davison.«

Pamela schnaubte: »Sie können mir glauben, Constable Wallace, dass ich nichts lieber täte, als unverzüglich nach Hause zu fliegen. Meiner Großmutter habe ich jedoch versprochen, ihr Haus zu verkaufen. Daher werde ich bleiben, obwohl mich fast jeder wie eine Aussätzige behandelt.«

Er lächelte süffisant. »Mit Ausnahme des Doktors. Finlay und Sie scheinen sich ja bestens zu verstehen, Ms Davison. Sie wohnen hier, sogar wenn der Doc abwesend ist. Offenbar fühlen Sie sich hier schon wie zu Hause.«

Pamela schnappte nach Luft. »Das geht Sie einen feuchten Kehricht an!«

»Ich muss Sie bitten, Ihre Wortwahl zu überdenken«, sagte Wallace ernst. »Oder möchten Sie eine Anzeige wegen Beamtenbeleidigung?«

Es gab noch vieles, was Pamela dem DC hätte an den Kopf werfen wollen, sie zügelte sich jedoch. Der Polizist saß eindeutig am längeren Hebel. »Es tut mir leid, Detective. Was werden Sie im Fall von Mae Crawford unternehmen?«

»Das Unfallauto wird kriminaltechnisch untersucht. Ich bin überzeugt, wir werden ein Versagen der Bremsen oder einen Bruch der Lenksäule feststellen. Ein bedauerlicher Unfall.«

»Und Maes Leichnam?«, fragte Pamela. »Es könnte sie jemand betäubt haben …«

Unterbrechend hob er die Hand. »Das geht Sie nichts an. Eine Frage habe ich noch.«

»Ja?«

»Wie kam Ihre Großmutter in den Besitz von Clashmore House?«

Das würde ich auch gern wissen, dachte Pamela und antwortete: »Ich nehme an, sie erbte es über eine weitläufige Verwandtschaft.«

»Nun, ich habe ein wenig recherchiert und in den Kirchenbüchern gestöbert«, erklärte Wallace. »Die letzte Erbin war Ayleen McKinnley, die Ehefrau von Jacob McKinnley, Laird Stuart of Clashmore, aus der Ehe gingen keine Kinder hervor. Nach dem überraschenden Tod des

Lairds verliert sich die Spur seiner Frau. Offenbar verließ sie Schottland.«

»Überraschender Tod?«, wiederholte Pamela. »Wie kam Jacob McKinnley ums Leben?«

»Es war ein Unfall«, antwortete Wallace knapp. »Seitdem steht das Haus leer.«

»Bis die Bewahrer einzogen«, warf Pamela ein.

»Kennen Sie den Namen Ayleen McKinnley? Hat Ihre Großmutter ihn schon einmal erwähnt?«

»Nicht, dass ich mich erinnern kann«, gab Pamela zu. »Archie, der Wirt vom Bonnie Inn, nannte die McKinnleys und meinte, meine Großmutter sei eine Nachfahrin dieser Familie.«

Mit abfällig heruntergezogenen Mundwinkeln sagte Wallace: »Archie redet viel, wenn er dem Whisky zugesprochen hat.«

»An dem Tag war er völlig nüchtern. Okay, Detective, ich frage Louisa, wenn ich das nächste Mal mit ihr telefoniere. Wie war noch mal der Name der letzten Erbin?«

Wallace wiederholte ihn, und Pamela kritzelte ihn mit einem Kugelschreiber auf den Rand der Tageszeitung.

Wallace nickte. »Tun Sie das, es könnte wichtig sein. Wussten Sie, dass Mae Crawford früher im Clashmore House gearbeitet hat?«

»Nein, Detective, das wusste ich nicht. Wie haben Sie das herausgefunden?« Diese Nachricht überraschte Pamela sehr.

Er zog eine Augenbraue hoch und antwortete belehrend: »Ms Davison, ich bin nicht erst seit gestern Polizeibeamter.«

»Und der tote Mann?«, fragte Pamela. »Wissen Sie inzwischen, wer er ist?«

»Zu meinem Bedauern nein. In der Presse wurde ein Foto des Toten veröffentlicht, leider hat sich bis heute niemand gemeldet, der ihn kennt.« Wallace wandte sich zum Gehen.

An der Tür drehte er sich noch mal zu Pamela um und sagte streng: »Ich behalte Sie im Auge, Ms Davison, und hoffe, es gibt keine weiteren Toten.«

»Das liegt absolut in meinem Interesse«, erwiderte Pamela nachdrücklich.

Obwohl sie darauf gewartet hatte, zuckte Pamela zusammen, als eine halbe Stunde später das Telefon klingelte.

»Grandma!«, schrie sie in den Hörer. »Endlich! Geht es dir gut? Bist du gesund?«

»Natürlich, es ist alles okay. Ms Williams sagte, du willst mich sprechen? Du klingst aufgeregt, mein Kind.«

»Dafür habe ich allen Grund.« Pamela sprudelte heraus, was in den letzten Tagen geschehen war und erzählte von den zwei Toten, einer davon eindeutig ermordet. »Was ist mit dem Haus los, Grandma? Was sind das für Leute, die sich die Bewahrer des weißen Lichtes nennen?«

Louisa schwieg zunächst und dann, ohne ihr zu antworten, fragte sie leise: »Hast du die Kassette gefunden und vernichtet?«

»Nein, wie denn? Ich komme nicht ins Haus, jedenfalls nicht auf legalem Weg, und ganz ehrlich: Die Leute machen mir Angst. Sie haben zweimal gemordet, ich möchte ungern die nächste Leiche sein.«

»Es geht also wieder los …«

»Was hast du gesagt?«

Lauter antwortete Louisa: »Nichts von Bedeutung, Pam. Ich hätte nie gedacht, dass …« Ein weiteres Mal brach sie ab, dann sagte sie entschlossen: »Heute spielt das alles längst keine Rolle mehr.«

»Und ob es eine Rolle spielt!«, rief Pamela. »Zwei Menschen sind gestorben, und ob überhaupt noch jemand das Haus kaufen will, steht in den Sternen.«

»Ach, Kind, Kind …« Pamela hörte die Sorge in Louisas Stimme. »Es war eine dumme Idee von mir, dich nach Schottland zu schicken. Den Verkauf hätte ich auch von Atlanta aus abwickeln können. Das Geld ist mir nicht wichtig, aber die Kassette … Vor meinem Tod wollte ich alles geregelt haben.«

Pamela erinnerte sich an die Information von Wallace, sah auf die Zeitung und fragte: »Kennst du den Namen Ayleen McKinnley?« Sie hörte Louisa scharf die Luft einziehen, dann wurde es am anderen Ende der Leitung sehr still. »Grandma? Bist du noch da?«

»Ja, mein Kind.« Louisas Stimme klang heiser.

Pamela fuhr fort: »Ayleen war die Ehefrau von Jacob McKinnley, dem letzten Laird von Clashmore, und sie wohnte früher in dem Haus. Willst du mir nicht endlich sagen, was das alles bedeutet?«

»Es ist besser, wenn du es nicht weißt …«

»Das hast du mir bereits gesagt«, fuhr Pamela ungeduldig fort. »Ich nehme an, zu dem Namen Mae Crawford fällt dir auch nichts ein, oder? Damals, zur Zeit dieser Ayleen, soll Mae im Haus gearbeitet haben. Grandma, das muss doch gewesen sein, als du hier gelebt hast.«

»Der Name Mae Crawford ist mir völlig unbekannt.«

»Und Ayleen McKinnley?«

»Pam, ich muss jetzt auflegen. Komm mit der nächsten Maschine nach Hause und …«

»Auf keinen Fall!«, rief Pamela aufgebracht. »Du wolltest, dass ich die Sache anfange, jetzt bringe ich sie auch zu Ende.«

»Pam, ich befehle dir …«

»Mach's gut, Grandma. Ich melde mich, wenn es Neuigkeiten oder einen Käufer gibt.«

Ein wenig schlecht fühlte sich Pamela schon, Louisa so abgefertigt zu haben. Sie war überzeugt, die Großmutter kannte den Namen Ayleen McKinnley. Vertraute sie ihr, ihrer einzigen Enkelin, nicht? So, wie Gerald ihr nicht vertraute? Pamelas Kampfgeist erwachte. Übermorgen, am Montag, wollte sie die Pattersons anrufen und den Maklern richtig Dampf unter den Hintern machen. Entweder verkauften sie das Clashmore House – mit oder ohne die Bewahrer – bis Ende der kommenden Woche, oder Bruce und Adele waren den Auftrag los. Die westlichen Highlands waren zwar eine wenig besiedelte Gegend, Pamela war aber überzeugt, in Inverness Makler zu finden, die sich nach diesem Job die Finger lecken würden. Und mit Gerald wollte sie auch Tacheles reden, wenn er von seinen Eltern zurückkam!

Trotz der emotionalen Anspannung lachte Pamela. Einen solch entschlossenen Willen hatte sie seit Jahren nicht mehr gehabt. Der Schatten von Joe war endlich von ihr gewichen.

Am nächsten Morgen hüllte dichter Nebel das Dorf ein, und es war ungewohnt kühl. Der gestrige Wetterbericht hatte gemeldet, im Laufe des Tages würde ein Band mit Starkregen über die westlichen Highlands hinwegziehen. Der Blick in den Kühlschrank hob nicht unbedingt Pamelas Laune. Es gab weder Butter noch Milch, lediglich einen Rest Himbeermarmelade. Pamela beschloss, nur die notwendigsten Sachen aus dem kleinen Lebensmittelladen im Dorf zu besorgen und sich am Montag im Supermarkt in Beauly für mehrere Tage einzudecken.

Um halb neun verließ sie das Haus. Sie war froh, die Daunenjacke angezogen zu haben. Die Temperatur ließ nicht vermuten, dass heute der letzte Tag im August war. Pamela meinte, den Hauch des nahenden Herbstes zu riechen. Auf dem Weg zum Laden überquerte unmittelbar vor ihr Colin Lennox die Straße. Er tat, als bemerke er sie nicht. Sie wunderte sich nicht darüber. Kirsty hatte dem Jungen bestimmt eingeschärft, sich in von ihr fernzuhalten. Allerdings fragte sie sich, was Colin an einem Sonntagmorgen im *Bonnie Inn* wollte, und jetzt kamen von der anderen Seite ein älterer Mann und eine Frau die Straße entlanggeeilt und gingen ebenfalls ins Pub. Hatte Archie so früh schon geöffnet? Wobei er wegen seiner Verletzung doch gar keine Gäste bedienen konnte. Zwei Frauen, die Pamela nie zuvor gesehen hatte, gingen ebenfalls in das Gasthaus. Es schien wohl eine Art Versammlung zu sein. Vielleicht wegen Clashmore House und den Todesfällen? Kurzentschlossen stieß sie die Tür des Pubs auf, auf alles gefasst und bereit, den Leuten ihre Meinung zu sagen. Sie rechnete damit, dass alle Augen sie anstarren, Archie sie vielleicht sogar auffordern würde, das Pub zu verlassen. Nichts davon geschah. Der Gastraum war brechend voll, niemand saß, alle standen schweigend da, starrten wie gebannt auf den dunklen Bildschirm des Fernsehers in einer Ecke. Niemand schenkte Pamela Beachtung. Zwei Frauen lagen sich in den Armen und weinten, auch ein Mann schluchzte und tupfte sich die Augen mit einem karierten Taschentuch. Hinter der Theke stand Kirsty an Archies Seite, zapfte mit versteinertem Gesichtsausdruck ein Bier nach dem anderen und stellte die Gläser auf den Tresen. Mancher Gast bediente sich und trank hastig, zu bezahlen schien keiner. Selbst Colin, Kirstys Sohn, der sonst immer einen lockeren Spruch auf den Lippen hatte, starrte betreten auf die Spitzen seiner schmuddeligen Turnschuhe.

Pamela wurde es unheimlich zumute. Warum versammelte sich das halbe Dorf im Pub? War ein weiterer Mord geschehen? Wieder im Clashmore House?

Kirsty sah auf ihre Armbanduhr und sagte mit dumpfer Stimme: »Es ist gleich neun. Archie, mach den Fernseher an. Vielleicht stimmt es ja nicht, was heute Morgen im Radio kam.«

Archie drückte einen Knopf auf der Fernbedienung. Der Bildschirm flackerte kurz, dann erschien in Großaufnahme das Zifferblatt des bekanntesten Londoner Turms und die charakteristischen Schläge der Glocke Big Ben, das Erkennungszeichen der BBC News, waren zu hören. Ein Foto von Lady Diana wurde eingeblendet. Es war schwarzweiß, und der Nachrichtensprecher – er trug einen dunklen Anzug mit einer schwarzen Krawatte – sagte mit gebrochener Stimme: »Es tut mir sehr leid, dass ich Ihnen diese Nachricht überbringen muss, aber die Prinzessin von Wales ist gestorben. Im Moment wissen wir nur wenig. In der gestrigen Nacht war sie offenbar in einen Autounfall in Paris verwickelt und wurde in den frühen Morgenstunden in ein Krankenhaus eingeliefert. Lady Diana Spencer, die Prinzessin von Wales, verstarb um drei Uhr britischer Sommerzeit. Jede einzelne Person in diesem Land wird zutiefst schockiert sein.«

Weitere Worte des Nachrichtensprechers gingen im allgemeinen Stimmengewirr unter, nun schluchzten alle im Pub.

»Als ich es vorhin im Radio hörte, konnte ich es nicht glauben«, sagte Morag Logan. »Ich *wollte* es nicht glauben.«

»Schrecklich, schrecklich«, murmelte ein Mann, und eine Frau sagte: »Sie war noch so jung, jünger als meine Tochter ...« Der Rest der Worte ging in einem Schniefen unter.

Ein älterer Mann bemerkte sarkastisch: »Tja, die Queen hat jetzt eine Sorge weniger.«

»Wie kannst du so etwas sagen, Bill!«, fuhr Archie den Gast an. »Okay, das Verhältnis zwischen der Queen und ihrer früheren Schwiegertochter war mit Problemen belastet, den Tod wird sie ihr aber bestimmt nicht gewünscht haben.«

»Hab's nicht so nicht gemeint«, erwiderte Bill erschrocken. »Es ist doch allgemein bekannt, dass Lady Di der Queen auch ein Jahr nach der Scheidung ein Dorn im Auge war.«

Ein anderer Mann hieb in dieselbe Kerbe: »Die Lady hat kein gutes Blatt am Königshaus gelassen. Erinnert euch an das skandalöse Interview! Kein Wunder, dass gewisse Leute nichts mehr mit Diana zu tun haben wollten. Schlussendlich war sie an vielem selbst schuld.«

Scharf wies Kirsty ihn zurecht: »Über Tote sollen wir nicht schlecht reden! Es ist unfassbar!«

Andere stimmten ihr nickend und murmelnd zu. Pamela verließ das Pub, ebenso unbemerkt, wie sie gekommen war. Die Leute interessierten sich nicht länger für sie, die Meldung des entsetzlichen Unfalls hatte alle anderen Empfindungen verdrängt. Auch Pamela empfand Bedauern über den Tod von Lady Diana, tiefe Trauer jedoch nicht. Ihr Mitgefühl galt vielmehr den Söhnen, die noch im Kindesalter waren. Gleichgültig, ob Prinzen oder Arbeiter – die Mutter zu verlieren, war furchtbar. Pamela selbst hatte keine Erinnerung an ihre Eltern. Sie war erst wenige Monate alt gewesen, als ein Ausläufer des Zyklons Betty Georgia erreicht hatte. Ein entwurzelter Baum traf das Auto, in dem ihre Eltern saßen. Sie waren sofort tot. Wie durch ein Wunder hatte sie, Pamela, auf dem Rücksitz ohne einen einzigen Kratzer überlebt. Pamela wusste alles nur von Louisas Erzählungen und dem einzigen Zeitungsartikel, der über das Unglück berichtet hatte. Louisa war ihr immer eine liebevolle Großmutter gewesen und hatte ihr ein harmonisches Zuhause geschaffen, so hatte sich Pamela nie als Waise gefühlt. Ihr Leben war erst durcheinandergeraten, nachdem sie Joe begegnet war.

Obwohl Pamela es vermutet hatte, stand sie wenige Minuten später vor dem geschlossenen Lebensmittelladen. Die Nachricht des Todes von Lady Diana schien auch den Inhaber nicht in die Lage zu versetzen, sein Geschäft zu öffnen. Da sich Morag Logan im Pub aufhielt, gab es auch keine Sandwiches. Pamela fühlte sich an den Abend ihrer Ankunft erinnert. Auch da hatte sie nichts zu essen bekommen, und wenn ihr Magen knurrte, konnte sie nicht richtig denken. Sie kehrte in Geralds Haus zurück. Das Cottage hatte keinen Keller, neben der Küche aber eine kleine Vorratskammer. Dort fand Pamelas eine angebrochene Packung Spaghetti, zwei Zwiebeln und eine Dose Tomatenmark.

»Besser als nichts«, sagte sie und stellte einen Topf mit Wasser auf den Herd, um die Nudeln zu kochen.

Eine halbe Stunde später hatte sie gegessen und fühlte sich besser. Sie schaltete den Fernseher ein. Alle Programme berichteten über das schreckliche Geschehen. Inzwischen gab es weitere Informationen aus Paris: Der Unfall ereignete sich, nachdem die Prinzessin mit ihrem Begleiter Dodi Al Fayed – dem Sohn des Harrods Besitzers Mohammed Al Fayed – das Ritz Hotel in der französischen

Hauptstadt verlassen hatte, im Straßentunnel de l'Alma. Das Fernsehbild zeigte ein Knäuel aus dunklem Blech, das ein Auto gewesen war. Der Moderator erklärte: »Augenzeugenberichten zufolge sollen Dodi Al-Fayed und der Chauffeur Henri Paul direkt an der Unfallstelle verstorben sein. Unsere Gedanken sind bei Lady Dianas Familie, ganz besonders bei ihren Söhnen, den Prinzen William und Harry, die sich bei der Queen in Balmoral Castle aufhalten. Zum jetzigen Zeitpunkt wissen wir nicht, wie sie die Nachricht vom Tod ihrer Mutter erhalten haben. In einer Erklärung sagte der Buckingham Palace, die Königin und der Prinz von Wales seien zutiefst schockiert und betrübt. Lassen Sie BBC eingeschaltet, wir informieren Sie, sobald neue Kenntnisse vorliegen ...«

In den nächsten Tagen wurden Nationalitäten, Hautfarben und Religionen bedeutungslos. Ob Engländer oder Schotten, Waliser oder Iren, Deutsche, Franzosen, Italiener, Spanier, Amerikaner – die ganze Welt trauerte um Lady Diana Spencer. Alle Fernseh- und Radiosender berichteten nahezu ununterbrochen: Über den Unfall, über die Spekulationen, wer Schuld trug, über die Paparazzi, die Diana angeblich gejagt und den Fahrer zu überhöhter Geschwindigkeit gezwungen hatten. Die Bilder der Blumenmeere, die vor dem Kensington Palast, der letzten Wohnstätte von Lady Di, und dem Buckingham Palast von Hunderttausenden niedergelegt wurden, gingen um die Welt. Dazu Kondolenzkarten, Briefe, Fotos und brennende Kerzen. Trauernde mit fassungslosen oder versteinerten Gesichtern, Fremde lagen sich weinend in den Armen. Ansonsten herrschte Totenstille, eine Stille, wie sie London seit den Tagen des Zweiten Weltkrieges nie wieder erlebt hat.

Die Queen und die Prinzen Philip und Charles glänzten durch Abwesenheit. Nach wie vor hielten sie sich auf Schloss Balmoral in Schottland auf. Es gab keine Reaktion, kein Statement von der Queen, Prinz Charles oder einem anderen Angehörigen der königlichen Familie. Warum meldete sich die Queen bei diesem Schicksalsschlag, der eine ganze Nation in kollektive Trauer stürzte, nicht? Warum sprach sie nicht ihr Bedauern aus?

Ein Fernsehbericht der BBC zeigte eine Frau in mittleren Jahren, mit einem hellblauen T-Shirt bekleidet, die in die Kamera rief: »Unsere Queen sollte hier in London bei ihrem Volk sein! Das ist ihre Nation und sie sollte wissen, wie sich das Volk fühlt!«

Die Politik und ein Teil der Presse machte sich den Volkszorn zu eigen. Die Schlagzeilen der Zeitungen wandten sich direkt an die Queen:

Zeigen Sie Mitgefühl! – titelte der Express.

Der Mirror veröffentlichte Aufnahmen von weinenden Menschen und schrieb: *Ihr Volk leidet! Sprechen Sie zu uns!*

Stündlich strömten an die sechstausend Menschen zum Buckingham Palace, um ihr Beileid zu bekunden, Abertausende warteten in langen Schlangen, um sich in die öffentlich ausgelegten Kondolenzbücher einzutragen. Laut Medienberichten befanden sich am Dienstag, zwei Tage nach Lady Dianas Tod, eine Million Menschen in London. Alle Züge in die Stadt hinein waren restlos überfüllt. Je mehr Blumen vor den Palästen abgelegt wurden, je länger die Menschenschlangen wurden, desto wütender wurde die Menge auf die Queen. Auf allen größeren Gebäuden des Landes war Halbmast geflaggt, aber der Union Jack über dem Buckingham blieb oben. Es wäre ein

Zeichen der Anteilnahme der königlichen Familie gewesen, doch diese hüllte sich nach wie vor in Schweigen.

»Hat das Haus Windsor überhaupt ein Herz?«, fragten sich die Trauernden.

Meinungsumfragen wurden gestartet. War bisher das Volk mehrheitlich zu ihrer Königin gestanden, sprach sich nun über ein Drittel für die sofortige Abdankung der Queen aus, ebenfalls, dass nicht Prinz Charles König wurde, sondern zugunsten seines Sohnes William auf die Krone verzichten sollte. Der junge Prinz war aber erst fünfzehn Jahre alt, daher sei es am sinnvollsten, die Monarchie komplett abzuschaffen. So wurde das Schweigen der Queen zum Tod ihrer ehemaligen Schwiegertochter zur Staatsangelegenheit und stürzte das Land in eine so schwere Krise, wie sie das Königshaus seit Jahrzehnten nicht mehr erleben musste.

In Pamela stritten unterschiedliche Gefühle. Vom Tod der *Königin der Herzen* war sie betroffen, keine Frage, konnte aber nicht nachvollziehen, dass die Mehrheit der Briten die Queen, deren Ehemann und Prinz Charles derart öffentlich beschimpfte. Nach allem, was Pamela wusste, hatte Lady Diana vieles, was zum Bruch mit dem Königshaus geführt hatte, selbst verschuldet. Das umstrittene Buch ihrer Memoiren, an dem sie angeblich keinen Anteil gehabt hatte, und das aufsehenerregende Live-Interview, das Lady Diana ausgerechnet am sechsundvierzigsten Hochzeitstag der Queen und Prinz Philip in der BBC gegeben hatte, bewiesen das. Fraglos war Lady Diana übel mitgespielt und ihre Ehe unter Vorspiegelung falscher Tatsachen und Gefühle geschlossen worden – die Königin der Herzen hatte ihre Popularität für ihre Zwecke genutzt, um in der Presse gnadenlos gegen *die Firma* zurückzuschlagen.

Man musste wohl in einer parlamentarischen Monarchie geboren sein, um die Gefühle der Menschen wirklich verstehen zu können, dachte Pamela. Mehr beschäftigten sie andere Dinge: Das Schweigen von Gerald, der sich – trotz seines Versprechens – nicht meldete, und dass sie Louisa erneut nicht erreichen konnte. Beim Verkauf von Clashmore House ging es ebenso wenig voran wie bei der Aufklärung des Mordes und dem angeblichen Unfall von Mae Crawford.

»Pamela, die Leute haben gerade andere Probleme, als ein altes Haus zu kaufen«, sagte Adele Patterson, als Pamela sie anrief und nach dem Stand der Dinge fragte. »Wir stehen mit einem Interessenten nach wie vor in Verhandlung.«

»Wer ist es?«, fragte Pamela. »Wenn ich vielleicht selbst mit ihm spreche …«

»Wir kümmern uns darum« antwortete Adele knapp, legte auf, und Pamela fühlte sich entmutigt, ständig gegen eine massive Mauer anzurennen. Die Untätigkeit machte sie nervös, und Nora war ihr auch keine adäquate Gesellschaft. Der Vogel nahm zwar gern das Futter an, ignorierte Pamela ansonsten und war auch nicht bereit, zu sprechen. Ihr schien es, als würde Nora ihr Herrchen vermissen. Die Digitalisierung von Geralds Patientenkartei hatte Pamela abgeschlossen, das Fernsehprogramm interessierte sie nicht, Unterhaltungslektüre fand sich keine in Geralds Wohnung – offenbar las er keine Romane –, lediglich das Blättern und Lesen in medizinischen Fachbüchern brachte Pamela Entspannung. Viele Themen erinnerten sie an ihr Studium, und der längst vergessen geglaubte Wunsch, Ärztin zu werden, um Menschen helfen zu können, erwachte in ihr. Sollte sie in Atlanta wieder an die Universität gehen und versuchen, den Abschluss zu machen? Mit achtundzwanzig Jahren war sie noch jung genug, um zu lernen. Außerdem konnte sie nicht bis in alle Ewigkeit Louisa auf der Tasche liegen.

Den Plan, durch die Dienstbotenpforte ins Clashmore House einzudringen, hatte Pamela verworfen. Dafür fehlte ihr eindeutig der Mut, immerhin verdächtigte sie die Bewahrer, kaltblütige Mörder zu sein. Zumindest einer von ihnen: Keith! Und dieser Vika traute sie auch nicht.

Am Mittwochabend brauchte Pamela frische Luft und machte einen Spaziergang durchs Dorf. Das *Bonnie Inn* war geschlossen. Pamela fragte sich, was Archie jetzt tat und ob seine Hand noch schmerzte, da er nicht wieder in die Praxis gekommen war. Hinter einem Fenster im ersten Stock brannte Licht. Pamela umrundete das Pub, fand auf der Rückseite eine Tür und drückte spontan auf den Klingelknopf. Sie musste einige Minuten warten, bis der Wirt die Tür öffnete.

»Was ist?«

Er trug einen dunkelblauen Trainingsanzug, sein Bart war struppiger als sonst, und Pamela roch seine Alkoholfahne.

»Hallo, Archie, ich möchte nachfragen, wie es Ihrer Hand geht.«

»Meiner Hand?« Er runzelte die Stirn, als müsse er sich an die Verletzung erinnern.

»Waren Sie in den vergangenen Tagen bei einem anderen Arzt?«, fragte Pamela. »Weil Sie über Schmerzen klagten …«

»Nee, ist wieder gut. Sonst noch was?«

»Ja, ich möchte Sie etwas zu einer Frau mit dem Namen Mae Crawford fragen.«

»Kenn ich nich'.«

Von seiner Unfreundlichkeit ließ sich Pamela nicht abschrecken und fuhr fort: »Sie sagten, ihre Urgroßmutter arbeitete im Clashmore House. Könnte sie Mae gekannt haben?«

»Sag doch, ich weiß von keiner Mae. Schönen Abend noch.«

Archie schlug Pamela die Tür vor der Nase zu. Belämmert blieb sie stehen und starrte auf das dunkle Haus. Archie war betrunken, wahrscheinlich war er es seit Tagen, daher wohl seine Ruppigkeit ihr gegenüber. Sie schlenderte die Hauptstraße entlang und bog in die Gasse ein, die zu Geralds Haus führte. Heute Abend konnte sie nichts mehr ausrichten. Sie würde sich einen Tee aufbrühen – so langsam gewöhnte sie sich an den ständigen Tee –, sich dann die Nachrichten der BBC anschauen und früh zu Bett gehen. Morgen war ein neuer Tag, an dem Louisa sicher anrufen würde.

Nur am Rand nahm Pamela ein Motorengeräusch wahr. Erst als es direkt hinter ihr war, drehte sie sich um und presste sich gegen eine Hauswand, damit der Wagen passieren konnte. Die Gasse war schmal und hatte keinen Gehsteig. Im schwachen Schein der Straßenlampe erkannte Pamela, dass das Auto nur drei Räder hatte: hinten zwei, vorne eines. Sie lächelte, denn solche Fahrzeuge sahen irgendwie lustig aus und waren auf den Landstraßen in Schottland sicher praktisch. Dann registrierte sie, dass der Wagen mit ausgeschalteten Scheinwerfern auf sie zukam. Er hielt, heraus stieg eine kleinere, pummelige Frau, sie trug eine Kutte und offene Sandalen. Es war Vika.

»Was wollen Sie?«, fragte Pamela. Es kribbelte in ihrem Nacken. Unwillkürlich spürte sie, dass Vika nichts Gutes im Sinn hatte.

»Keith will Sie sprechen«, antwortete Vika knapp.

»Dann soll er mir sagen, was er zu sagen hat.« Pamela sah zu dem dreirädrigen Wagen, das Gesicht der Person hinter dem Steuer konnte sie aber nicht erkennen.

»Wir sollen Sie nach Clashmore bringen.«

»Danke für die freundliche Einladung«, sagte Pamela spitz, »die ich zu meinem größten Bedauern ablehnen muss.« Auf keinen Fall würde sie sich spät am Abend in die Gewalt dieser Leute begeben! Sie drehte sich um und wollte fortgehen, da packte Vika sie am Handgelenk. Die Frau war kräftig, ihre Finger wie Stahlklammern. »Lassen Sie mich sofort los, sonst schreie ich!«

Die Autotür klappte, ein Schatten trat vor Pamela, und – bevor sie irgendwie reagieren oder schreien konnte – presste sich ein Tuch auf ihre Nase und Mund. Pamela atmete einen süßlichen, unangenehmen Geruch ein.

»Es tut mir leid, aber Sie lassen uns keine andere Wahl«, hörte sie Vika noch sagen, dann schwanden Pamela die Sinne.

FÜNFZEHN

Ihr war speiübel und ihre Mundhöhle trocken wie die Sahara zur Mittagszeit. Pamela stöhnte. Erst beim dritten Versuch gelang es ihr, die Augenlider zu öffnen. Schemenhaft erkannte sie die Umrisse von Möbeln. Langsam drehte sie ihren Kopf, in dem es pochte und hämmerte wie in einem Bergwerk. Links von ihr stand auf einem altmodischen Nachtschränkchen eine Plastikflasche mit Mineralwasser. Pamela griff nach ihr, drehte den Verschluss auf und trank durstig direkt aus der Flasche. Kühl rann das Wasser durch ihre Kehle. Pamelas Übelkeit verflog, und sie war in der Lage, sich umzusehen. Sie befand sich in einem Zimmer mit dunkler Holzvertäfelung und lag in einem Himmelbett mit geöffneten Vorhängen, die einst goldgelb gewesen und heute ebenso wie der gleichfarbige Baldachin verblichen und mottenzerfressen waren. Die Kissen und die Wolldecke rochen muffig. Von der Balkendecke baumelte eine nackte Glühbirne. Dem Bett gegenüber stand ein zweitüriger Schrank an der Wand, daneben eine Frisierkommode mit einem Stuhl. Pamela trank erneut, ihre Lebensgeister kehrten zurück. Langsam stand sie auf. Das Zimmer hatte zwei Fenster, die mit Brettern vernagelt waren. Durch die Spalten drang kein Licht, es war also immer noch Nacht. Pamelas Blick auf ihre Armbanduhr bestätigte ihre Vermutung: Es war wenige Minuten vor halb zwei, ergo war sie knappe drei Stunden bewusstlos gewesen. Langsam ging sie zur Tür und drehte am Knauf.

Natürlich ließ sich die Tür nicht öffnen. Pamela sah in den Schrank, dann zog sie die Schubladen der Kommode auf. Die Möbel waren leer. Pamela zweifelte nicht daran, dass sie sich im Clashmore House befand, augenscheinlich in einem der Zimmer im ersten oder zweiten Stock. Selbst wenn es ihr gelang, die Bretter vor dem Fenster zu entfernen, war ein Sprung nach unten ausgeschlossen. Es blieb ihr also nichts anderes übrig, als abzuwarten und keine Angst aufkommen zu lassen. Was leichter gedacht als getan war. Keith wolle mit ihr sprechen, hatte Vika gesagt. Nun, sie würde ihm etwas erzählen, wenn er kam! Den Gedanken, Keith sei ein Mörder, verdrängte Pamela. Wenn die Bewahrer sie hätten töten wollen, hätten sie es in der Gasse getan und sich nicht die Mühe gemacht, sie zu betäuben und hierherzubringen.

Es verging eine Stunde, da drehte sich der Schlüssel im Schloss, und die Tür öffnete sich. Hinter Vika trat ein Mann ein, den Pamela erst auf den zweiten Blick als Keith erkannte. Heute trug er eine verwaschene Jeans, einen dunkelbraunen Pullover, darüber eine schwarze Windjacke, und wirkte trotz der Glatze wie ein ganz normaler Mann in mittleren Jahren.

»Sie ist wach«, sagte Vika und musterte Pamela misstrauisch. »Wenn Sie ohne Ärger zu machen mitgekommen wären, hätten wir Sie nicht betäuben müssen.«

»Es ist ungeheuerlich!«, rief Pamela, sprang vom Bett und stemmte die Hände in die Seiten. »Das ist Körperverletzung und Entführung! Dafür wandern Sie ins Gefängnis!«

»Beruhigen Sie sich, Pamela«, sagte Keith überraschend sanft. »Ich befürchtete, dass Sie nicht freiwillig meiner Einladung folgen würden, daher die drastische Maßnahme. Es war nur ein leichtes Betäubungsmittel, in ein paar Stunden werden Sie nichts mehr davon spüren.«

»So ähnlich habe ich mir das vorgestellt«, erwiderte Pamela sarkastisch. »Was haben Sie mit mir vor? Mich töten, wie den Mann im Garten und Mae Crawford?«

Keiths Augen weiteten sich. Auf Pamela machte er den Eindruck, dass ihn ihre Anschuldigung wirklich überraschte.

»Der Tod der alten Frau war ein bedauerlicher Unfall.« Er winkte ab, räusperte sich und fuhr fort: »Wir sollten keine Zeit mit Unwichtigem verschwenden. Sobald es hell wird, fahre ich nach London, zuvor muss ich noch einige Fragen klären. Fragen, auf die Sie, Pamela, mir die Antworten geben werden.«

»Bitte, dann fragen Sie.« Pamela verschränkte die Arme vor der Brust, ihre Augen funkelten zornig. »Auch mir ist daran gelegen, dass wir die Sache schnell hinter uns bringen, damit ich gehen kann.«

»Ob Sie gehen dürfen, werden wir entscheiden, wenn wir festgestellt haben, dass Sie uns die Wahrheit sagen«, sagte Vika, und Keith warf ein: »Vika, wir waren uns einig, dass Pamela mit der Sache vielleicht wirklich nichts zu tun hat. Wir wollen ihr die Chance geben, uns zu erklären, wie und warum Clashmore House in die Hände von Louisa gelangt und was mit Ayleen geschehen ist.«

»Das ist alles, was Sie wissen wollen? Nun, es ist kein Geheimnis. Louisa, meine Großmutter, lebte einst in Clashmore. Nach dem Krieg ging sie mit einem amerikanischen Soldaten in die Staaten. Den Namen Ayleen McKinnley kennt sie nicht.« Das entsprach zwar nicht der Wahrheit, zumindest vermutete Pamela, dass Louisa ihr zu Ayleen etwas verschwieg, aber sie hoffte, Keith würde sich mit ihrer Antwort zufriedengeben.

»Es erklärt nicht, warum ihr das Haus gehört«, stellte Keith fest. Sein Blick fixierte Pamelas. »Ich nehme an, der Mädchenname Ihrer Großmutter lautete Kelly?«

»Das mag sein«, antwortete Pamela vage, da sie Louisas früheren Nachnamen nicht kannte.

»Louisa Kelly war die Tochter eines Kaufmanns in Inverness«, erklärte Keith. »Sie heiratete einen Deutschen und zog mit ihm nach Hamburg. Daher kann Ihre Geschichte nicht stimmen.«

»Dann ist meine Großmutter nicht identisch mit dieser Louisa Kelly«, sagte Pamela. Wenn Louisa vor ihrer Ehe mit Ray mit einem Deutschen verheiratet gewesen wäre, hätte ihr das die Großmutter doch sicher erzählt. Allerdings hatte sie inzwischen festgestellt, dass Louisa etwas aus ihrer Vergangenheit verschwieg. »Ich sage die Wahrheit, zumindest die Wahrheit, die mir bekannt ist. Wenn Sie mehr erfahren wollen, müssen Sie Louisa selber fragen. Sie sollten besser nach Atlanta anstatt nach London reisen.«

Vika blaffte: »Werden Sie nicht schnippisch, Pamela, sonst werden wir Sie nicht länger so freundlich behandeln.«

»Wenn es Freundlichkeit sein soll, mich zu betäuben und zu entführen, dann möchte ich nicht wissen, wie Sie sich verhalten, wenn Sie unfreundlich sind.« Pamelas Herz klopfte nun doch schneller, und es wurde ihr mulmig zumute. »Ich weiß, dass Sie sich den kryptischen Titel Bewahrer des weißen Lichtes gegeben haben. Ganz ehrlich: Bewahren Sie von mir aus, was Sie wollen, aber ich will jetzt sofort wissen, was das zu bedeuten hat und was meine Großmutter und ich damit zu tun haben.«

Keith seufzte. »Vielleicht alles, vielleicht auch gar nichts. Eben weil wir nicht wissen, wie Louisa Kelly in den Besitz von Clashmore House gekommen sein soll, hoffte ich, von Ihnen darüber aufgeklärt zu werden. Einst war Louisa die Freundin von Ayleen McKinnley, die jedoch spurlos verschwand und auch keine Nachkommen hinterließ.«

»Wir denken, dass Ayleen nach Deutschland gelangte und ihrer Freundin Louisa das Haus überschrieb«, warf Vika ein.

»Sie können die näheren Umstände also nicht erklären?«, fragte Keith, trat dicht vor sie, einen unwilligen Ausdruck in den Augen.

»Rühren Sie mich nicht an!«, rief Pamela, nun doch mit Panik in der Stimme.

»Ich tue Ihnen nichts«, brummte Keith »Wir wollen nur, dass Sie von hier verschwinden und Clashmore House bleibt, was es ist: Das Heim der Bewahrer des weißen Lichtes. Unglücklicherweise fehlt uns die Spur zur letzten legitimen Erbin.« Keith rang die Hände und wirkte entmutigt. »Die Queen muss abdanken, das Volk will es so«, wechselte er plötzlich das Thema. »Und wir wollen das auch! Die Monarchie soll abgeschafft werden. Das ist allerdings nicht notwendig, denn …«

»Schweig, Keith!«, fiel Vika ihm ins Wort, und warf Pamela einen zornigen Blick zu. »Sie weiß schon zu viel. Sie könnte uns ebenso verraten, wie Ayleen die Bewahrer verraten wollte.«

»Ayleen hat es aber nicht getan«, sagte Keith und seufzte. »Okay, ich sehe, Sie können oder wollen uns nicht helfen, Pamela. Dann werden Sie so lange hierbleiben, bis ich Antworten bekomme, die mich zufriedenstellen.«

»Dafür gehen Sie ins Gefängnis«, flüsterte Pamela.

Keith zuckte mit den Schultern. »Davor habe ich keine Angst. Seit Generationen leben wir Bewahrer mit der

Gefahr, von Verrätern vernichtet zu werden.« Er zögerte, nickte dann Vika zu. »Gib ihr die Unterlagen.«

Unwillig verzog Vika die Lippen und fragte: »Wozu soll das gut sein?«

»Vielleicht, wenn sie Ayleens Geschichte kennt, fällt ihr ein, wie Louisa in den Besitz des Hauses gekommen ist, und was die alte Frau über Ayleens Verbleib wissen könnte. Wenn nicht …«, Keith zog eine Augenbraue hoch und sah Pamela vielsagend an. »Ich nehme an, Ihre Großmutter liebt sie?« Automatisch nickte Pamela, und Keith fuhr fort: »Ich bin sicher, Louisa wird alles dafür tun, damit ihrer Enkelin kein Leid geschieht.«

Eine unnatürliche Kälte breitete sich in Pamela aus, sie hielt Keiths bohrendem Blick aber stand. »Louisa weiß nicht mehr als Sie und Ihre Leute.«

»Wir werden sehen.«

Keith gab Vika einen Wink. Sie seufzte und ging zu dem Schrank. Scheinbar mühelos schob sie ihn einen halben Meter nach links und tastete über das Paneel. Ein Stück der Holzvertäfelung sprang auf und gab einen Hohlraum frei. So, wie Louisa es beschrieben hat, dachte Pamela, ihr Herz klopfte schneller. Dem Loch entnahm Vika eine etwa schulbuchgroße Kassette. Das dunkle Holz war schlicht, nur den Deckel zierte eine Zeichnung, ähnlich der eines Wappens: In einem Ring, der unten wie mit einer Gürtelschnalle verschlossen war, stand ein Löwe mit wallender Mähne auf den Hinterpfoten, das Maul zum Brüllen geöffnet.

»Was ist das?«, fragte sie leise und hoffte, dass Vika und Keith nicht bemerkten, dass sie sehr genau wusste, worum es sich handelte.

»Die Geschichte von Ayleen McKinnley«, erklärte Keith. »Wir fanden sie vor einem Monat, als wir in diesem Zimmer Mäuse vertreiben mussten. Dazu schoben wir den Schrank beiseite, und mir fiel auf, dass ein Stück der Täfelung etwas hervorsteht.«

Vika öffnete den einfachen, metallenen Schnappverschluss der Kassette. Darin lag ein Stapel eierschalenfarbener Blätter, dicht beschrieben mit schwarzer Tinte. Sie stellte die Kassette auf die Frisierkommode, und Keith ergänzte: »Lesen Sie es, Pamela. Lesen Sie und dann sagen Sie Vika, wann, wie und warum Louisa ins Spiel gekommen und was mit Ayleen geschehen ist. Ich fahre jetzt nach London, um unser Recht durchzusetzen. Die Dynastie der Windsors steht endgültig vor dem Aus. So sehr es mir um Lady Diana leid tut, sie war immerhin noch jung und dann ihre Söhne …« Er seufzte und lächelte gleichzeitig versonnen. »Eine solche Chance bekommen wir nie wieder. Der Premierminister und das Parlament werden einsehen, dass ihnen keine andere Wahl bleibt.«

Aus seinen kryptischen Worten konnte sich Pamela keinen Reim machen. Sie fragte: »Was meinen Sie, in London zu erreichen?«

Er sah sie an, ein fanatisches Glitzern im Blick, und rief enthusiastisch: »Alles! Alles, für das die Bewahrer seit Jahrhunderten einstehen, für das sie gekämpft und – wenn es sich nicht vermeiden ließ – auch getötet haben. Nie zuvor waren wir unserem Ziel so nahe! Selbst damals nicht, als Ayleen McKinnley …«

Er brach ab, biss sich auf die Unterlippe und stapfte aus dem Zimmer. Vika folgte ihm. An der Tür zögerte sie, drehte den Kopf und sagte: »Ich rate Ihnen, Keith' Wunsch zu folgen. Nachher wird Ihnen jemand was zu essen bringen. Sollten Sie ein dringendes, menschliches Bedürfnis haben – unter dem Bett finden Sie einen Nachttopf.«

Die Tür flog hinter Vika zu, und der Schlüssel drehte sich wieder im Schloss.

Den Blick auf die Kassette gerichtet, sank Pamela auf die Bettkante und schlang die Arme um einen der Pfosten. Soeben hatte Keith zugegeben, dass die Bewahrer auch getötet hatten. Sie schwebte wohl doch in großer Gefahr. Louisa wusste, dass der Inhalt der Kassette Menschenleben gekostet hatte. Deswegen hätte Pamela sie vernichten sollen, doch die Bewahrer hatten sie zuerst gefunden und den Inhalt gelesen. Keith behauptete, Louisa Kelly sei die Freundin der letzten Erbin vom Clashmore House gewesen. Wie sie aber in den Besitz des Hauses gekommen war, beantworteten die beschriebenen Blätter offenbar nicht. Das Blut rauschte in Pamelas Kopf. Trotz der gefahrvollen Lage, in der sie sich befand, stieg ihre Neugier ins Unermessliche. Sie stand auf, nahm aus der Kassette einen Teil der Blätter und setzte sich so auf den Stuhl, dass das Licht direkt auf das Papier fiel. Die Schrift war zierlich, die Buchstaben gerade, lediglich die G's hatte die Schreiberin mit einem kleinen Schnörkel versehen.

Pamela las die erste Seite:

Clashmore House, 1936

Ich kann kaum atmen. Etwas drückt meinen Brustkorb zusammen, das Blut rauscht in meinem Kopf, der zu platzen scheint, Ich weiß nicht, ob es mir gelingt, ein vernünftiges Wort zu Papier zu bringen, aber alles, was ich in den letzten Tagen erfahren habe, ballt sich wie ein dicker Klumpen in meinem Körper. Darüber sprechen kann ich mit niemandem, denn alle um mich herum sind eine Einheit. Auch mein Vater. Hatte Mutter es gewusst? Ich werde es nie erfahren, denn sie hat mich verlassen, und Vater kann ich nicht fragen. Ihn, der ein Teil der Verschwörung ist und dafür bezahlt wurde. Deswegen werde ich versuchen, meine Gefühle in geschriebene Worte zu fassen. Was macht es, wenn sie wirr und unverständlich sind? Niemand wird es jemals lesen, niemand das große Geheimnis je erfahren. Mein Geheimnis … das Geheimnis meiner Existenz und das meiner Vorfahren …

Wo soll ich anfangen? Meine Hand zittert, während ich schreibe, die Tinte kleckst, aber das ist unwichtig. Wichtig ist nur, dass ich alles niederschreibe, sonst fürchte ich zu explodieren. Natürlich weiß ich, dass ein menschlicher Körper rein biologisch nicht einfach platzen kann, aber ich fühle mich, als würde ich innerlich zerrissen.

Also, dann versuche ich es einfach. Mein Name ist Ayleen Gibson, verheiratete McKinnley. Im Frühjahr 1917 wurde ich als einzige Tochter des Müllers Derek Gibson und seiner Frau Bridget am Ufer des Flusses Ness in Inverness geboren. Während des Großen Krieges, der die ganze Welt in Atem hielt, aber bei uns in Schottland kaum zu bemerken war …

Ach, was schreibe ich? Das spielt doch keine Rolle …

Der Tag, an dem sich mein ruhiges, beschauliches Leben drastisch veränderte, war kalt und nass. Obwohl bereits April schneite es in Inverness immer noch. Ich war in die Stadt gegangen, um einzukaufen. Es war ein Mittwoch, und der alte Hank – er hatte einen Stand unter dem schützenden Dach der Markthalle – verkaufte mittwochs immer Fisch, der wenige Stunden zuvor noch in der Mündung des Flusses in den Beauly Firth geschwommen war …

Pamela las und las. Mit jeder Seite vergaß sie mehr und mehr die Zeit und in welcher misslichen Lage sie sich befand, denn die Schilderung von Ayleen McKinnleys Leben zog sie in den Bann. Pamela spürte deren Unbekümmertheit, trotz des harten Lebens in der Mühle, ihre anfängliche Freundschaft zum Laird Stuart of Clashmore, dann Ayleens überstürzte Heirat, der unfreundliche Empfang durch Catriona und dass sich Ayleens Hoffnungen an die Ehe bald zerschlugen. Und sie las über Louisa Kelly, die wahrscheinlich ihre Großmutter war. Es stimmte, was Keith behauptet hatte: Louisa war mit dem Deutschen Jan Carstens verheiratet gewesen und hatte in Hamburg gelebt. Ayleen musste sie dort besucht und ihr Clashmore House vermacht haben. Warum hatte Louisa nie davon erzählt? Was war in Deutschland geschehen? Hatte sie ihren ersten Mann im Krieg verloren, dann Ray Davison geheiratet und war mit ihm nach Amerika gegangen?

Pamela las, bis ihre Augen tränten. Sie wusste nur, dass es Morgen war, weil ihre Armbanduhr acht anzeigte, als die Zimmertür wieder aufgeschlossen wurde. Zu ihrer Erleichterung war es der junge Mann, Robin, der mit einem Tablett in den Händen eintrat. In Pamelas Nase stieg der Geruch nach frischem Kaffee, Eiern, Speck und geröstetem Toast.

»Vika sagt, ich soll Ihnen das Frühstück bringen.« Er stellte das Tablett auf die Kommode und vermied es, Pamela anzusehen. »Brauchen Sie sonst noch etwas?«

Ja, meine Freiheit, lag es Pamela auf der Zunge. Laut sagte sie: »Wie geht es Leah? Wird sie wieder gesund?«

Robin lächelte. »Es geht ihr gut, morgen wird sie aus dem Krankenhaus entlassen. Der Arzt sagt, es war knapp, der Blinddarm stand kurz vor dem Durchbruch.« Jetzt sah er sie an und fügte ernst hinzu: »Ich muss Ihnen danken, Pamela. Sie haben Leah das Leben gerettet.«

»Als Dank kannst du mir helfen, hier rauszukommen.«

Erschrocken wich Robin zurück und hob abwehrend die Hände. »Das darf ich nicht! Keith hat genaue Anweisungen gegeben, was wir tun sollen, solange er fort ist.«

»Du machst dich der Freiheitsberaubung strafbar, auf die viele Jahre Gefängnis stehen. Oder wollen Keith und Vika mich etwa töten?«

Robins Augen weiteten sich. »Sie sind doch keine Mörder! Nicht Keith und auch nicht Vika. Es war …«, er schluckte schwer, »es war ein Unfall. Vika wollte das nicht, aber er wollte uns verraten und sie zwingen …«

Robin schlug sich eine Hand vor den Mund. Offenbar hatte er zu viel verraten.

»Was ist mit Gerald?«, fragte Pamela. »Wie steckt er in der ganzen Sache mit drin?«

»Gerald?«

»Gerald Finlay, der Arzt von Clashmore.«

Robin war jetzt wieder ruhig, als er sagte: »Es geht ihm gut. Wir mussten ihn allerdings in den Keller sperren.«

Wie elektrisiert fuhr Pamela hoch und rief: »Gerald ist hier? In diesem Haus? Was habt ihr ihm angetan?«

Robin zuckte mit den Schultern. »Der Doc ist okay. Letzten Samstag tauchte er plötzlich auf, angeblich, um sich nach Leah zu erkundigen, dann begann er befremdliche Fragen zu stellen. Keith erschien es sicherer, ihn unter Aufsicht zu halten, bis unsere Mission beendet ist.«

Pamela nickte und tat, als wüsste sie Bescheid. »Ich verstehe, Keith' Plan in London darf nicht gefährdet werden. Kannst du Gerald zu mir heraufbringen?« Sie bemühte sich um ein unverkrampftes Lächeln. »Zu zweit wäre die Gefangenschaft erträglicher.«

Robin schüttelte den Kopf. »Sie dürfen sich nicht als Gefangene sehen, sondern als unser Gast, Pamela. Im Augenblick ist es besser, wenn das Augenmerk sich nicht auf Clashmore House richtet. In ein paar Tagen ist alles vorbei, dann können Sie gehen, wohin Sie wollen.«

241

Dessen war sich Pamela keinesfalls sicher, verbarg aber ihre Unruhe. »Gerald Finlay hinterließ mir eine Nachricht, er sei zu seinen Eltern gefahren. Habt ihr ihn dazu gezwungen?«

Robin nickte. »Wir wollten nicht, dass Sie sich Sorgen machen und zur Polizei laufen. Mit dem Schlüssel vom Doc ist Keith ins Haus und legte den Zettel hin.«

Da Robin derart offen alles preisgab, stellte Pamela die nächste Frage: »Was wissen Sie über Mae Crawford? War ihr Tod wirklich nur ein Unfall?«

»Diese Frau kenne ich nicht«, antwortete Robin.

»Sie wollte das Haus kaufen, aber nur, wenn ihr auszieht, und jetzt ist sie tot.« Aufmerksam sah sie Robin an, er zeigte aber keine Verunsicherung.

»Damit haben wir nichts zu tun. Ich muss jetzt wieder an die Arbeit, werde dem Doc aber bestellen, dass Sie sich nach ihm erkundigt haben.«

Robin verließ das Zimmer und schloss Pamela wieder ein. Indirekt hatte er zugegeben, dass Vika den Mann im Wäldchen getötet hatte. Ein Mann, der die Pläne der Bewahrer gekannt hatte und deswegen sterben musste. So, wie es Pamela von Anfang an vermutet hatte. Sie wünschte, nicht recht zu behalten. Dass die Bewahrer auch Gerald in ihre Gewalt gebracht hatten, beunruhigte Pamela. Sie tat ihm Abbitte, weil sie ihn verdächtigt hatte, mit den Leuten unter einer Decke zu stecken. Hoffentlich ging es ihm wirklich gut, denn in den Kellerräumen war es feucht und dunkel. Gleichzeitig dachte sie an Nora. Letzten Abend hatte sie deren Futter- und Wassernäpfe aufgefüllt. Wie lange konnte ein Papagei ohne Nahrung und Wasser sein? Wenn Nora etwas geschah, würde das Gerald unglücklich machen. Pamela lächelte. Da saß sie hier, eingesperrt in einem Haus meilenweit von der nächsten menschlichen Behausung entfernt, in der Gewalt von Menschen, die getötet und Gerald im Keller eingesperrt hatten – und sorgte sich um einen Vogel.

Das ist der Hunger, dachte sie und machte sich über das Frühstück her. Es änderte nichts, wenn sie hungerte, außerdem brauchte sie ihre Kräfte. Vielleicht würde es ihr gelingen, das nächste Mal – wenn sich die Tür öffnete – den Hereinkommenden zu überwältigen und zu fliehen. Bevor sie Ayleens Aufzeichnungen weiterlesen konnte, drückte ihre Blase so sehr, dass sich Pamela gezwungen sah, sich des Nachttopfs zu bedienen. Es war ein seltsames und unangenehmes Gefühl, glücklicherweise hatte der Topf einen gut schließenden Deckel. Sie schenkte sich den Rest Kaffee in die Tasse, die metallene Kanne hatte ihn warmgehalten, dann griff sie zum nächsten Stapel. Es waren nur noch wenige beschriebene Blätter übrig. Mit wachsender Spannung las Pamela über das weitere Schicksal der jungen Ayleen McKinnley, der Freundin ihrer Großmutter, die Louisa nie erwähnt hatte.

SECHZEHN

Während des Sommers herrschte ein ständiges Kommen und Gehen in Clashmore House. Männer, jüngere und ältere, und auch Frauen besuchten die McKinnleys, manche nur für einen Tag, einige blieben zwei oder drei Wochen. Ayleen kam ihren Pflichten als Hausfrau nach, wurde von den Gästen freundlich und zuvorkommend, gleichzeitig auch mit einer gewissen Distanz, behandelt. Man plauderte über Belangloses wie das Wetter, mit den Frauen tauschte sie sich über Strick- und Stickmuster und Kochrezepte aus. An den Abenden zogen sich die Männer in die Bibliothek zurück, tranken Whisky und rauchten Pfeifen oder Zigarren. Ayleen hatte eine gewisse Taktik entwickelt: Nichts sehen, nichts hören, nichts sagen. Sie wusste, dass sie keine Antworten erhalten und Jacob ärgerlich werden würde, sollte sie versuchen, sich in seine Interessen einzumischen.

Waren keine Gäste im Haus, verreiste Jacob. Dreimal während der letzten Wochen hatte Ayleen beobachten können, wie Jacob Kisten aus seinem Wagen lud und sie mit Catrionas Hilfe ins Haus trug. Die Tür im Dienstbotenkorridor, die in den Keller führte, war stets abgeschlossen, und Jacobs Schwester trug den Schlüssel bei sich. Ayleen fragte sich, ob sich ihr Mann in kriminelle Machenschaften verstrickt hatte. Schmuggel? Was gab es in den westlichen Highlands, das sich zu schmuggeln lohnte? Whisky? Um diesen heimlich und steuerfrei nach

Frankreich zu verschiffen, war die Küste zu weit entfernt. In Schottland hatte es immer Schmuggler gegeben, hauptsächlich aber in den kleinen Häfen und versteckten Buchten an der Ostküste. Darüber hinaus konnte sich Ayleen beim besten Willen nicht vorstellen, dass Jacob McKinnley, Laird Stuart of Clashmore, ein gemeiner Schmuggler war.

»Was tust du, wenn du fort bist?«, fragte Ayleen. »Wohin fährst du, und was bringst du ins Haus? Du machst doch nichts, das dich in Gefahr bringen könnte?«

Jacob erwiderte erstaunlich sanft: »Ich habe außerordentlich wichtige Geschäfte zu erledigen. Zerbrich dir darüber nicht deinen hübschen Kopf. Wenn die Zeit reif ist, wirst du alles erfahren, meine Liebe.«

Manchmal küsste er sie dann auf die Stirn.

Seit dem vergangenen Weihnachtsfest, an das Ayleen auch Monate später nur mit Schaudern zurückdenken konnte, hatte sich Jacobs und Catrionas Verhalten ihr gegenüber verändert. Jacob war wieder liebevoller und seine Berührungen zärtlicher. Er hatte wohl eingesehen, dass er zu weit gegangen war. Auch Catriona zeigte sich längst nicht mehr so kratzbürstig. Als der Schnee geschmolzen und die Frühlingssonne wärmer geworden war, lud sie Ayleen zu Spaziergängen ein, die sie in die Hügel rund um Clashmore führten. In Ayleens Arm untergehakt, plauderte Catriona unbeschwert über belanglose Themen. Auch unterschlug sie nicht länger Ayleens Briefwechsel mit Louisa Carstens. Die Freundin war von Jans Familie liebevoll aufgenommen worden, setzte ihr Studium fort und wiederholte ihre Einladung, Ayleen möge sie in Deutschland besuchen kommen. In dieser Beziehung zeigte sich Jacob jedoch unnachgiebig.

»Ich habe keine Zeit für eine weite Reise«, lehnte er Ayleens Bitte ab, im Sommer auf den Kontinent zu fahren.

»Ich könnte auch allein …«, wandte Ayleen ein und schlug vor, obwohl sie das überhaupt nicht wollte: »Oder Catriona begleitet mich …«

»Auf keinen Fall!« Nachdrücklich schüttelte Jacob den Kopf. »Außerdem brauche ich Cat an meiner Seite.«

Mehr als deine Frau, dachte Ayleen und ließ das Thema fallen. Vielleicht würde Jacob im nächsten Jahr zustimmen, Louisa zu besuchen.

Im Sommer waren sie dann alle drei für ein paar Tage nach Inverness gefahren, hatten in einem luxuriösen Hotel am Fluss übernachtet, an den Abenden köstlich gespeist, und Catriona und Ayleen waren einkaufen gegangen. Jacob zeigte sich großzügig, sagte, Ayleen müsse nicht sparen, aber sie hatte kein Interesse an neuen Kleidern und Schmuck. Nach zwei Tagen waren sie zur Mühle hinausgefahren. Mit gemischten Gefühlen stand Ayleen ihrem Vater gegenüber, der sich kaum verändert hatte. Seit dem Tod der Mutter war das Haus zwar nicht unbedingt schmutzig, man sah jedoch, dass es an einer weiblichen Hand fehlte. Russell, der Geselle, machte sich beim Anblick von Ayleen aus dem Staub. Er hatte nicht einmal einen Gruß für sie übrig.

Aus der Stadt hatte Ayleen Kuchen mitgebracht und, wie in alten Zeiten, Tee aufgebrüht. Bevor sie ihn servieren konnte, musste sie erst die Tassen abspülen. Die Stimmung war gedrückt, man sprach über das Wetter, und der Vater erzählte von Leuten, die Ayleen nicht kannte. Wie es seiner Tochter ging, wie sich ihr Leben in den westlichen Highlands gestaltete, fragte der Müller nicht und wich ihrem Blick aus. Ayleen fühlte sich erleichtert, als Jacob nach einer Stunde zum Aufbruch drängte.

»Ich habe in der Stadt noch was zu erledigen.«

An Catrionas Seite ging Ayleen zum Wagen, Jacob machte auf halbem Weg jedoch kehrt und ging in die Mühle zurück. Als er nach zehn Minuten wiederkam, sagte er: »Ich hatte meine Handschuhe vergessen.«

Ayleen wusste, dass er log, denn die Handschuhe lagen im Fond des Wagens. Sie schwieg jedoch. Instinktiv wusste sie, dass zwischen Jacob und ihrem Vater etwas vor sich ging, in das sie keiner der beiden Männer einweihen würde.

Ein Lichtblick in Ayleens Leben in Clashmore House war der große Garten, der fast ein kleiner Park war. Catriona hatte nie Ambitionen fürs Gärtnern gezeigt, dementsprechend verwildert war das Grundstück. Auf der Westseite legte Ayleen ein paar Beete an. Auch hierbei zeigte sich Jacob großzügig und brachte ihr aus Inverness entsprechendes Saatgut und Sprösslinge mit. An manchen Tagen, wenn es nicht regnete, verbrachte Ayleen ihre Zeit von früh bis spät im Garten, grub die Erde um, entfernte Steine und Unkraut, setzte vorsichtig die Triebe ein und achtete darauf, dass die jungen Pflanzen genügend Wasser hatten, ohne Staunässe zu bekommen. Wenn sie Glück hatte, konnte sie im nächsten Sommer Tomaten, Steckrüben und Brom- und Himbeeren ernten.

Als Ayleen einmal früher als üblich zum Lunch ins Haus ging, hielten sich Catriona und Jacob im kleinen Speisezimmer auf. Die Tür war nur angelehnt, und Ayleen hörte die Schwägerin sagen: »Gut, dass deine Frau mit dem Garten eine Beschäftigung gefunden hat. So mischt sie sich nicht in Dinge ein, die sie nichts angehen.«

Ayleen hörte Jacob lachen und dann erwidern: »Cat, mein Liebes, Ayleen ist der Dreh- und Angelpunkt unserer Sache. Die Zeit rückt näher, sie einzuweihen, denn unser Ziel ist zum Greifen nahe.«

Ayleen hielt die Luft an, damit die beiden nicht merkten, dass sie lauschend an der Tür stand.

»Ich vertraue ihr nicht«, sagte Catriona mit einem abfälligen Unterton. »Jacob, du darfst nicht den Fehler machen, Ayleen zu unterschätzen. Sie ist noch jung, hat aber einen eisernen Willen und feste Ansichten.«

»Überlass meine Frau mir, Cat. Wenn unsere Stunde kommt, wird sie sich fügen. Welche Frau würde Ruhm, Macht und unermesslichen Reichtum verschmähen?«

Er lachte verhalten, dann hörte Ayleen ein Geräusch, das wie ein Kuss klang. Nicht ungewöhnlich, denn Jacob und seine Schwester gingen sehr liebevoll miteinander um. Sie sprachen nicht weiter, und Ayleen entfernte sich auf leisen Sohlen. Aus Jacobs Worten wurde sie nicht schlau, sie waren aber ein weiteres Indiz dafür, dass im Haus etwas vor sich ging, das sie alle in Gefahr bringen konnte.

Der Sommer ging viel zu schnell vorüber, der Herbst brachte Regen nach Schottland, und jetzt, Anfang Dezember, war das Tal von Clashmore tief verschneit. Die Kälte kroch durch alle Ritzen und undichten Fenster ins Haus, und die Kaminfeuer spendeten nur wenig Wärme. So war es kein Wunder, dass Ayleen mit Kopfschmerzen, einem brennenden Hals und einem unangenehmen Ziehen in ihren Gliedern erwachte. Ihre Stirn war jedoch kühl, Fieber hatte sie also keines. Als Catriona beim Lunch – Jacob war am Vortag wieder fortgefahren – bemerkte, dass Ayleen keinen Bissen anrührte und ungewöhnlich blass war, fragte sie: »Erwartest du endlich ein Kind?«

Nun schoss die Röte in Ayleens Wangen. »Nein«, murmelte sie.

»Bist du sicher?«

Ayleen nickte. »Ich fürchte, ich habe mich erkältet und werde den Nachmittag in meinem Zimmer verbringen. Wenn ich mich richtig ausschlafe, wird es hoffentlich keine schwere Grippe werden.«

»Ja, geh nur.« Desinteressiert winkte Catriona ab.

Ayleen senkte den Kopf und sagte leise: »Es tut mir leid, dass ich Jacob kein Kind schenken kann. Vielleicht sollte ich einen Arzt in Edinburgh konsultieren?«

»Besprich es mit Jacob«, antwortete Catriona. »Im Moment belastest du ihn jedoch besser nicht mit deinen Problemen. Er muss sich um Wichtigeres kümmern.«

Ayleen fragte nicht, was genau die Schwägerin meinte, sie würde sowieso keine Antwort erhalten. An manchen Tagen hasste sich Ayleen für ihre Duldsamkeit. Meine Güte, sie lebten schließlich nicht mehr im 19. Jahrhundert, in dem eine Frau für ewig an ihren Ehemann gefesselt war! Warum ging sie nicht einfach fort? Vom Dorf aus fuhr bestimmt ein Bus nach Inverness. Von ihrem Vater konnte sie zwar keine Hilfe erwarten, aber Louisas Eltern würden ihr vielleicht helfen. Mangelndes Geld konnte nicht der Grund sein, warum sie in einem alten Haus ausharrte, bei einem Mann, den sie nicht liebte, und seiner Schwester, die ihr täglich zu verstehen gab, wie unerwünscht sie hier war. Ayleen seufzte. Sie hatte nie darüber nachgedacht, was Mut ausmachte und ob sie eine mutige Frau war. Jetzt erkannte sie, dass ihr Wille immer schon schwach gewesen war, denn Jacob war es gelungen, ihn zu brechen.

Sie legte sich angekleidet aufs Bett und schlief augenblicklich ein. Ein knatterndes Geräusch weckte sie. Im Raum war es stockdunkel. Zuerst verwirrt, wo sie war, wischte sie sich über die Stirn, dann stand sie auf, tappte zum Fenster und spähte in den Hof hinunter. Im schwachen Licht der Lampe, die über dem Eingangsportal brannte, erkannte sie einen dunklen Lastwagen, aus dem Jacob stieg. Er wurde von vier weiteren Männern begleitet, deren Gesichter Ayleen nicht erkennen konnte. Aus dem Haus trat Catriona, eine brennende Taschenlampe in den Händen.

Leise, obwohl es unwahrscheinlich war, dass sie bemerkt werden könnte, öffnete Ayleen einen Fensterflügel und hörte Catriona rufen: »Endlich! Ich habe euch früher erwartet!«

»Der Schnee hat die Hauptstraße unpassierbar gemacht«, erklärte Jacob. »Wir mussten den Umweg entlang des Ufers des Loch Ness machen.«

»Habt ihr alles bekommen?«

Catriona hob die Taschenlampe, der Lichtkegel fiel direkt auf Jacobs Gesicht. Es war einer der anderen, der antwortete: »Acht Kisten, wie geordert. Der Lieferant hat aber den Preis erhöht, Miss Catriona. Er meint, jetzt, wo es bald soweit sei, sind wir sicher bereit, tiefer in die Tasche zu greifen. Immerhin werden wir bald unermesslich reich sein.«

Alle lachten, und Jacob meinte: »Er hat ja nicht unrecht. Wobei wir dem Mann kein weiteres Pfund in seinen habgierigen Rachen werfen werden. In solchen Zeiten gibt es immer Menschen, die nicht aus Patriotismus, sondern aus Habgier handeln. Lasst uns jetzt ausladen und später reden.«

Er öffnete die Ladefläche, und immer zwei Männer trugen je eine Kiste ins Haus.

Ayleen zögerte nicht lange. Obwohl sie immer noch Kopfschmerzen hatte und es in ihrem Hals kratzte, verließ sie ihr Zimmer und eilte strümpfig und deswegen lautlos durch den Korridor. Sie verbarg sich hinter einem Pfeiler der Brüstung des Treppenabsatzes und sah die Männer die Kisten durch die Halle tragen. Als sie wieder nach draußen gingen, um die nächste Fracht zu holen, hastete Ayleen die Treppe hinunter. Wie von ihr vermutet, stand die Kellertür offen. Die hölzernen Stufen in den Keller hinunter knarrten unter Ayleens Schritten. Dumpfer, muffiger Geruch empfing sie, von der Decke baumelte eine nackte Glühbirne. Seit über einem Jahr lebte sie nun schon im Clashmore House, war aber noch nie im Keller gewesen. Von einem schmalen Gang mit niedriger Decke gingen drei Türen ab. Ayleen betrat die Kammer, deren Tür offenstand. Auf der Schwelle verharrte sie. In dem fensterlosen, schwach erleuchteten Raum, etwa so groß wie ihr Schlafzimmer, stapelten sich verschiedene hölzerne Kisten. Sie griff an den Deckel einer Kiste, er ließ sich mühelos anheben. Sie warf einen Blick hinein. Beinahe wäre Ayleen der Deckel ihren Händen entglitten und geräuschvoll wieder zugefallen. Bis zum Rand war die Kiste mit Pistolen gefüllt! Ayleen kannte sich mit Schusswaffen nicht aus, es war sogar das erste Mal, dass sie eine aus nächster Nähe sah, erkannte aber, dass die Pistolen neu waren. Sie öffnete zwei weitere Kisten. In einer lagen Gewehre, in der anderen Dutzende von Pappschachteln mit Munition in verschiedenen Größen.

Von oben drangen Stimmen zu ihr herunter. Ayleen lief aus dem Kellerraum, wagte aber nicht, die Treppe zu nehmen. Instinktiv wusste sie, dass Jacob alles andere als erfreut wäre, wenn er merkte, dass sie entdeckt hatte, dass der Keller als Waffenlager diente. Sie drückte auf die Klinke des nebenliegenden Raums. Zu ihrer Erleichterung sprang die Tür auf. In dem kurzen Moment, in dem das

Lampenlicht hereinfiel, erkannte Ayleen alte Möbel und Gepäckstücke. Gerade noch rechtzeitig schloss sie die Tür hinter sich, da hörte sie Jacobs Stimme:

»Wo ist meine Frau?«

»Sie fühlt sich nicht wohl und hat sich nach dem Lunch hingelegt«, antwortete Catriona. »Kurz, bevor ihr gekommen seid, habe ich nach ihr gesehen. Sie schläft tief und fest.«

»Es wird Zeit, Lady McKinnley einzuweihen«, hörte Ayleen einen der Männer sagen. Die Stimme kam ihr bekannt vor, es musste einer der Gäste sein, die regelmäßig in Clashmore verkehrten.

»Noch nicht, Graham«, erwiderte Jacob. »Erst, wenn wir es vollbracht haben. Dann wird ihr nichts anderes übrigbleiben, als sich zu fügen und den Platz einzunehmen, den wir seit Jahrhunderten für sie bereithalten.«

Catriona lachte, es klang bitter. »Ich fürchte, du wirst mit Ayleen kein leichtes Spiel haben. Sie ist nicht nur dickköpfig und unfolgsam, sie hat auch einen starken Gerechtigkeitssinn. Wie konntest du dieses Kind nur heiraten?«

»Cat, Darling, du weißt, ich … wir hatten keine andere Wahl«, erwiderte Jacob. »Ach, ich habe nicht zu hoffen gewagt, dass es unsere Generation sein wird, die das Land zum Triumph führt.«

»McKinnley«, wieder sprach der andere Mann, »wann wollen wir losschlagen? Seit Monaten stehen unsere Leute bereit.«

»In den nächsten Tagen«, antwortete Jacob, und Ayleen hörte, dass sich die Stimmen entfernten. Vorsichtig öffnete sie die Tür. Der Gang lag nun in völliger Dunkelheit. Entlang der rauen, feuchten Wand tastete sie sich zur Treppe. Was, wenn Catriona die Tür zugesperrt hatte und sie hier unten gefangen war? Daran hatte sie nicht gedacht, als sie in den Keller geschlichen war. Unweigerlich würde Jacob sie hier entdecken. Was würde er dann mit ihr machen?

Eine Welle grenzenloser Erleichterung durchflutete Ayleen, als sie die Kellertür unverschlossen vorfand. Aus dem Salon hörte sie Stimmen, die Männer hatten sich jetzt dort versammelt. Zwei Stufen auf einmal nehmend, hastete sie in ihr Zimmer. Die Waffen, die Munition, die Bruchstücke der Unterhaltung – all das ließ nur einen Schluss zu: Jacob und die anderen planten einen Aufstand. Vielleicht sogar eine Revolution! Aber gegen wen?

Ein Puzzleteil setzte sich ins andere und ergab ein immer deutlicheres Bild. Die McKinnleys und ihre Freunde waren nicht nur Jakobiten, sondern fanatische Anhänger der Stuart-Dynastie, obwohl das Geschlecht in direkter Linie längst ausgestorben war. Das große Eingangstor zu Clashmore House war seit nahezu zweihundert Jahren mit einer Eisenkette verschlossen, die erst wieder geöffnet werden sollte, wenn ein Stuart auf dem Thron Schottlands sitzen würde. Und auf dem Thron Englands …

Ayleen keuchte, als ihr die ganze Tragweite des Plans aufging. Sie wollten den König stürzen! Oder ihn sogar töten, warum sonst die Waffen? Es schienen nicht nur Jacob und seine Freunde zu sein, nein, es gab noch mehr Personen, die einen heimtückischen Plan verfolgten. Sie wollten die im Land herrschende negative Stimmung gegen Edward VIII. ausnützen, damit er abdankte und somit die Stuarts wieder die Herrschaft übernahmen.

Stopp!, rief sich Ayleen zurecht. Sie machte einen Denkfehler. Es gab keine legitimen Nachkommen des letzten Thronanwärters der Stuarts. Der schöne Prinz hatte angeblich eine Tochter gezeugt, weil diese aber unehelich war, hatten weder sie noch ihre Nachfahren einen Anspruch auf den Thron, außerdem war auch diese Linie bereits Ende des 18. Jahrhunderts ausgestorben. Jacobs Vorfahren gehörten einem der Clans der Stuarts an. Ayleen vermutete, dass er sich als Nachfolger sah. Über die Jahre hinweg hatte er Gleichgesinnte um sich geschart, Männer wie Frauen, die bereit waren, den Anspruch auch mit Gewalt durchzusetzen.

»Ich muss weg«, murmelte Ayleen. »Ich fahre zu Louisa nach Deutschland und komme nie wieder zurück.«

Sie zweifelte nicht daran, dass ein Aufstand unweigerlich zum Scheitern verurteilt war. Sie alle würden vor Gericht gestellt und ins Gefängnis gehen. Wenn ihnen nicht sogar die Todesstrafe drohte. Niemand würde ihr glauben, dass sie von den Plänen nichts gewusst hatte. Das alte Sprichwort kam ihr in den Sinn: mitgegangen – mitgehangen.

Ist es nicht deine Pflicht, den Aufstand zu verhindern, anstatt feige davonzulaufen?, mahnte eine Stimme in Ayleens Kopf. Es würde zu einem Blutvergießen kommen, vielleicht sogar zum Bürgerkrieg. Schottland gegen England – über Jahrhunderte hinweg hatte zwischen den beiden Ländern Krieg geherrscht. Heute lebten sie zwar nicht in gänzlicher Harmonie, dennoch in Frieden miteinander. Wenn sie jetzt davonlief, änderte sich nichts. Auf beiden Seiten würden Menschen sterben, auch Unschuldige, die zwar aufrichtige Schotten, vielleicht auch Jakobiten, aber keine Verräter am Königshaus waren.

Ayleen riss den Fensterflügel auf. Die kalte Nachtluft kühlte ihr erhitztes Gesicht. Tief atmete sie ein und aus. Wer war sie, dass sie glaubte, eine Revolution verhindern zu können, die offenbar seit Jahren von langer Hand geplant und vorbereitet worden war? Für ihren Stand hatte sie eine gute Schulbildung genossen, mochte durch ihre Heirat eine Lady sein, dennoch war sie nur eine neunzehnjährige Frau und die Tochter eines Müllers.

Entschlossen straffte Ayleen die Schultern, schloss das Fenster und zog sich ihre Schuhe an. Aus dem Schrank nahm sie das Plaid in den Farben der Stuarts, legte es sich um, verschloss es mit der silbernen Spange vor der Brust und verließ die trügerische Sicherheit ihres Zimmers. Vergessen war ihre Erkältung. Wenn sie nicht wenigstens versuchte, Jacob und Catriona zur Vernunft zu bringen, würde sie es sich niemals verzeihen können.

Aus dem Salon drang das Gelächter der Männer. Vor der Tür holte Ayleen tief Luft, dann stieß sie die Tür auf. Die Männer und Catriona saßen auf den Sofas und im Sessel vor dem Kamin, in dem ein wärmendes Feuer brannte. Schlagartig verstummten sie, alle Blicke wandten sich Ayleen zu. Sie kannte die Männer, es waren Jacobs Freunde.

Jacob, ein Glas mit Whisky in der Hand, sprach als Erster: »Was willst du?«

»Mit dir«, sie sah in die Runde, »mit euch allen sprechen.«

»Kannst du nicht schlafen?«, fragte Jacob besorgt. »Meine Schwester sagte mir, du seist krank.«

Catriona stand auf, trat neben Ayleen und umfasste ihren Arm. »Du solltest dich besser wieder hinlegen.«

»Es geht mir gut.« Mit einem Ruck machte sich Ayleen aus dem Griff ihrer Schwägerin frei. »Kann ich auch einen Drink bekommen?«

»Du trinkst doch keinen Whisky«, bemerkte Jacob erstaunt.

»Ich denke, heute ist ein guter Anlass, damit anzufangen.«

Catriona runzelte die Stirn, ging aber zur Anrichte und schenkte ein Glas ein. Ayleen nahm einen Schluck. Scharf rann der Alkohol durch ihre Kehle, und sie musste einen Hustenanfall unterdrücken. Dann sagte sie:

»Sir McDonald, Sir Graham, Mr McKay, Mr Wright …« Einem nach dem anderen sah Ayleen fest in die Augen. »Ich freue mich, dass Sie unsere Gäste sind. Wenngleich zu etwas später Stunde, dennoch möchte ich, dass Sie sich hier wie zu Hause fühlen. Wie ich sehe, hat Miss Catriona Ihnen Tee und Sandwiches serviert. Ist das Feuer auch warm genug? Ansonsten lege ich noch ein paar Scheite auf …«

»Ayleen! Was soll das?«, unterbrach Jacob sie unwirsch. »Wir sind mitten in einer geschäftlichen Besprechung.«

»Ich weiß.« Ayleen nickte. Sie war vollkommen ruhig und urplötzlich von einer inneren Kraft erfüllt. »Ihr sprecht über die Waffen und die Munition, die seit Monaten im Keller dieses Hauses lagern, und was ihr mit ihnen anrichten wollt.« Sie hörte Catriona scharf die Luft einziehen, beachtete die Schwägerin aber nicht und rief: »Was, in Gottes Namen, habt ihr vor? Mit einer Armee in London einfallen, um den König davonzujagen? Das Land in einen blutigen Bürgerkrieg stürzen?«

Sir McDonald und Mr Wright tauschten überraschte Blicke, Sir Grahams und McKays Lippen wurden schmal, aber Jacob sagte mit einem milden Lächeln: »Bitte, mäßige dich, meine Liebe, und setz dich zu uns. Catriona, schenk meiner Frau bitte eine Tasse Tee ein. Sie muss sich beruhigen.«

»Ich setze mich zu euch, aber ich will keinen Tee«, sagte Ayleen unwillig und nahm auf der Couch neben Jacob Platz. »Ich bin absolut ruhig und will endlich wissen, was in diesem Haus vor sich geht.«

»Ich sehe, du trägst die Farben der Stuart-Könige«, sagte Jacob und berührte ihr Plaid. »Trotz deiner Jugend verfügst du über einen scharfen Verstand. Das habe ich gleich bei unserer ersten Begegnung bemerkt. Daher lass uns nicht lange herumreden. Was weißt du, oder was meinst du zu wissen?«

Ayleen ließ ihren Mann nicht aus den Augen, als sie antwortete: »König Edward wird zunehmend unbeliebter beim Volk. Inzwischen hat er sogar den Rückhalt des Parlaments und des Premierministers verloren. Immer mehr Stimmen, der König möge entweder seine Beziehung zu Wallis Simpson beenden oder abdanken, werden laut. Da es wohl auf die zweite Entscheidung hinauslaufen wird – was liegt näher, als einen Nachkommen von Prinz Charles Edward Stuart auf den britischen Thron zu setzen? Da die Stuarts aber bereits im Jahr 1701 durch den Act of Settlement für alle Zeiten von der Thronfolge ausgeschlossen sind, wollt ihr es erzwingen. Eine Rebellion anzetteln, Menschen töten …«

»Wir wollen niemanden töten!«, warf Sir Graham mit gerötetem Gesicht ein.

Ayleen bedachte ihn mit einem kühlen Blick. »Warum dann die Gewehre und Pistolen? Ich nehme an, auch in anderen schottischen Häusern gibt es ähnliche Waffenlager.«

»Du irrst dich«, sagte Jacob mit ausdrucksloser Miene. »Clashmore House ist der Dreh- und Angelpunkt der Bewahrer.«

»Der Bewahrer?«, fragte Ayleen verwundert.

Es war Catriona, die mit einem nahezu verklärten Blick antwortete: »Die Bewahrer des weißen Lichtes! Seit fast zwei Jahrhunderten haben wir es zu unserer Aufgabe gemacht, die Nachkommen der Stuarts zu beschützen, auf ihren Wegen zu begleiten und dafür zu sorgen, dass die Linie fortgeführt wird.«

»Und haben immer auf die Gelegenheit gewartet, den wahren, von Gott gewollten Thronerben zu ihrem Recht zu verhelfen«, ergänzte Sir McDonald. »Meiner Familie ist von den Engländern übel mitgespielt worden. Erst das Massaker von Glencoe, und nach der Schlacht auf dem Culloden Moor verloren wir alles. Ein Großteil auch ihr Leben.«

»Meine Geschichte ist eine ähnliche«, sagte Sir Graham. »So, wie die aller aufrichtigen Hochlandschotten, die an die Stuarts geglaubt und an deren Seite gekämpft haben.«

Jacob ergriff Ayleens Hände. Seine Haut war eiskalt, und in seinen Augen glomm ein Feuer. Auf Ayleen wirkte es fanatisch und so, als hätte Jacob den Bezug zur Realität verloren. Enthusiastisch rief er: »Wir haben lange warten müssen, für einige zu lange. Sie sind abtrünnig geworden. Aber wir sind immer noch genügend, um die alte Ordnung wieder herzustellen. Der Act of Settlement ist eine Farce, ein Schlag ins Gesicht eines jeden Schotten!«

Zweifelnd wandte Ayleen ein: »Selbst, wenn ihr die Verfügung nicht anerkennt – es gibt keine Nachkommen der Stuarts. Charlotte, die Tochter von Bonnie Prince Charlie …«

»Wurde unehelich geboren und zählte daher nicht«, schnitt ihr Jacob das Wort ab. »Nein, der nächste Herrscher auf Schottlands Thron … Ach, was sage ich?« Er ließ Ayleens Hände los und winkte ab. »Auf dem Thron des gesamten Königreichs wird bald wieder ein Stuart sitzen, dessen direkte Linie bis zu unserer guten Königin Maria Stuart zurückreicht. Nach ihm seine Erben. Die Stuarts bis in alle Ewigkeiten!«

Mr Wright schnaubte: »Hoffen wir es, McKinnley. Bisher ist unser neuer Herrscher noch kinderlos.«

»Er ist noch jung«, erwiderte Jacob unwillig, »und hat noch viele Jahre Zeit, um neuen Stuarts das Leben zu schenken.«

Catriona presste zwischen schmalen Lippen hervor: »Hoffentlich irrst du dich nicht, Jacob. Bisher war der Zweig zwar immer fruchtbar, jetzt jedoch …«

Ayleen runzelte die Stirn und sah unsicher von Catriona zu den Männern. Jacobs Bemerkung, der Stuart-Nachkomme sei noch jung, machte ihre Theorie, dass sich Jacob als Erben sah, zunichte. Leise fragte sie: »Wer ist der Mann, den ihr mit Waffengewalt auf den Thron setzen wollt? Wo hält er sich auf? Hier in Schottland?«

»Die Waffen setzen wir nur ein, wenn sich das Parlament in London gegen uns stellt«, sagte Jacob, anstatt Ayleens Fragen zu beantworten. »Ich bin überzeugt, es wird zu keinem Kampf kommen, denn das Volk wird glücklich sein, den Lebemann, der sich König nennt, los zu sein.«

»Nach Edward hat sein Bruder Albert Anspruch auf die Krone«, wandte Ayleen ein. Sie sprach immer noch ruhig, obwohl sie innerlich erschüttert war, dass Jacob, Catriona und die Männer offenbar wirklich daran glaubten, mit einem solch fantastischen Plan Erfolg zu haben.

Catriona legte eine Hand auf Jacobs Arm und sagte eindringlich: »Ich denke, die Zeit ist gekommen, um Ayleen die Wahrheit zu sagen.«

Jacob lächelte, alle standen auf, erhoben ihre Gläser und sagten wie aus einem Mund: »Auf die künftige Königin von Schottland, England, Wales, Nordirland und Herrscherin aller Überseeterritorien.«

Sechs Augenpaare ruhten auf Ayleen. Die Blicke waren wohlwollend und hoffnungsvoll, nur Catriona wirkte griesgrämig, was bei ihr aber die Regel war.

»Ich verstehe nicht …

Jacob reichte Ayleen seine Hand, zog sie von der Couch hoch, sah ihr tief in die Augen und sagte: »Du wirst die nächste Königin sein, Lady Ayleen McKinnley, Stuart of Clashmore.«

Die Behauptung war so abwegig, dass Ayleen losprustete: »Das ist der beste Witz, den ich jemals gehört habe.«

Jacob und die Männer blieben ernst, und Sir Graham sagte pikiert: »Wir scherzen nicht, Lady Ayleen.«

»Tja, ich wünschte, es wäre anders«, bemerkte Catriona bissig. »Deswegen hat Jacob dich geheiratet und nach Clashmore gebracht.«

In Ayleens Augen standen immer noch Lachtränen. Die anderen waren entweder verrückt geworden, völlig betrunken oder nahmen irgendwelche Drogen. Um Ernst bemüht sagte sie: »Mein Vater ist ein einfacher Müller, so wie sein Vater und dessen Vater zuvor. Zwischen meiner Familie und den Stuarts gab es nie eine Verbindung, außer dass sie vor Generationen ihren König unterstützt haben.«

»Es ist nicht die Linie deines Vaters, sondern die deiner Mutter«, erklärte Jacob.

Mit gespielter Verblüffung schlug sich Ayleen die Handfläche gegen die Stirn. »Ja, natürlich, warum habe ich daran nicht selbst gedacht? Das Stoffgeschäft der Eltern meiner Mutter war selbstverständlich der Dreh- und Angelpunkt der Jakobiten, sozusagen eine geheime Kommandozentrale.«

»Von Anfang an wusste ich, dass Ayleen zu unreif für diese Aufgabe ist«, sagte Catriona. »Sie ist fast noch ein Kind.«

Jacob sah seine Schwester entschuldigend an. »Unter anderen Umständen hätte ich noch abgewartet. Im letzten Jahr war aber abzusehen, dass König George bald sterben und Edward ihm nachfolgen wird. Nie war die Gelegenheit günstiger, um die Macht der Windsors, die aus den Hannoveranern hervorgegangen sind, ein für alle Mal zu brechen und die Thronräuber aus dem Land zu jagen.«

Sir McDonald nickte zustimmend und bemerkte grimmig: »Das Volk wird erkennen, dass man keine Deutschen auf dem Thron Britanniens dulden darf. Gerade jetzt, wo immer deutlicher wird, was in Deutschland vor sich geht. Es ist nicht nur die leidige Affäre mit Wallis Simpson, darüber hinaus sympathisiert Edward offen mit Adolf Hitler und dessen verachtungswürdigen Regelungen und Gesetzen. Es heißt, privat spräche Edward nur Deutsch und wolle einige der nationalsozialistischen Auffassungen auch in England etablieren.«

Ayleen stemmte die Hände in die Seiten, sah die Gäste an und fragte schmunzelnd: »Meine Herren, Sie, gestandene und gebildete Männer der Gesellschaft – ausgerechnet *Sie* können diesen Unsinn doch nicht ernsthaft glauben?«

»Bei allem Respekt, Lady Ayleen«, sagte Sir Graham sehr ernst, »aber Ihr Mann, wir alle, sprechen die Wahrheit.«

»Genau!« Mr Wright nickte bekräftigend. »Über Generationen hinweg haben wir Bewahrer des weißen Lichtes die Nachkommen von Prinz Charles Edward Stuart nie aus den Augen gelassen, sie beschützt und dafür gesorgt, dass niemand außerhalb unseres Kreises von ihrer wahren Abstammung erfährt.«

»Ayleen, ich glaube, wir müssen es dir erklären.« Jacob sprach wie ein Vater zu seinem Kind. »Setz dich wieder und höre gut zu.«

In der nächsten halben Stunde erfuhr Ayleen Unglaubliches, das gleichzeitig einer gewissen Logik nicht entbehrte. Es *könnte* durchaus so geschehen sein:

Nach der Niederlage auf dem Culloden Moor war Prinz Charles Edward Stuart die Flucht nach Westen gelungen. Fünf Monate lang irrte er durch das Land, immer wieder von Getreuen versteckt. Schließlich erreichte er die dünn besiedelte Insel Benbecule auf den Äußeren Hebriden. Dort traf er auf Flora MacDonald …«

»Eine Urahnin meiner Familie«, warf Sir MacDonald voller Stolz ein.

Ayleen nickte verstehend. Die Geschichte von Flora und wie es ihr gelungen war, unter Gefährdung ihres eigenen Lebens den Prinzen als Zofe verkleidet mit einem Ruderboot auf die Isle of Skye zu bringen, war allgemein bekannt und legendär. Jedes Kind lernte sie in der Schule. Flora Mac-Donald wurde fast wie eine Nationalheilige verehrt. Ende des letzten Jahrhunderts war eine überlebensgroße Statue von ihr auf dem Castle Hill in Inverness errichtet worden.

»Flora und Charles Edward Stuart waren ein Liebespaar«, erklärte Jacob.

Ayleen nickte ein weiteres Mal. »Zumindest wird es behauptet, Beweise dafür gibt es keine. Jahre später heiratete Flora ausgerechnet einen Captain der Britischen Armee, was ihr einige Minuspunkte einbrachte. Manche sagten, sie habe ihren Clan und alles, für das die Mac-Donalds standen, verraten.«

Sie sah Sir MacDonald an, der mit einem verständnisvollen Lächeln erwiderte: »Das Leben in den Highlands hatte sich verändert, die Clans mussten mit den Engländern kooperieren, um zu überleben. Flora gebar mehrere Söhne und zwei Töchter.«

»Schön und gut, das ist hinreichend bekannt«, sagte Ayleen nachdenklich. »Wie stellt sich aber die angebliche Nachfolge von Charles Edward Stuart dar, von der du, Jacob, denkst, ich sei eine Nachfahrin? Selbst, wenn Flora ein Kind von dem Prinzen bekommen hätte, wäre es ein Bastard und somit rechtlos, was den Thronanspruch angeht.«

Jacob sagte zu seiner Schwester: »Zeig es ihr, Catriona.«

Diese ging zu einer der Kommoden, zog eine Schublade auf, nahm eine rote Ledermappe heraus und drückte sie Ayleen in die Hand. Als Ayleen das sich darin befindliche Dokument las, weiteten sich ihre Augen. Es war eine Heiratsurkunde, ausgestellt am 5. Oktober 1746, zwischen Charles Edward Louis Philip Casimir Stuart und Fionnghal NicDhòmhnaill, dem gälischen Namen von Flora MacDonald. Unterschrieben von einem Priester und zwei Zeugen mit den Namen Belàtin Carney und Niamh MacCanmores.

»Das glaube ich nicht!«, rief Ayleen. »Die Urkunde muss eine Fälschung sein.«

»Sie ist echt«, erwiderte Jacob. »Nahezu jede Generation hat sie von unbestechlichen Notaren und Anwälten prüfen lassen. Natürlich nur von treuen Jakobiten.«

»Trotzdem soll nichts davon bekannt geworden sein?«, fragte Ayleen zweifelnd und legte die Urkunde auf den Tisch. Vehement schüttelte sie den Kopf. »Sollte das stimmen, war Flora MacDonalds spätere Ehe ungültig, es handelte sich um Bigamie, da Prinz Charles erst im Alter von siebenundsechzig Jahren verstarb, Floras Kinder waren also Bastarde.«

»Dem ist so«, erwiderte Catriona. »Deswegen durfte niemand von der auf der Insel Benbecula geschlossenen Ehe erfahren, bis die Zeit dafür gekommen ist.«

Amüsiert sagte Ayleen: »Als Nächstes wollt ihr mir erzählen, der Prinz und Flora hätten ein gemeinsames Kind gehabt.«

Sie las die Antwort im Blick ihres Mannes. Er erklärte: »Für Flora glich es einer Katastrophe, als sie ihre Schwangerschaft bemerkte. Alle Jakobiten wurden verfolgt, die, die gefangen und inhaftiert wurden, ereilte ein noch gnädiges Schicksal. Sollte jemand erfahren, dass Charles Edward Stuart ein legitimes Kind hinterlassen hatte, wäre dessen Leben keinen Pfifferling mehr wert gewesen. Die Engländer hätten das Kind unweigerlich getötet, um die direkte Linie der Stuarts auszulöschen, damit es niemals wieder jemand wagen konnte, Englands Thron anzugreifen. Flora floh von der Insel in die Highlands, verwirrt, was sie jetzt tun sollte. Sie kam nach Clashmore. Die McKinnleys gehörten zum Clan der Stuarts und hatten an der Seite des Prinzen gekämpft, so fand Flora freundliche Aufnahme in diesem Haus. Ayleen, meine Liebe, in deinem heutigen Zimmer gebar Flora am 28. Mai 1747 ein gesundes Mädchen. Allen war klar, dass niemand von diesem Kind erfahren durfte. Zumindest vorerst nicht. Die Zeit würde kommen, um die wahre Königin oder den König auf den Thron zu setzen. Tja, es dauerte fast zweihundert Jahre, bis dieser Tag nun nah ist.«

»Seitdem bewacht ihr die Nachkommen des Prinzen?«, fragte Ayleen zweifelnd.

Jacob nickte. »Meine Vorfahren gaben Floras Tochter in die Hände eines Eisenwarenhändlers und seiner Frau in Inverness. Sie wuchs heran, wurde eine schöne Frau, heiratete und gebar ihrerseits wieder eine Tochter. Das Schicksal wollte es, dass alle Nachkommen weiblich sind. Wir Bewahrer waren immer in ihrer Nähe und sorgten dafür, dass es ihnen an nichts mangelte. Bis zum heutigen Tag wird das Geheimnis unter ausgewählten und vertrauenswürdigen Jakobiten weitergegeben. Alle leisten einen

Blutschwur darauf, das Geheimnis zu wahren und, wenn es sein muss, auch ihr Leben zu opfern, um die Stuart-Dynastie zu beschützen.«

Ayleen wollte lieber nicht wissen, wie sie sich diesen Blutschwur vorzustellen hatte. Sie fragte: »Wussten die Frauen von ihrem Schicksal?«, fragte Ayleen.

»Keine erfuhr je etwas«, antwortete Catriona an der Stelle ihres Bruders, weil Jacob das lange Sprechen durstig gemacht hatte und er sich ein Glas Whisky einschenkte. »Wir Bewahrer achteten auch darauf, dass die Frauen ein völlig normales Leben führten. Mitte des letzten Jahrhunderts mussten wir jedoch einschreiten, als eine der Frauen heiraten und mit ihrem Mann nach Kanada auswandern wollte. Das konnten wir nicht zulassen. Auf der anderen Seite des Atlantiks wären sie und ihre Nachkommen unserem Einfluss entglitten.« Catriona lächelte verschlagen. »Nun, die Sache konnte zufriedenstellend geregelt werden.«

»Catriona, es ist nicht notwendig, dass Ayleen davon erfährt«, ermahnte Jacob seine Schwester.

»Warum nicht?«, fragte Catriona. »Ich finde, sie soll ruhig alles wissen.« Sie sah Ayleen an. »Da die Frau durch nichts davon abzubringen war, sich von dem Mann zu trennen, erlitt er leider einen Unfall. Sie trauerte zwei, drei Jahre, heiratete aber schließlich einen Schmied aus Aberdeen und blieb in Schottland.«

Ayleen sprang auf und rief: »Ihr ... die Bewahrer... habt den Mann umgebracht?«

»Uns blieb keine andere Wahl«, bemerkte Sir McKay trocken.

»Wie viele noch?«, flüsterte Ayleen entsetzt. »Wie viele Leben haben die Bewahrer ausgelöscht?«

»Manchmal war ein Einschreiten unabdingbar«, gab Jacob ohne Bedauern zu.

»Du hast mich verfolgt und beobachtet«, sagte Ayleen leise. »Du und deine Helfershelfer. Wahrscheinlich seit meiner Geburt, und zuvor stand meine Mutter unter eurer Überwachung, nicht wahr?« Sie sah zu den vier anderen Männern. Keiner von ihnen wirkte auch nur ansatzweise verlegen.

Jacob antwortete: »Eigentlich wollte ich warten, bis du ein wenig älter bist, Ayleen. Ich habe dir bereits erklärt, dass die Zeichen andeuteten, dass ein Umsturz in greifbare Nähe gerückt ist. Ich konnte nicht riskieren, dass du die Frau dieses einfältigen Gesellen deines Vaters wirst.«

»Russell?« Ayleen schüttelte den Kopf. »Ihn hätte ich nie geheiratet. Ich denke, dir ging es nicht um mein Glück, sondern lediglich darum, dass du ein Stück des Kuchens abbekommst, sollte deine … eure Behauptungen stimmen und es euch gelingen, das Haus Stuart wieder an die Macht zu bekommen.« Ayleen lachte, es klang bitter, als sie hinzufügte: »König James, der Dritte! Das klingt nicht schlecht, Königin Ayleen, die Erste hingegen …«

»Du wirst als Mary, die Dritte, den Thron besteigen«, sagte Jacob. »Dein zweiter Taufname lautet Mary, so, wie alle Mädchen vor dir stets den Namen Mary erhielten.«

In diesem Punkt hatte Jacob recht, denn auch Ayleens Mutter Bridget hatte den Namen Mary getragen. Andererseits war das unter den katholischen Schotten weit verbreitet.

»Das ist eine interessante Geschichte, die mich zugegebenermaßen gut unterhalten hat«, sagte Ayleen. »Länger höre ich mir den Unsinn nicht an. Allerdings werde ich nicht zulassen, dass ihr einen Aufstand anzettelt. Wenn ihr der Meinung seid, den König zum Abdanken zwingen und einen Stuart inthronisieren zu können …« Sie zuckte mit den Schultern, »dann versucht es von mir aus und macht euch vor der ganzen Welt lächerlich. Waffengewalt werde ich allerdings keinesfalls unterstützen.«

Catriona kniff die Augen zusammen. »Willst du uns verraten? Uns etwa anzeigen?«

Ayleen zögerte nur einen Moment, dann sagte sie entschlossener, als ihr zumute war: »Nein, ich werde euch nicht melden, verlange aber, dass die Waffen in den nächsten Tagen aus Clashmore verschwinden.«

»Aber Lady McKinnley …«, wandte Sir Graham ein.

Mit einer Handbewegung gab Jacob ihm zu verstehen zu schweigen und sagte: »Ich sehe ein, dass dich das alles verwirrt und du in Ruhe darüber nachdenken musst. Lass uns morgen noch einmal miteinander sprechen. Eines jedoch darfst du nicht vergessen: In wenigen Wochen wirst du die nächste Königin dieses Landes werden! Na, wie gefällt dir das?«

SIEBZEHN

Obwohl Pamela über Ayleen McKinnleys Bericht erschüttert war und sie für ihr Leben in Clashmore House bedauerte, erheiterte sie die Vorstellung, die junge Schottin sei eine legitime Erbin des Hauses Stuart. Sie legte das letzte Blatt aus der Hand. Die Aufzeichnungen hatten hier ein Ende. Pamela fragte sich, was danach mit Ayleen, Jacob und all den anderen geschehen war. Deren Mission war natürlich erfolglos gewesen, denn wie die Geschichte des Landes weiterging, war hinreichend bekannt: Am 10.12.1936 dankte Edward VIII. ab, sein jüngerer Bruder Albert folgte ihm auf den Thron und wurde als George VI. gekrönt. Von einem Aufstand oder einer Rebellion, einen anderen König zu inthronisieren, war nichts bekannt. Oder es hatte einen Versuch gegeben, der jedoch so unbedeutend gewesen war, dass er nicht erwähnt wurde. Schnell wurde der anfänglich schüchterne, stotternde neue König von seinem Volk akzeptiert und geschätzt; nicht zuletzt dank der Unterstützung seiner Mutter, Königin Mary, und besonders seiner Ehefrau. Heute war Elisabeth – allgemein liebevoll *Queen Mum* genannt – das beliebteste Mitglied der königlichen Familie. Während des Zweiten Weltkrieges zeigte König George Selbstsicherheit und Entschlossenheit, sein Land durch die schwere Zeit zu führen und motivierte das Volk, sich nicht unterkriegen zu lassen oder gar aufzugeben. Niemand zweifelte mehr daran, dass er ein wahrer und guter König war.

Pamela kannte nun das Ziel der Bewahrer des weißen Lichtes oder vielmehr, was sie *glaubten*, bewahren zu müssen. Nach Ayleens Verschwinden aus Clashmore und dem Scheitern ihres Plans waren die Bewahrer indes nicht zerschlagen worden. Das Gegenteil war der Fall! Es gab immer noch eine Gruppe von Männern und Frauen, die überzeugt waren, eines Tages wieder einen Stuart-König auf Englands Thron setzen zu können. Sie alle waren viel zu jung, um 1936 bereits gelebt zu haben, aber die Ziele und Taten der damaligen Verschwörer waren weitergegeben worden. Für Pamela war klar, dass Vika und Keith die Drahtzieher waren, die die Gruppierung erneut gegründet hatten, während die anderen wohl nicht in jede Einzelheit der Vergangenheit eingeweiht waren. Ayleen, die angeblich letzte Erbin, verschwand, von Nachfahren war nichts bekannt, und Louisa gelangte irgendwie in den Besitz des Hauses. Damit war die Geschichte eigentlich beendet. Pamela fragte sich, was die Leute jetzt noch von ihr wollten. Auch nach der Lektüre von Ayleens Geschichte wusste sie nichts zur Aufklärung beizutragen, doch wie damals bei Ayleen fügte sich nun auch bei Pamela ein Puzzleteil ins andere. Das Vereinigte Königreich stand erneut vor einer großen Krise. Einer Krise, die wie eine mächtige Woge über das Land rollte und die königliche Familie für den Tod von Lady Diana verantwortlich machte. Wie Schuppen von den Augen fiel Pamela die Erkenntnis, dass Keith deswegen nach London gefahren war und das Gespräch mit dem Premierminister suchte. Pamela ahnte, was er Tony Blair sagen wollte:

»Das Volk will die Queen und ihre Sippschaft nicht länger. Daher ist es Zeit, die alte Herrschaft der Stuarts wiederherzustellen.«

Obwohl Pamela den britischen Premierminister nur von ein paar Fernsehansprachen kannte, hielt sie ihn für einen intelligenten und besonnenen Mann. Niemand, der seine sieben Sinne beisammenhatte, konnte Keiths Vorschlag auch nur ansatzweise in Erwägung ziehen. Außerdem gab es keinen Stuart-Erben. Pamela fragte sich, ob im Clashmore House wieder Waffen lagerten und ein blutiger Aufstand geplant war. Die Bewahrer, als Fanatiker krankhaft von ihren Vorstellungen überzeugt, waren unberechenbar und deswegen besonders gefährlich.

Pamela stand auf, streckte die Arme über den Kopf und machte ein paar Kniebeugen, um ihren Körper zu lockern. Seit Robin das Essen und vier Wasserflaschen gebracht hatte, war wieder ein Tag vergangen, inzwischen war es Freitagvormittag. Sie hatte keinen Hunger, in der letzten Nacht hatte sie sogar sechs Stunden am Stück tief und traumlos geschlafen. Was ging im Haus vor sich und – vor allen Dingen – wie ging es Gerald? Was hatten sie mit ihm gemacht und was hatten sie mit ihr vor? Keith und Vika erwarteten von ihr die Erklärung, wie Louisa in den Besitz von Clashmore House gelangt war und was sie über Ayleen McKinnleys Verbleib wusste. Pamela ahnte, dass ihre Großmutter wahrscheinlich die Antwort geben konnte, aber sie, Pamela, hatte wirklich keine Ahnung. Warum also sollten Keith, Vika und deren Kumpane sie oder Gerald töten? Das brachte sie keinen Schritt weiter. Das Einzige, was sie von ihr erzwingen konnten, war die Zusicherung, das Clashmore House nicht zu verkaufen. Oder nur an jemanden, der es gestattete, dass die Bewahrer bleiben durften. Louisa hatte dem ja zugestimmt. Nun gut, dann würde sie dies eben auch versichern, damit sie hoffentlich wieder ihrer Wege gehen konnte.

Gegen Mittag erschien eine Frau, etwa in Leahs Alter, die Pamela bisher nicht wahrgenommen hatte, und brachte ihr eine Schüssel mit Suppe, zwei Scheiben Brot und eine Kanne Tee.

»Wie lange wollt ihr mich noch einsperren?«, fragte Pamela. »Ich weiß nicht mehr als ihr und habe keine Ahnung, wie ich euch helfen kann. Das trifft auch auf Gerald zu.«

»Ich soll Ihnen nur das Essen bringen«, murmelte die Frau, ihre Nasenflügel blähten sich.

»Bei der Gelegenheit kannst du gleich den Nachttopf leeren. Das stinkt hier nämlich, da ich das Fenster nicht öffnen kann. Und dann kannst du Vika ausrichten, ich würde einen Wisch unterschreiben, in dem ich versichere, Clashmore House nur an jemanden zu verkaufen, der euch nicht vertreibt.«

»Das würden Sie wirklich tun?« Die Frau schien überrascht, gleichzeitig auch bedrückt. »Eigentlich ist es egal«, fuhr sie so leise fort, dass Pamela Mühe hatte, sie zu verstehen. »Keiths Plan ist gut, aber er wird nicht funktionieren. Inzwischen ist die Queen mit ihrer Familie vor das Tor von Balmoral Castle getreten und hat sich die dort abgelegten Blumensträuße und Beileidsbekundungen angesehen. Die Kinder waren auch dabei. Ach, die armen, kleinen Prinzen!« Nun schluchzte sie. »Ich war auch erst zwölf, als meine Mutter an Krebs starb.«

»Das tut mir leid«, murmelte Pamela. »Wie heißt du?«

»Jane.«

»Warum hast du dich den Bewahrern angeschlossen? Eine junge, intelligente Frau wie du?«

Jane zuckte mit den Schultern. »Anfangs fand ich es toll, in dem alten Haus zu leben. Wir versorgen uns nahezu autark, und die Gemeinschaft ist klasse. Jeder wird akzeptiert, wie er oder sie ist, und wir helfen alle zusammen.« Sie sah Pamela direkt in die Augen und sagte mit fester Stimme: »Die Sache mit den Stuarts und einem Erben fand ich zuerst romantisch, wie aus einem Liebesroman. Aber da es von den Stuarts niemanden mehr gibt, kann nichts Wahres dran sein. Keith und Vika wollen das Haus, in dem die Tochter von Bonnie Prince Charlie geboren wurde, für die Nachwelt erhalten. Es sollen keine Fremden einziehen, die das Andenken nicht zu ehren wissen oder das Haus gar abreißen lassen.«

Pamela blickte zum Bett und fragte: »Es war in diesem Zimmer. Hier bekam Flora MacDonald ihr Kind, nicht wahr?«

Jane nickte, dann lächelte sie wieder unbefangen. »Ich glaube, ich gehe bald von hier weg, denn ich möchte mal wieder ins Kino und zum Tanzen.«

Das verstand Pamela sehr gut. Sie fragte: »Warum kleidet ihr euch in die Kutten und schert die Köpfe kahl? Auch die Frauen?«

»Keith meint, es sei besser, wenn die Leute denken, wir seien eine religiöse Vereinigung«, antwortete Jane. Sie fasste sich an den Kopf und lächelte. »Ich habe schönes Haar, hellrot und lockig, und würde es gern wieder lang tragen.«

»Wie viele seid ihr hier?«

»In Clashmore House sind wir derzeit fünfzehn. Keith meint, es gebe in ganz Schottland weitere Vertraute. Wobei diese weniger geworden sind, seit die letzte Erbin spurlos verschwand.«

Pamela wollte gerade fragen, warum die Gruppe dann immer noch an dem uralten Schwur festhielt, die Nachkommen der Stuarts zu beschützen, als hastige Schritte im Korridor erklangen. Die Tür wurde aufgerissen, Vika und zwei Männer stürmten herein. Vikas Gesicht war feuerrot, aus ihren Augen schossen wütende Blitze. Pamelas Herz rutschte in die Hose. Sie wich zurück, bis sie die Kante der Frisierkommode in ihrem Rücken spürte, und hob abwehrend die Hände.

»Kommen Sie mit, Sie sollten sich was ansehen«, herrschte Vika sie an und dann zu den Männern. »Les, Jonathan, passt auf, dass sie keine Dummheiten macht.«

»Was … was … ist passiert?«, stammelte Pamela.

Die zwei Männer, groß, kräftig und einige Jahre älter als Pamela, traten an ihre Seite. Einer packte sie am Oberarm.

»Sie können mich loslassen, ich werde nicht abhauen«, sagte Pamela. »Vika, ich weiß, was Sie vorhaben. Nach Lady Dianas Tod denken Sie, die Dynastie der Stuarts wieder inthronisieren zu können.«

»Sie haben nicht nur ein hübsches, sondern auch ein kluges Köpfchen«, erwiderte Vika mit unbewegter Miene. »Nachdem Sie Ayleens Lebenserinnerungen gelesen haben, wissen Sie, dass die Aufgabe der Bewahrer, die vor über zweihundert Jahren begonnen hat, nun vollendet werden muss.«

Pamela schwieg. Vika gegenüber war es zwecklos, ihr die Ausweglosigkeit eines solchen Vorhabens zu erklären. Wie Keith war diese Frau fanatisch, während sie Jane, Robin und Leah als Mitläufer einschätzte. Fanatiker waren unberechenbar und äußerst gefährlich, und Vika hatte einem Mann ein Messer in die Kehle gerammt, um zu vermeiden, dass er ihre Pläne verriet. Flankiert von Vikas Leibwache, die jede ihrer Bewegungen im Blick hatte, ging Pamela durch den Korridor und die breite Treppe hinunter in die Halle. Vika führte sie in einen großen, lichten Raum mit holzvertäfelten Wänden und deckenhohen Regalen, die fast vollständig mit Büchern gefüllt waren. Zwei Glastüren führten auf die Terrasse. Ein durchgesessenes Sofa mit ebenso abgestoßenen Polstern wie die drei Sessel waren locker im Raum platziert, auf einem wuchtigen Schreibtisch aus dunklem Holz stand ein kleiner, tragbarer Fernsehapparat. Hektisch drehte Robin an den Knöpfen und richtete die Zimmerantenne mal in die eine, dann in die andere Richtung.

»Bekommst du es hin?«

Zu Pamelas Freude erkannte Pamela die junge Leah. Sie saß auf dem abgetretenen Teppich und lehnte sich mit dem Rücken an ein Regal. Ihre Wangen waren noch blass, sonst sah sie gut aus.

»Ich hab's gleich«, murmelte Robin.

»Wo ist Gerald?«, fragte Pamela.

Vika zögerte einen Moment, dann sagte sie: »Les, hol den Doc hoch. Er soll schließlich auch wissen, welch' großem Ziel wir unserer Leben verschrieben haben.«

Wenige Minuten später trat Gerald in die ehemalige Bibliothek. Pamela stürzte sich in seine ausgebreiteten Arme.

»Bist du in Ordnung?«, fragten sie unisono, dann lächelte Gerald und fügte an: »Ich habe mir große Sorgen gemacht.«

»Ich auch«, flüsterte Pamela. Gerald war blass, sein dunkles Haar zerzaust und voller Staub, aber er wirkte gesund.

»Warum bist du hierhergekommen?«, fragte Pamela. »Was hast du mit all dem zu tun?«

»Seien Sie still und hören Sie zu!«, rief Vika und gebot Ihnen, sich so zu stellen, dass sie auf den Fernseher blicken konnten. Der Apparat war alt, und der Bildschirm flackerte einige Male, bevor die Kamera ein Luftbild des

Buckingham Palace zeigte. Das Blumenmeer vor dem Zaun war noch mehr angeschwollen, Tausende von Menschen standen auf der Straße davor. In London war es sonnig und warm, die Leute trugen kurzärmlige T-Shirts, viele auch Shorts, in den Gesichtern spiegelten sich immer noch Trauer und Fassungslosigkeit.

Drei dunkle Wagen kamen über die Mall auf den Palast zu. Eine männliche Stimme aus dem Off sagte: »Während sich Prinz Charles und die Prinzen William und Harry von den massenhaften Beileidsbekundungen vor dem Kensington Palast tief beeindruckt gezeigt hatten, nähert sich nun die Queen und der Prinzgemahl dem Buckingham Palace. Als der erste Wagen in Sicht gekommen war, verstummten die Stimmen der Menschen, und das Jammern und Wehklagen. Was geschieht jetzt? Der mittlere Wagen hält vor dem Tor an.« Die Stimme des Reporters überschlug sich fast. »Oh, mein Gott, der Wagen hält wirklich an! Die Queen wird doch nicht aussteigen? Es wäre das erste Mal in ihrer Regierungszeit, dass sie sich vor den Toren des Palastes unter die Menge mischt.«

Pamela, an Gerald geschmiegt, war von den kommenden Minuten ebenso bewegt wie wahrscheinlich Millionen von Fernsehzuschauern. Der Chauffeur öffnete die Tür des Fonds, und Queen Elisabeth II. stieg aus dem Wagen. Sie war ganz in Schwarz gekleidet. Ihr folgte ihr Ehemann, Prinz Philip. Kein Mucks erklang, man hätte eine Stecknadel fallen gehört. Pamelas Herz klopfte schneller. Was würde geschehen? Würde die Menge die Queen – *ihre* Queen, die sie seit fünfundvierzig Jahren liebten und ehrten – öffentlich ausbuhen oder gar beleidigen? Plötzlich bewunderte Pamela die kleine, ältere Frau. Die Queen bewies große Stärke, sich dem Volk, das sich wünschte, sie möge abdanken und das Land verlassen, so unmittelbar zu stellen.

Langsam ging die Queen zu den Blumensträußen, den Briefen, Fotos, Kerzen und anderen Zeichen der Trauer, die offenbarten, dass die Prinzessin von Wales nicht vergessen war. Dutzende von Polizeibeamten sicherten die Absperrgitter. Das wäre nicht nötig gewesen, denn keiner von den Leuten machte Anstalten, sich der Queen zu nähern. Es fielen auch keine bösen Worte, das völlige Schweigen war aber fast noch schlimmer.

Die Kamera schwenkte zu einer jungen Frau mit langen, dunkelblonden Haaren. Sie winkte mit drei, in Zellophan verpackten, roten Rosen. Die Queen trat zu ihr. Ein Mikrofon musste sich in unmittelbarer Nähe befinden, denn deutlich war zu verstehen, wie die Queen fragte: »Sollen wir die Blumen gemeinsam niederlegen?«

»Nein, die sind für Sie, Ma'am.« Die Queen ergriff deren Hand, und die Frau fuhr fort: »Sie haben die Blumen verdient, Sie taten das Richtige. Sie blieben bei Ihren Enkeln. Wenn meine Mutter gerade gestorben wäre, würde ich auch wollen, dass meine Oma bei mir ist.«

Die Menge raunte, einzelne Menschen klatschten. Die Queen nahm die Rosen entgegen, nickte der jungen Frau zu und stieg wieder in den Wagen, der sie und Prinz Philip in den Hof des Palastes brachte.

»Der Sprecher des Palastes hat angekündigt, dass die Queen heute Abend um achtzehn Uhr eine Ansprache hält«, sagte der Kommentator. »Es wird die erste direkt übertragene Fernsehansprache der Queen seit über einem halben Jahrhundert sein. Nun zum Wetter ...«

Vika seufzte, beugte sich vor und schaltete den Fernsehapparat aus.

»Gibt es eine Nachricht von Keith?«, fragte Robin.

Vika schüttelte den Kopf und sagte mit dumpfer Stimme: »Ich fürchte, seine Mission ist gescheitert. Daran ist nur der verdammte Premierminister schuld! Er hat die dumme, alte Frau überzeugt, nach London zu kommen und sich öffentlich zu zeigen. Offenbar verzeiht ihr das Volk, und dann die schwachsinnigen Worte dieser Frau … Wir waren so kurz davor! So nahe dran! Das Volk wäre hinter uns gestanden, hätte einen neuen König mit Freude und Jubel gegrüßt.«

Pamela sah überrascht, dass Vika am ganzen Körper zitterte und Tränen über ihre Wangen liefen. Die Frau hatte ihr ganzes Leben dem Schutz der Stuart-Erben verschrieben, so unvorstellbar es auch war, dass Ayleen McKinnley ein Kind gehabt hatte. Selbst wenn – niemand wusste, wo es heute war.

Pamela trat an Vikas Seite und sagte leise: »Dann können Gerald und ich jetzt wohl gehen. Wir wissen nichts, das euch bei der Suche nach Ayleen McKinnley und deren Nachkommen weiterhelfen könnte. Sie sollten sich nicht noch mehr strafbar machen, indem Sie uns weiterhin festhalten. Ich denke, ein Toter ist genug, nicht wahr?«

Vikas Kopf ruckte hoch, ihre Tränen waren versiegt. »Was wissen Sie denn schon? Nichts wissen Sie, gar nichts …«

»Dann erklären Sie es mir, Vika«, erwiderte Pamela und streckte das Kinn vor. »Habe ich nicht das Recht, alles zu erfahren?«

Die anderen wurden mucksmäuschenstill, aller Augen waren auf sie und Vika gerichtet. Pamela vermutete, dass keiner – außer vielleicht Keith – wusste, was Vika getan hatte.

»Er war mein Mann«, erklärte Vika mit plötzlich gebrochener Stimme. »Ein aufrechter Schotte, aber von den Stuarts wollte er nie etwas hören. Vor acht Jahren verließ ich ihn. Ich hatte Keith und seine Überzeugung kennengelernt. Ich bin einfach weggegangen und hoffte, nach einiger Zeit würde er aufhören, nach mir zu suchen.«

»Aber er hat sie gefunden«, warf Pamela ein.

Vika nickte. »Er wollte mich zwingen, mit nach Hause zu kommen. Nach Hause!« Sie schnaubte. »Mein Zuhause war längst hier in Clashmore. Und bei Keith. Nie zuvor traf ich einen Mann, der ebenso wie ich wusste, dass das einzige Lebensziel eines jeden wahren Schotten sein *muss*, das an uns begangene Unrecht wieder gutzumachen.«

Pamela sagte leise: »Es wird niemals wieder ein Stuart auf Englands Thron sitzen, Vika. Sie kennen Ayleens Geschichte, dann müssten Sie wissen, dass es vorbei ist.«

Vika zuckte mit den Schultern. »Es wird nie vorüber sein, denn ich bin überzeugt, dass die Linie fortgesetzt wurde. Wir müssen die Erben nur finden, und wir alle hier …«, sie machte eine raumgreifende Handbewegung, Pamela sah jedoch, wie die anderen betreten zu Boden blickten, »wir hätten es geschafft, das Parlament zu überzeugen, uns bei der Suche zu helfen. Gordon wollte alles zerstören, wofür ich lebte. Ich weiß nicht, wie er meine Spur fand und woher er wusste, welche Pläne wir verfolgen. Er drohte, er würde uns verraten, wenn ich nicht mit ihm käme. Er packte mich, hielt mich fest, ich hatte noch das Messer in der Tasche der Kutte, mit dem ich am Abend im Garten Kohl geschnitten hatte.«

Pamela zögerte. Vika klang aufrichtig, und wenn es sich wirklich so abgespielt hatte, war es wohl kein Mord, dennoch Totschlag. Darüber musste das Gericht urteilen.

»Und Mae Crawford?«, fragte Pamela. »Kannte auch Mae ihre Pläne und musste deswegen sterben?«

»Mit ihrem Tod haben wir nichts zu tun«, antwortete Vika. »Der Frau bin ich nie begegnet.«

Pamela wusste nicht, ob sie ihr glauben sollte. Leise sagte sie: »Ihre Mission ist gescheitert, Vika. Dürfen wir jetzt gehen?« Sie erwartete eine ablehnende Antwort, denn sie und Gerald waren gerade Zeugen von Vikas Geständnis geworden, ihren Ehemann erstochen zu haben.

Bevor Vika etwas sagen konnte, hörten sie Polizeisirenen, die sich schnell näherten. Vika, Robin, Les und Jonathan liefen in die Halle, niemand hielt Pamela und Gerald auf, ihnen zu folgen. Vor dem Eingangstor hielten vier Polizeiautos, und eine Planierraupe rollte langsam auf das Tor zu. Die Schaufel bohrte sich in die schmiedeeisernen Flügel und wälzten sie zu Boden, als wären sie aus Pappe. Mühelos fuhren die schweren Kettenräder über die Trümmer.

»NEIN!« Vika brüllte, als wäre sie selbst überrollt worden, und rannte hinaus. »Ihr Schweine! Das könnt ihr nicht machen! Das Tor darf erst geöffnet werden, wenn wieder ein Stuart auf Englands Thron sitzt.«

Alle anderen drängten sich nun durch die Tür und standen betreten vor dem Portal. Niemand sprach, sie wussten alle, dass es hier und heute zu Ende war. Polizeibeamte, gezogene Waffen in den Händen, stiegen über das verbogene Metall. Vika lief direkt auf sie zu. Ein Polizist drehte ihre Arme auf den Rücken, ein anderer legte ihr Handschließen an.

»Tja, ich denke, wir gehen jetzt«, sagte Gerald trocken.

Aus Pamelas Kehle löste sich ein Schluchzen, als die Anspannung von ihr abfiel. Sie war keineswegs so abgebrüht, wie sie sich die letzten Tage gegeben hatte. Fest schlangen sich Geralds Arme um ihren zitternden Körper.

»Es ist vorbei, mein Liebes, es ist endgültig vorbei.«

Detective Constable Wallace trat zu ihnen und sagte: »Es freut mich, Sie unbeschadet wiederzusehen, Pamela.« Sie erkannte, dass er seine Worte ernst meinte. »Sie natürlich auch, Doc.«

»Die Bewahrer hatten uns entführt«, sagte Gerald. »Woher wussten Sie es?«

»Daran ist die Lady schuld. Sie bestand vehement darauf, Clashmore House zu stürmen, sie drohte sogar, den Premierminister höchstpersönlich einzuschalten.« Wallace schob seine Mütze ein Stück aus der Stirn und grinste. »Nun, Mr Blair wird zwar gerade andere Sorgen haben, wegen der morgigen Beerdigung und so, aber sicher ist sicher. Und es war nun mal Tatsache, dass Sie beide spurlos verschwunden waren.«

»Welche Lady?«, fragte Pamela erstaunt, dann sah sie hinter der Planierraupe eine kleine, zarte Frau mit kurzen Haaren hervortreten. Zu schwarzen Hosen trug sie eine knallrote Windjacke.

»Grandma!« Pamela riss sich von Gerald los und stürmte zu Louisa. »Wie kommst du denn hierher?«

Fest drückte Louisa ihre Enkelin an sich. In ihren Augen schimmerten Tränen, als sie fragte: »Geht es dir gut, Pam? Haben Sie dir etwas angetan?«

»Ich bin okay, Grandma, nur habe ich großen Hunger und brauche dringend ein heißes Bad.«

»Ich hatte so große Angst um dich, besonders, weil ich dich seit zwei Tagen nicht mehr erreichen konnte. So bin ich gestern nach London geflogen, heute Morgen dann weiter nach Schottland.«

»Du bist tatsächlich geflogen, Grandma? Du bist doch noch nie in ein Flugzeug gestiegen und hast immer gesagt, der Mensch solle lieber mit beiden Beinen fest auf dem Boden bleiben.«

»Man ist nie zu alt, um seine Meinung zu ändern.« Nun konnte Louisa wieder lächeln. Sie zwinkerte Pamela zu. »Damals, als ich mit deinem Großvater in die Staaten gekommen bin, fuhren wir mit einem Schiff.«

»Grandpa Ray ...« Pamela sah Louisa aufmerksam an. »Ich denke, du solltest mir erklären, warum du nie erwähnt hast, dass du in erster Ehe mit einem gewissen Jan Carstens, einem Deutschen, verheiratet warst. Was ist mit dem Mann geschehen? Wie konntest du Grandpa Ray in England kennenlernen, wenn du in Hamburg gelebt hast?«

Als hätte Louisa mit all diesen Fragen gerechnet, blieb ihre Miene unbewegt. »Ich werde dir alles sagen, mein Kind, aber zuerst eine Frage: Hast du die Kassette gefunden?«

»Die Bewahrer hatten sie längst in ihrem Besitz«, antwortete Pamela. »Sie gaben sie mir, und ich habe den Inhalt gelesen.«

»Du hast alles gelesen?«

Pamela nickte. »Ayleen McKinnleys Dokumentation. Sie war deine Freundin, nicht wahr? Darum hast du gezögert, als ich am Telefon ihren Namen nannte.«

Louisa konnte nicht antworten, denn DC Wallace unterbrach: »Bringen Sie Ihre Enkelin jetzt nach Hause, Ms Davison«, sagte er erstaunlich sanft. »Oder vielmehr ins Haus des Doc's. Das ist für Sie doch in Ordnung, Finlay?«

Gerald, der dem Gespräch zwischen Pamela und Louisa wortlos gefolgt war, antwortete: »Selbstverständlich. Ich glaube, wir brauchen jetzt alle einen starken Tee.

Detective«, er sah zu Wallace, »was geschieht jetzt mit den Leuten?«

»Wir werden ihre Personalien aufnehmen, und sie werden wegen der Entführung von Ihnen und Pamela angeklagt.«

Pamela legte eine Hand auf Wallace' Unterarm und sagte leise: »Vika, die Frau, der sie Handschließen angelegt haben, hat den Mann erstochen. Er war ihr Ehemann, und ich denke, sie wird Ihnen alles erklären. Auch das, was die Bewahrer im Schilde führten. Keith hält sich derzeit in London auf. Warum und wieso – darüber würde ich gern mit Ihnen sprechen, wenn mein Magen nicht mehr knurrt und ich gebadet habe.«

Wallace nickte, er wirkte so verständnisvoll, wie Pamela ihn nie zuvor erlebt hatte, und sagte: »Eines sollen Sie noch heute erfahren: Mae Crawfords Tod war ein bedauerlicher Unfall.« Pamela runzelte skeptisch die Stirn. »Das Auto wurde genau untersucht und da Sie, Pamela, so vehement die Bewahrer als Mörder bezichtigten, habe ich durchgesetzt, dass Maes Leichnam obduziert wird.«

»Mit welchem Ergebnis?«, fragte Pamela gespannt, ahnte die Antwort aber bereits.

»Sie erlitt am Steuer einen Schlaganfall, verlor wohl das Bewusstsein und die Gewalt über den Wagen. Unglücklicherweise kam ausgerechnet dann niemand an der Unfallstelle vorbei, so ist sie ertrunken.«

»Das tut mir sehr leid«, murmelte Pamela. Sie glaubte Wallace. Auch wenn er anfangs wenig freundlich zu ihr gewesen war, konnte sie die Arbeit der Polizei nicht länger anzweifeln. Allerdings würde sie so nie erfahren, was Mae über die Bewahrer gewusst und ihr hatte sagen wollen.

»Gehen wir«, sagte Gerald und legte seinen Arm wieder um Pamelas Schultern. Aus dem Augenwinkel sah Pamela, wie Louisa für einen Moment überrascht war, dann aber zufrieden lächelte. Sie hatte aber noch etwas auf dem Herzen:

»Die Kassette, Pam …« Sie sah ihr fest in die Augen. »Wo ist der Inhalt? Hast du …«, sie schluckte, »Ayleens Aufzeichnungen verbrannt?«

»Die Blätter sind noch oben in dem Zimmer, in dem die Bewahrer mich eingesperrt hatten«, antwortete Pamela. »Einst war es der Raum von Ayleen McKinnley, und die Kassette war in der Wandtäfelung hinter dem Schrank verborgen, so, wie du es vermutet hast. Ich werde sie holen.«

»Warte!« Louisa hielt sie am Ärmel fest. »Ich gehe selbst.«

»Aber Grandma, du weißt doch gar nicht …«

Louisa ging zielstrebig auf Clashmore House zu. Die Bewahrer traten zur Seite und ließen sie ungehindert passieren. Wenige Minuten später kehrte sie zurück, Ayleens Geschichte in der Innentasche ihrer Jacke verborgen.

»Jetzt können wir gehen«, sagte Louisa zufrieden. »Die Mission ist beendet. Zwar anders, als ich es geplant hatte, aber der Zweck heiligt bekanntlich die Mittel. Pam, ich weiß, du hast noch viele Fragen, die ich dir alle ehrlich beantworten werde. Aber nicht mehr heute. Ich fühle mich zugegebenermaßen etwas erschöpft. Nur eines: Wenn ich auch nur annähernd gewusst hätte, welche Gefahren dich in Clashmore erwarten, hätte ich nie verlangt, dass du …« Sie brach ab, ihre Augen schimmerten feucht.

»Alles ist gut, Grandma.« Pamela schmunzelte. »Es war ein aufregendes Abenteuer, ohne das ich Gerald nicht kennengelernt hätte.« Sie drückte erst seine Hand, sah dann auf ihre Armbanduhr. Es war kurz nach fünf. »Ich würde gern die Ansprache der Queen hören«, sagte sie und fügte für Louisa erklärend hinzu: »Ich fürchte, in den letzten Tagen habe ich einen royalistischen Touch bekommen. Auf jeden Fall interessiert es mich, was die Königin zu sagen hat.«

»Mich ebenfalls«, erwiderte Louisa. »Ich hoffe, sie findet die richtigen Worte, damit dieser Wahnsinn endlich ein Ende findet.«

Pünktlich um achtzehn Uhr unterbrachen alle Fernsehsender ihr übliches Programm. Die Queen, immer noch schwarz gekleidet, saß vor einem offenen Fenster im Buckingham Palast und begann ohne Einleitung zu sprechen:

»Zuerst möchte ich meinen Tribut an Diana selbst zollen. Sie war eine außergewöhnliche und talentierte Frau. Ich bewunderte und respektierte sie für ihre Energie, wie sie sich anderen verpflichtete und besonders, wie sie sich um ihre Söhne kümmerte. An ihrem Leben und wie die Menschen auf ihren Tod reagieren, können wir das erkennen. Ich hoffe, dass wir morgen bei ihrem Begräbnis unseren Schmerz greifbar machen können und gemeinsam über ihr kurzes Leben trauern dürfen.«

Die Queen hielt Augenkontakt zur Kamera, bis ihr Bild ausgeblendet wurde.

Louisa sagte: »Sie hat genau die richtigen Worte gefunden. Nicht zu viele und nicht zu pathetisch, das hätte das Volk ihr nicht geglaubt.«

»Auf mich wirkte sie aufrichtig und bewegt«, sagte Gerald. »Es wäre verlogen gewesen, hätte die Queen Trauer um eine Frau gezeigt, die sie seit Jahren verabscheute.«

»Verabscheuen ist ein starkes Wort«, wandte Pamela ein. »Ich denke, wir alle wissen viel zu wenig über das Verhältnis dieser beiden starken und außergewöhnlichen Frauen zueinander, um es wirklich beurteilen zu können.«

Dem hatten Louisa und Gerald nichts hinzuzufügen.

ACHTZEHN

Gerald bot Louisa sein Schlafzimmer an, er wolle auf der Couch schlafen. Louisa sagte zu, denn sie wollte in der Nähe ihrer Enkelin bleiben. Sie ging ins Bad, und Pamela half Gerald beim Zubereiten des Abendessens. Dabei erzählte sie ihm Ayleen McKinnleys Geschichte und was in Wirklichkeit hinter den Bewahrern steckte.

»Wenn nicht Menschen gestorben wären, könnte ich beinahe darüber lachen«, hatte Gerald gesagt. »Erben der Stuarts! Selbst wenn Ayleens Linie weiter bestünde – das Haus Windsor hat jede Menge Thronerben, die nach der derzeitigen königlichen Familie an der Reihe wären, sollte das Parlament beschließen, die Queen und ihre direkten Nachfolger zu verbannen.«

Pamela warf die geputzten und geschnippelten grünen Bohnen in das kochende Wasser und sagte: »Trotzdem interessiert es mich brennend, wie es Ayleen weiter ergangen und wie sie zu Louisa nach Deutschland gelangt ist.«

Gerald drehte sich um, in den Händen eine Zwiebel, die er für die Lammfilets schneiden wollte, sah sie einen Moment lang an, neigte den Kopf und küsste sie kurz, aber fest auf die Lippen. Dann sagte er, als sei nichts Ungewöhnliches geschehen: »Deine Grandma wird dir alles erzählen, du solltest ihr aber noch etwas Zeit geben.«

»Das tue ich«, murmelte Pamela mit heißen Wangen, und sah so interessiert in den Kochtopf, als müsse sie den Bohnen ganz besondere Aufmerksamkeit zukommen lassen.

Konnte sie für Gerald mehr sein als nur eine gute Freundin? Über ihre eigenen Gefühle war sie sich selbst nicht völlig im Klaren. Fraglos fühlte sie sich von dem Arzt nicht nur seelisch, sondern auch körperlich angezogen. Immerhin hatte sie seit Monaten keinen Sex mehr gehabt und wollte sich wieder als Frau begehrt fühlen. War es nicht nur ein Urlaubsflirt, verstärkt durch ihre gemeinsamen Erlebnisse, oder entwickelte sie eine tiefere Zuneigung zu Gerald? Die Wunden, die Joe in ihr Herz und ihre Seele geschlagen hatte, waren nahezu verheilt, die Narben würden aber noch lange bleiben. Sie räusperte sich und sagte, ohne ihn anzusehen: »Gerald, ich mag dich sehr gern …«

»Ob es aber Liebe ist, bist du dir nicht sicher«, vollendete er ihren Satz und schnitt die Zwiebel in feine Ringe, ohne dass seine Augen tränten. »Das ist okay, Pam. Du wirst nach Atlanta zurückkehren, aber eines sollst du wissen.« Er ließ die Zwiebel liegen, trat dicht vor sie und hob ihr Kinn mit zwei Fingern. Sie war gezwungen in seine Augen zu sehen. »Ich werde immer für dich da sein. Ob als Freund oder mehr … Die Zeit wird es zeigen.«

»Wenn meine Meinung gefragt sein sollte«, klang es von der Tür her, »dann seid ihr ein tolles Paar!«

»Grandma!« Verlegen sah Pam Louisa an. »Wie lange stehst du schon hier?«

»Keine Sorge, ich habe nichts gehört oder gesehen, das unschicklich war«, antwortete Louisa schmunzelnd. »Wenn du jetzt ins Bad möchtest, Pam? Allerdings fürchte ich, das heiße Wasser im Boiler reicht nur noch für eine schnelle Dusche.«

»Die ist mir auch recht.« Pamela lachte. »Wenigstens gibt es in diesem Haus eine Dusche. Bei Kirsty Lennox war nicht einmal eine Brause vorhanden.«

»So rückständig sind nicht alle in Schottland«, bemerkte Gerald lachend.

Louisa, in einen dunkelblauen Hausanzug gekleidet, das kurze Haar noch feucht, schnupperte. »Kann ich helfen?«

»Gern, wenn Sie die Kartoffeln waschen möchten?«, schlug Gerald vor. »Es gibt Lammfilet mit Rosmarinkartoffeln und Bohnen. Es ist nur einfache Hausmannskost.«

»Die meistens die beste ist«, sagte Pamela, drückte Gerald einen spontanen Kuss auf die Wange und lief schnell die Treppe hinauf, um zu duschen.

Während des Essens sprachen sie nicht über Clashmore House und die Ereignisse der vergangenen Tage. Pamela spürte, dass Louisa erst zur Ruhe kommen musste. Viele offene Fragen gab es auch nicht mehr, außer, warum sie nie erzählt hatte, dass ihr erster Ehemann ein Deutscher gewesen war und sie in Hamburg gelebt hatte.

Nachdem der Tisch abgeräumt war, öffnete Gerald eine Flasche Rotwein. »Den haben wir uns jetzt verdient.«

Louisa räusperte sich und deutete zum Kamin. »Wären Sie so freundlich, ein Feuer zu entzünden?«

Erst wollte Pamela fragen, warum Louisa das wollte, denn im Raum war es angenehm warm, dann nickte sie verstehend. Zwanzig Minuten später erfassten lodernde Flammen die dicht beschriebenen Blätter und fraßen sich durch schwarze Tinte. Beinahe andächtig sahen Pamela, Louisa und Gerald zu, wie Ayleen McKinnleys Erinnerungen an die ersten neunzehn Jahre ihres Lebens zu Asche zerfielen. Mit jedem Blatt, das verbrannte, entspannte sich Louisa mehr.

»Ich gehe jetzt zu Bett«, sagte sie, gab Pamela einen Kuss und murmelte: »Morgen wirst du den Rest der Geschichte erfahren. Zuerst muss ich ein paar Stunden wie ein Murmeltier schlafen. Ich bin halt keine zwanzig mehr.«

Mit Pamela allein sagte Gerald nachdenklich: »Unsere Generation kann nur ansatzweise nachvollziehen, was während des Krieges in Deutschland geschehen ist. Hamburg wurde stark bombardiert. Wahrscheinlich hat Louisa die Kriegsereignisse verdrängt. Es gibt Menschen, denen gelingt es, schreckliche Vorfälle in ihrem Leben so vollständig auszublenden, als seien sie niemals geschehen. Das ist eine Schutzfunktion der Seele, damit der Körper keinen Schaden nimmt.«

»Ich wusste nicht, dass du auch Psychotherapeut bist«, sagte Pamela und schenkte sich ein zweites Glas von dem schweren Rotwein ein. Sie trank langsam, denn sie wollte einen klaren Kopf behalten.

»Jeder gute Arzt sollte zu einem gewissen Grad ein psychologisches Verständnis haben«, erwiderte Gerald und legte dann seine Hand auf ihre. Es war ein warmes, schönes Gefühl. »Wenn du nicht zu müde bist, möchte ich dir erklären, warum ich an dem Tag, als du mit Mae Crawford verabredet warst, zum Clashmore House gefahren bin.«

Pamela setzte sich aufrecht hin. »Ich bin ganz Ohr.«

»Recht bald, nachdem ich nach Clashmore gekommen war, merkte ich, dass das Dorf etwas verbirgt, das mit dem alten Haus zusammenhängt. Obwohl die Leute, die sich Bewahrer nennen, kaum in den Ort kamen und jeder nur hinter vorgehaltener Hand über sie tuschelte, schien sie doch etwas zu verbinden. Wohl aus diesem Grund wurde ich weitgehend ignoriert, es war nicht nur meine Jugend und angebliche Unerfahrenheit. Wie du weißt, ist der Wirt Archie einer der wenigen Freundlichen zu mir. Von ihm erfuhr ich, dass seine Großmutter im Clashmore House gearbeitet hatte.«

»Es war seine Urgroßmutter«, korrigierte Pamela ihn. »Mir gegenüber erwähnte es Archie ebenfalls, behauptete allerdings, nicht mehr über das Haus zu wissen. Warum wolltest du, dass ich abreise und den Verkauf vergesse?«, fragte sie und ließ Gerald nicht aus den Augen, um seine Reaktion zu beobachten.

»Nach dem Mord sorgte ich mich um dich.« Er sah sie liebevoll und zugleich schuldbewusst an. »Ich spürte, dass in Clashmore House etwas vor sich geht, das dich in Gefahr bringen könnte. Außerdem, Pam«, schmunzelnd zog er eine Augenbraue hoch, »bist du ein Mensch, der sich in etwas verbeißt und nicht lockerlässt, bevor die Beute nicht erlegt ist.«

»Na ja, abgesehen vom Verkauf hatte ich Grandma versprochen, die Kassette zu finden und zu vernichten«, wandte Pamela ein. »In der Regel halte ich meine Versprechen.«

»So sollten viel mehr Menschen handeln«, erwiderte Gerald. »Vielleicht hast du festgestellt, dass Archie manchmal sein eigener, bester Gast ist. Wenn er zu viel trinkt, wird er gesprächig. An einem Abend, ich war sein letzter Gast und er hatte das Pub schon abgeschlossen, begann er von seiner Ahnin zu sprechen. Sie hatte ihrer Tochter, Archies Großmutter, erzählt, dass die Bewahrer Jakobiten seien und vor Morden nicht zurückschreckten, um ihr Geheimnis zu bewahren und die Stuarts wieder zu inthronisieren. Die Geschichte wurde in der Familie weitererzählt, so wusste Archie ebenso Bescheid wie das ganze Dorf. Irgendwie hatte jeder einen Vorfahren, der Kenntnis von den früheren Vorfällen hatte und wusste, dass die Leute auch über Leichen gingen, wenn es ihren Zwecken diente. Als sich dann die Gruppe in Clashmore House breitmachte, war allen klar, dass sich die Bewahrer neu formiert hatten, obwohl es von der letzten Erbin der Stuarts keine Spur gab. Deswegen mied jeder das Haus und wollte mit den Leuten nichts zu tun haben. Gerade auf dem Land sind viele in ihrem Herzen noch Jakobiten. Nahezu jede Familie hat Vorfahren, die für die Stuarts gekämpft und ihr Leben gelassen haben. Unser rationaler Verstand und unser Wissen von heute sagen uns zwar, dass die alten Zeiten niemals wieder zurückkommen werden, was auch gut ist, aber die Schotten hängen an ihren Traditionen.«

»Das habe ich bemerkt«, sagte Pamela trocken. » Archie wusste also auch, was Ayleen angetan wurde?«

»So ausführlich, wie es Ayleen niedergeschrieben hat, wohl nicht, er machte aber Andeutungen, die ich zuerst nicht glauben wollte. Gut, Archie war betrunken, doch seine Behauptung, die Bewahrer wollten das Königshaus stürzen, machte mir dann doch Sorge.«

Pamela nickte verstehend. »In den Aufzeichnungen erwähnt Ayleen eine Köchin mit dem Namen Grant, ebenso das Hausmädchen Mary. Obwohl die Bediensteten die Nächte nicht im Haus verbrachten, wird es ihnen nicht verborgen geblieben sein, was Jacob McKinnley, seine Schwester und die Bewahrer planten.«

Nachdenklich kratzte sich Gerald am Kinn. »Und jetzt, sechzig Jahre später, sahen die Bewahrer die Chance, die aufgeheizte politische Situation für ihre Zwecke zu nutzen.«

»Bereits vor dem Tod von Lady Diana war die Stimmung bezüglich des Königshauses nicht gut. Man respektierte und achtete die Queen, der Thronfolger Prinz Charles aber war der unbeliebteste Mann im ganzen Land. Die Gründe, warum er Diana geheiratet und wie er sie während der Ehe behandelt hat, verzieh man ihm einfach nicht. Wenn der Unfall in Paris nicht geschehen und sich die Stimmung des Volkes gegen das Königshaus nicht derart schnell und drastisch geändert hätte, wären die Bewahrer wohl nicht auf den Gedanken gekommen, die Windsors jetzt stürzen zu können. Erst recht nicht, weil sie keinen Stuart-Erben vorweisen können.«

»Davon ist auszugehen, Pam«, stimmte Gerald ihr zu. »Nach Archies Worten begann ich, eigene Nachforschungen über die Vergangenheit von Clashmore House und deren Bewohnern anzustellen. Ich rief einen ehemaligen Studienkollegen an und bat ihn, nach Informationen über Mae Crawford zu suchen. Brian arbeitet nämlich als Staatsanwalt und hat Zugang zu fast allen Unterlagen über die britischen Staatsbürger. Nun ja, nicht ganz legal«, Gerald schmunzelte, »Brian tat aber nichts, was ihm ernsthaft Schwierigkeiten bereitet hätte. Am Samstagmorgen, kurz nachdem du zum Treffen mit Mae gefahren bist, rief Brian mich an. Bei Mae Crawford handle es sich um das frühere Küchenmädchen von Clashmore House. Dann verließ sie Schottland, arbeitete in einer Munitionsfabrik in Manchester und lernte ihren späteren Mann kennen. Mit der Hochzeit nahm sie nicht nur den Namen Crawford an, sie änderte auch ihren Vornamen in Mae. Ich vermute, dass sie ihre Spur verwischen wollte, um von den Bewahrern nicht gefunden zu werden, weil sie zu viel wusste. Maes Mann war ein erfolgreicher Unternehmer. Die Ehe blieb kinderlos, er starb vor vier Jahren und hinterließ Mae ein kleines Vermögen.«

»Sie sagte zu mir, sie hätte immer davon geträumt, ein Haus wie Clashmore zu besitzen«, ergänzte Pamela nachdenklich.

»Ich rechnete nach«, fuhr Gerald fort. »In den 1930ern war Mae eine junge Frau, die durchaus über die Vorgänge im Clashmore House Bescheid gewusst haben könnte. Mir war klar, dass sie dir alles erzählen wollte. Da ich euren Treffpunkt nicht kannte, fuhr ich ins alte Haus. Vorgeblich, um mich nach Leah zu erkundigen, in Wahrheit jedoch um herauszufinden, ob die Bewahrer von Mae wussten und was sie vorhatten.« Gerald rollte mit den Augen, seufzte und trank einen Schluck Wein. »Tja, als Hobbydetektiv versagte ich dann auf ganzer Linie. Ich weiß nicht, was genau es war, welche meiner Fragen Keith misstrauisch gemacht hat, plötzlich packten er und ein anderer großer Kerl mich und schleiften mich in den Keller. Ich versuchte, mich zu wehren, hatte aber keine Chance, denn auf einmal hielt mir Keith ein Messer an die Kehle. Es tut mir leid, Pam.« Er sah sie betrübt an. »Ich bin kein Held oder ein mutiger Kämpfer. Ich bin Arzt geworden, um anderen zu helfen, nicht, um sie zu verletzen.«

»Das hat nichts mit Feigheit zu tun, Gerald«, sagte Pamela verständnisvoll. »Sich gegen Keith, Vika, ihre Helfershelfer und einer Waffe *nicht* zu wehren, war vernünftig. Sonst hättest du wohl auch ein Messer im Hals …« Sie schluckte und sagte schnell: »Sie zwangen dich, die Nachricht für mich zu schreiben, nicht wahr?«

Gerald nickte. »Keith schnappte sich meinen Schlüssel, um den Zettel hier zu platzieren.«

»Archie fantasierte also nicht, als er meinte, Keith in deinem Haus gesehen zu haben, wenngleich er falsche Schlüsse daraus zog.« Pamela seufzte. »Es tut mir sehr leid. Du hättest niemals in die Sache reingezogen werden dürfen.« Urplötzlich musste sie gähnen. »Entschuldige bitte.«

»Es ist spät, wir sollten jetzt auch schlafen gehen. Hinter uns liegen dramatische Tage. Ich springe noch kurz unter die Dusche, der Boiler sollte sich inzwischen wieder aufgeheizt haben, dann werde ich es mir auf dem Sofa bequem machen.«

»Danke, dass du Louisa dein Zimmer überlässt«, sagte Pamela. »Sobald die Polizei keine Fragen mehr hat, werden wir nach Hause fliegen.«

Geralds Blick konnte sie nicht recht deuten, er war jedoch verstehend und liebevoll. »Du und deine Grandma könnt bleiben, solange ihr wollt. Vielleicht möchte Louisa noch etwas von ihrer alten Heimat sehen?«

»Mal sehen«, antwortete Pamela vage. Sie wusste selbst nicht genau, was sie am liebsten wollte.

Am nächsten Morgen waren sie alle ausgeschlafen und gut erholt. Mit Appetit ließen sich die drei das üppige, herzhafte Frühstück schmecken. Heute, am Sonntag musste Gerald nicht in die Praxis, so konnten sie in aller Ruhe am Esstisch beisammensitzen.

Nachdem Gerald einen Joghurt gelöffelt hatte, sagte er: »Im Keller von Clashmore House hatte ich viel Zeit zum Nachdenken. Ich werde die Praxis aufgeben und die Gegend verlassen. Es ist sinnlos und nervenaufreibend, an einem Ort zu bleiben, an dem man nicht erwünscht ist.«

Pamela überraschte Geralds Vorhaben nicht. Sie fragte: »Wohin willst du gehen?«

Gerald zuckte mit den Schultern. »In den Süden Schottlands, am liebsten in die Nähe meiner Eltern. Auf jeden Fall an einen Ort, wo die Arbeit eines guten Arztes geschätzt wird.«

Pamela griff über dem Tisch nach Geralds Hand und drückte sie. »Ich würde nicht anders handeln.«

Louisa rührte so hektisch in ihrer Teetasse, dass der Löffel gegen das Porzellan klirrte, und murmelte: »Das verstehe ich sehr gut.« Sie sah Pamela an. »Können wir beide einen Spaziergang machen? Ich brauche frische Luft und etwas Bewegung.«

»Sehr gern, Grandma, ich hole nur schnell meine Jacke.«

Pamelas Herz schlug schneller. Sie wusste, Louisa zog es nicht nur wegen der Sonne dieses Spätsommertages ins Freie, sie wollte mit ihr, Pamela, allein sein, um den Rest von Ayleens Geschichte und wie sie in den Besitz von Clashmore House gekommen ist, zu erzählen.

Ein leichter Westwind jagte weiße Wolken über den Himmel, und in der Sonne war es angenehm warm. Louisa hängte sich bei ihrer Enkelin ein. Sie gingen die Straße, in der Gerald wohnte, bis zu deren Ende und folgten dann einem Trampelpfad. Noch blühten Blumen in allen möglichen Farben, die meisten kannte Pamela nicht, und im dichten Buschwerk links und rechts des Weges summten Bienen und Wespen auf der Suche nach Nektar.

Welch ein Unterschied zu Atlanta, dachte Pamela. Bisher hatte sie sich in der quirligen Großstadt wohlgefühlt, und in Atlanta gab es schöne, großzügige Grünanlagen, an der Ruhe und der unberührten Natur der schottischen Highlands fand Pamela indes immer mehr Gefallen. »Grandma, ist es dir schwergefallen, von hier fortzugehen?«, fragte sie. »Die herrliche Landschaft, die Ruhe und Beschaulichkeit einfach so aufzugeben?«

Louisa verharrte im Schritt und zuckte mit den Schultern. »Es blieb mir keine Zeit, darüber nachzudenken.«

»Außerdem hast du Jan Carstens geliebt«, sagte Pamela lächelnd. »Du wolltest an seiner Seite sein, gleichgültig, in welchem Land und unter welchen Umständen.«

Louisa senkte den Kopf und ging weiter, ohne Pamelas Bemerkung zu kommentieren.

Nach etwa sechshundert Yards lichteten sich die Hecken. Jetzt führte der Trampelpfad auf einen Hügel hinauf, der fast vollständig mit lilafarbenem Erika bewachsen war. Louisa atmete zwar etwas schneller, bewältigte den Anstieg aber gut. Als sie die Hügelkuppe erreicht hatten, auf der eine blau lackierte Bank zum Verweilen einlud, sagte Louisa: »Setzen wir uns, Pam. Ich bin kein Mensch großer Worte. Daher will ich es so kurz wie möglich machen, denn du hast das Recht, das Ende von Ayleen McKinnleys Geschichte zu erfahren.«

Und deine und die von deinem deutschen Mann, dachte Pamela, wollte die Großmutter aber nicht drängen.

Den Blick in die Ferne auf die vegetationslosen Berge, die das Tal von Clashmore umschlossen, gerichtet, begann Louisa zu sprechen:

»Jacob und seine vermeintliche Schwester schlossen Ayleen in ihr Zimmer ein, weil sie befürchteten, sie könne ihren Plan verraten.«

»Seine *vermeintliche* Schwester?«, hakte Pamela nach.

Mit einer Handbewegung gebot Louisa ihr, sie jetzt nicht zu unterbrechen. »Langsam, du wirst alles erfahren. Catriona brachte ihr Essen, Trinken und leerte den Nachttopf, sprach aber kaum ein Wort mit Ayleen und beantwortete nicht deren Fragen. Einmal erschien das Hausmädchen Mary, Mae, wie wir heute wissen, an der anderen Seite der abgeschlossenen Tür. Sie konnte Ayleen nicht befreien und teilte ihr nur mit, sie und die Köchin seien entlassen worden. Beide hatten mitbekommen, was in Clashmore House vor sich ging, für wen Jacob McKinnley seine Frau hielt und dass die Bewahrer das Parlament zwingen wollten, sie als Königin anzuerkennen, wenn nötig auch mit Waffengewalt. Ayleen bat Mary, Hilfe zu holen oder zumindest an

Louisa in Deutschland zu schreiben. Bevor sie dem Mädchen aber die Adresse mitteilen konnte, hörte Mary Schritte auf der Treppe und verschwand. Ayleen hat sie nie wiedergesehen. Jacob erschien. Er wollte sie zu einem Bekannten, einem weiteren Jakobiten, auf eine kleine Insel vor der Westküste bringen, um sie besser unter Kontrolle zu haben, bis die große Aufgabe erfüllt war.« Louisa seufzte und fuhr sich mit dem Handrücken über die Stirn. Pamela erfuhr nun das weitere Schicksal von Ayleen McKinnley.

Ayleen folgte Jacob auf den Korridor hinaus. Die Gedanken in ihrem Kopf wirbelten durcheinander. Sie wusste, wenn sie einmal auf dieser Insel war, würde es ihr nicht gelingen, wieder von dort zu fliehen. Auf dem Treppenabsatz stand Catriona. Sie forderte Ayleen auf, sich umzudrehen, damit sie ihre Handgelenke mit einem Strick fesseln konnte. In Ayleen erwachte endlich der Kampfgeist. Genug war genug! Sie würde sich nicht wie ein Vieh zur Schlachtbank führen lassen! Obwohl Ayleen Gewalt verabscheute, holte sie aus und schlug Catriona mitten ins Gesicht. Deren Oberlippe sprang auf, Blut lief ihr übers Kinn. Mit hassverzerrter Miene stürzte sich Catriona auf Ayleen und riss sie an den Haaren, gleichzeitig packte Jacob sie von hinten und drehte ihre Arme auf den Rücken. Vor Schmerz schrie Ayleen auf, trat nach hinten und traf mit voller Wucht sein Schienbein. Jacobs Griff lockerte sich. Ayleen drehte sich um und stieß mit beiden Händen gegen Jacobs Brust. Er taumelte, riss ungläubig die Augen auf, verlor den Halt und kippte nach hinten weg. Sich mehrmals überschlagend fiel er die Treppe hinunter. Ayleen hörte ein knackendes Geräusch, als Jacob auf den Fliesen der Halle aufschlug. Dann war es still. So still, dass man eine Nadel hätte fallen hören können. Ayleen stand wie gelähmt auf dem Treppenabsatz, eine Hand an das Geländer geklammert. Catriona schrie, das Gesicht blutverschmiert, rannte die Treppe hinunter und kniete sich neben Jacob. Selbst im schwachen Licht der Deckenlampen sah Ayleen, dass Jacobs Augen aufgerissen und sein Blick starr waren.

Catriona packte ihn bei den Schultern und schüttelte ihn. In einem unnatürlichen Winkel pendelte Jacobs Kopf hin und her. »Wach auf, Jacob! Hörst du, Liebling? Du musst aufwachen! Jacob …« Catrionas Blut tropfte auf seine Brust und hinterließ hässliche Flecken auf seinem hellen Hemd. Sie hob den Kopf, starrte zu Ayleen hinauf, die immer noch wie zur Salzsäule erstarrt auf dem Treppenabsatz verharrte. »Er ist tot! Du hast ihn umgebracht! Du Hexe! Von Anfang an wusste ich, dass du Unglück in dieses Haus bringen wirst. Aber Jacob wollte nicht auf mich hören. Für unsere wahre Bestimmung war ihm kein Opfer zu groß.«

Mit ausgedörrter Kehle würgte Ayleen hervor: »Es war ein Unfall. Er ist gestolpert. Ich wollte deinen Bruder nicht töten.«

»Bruder! Pah!«, spie Catriona hasserfüllt aus. »Wir waren Liebende, er war mein Geliebter, mein Ein und Alles. Ich lebte für Jacob, und er lebte für mich.«

»Was sagst du da?«, fragte Ayleen fassungslos und dachte, dass die Frau jetzt endgültig wahnsinnig geworden war.

Ein diabolisches Lächeln verzerrte Catrionas Züge. »Ja, wir waren ein Paar, seit über fünfzehn Jahren. Aber Jacob musste dich heiraten, um an deiner Seite König von England zu werden. Er beobachtete dich, seit du ein kleines Kind warst, und machte nie einen Hehl aus seinem

Plan. Ich liebte ihn so sehr und konnte ihn nicht verlassen, so arrangierte ich mich mit der Situation. Zudem bin ich eine überzeugte Jakobitin und habe den Blutschwur der Bewahrer abgelegt, die Stuarts wieder zu inthronisieren. Sobald du offiziell Königin gewesen wärst, hättest du einen bedauerlichen Unfall erlitten. Als König James, der Dritte, hätte Jacob regiert, und nach einer angemessenen Trauerzeit hätten wir geheiratet.«

Ayleen schloss die Augen. Das war doch alles nicht wahr! Das war nur ein furchtbarer Albtraum, aus dem sie gleich erwachen würde. Das Bild blieb jedoch bestehen, als sie die Augen wieder öffnete. Jacob, mit gebrochenem Genick am Fuß der Treppe, Catriona, in den Augen blanke Mordlust.

»Du wirst hängen!«, sagte Catriona kalt. »Du hast Jacob vorsätzlich getötet, weil du frei sein und nicht teilen wolltest.«

Ayleen wusste: Bei einem Prozess stünde ihre gegen Catrionas Aussage. Würde ihr überhaupt jemand Glauben schenken, was Jacob und seine Freunde im Schilde geführt hatten? Waren nicht auch die Richter und Staatsanwälte Jakobiten? Ayleen konnte niemandem trauen. Sie lief in ihr Zimmer. Vor dem Schrank zögerte sie. Vor ein paar Monaten hatte sie zufällig einen Hohlraum entdeckt, als ihr ein Ring unter den Schrank gefallen war und sie ihn hatte zur Seite schieben müssen. Aus der Bibliothek hatte sie eine hölzerne Kassette geholt, für die offenbar niemand mehr Verwendung hatte. Dorthinein hatte Ayleen ihre Aufzeichnungen gelegt und in dem Hohlraum hinter der Holztäfelung verborgen. Sie wusste, würden Jacob und Catriona entdecken, dass sie alles aufgeschrieben hatte, würden sie die Blätter vernichten und Jacob sie wieder schlagen.

Jetzt war keine Zeit, das Versteckte mitzunehmen, ihre Geschichte war in dem Hohlraum sicher. Sie musste sich beeilen, bevor es Catriona gelang, sie aufzuhalten. Zum ersten Mal war Ayleen froh, dass es in Clashmore House keinen Telefonanschluss gab, so konnte Catriona nicht die Polizei anrufen. Das verschaffte ihr einen zeitlichen Vorsprung. Hastig raffte Ayleen allen Schmuck, den Jacob ihr geschenkt hatte, zusammen, steckte ihn in die Tasche ihres Mantels und zog diesen an. Ohne einen Blick zurückzuwerfen, hastete sie die Dienstbotentreppe hinunter, um die Halle zu meiden. Immer in der Erwartung, von Catriona verfolgt und aufgehalten zu werden, doch sie gelangte ungehindert ins Freie. Eisig schnitt die Kälte in ihre heißen Wangen, und Schnee drang von oben in ihre Schuhe. Sie bemerkte es nicht. Die Gartenpforte und der hintere Zugang waren abgeschlossen, das Tor war jedoch nicht hoch. Die Finger um die kalten Stäbe geklammert, kletterte Ayleen über das Gitter. Zweimal rutschte sie ab, riss sich den Rock auf, dann landete sie endlich auf der anderen Seite. Ein dumpfer Schmerz durchzuckte ihren rechten Knöchel. Egal! Sie wollte nur weg! Fort von Clashmore House, fort aus dem Tal, am besten ganz weit fort aus Schottland.

Mehrere Minuten lang ließ Pamela Louisas Erzählung auf sich wirken und versuchte, ihre eigenen Gedanken zu sortieren, bevor sie fragte: »Wie gelang Ayleen die Flucht? Die Kälte, der Schnee …«

Louisa antwortete: »Sie lief die ganze Nacht. Später konnte sie nicht mehr sagen, wie sie den Weg nach Beauly bewältigte.«

»Sie lief nach Beauly? Das sind acht Meilen!«

Louisa nickte. »Wenn ein Mensch in Gefahr schwebt, werden ungeahnte Kräfte in ihm geweckt, und er wächst über sich hinaus. Der Wille zu überleben, ist stärker als jede Widrigkeit und jeder Schmerz. Ayleen kam am frühen Morgen in der Stadt an, es war noch stockdunkel. Am Busdepot war ein Mann gerade damit beschäftigt, seinen Bus für die erste Fahrt nach Inverness klarzumachen. In einem unbeobachteten Moment schlich sich Ayleen in den Wagen und verbarg sich hinter den Sitzen in der letzten Reihe.« Louisa griff nach Pamelas Hand und drückte sie fest. »Der Rest ist schnell erzählt: In Inverness versetzte Ayleen einen Teil ihres Schmuckes im Pfandhaus. Der Besitzer stellte keine Fragen, obwohl sie erbärmlich ausgesehen haben musste. Offenbar war er daran gewöhnt, dass Leute in verzweifelten Lagen zu ihm kamen. Ayleen erhielt viel weniger Bargeld, als die Ohrringe und das Armband wert waren, das war ihr aber egal. Mit dem nächsten Zug fuhr sie nach Edinburgh, immer die Angst im Nacken, Catriona hätte die Polizei informiert und man würde bereits nach ihr fahnden. Sie blieb nur eine Nacht in Edinburgh, die sie in der Wartehalle der Waverley Station verbrachte und kein Auge schloss. Erst am folgenden Morgen im Zug nach London begann sie sich zu entspannen, kaufte sich Essen und Trinken und säuberte sich notdürftig im Waschraum des Waggons.«

Louisa schluckte schwer. Pamela bedauerte, keine Wasserflasche mitgenommen zu haben, denn das viele Sprechen hatte die Großmutter durstig gemacht. Sie fragte: »Sollen wir zurückgehen? Du kannst mir später erzählen, wie Ayleen zu dir nach Hamburg gelangt ist.«

Louisa schüttelte den Kopf. »Ich muss es jetzt loswerden, später fehlt mir vielleicht der Mut dazu. Aus Angst, auch in London von der Polizei oder, noch schlimmer, von den Bewahrern aufgespürt zu werden, nahm Ayleen einen anderen Namen an. Sie nannte sich von nun an Louisa Kelly. Du musst wissen, Pam, dass es im Vereinigten Königreich keine Ausweis- und Meldepflicht gibt. Man benötigt keine persönlichen Dokumente, solange man das Land nicht verlässt oder ärztliche Behandlung in Anspruch nehmen muss.«

Pamela nickte verstehend. »In Deutschland warst du weit fort, so bestand keine Gefahr, dass die Mogelei auffliegt.«

Ohne auf Pamelas Anmerkung einzugehen, fuhr Louisa fort: »Die Jahre vergingen, die Angst aber wich nie von Ayleen. Mehrmals dachte sie daran, nach Hamburg zu reisen, dafür hätte sie sich aber einen falschen Pass besorgen müssen. In London gab es Leute, die solches gegen eine entsprechende Bezahlung erledigt hätten, Ayleen war aber zu unbedarft und auch zu ängstlich, sich in jene Kreise zu begeben. Auch traute sie sich nicht, an die Freundin zu schreiben. Catriona kannte Louisas Hamburger Adresse und vermutete sicher, dass sich Ayleen Hilfe suchend an die Freundin wenden würde. Außerdem wollte Ayleen nicht riskieren, dass Louisa in die Sache hineingezogen wird und ebenfalls in Gefahr gerät. Ayleen arbeitete in einer Fabrik für Gartenmöbel, wohnte in einem Dachzimmer in einem anonymen Mietshaus im East End, einer Gegend, in der sich kein Nachbar um den anderen kümmert, und sie schloss keine Bekanntschaften oder gar Freundschaften. Dann brach der Krieg aus. Nun war eine Reise nach Deutschland ausgeschlossen.«

Pamela bemerkte wohl, dass die Großmutter von sich selbst sprach, als handle es sich um eine Fremde, sie war aber zu begierig, den Rest der Geschichte zu erfahren, als nachzufragen.

Louisa fuhr fort: »Dann, im Sommer 1943 ...« Sie schluckte schwer. »Es war der 25. Juli, in Deutschland ein heißer Sommertag, starteten die Alliierten den schwersten Luftangriff des Krieges auf Hamburg. Zehntausende verloren ihr Leben, die Stadt war fast völlig zerstört. In England wurde der Angriff als großer Sieg gefeiert, Ayleen hingegen war in Sorge um ihre Freundin. Eine Woche später rief sie Louisas Eltern in Inverness an. Die hatten zwar keine Gewissheit, da zwischen Schottland und Deutschland keine Nachrichten ausgetauscht werden konnten, aber in dem Viertel, in dem Louisa und ihre Familie in Hamburg lebten, stand kein Stein mehr auf dem anderen. Der verheerende Feuersturm hatte in dieser Gegend besonders heftig getobt. Louisa, ihr Mann Jan und die Kinder – ein Junge und ein Mädchen, noch ein Säugling – waren wohl nicht mehr am Leben.«

»Stopp!«, rief Pamela verwirrt und hob die Hand. Perplex sah sie die Großmutter an. »Bisher konnte ich dir gut folgen, aber jetzt steige ich aus. Du hast doch überlebt, und nach dem Krieg ist Ayleen nach Hamburg gekommen ...«

»Ach, Pam, Pam«, unterbrach Louisa sie. Zum ersten Mal an diesem Tag lächelte sie. »Du bist doch eine intelligente Frau. Verstehst du nicht, wie es wirklich gewesen ist?«

Der Schleier vor Pamelas Augen zerriss, und sie erkannte die Wahrheit. »Du ... du ... du bist Ayleen!«, keuchte sie. »Es ist deine Geschichte, Grandma!«

»Ja, mein Kind, so ist es. 1944 lernte ich einen amerikanischen GI kennen, Ray, deinen Großvater. Ich hatte nicht geglaubt, jemals wieder einem Mann vertrauen zu können, aber Ray war verständnisvoll, voller Liebe und Geduld.

Er überlebte die Invasion in der Normandie, kehrte nach London zurück und bat mich, seine Frau zu werden und mit ihm in die Staaten zu gehen. Bei den Luftangriffen auf London hätte ich alle meine Dokumente verloren, erklärte ich ihm. Das war nicht ungewöhnlich, Tausenden von Engländern ist es so ergangen. So erhielt ich neue Papiere und einen Pass, ausgestellt auf den Namen Louisa Kelly.«

»Erfuhr Grandpa je die Wahrheit?«, fragte Pamela.

»Nur einen Teil. Ich erzählte ihm von Ayleen McKinnley, von meiner Freundin, die seit dem Tod ihres Ehemanns spurlos verschwunden war. Und ich legte Ray ein von Ayleen verfasstes und unterschriebenes Dokument vor, in dem sie mir, Louisa Kelly, Clashmore House vermacht, sollte ihr etwas zustoßen. Ayleens Unterschrift war ja echt, als Louisa Kelly verstellte ich meine Handschrift. Obwohl wir den Krieg gewonnen hatten, herrschte auf der Insel ein schreckliches Durcheinander. Ray wollte, dass wir gemeinsam nach Schottland fahren, um meinen Anspruch geltend zu machen, ich schützte jedoch eine Erkältung vor. Noch immer hatte ich Angst, jemand könne mich erkennen und mein Lügengebäude zum Einstürzen bringen. Ray fuhr allein. Das Erbe wurde anerkannt, und ich erhielt alle notwendigen Unterlagen, die bezeugen, dass Clashmore House mir gehört.«

»Warum hast du es nicht schon damals verkauft?«, fragte Pamela. »Warum hast du deinen Anspruch überhaupt angemeldet? Man sollte meinen, du wolltest mit dem Haus nie wieder etwas zu tun haben.«

Louisa zuckte mit den Schultern. »Ich war jung und dachte nur daran, England so schnell wie möglich zu verlassen. Dann waren da die Aufzeichnungen. Ich hatte sie sicher in der Wandtäflung verborgen, ein neuer Besitzer hätte sie aber wahrscheinlich gefunden. Ray wollte ich nicht bitten, die Kassette für mich zu vernichten. Er hätte den Inhalt gelesen und vielleicht die richtigen Schlüsse gezogen. Ach, Pam, aus heutiger Sicht habe ich einen großen Fehler gemacht, damals jedoch blendete ich alles aus, so, wie junge Menschen häufig dazu neigen, Unangenehmes zu ignorieren. Viele Jahre dachte ich nicht mehr an das Haus und was dort geschehen war. Die Gruppe der Bewahrer hielt ich für zerschlagen. Jacob, ihr Anführer war tot, und das britische Volk liebte und bewunderte ihren König. Wie du weißt, bekamen Ray und ich einen Sohn, deinen Vater. Der Bann, die Erbinnen von Prinz Charles Edward Stuart gebären nur Mädchen, war gebrochen. Vor wenigen Monaten wurde mir dann bewusst, dass meine Zeit begrenzt ist. Nein, Pam, bitte, unterbrich mich nicht! Es ist nun mal Tatsache, dass ich nicht ewig leben werde. Auch in den Staaten bekam ich mit, wie unbeliebt das englische Königshaus nach der Scheidung von Prinz Charles und Lady Diana wurde. Du musst mir glauben, ich hatte keine Ahnung, dass sich die Bewahrer neu formiert und ausgerechnet Clashmore House als Hauptquartier ausgesucht hatten, sonst hätte ich dich niemals nach Schottland geschickt. Was mit dem Haus geschah, war mir egal, Ayleen McKinnleys Aufzeichnungen mussten aber vernichtet werden. Amerika ist zwar weit, aber ich konnte nicht sicher sein, dass die Bewahrer nicht auf deine Spur kommen.«

»Auf *meine* Spur?«, fragte Pamela. »Was habe ich damit zu tun?«

»Kind, Kind, dein Gehirn arbeitet heute wirklich langsam«, antwortete Louisa tadelnd und mit einem Augenzwinkern. »Wenn alles, was die Bewahrer behaupten und an das sie fest glauben, der Wahrheit entspricht, bist du –

Pamela Davison – die aktuelle Erbin der Stuart-Dynastie, für fanatische Jakobiten also die rechtmäßige Königin von England und Schottland.«

Schlagartig wurde sich Pamela dessen bewusst, ein Schauer lief über ihren Rücken. »Mein Gott, wenn Keith, Vika und die anderen das gewusst hätten …« Sie schüttelte sich wie ein nasser Hund. »Niemand soll es jemals erfahren!«

»Nun, deinem Freund kannst du es schon erzählen«, bemerkte Louisa trocken. »Er scheint ein verständnisvoller Mann zu sein, dem du vertrauen kannst.«

»Gerald ist ein, aber nicht *mein* Freund«, murmelte Pamela.

»Das sollte er aber werden«, erwiderte Louisa schmunzelnd. »Ich glaube, er mag dich sehr, und dir ist er auch nicht gleichgültig, nicht wahr?«

Pamela nickte. »Mein Leben ist in Atlanta …«

»Warum?«, unterbrach Louisa sie. »Wenn du denkst, du musst bei mir bleiben, dann mach dich davon frei. Ich komme gut allein zurecht, habe Freunde im Literaturzirkel, im Chor, und meine Arbeit im Tierasyl lässt mir keine Zeit, mich einsam zu fühlen.«

»Wir werden sehen«, murmelte Pamela. »Zunächst muss ich alles verarbeiten und zu verstehen versuchen.« Eine kühle Windbö ließ sie frösteln, der Himmel hatte sich zwischenzeitlich bewölkt. »Wir sollten zurückgehen, nicht, dass du dich erkältest, Grandma.«

Louisa nickte. »Außerdem ist bald Zeit für den Lunch. Langes Reden hat mich immer schon hungrig gemacht.«

In Geralds Küche öffnete Pamela zwei Dosen Tomatensuppe, dazu toastete sie Weißbrot und stellte gesalzene Butter auf den Tisch. Sie, Louisa und Gerald aßen schweigend. Gerald schien zu spüren, dass Louisa Pamela etwas erzählt hatte, worüber beide Frauen nicht sprechen wollten, jedenfalls nicht im Moment. Während Gerald Tee aufbrühte, schaltete Pamela den Fernseher ein. Die Trauerfeier für Lady Diana Spencer hatte bereits begonnen. Über Dianas Sarg war die königliche Standarte gebreitet worden, der Wagen wurde von sechs schwarzen Pferden gezogen. Dem Sarg folgten zu Fuß Prinz Philip, Prinz William, Sir Edward Spencer, Prinz Harry und Prinz Charles mit versteinerten Gesichtern. Als die Kamera auf den mit weißen Lilien und Rosen geschmückten Sarg schwenkte und eine schlichte Karte mit dem Wort *MUMMY* zeigte, konnte Pamela ihre Tränen nicht länger zurückhalten. Sie und Louisa lagen sich weinend in den Armen, selbst Gerald rieb sich verlegen die Augen. Wie mutig von den jungen Prinzen, welche Selbstbeherrschung an dem schwersten Tag ihres Lebens, vor Millionen von Zuschauern dem Sarg zu folgen! Minütlich schlug die große Glocke der Westminster Abbey einmal, sonst war es totenstill. Über London war ein Flugverbot erteilt worden. In der Menge an den Straßenrändern, es mussten Hunderttausende sein, erklangen vereinzelt Schluchzen und Wehklagen, eine Frau rief: »Diana, wir lieben dich!«

Der Buckingham Palace kam in Sicht, die Standarte auf halbmast gehisst. Die Queen stand vor dem Tor, neben und hinter ihr der Rest der königlichen Familie. Nie zuvor hatte sich die Queen an einem der Tore des Palastes gezeigt. Dann wurde die Welt Zeuge eines weiteren besonderen Moments. In dem Augenblick, als Dianas Sarg vorbeirollte, verbeugte sich die Queen. Selbst der Kommentator war für einen Augenblick sprachlos.

Louisa sagte: »Diese Geste hat wohl niemand erwartet. Eine nur kleine Bewegung, und der Wille des Volkes hat über die Tradition gesiegt.«

»Sie wird es auf Anraten des Premierministers getan haben«, bemerkte Gerald trocken. »Egal, sofort kann auch nicht wieder alles gut und vergessen sein, aber die Normalität wird sich nach und nach einstellen.«

»Und niemand wird jemals wieder in Betracht ziehen, die Windsors aus dem Land zu jagen«, ergänzte Pamela leise.

Sie tranken Tee und sahen sich den Rest der Trauerfeier an. All die prominenten Gäste, die in der Westminster Abbey eintrafen. Pamela fand es richtig, dass die Kameras die königliche Familie aus Respekt nicht zeigten. Als sich Elton John an den schwarzen Flügel setzte, die ersten Töne anschlug und mit einem gebrochenen Ausdruck in den Augen zu singen begann, flossen ein weiteres Mal Pamelas und Louisas Tränen.

Diesen Tag, den 6. September 1997, würde keiner von ihnen jemals vergessen, so, wie Milliarden von Menschen auf der Welt sich immer daran erinnern werden.

Auf dem Flughafen herrschte dichtes Gedränge. Louisas und Pamelas Gepäck war bereits aufgegeben, und sie hatten noch etwas Zeit, bis sie zur Sicherheitskontrolle gehen mussten. Gerald hatte sie nach Glasgow gefahren, jetzt standen die drei etwas verloren herum und wussten nicht, was sie sagen sollten. In den vergangenen Tagen hatte Gerald seinen Entschluss, Clashmore zu verlassen, in die Tat umgesetzt. Seine Bewerbung am Ärztezentrum in Linlithgow war angenommen worden, mit Beginn des kommenden Jahres würde er dort anfangen.

»Für den Prozess werde ich zurückkommen«, sagte Pamela. »Wegen der Freiheitsberaubung muss ich persönlich aussagen.«

Gerald nickte. »Ich hoffe, der Termin wird bald anberaumt, aber so überbelastet wie unsere Gerichte sind …« Er zuckte mit den Schultern, sah Pamela ernst an und sagte: »Solltest du früher Sehnsucht nach Schottland haben: In meinem Haus ist immer ein Zimmer für dich frei.«

»Danke, Gerald, aber ehrlich: Nach Clashmore wird es mich nicht zurückziehen«, erwiderte Pamela und zwang sie sich zu einem unbeschwerten Lächeln. »Ich warte, bis du dich im Süden eingerichtet hast. So komme ich endlich in den Genuss, Edinburgh zu besuchen.«

»Ich schreibe dir meine neue Adresse.«

Louisa sah von ihrer Enkelin zu dem Arzt und sagte: »Ich gehe noch mal zur Toilette. Im Flieger ist mir das unangenehm.«

Pamela wusste, die Großmutter wollte sie und Gerald allein lassen. »Ich werde dir ebenfalls schreiben«, sagte Pamela. »Wir können auch E-Mails austauschen, die Programme werden immer besser.«

»Wenn die technische Entwicklung weiter so rasant fortschreitet, wird es bald möglich sein, sich über Computer nicht nur zu schreiben, sondern persönlich mit Bild zu unterhalten.«

»Bloß nicht!« Pamela war froh, dass Gerald sie zum Lachen gebracht hatte. »Besonders morgens sehe ich schrecklich aus!«

»Ich bin sicher, du siehst immer bezaubernd aus«, sagte Gerald leise, griff nach einer ihrer Haarsträhnen und wickelte sie um seinen Finger. »Ich würde sehr gern sehen, wie du morgens aufwachst.«

Sie sah ihm fest in die Augen. »Das wirst du, Gerald, das wirst du bestimmt. Im Moment jedoch …«

»Brauchst du Zeit für dich«, ergänzte Gerald verständnisvoll. »Ich gebe dir alle Zeit der Welt.«

Louisa trat wieder zu ihnen. »Wir müssen gehen, unser Flug wurde gerade aufgerufen. Wenn es nur schon vorüber wäre …« Sie rollte mit den Augen und seufzte.

»Ach, Grandma, nimm Valium oder trink einen Piccolo, dann kannst du schlafen. Wenn du wieder aufwachst, werden wir in Atlanta sein.«

Alle drei lachten, dann umarmte Louisa Gerald. »Danke für alles, Doktor.«

Sie wandte sich ab und ging zur Sicherheitskontrolle. Pamela und Gerald umarmten sich ebenfalls. Ihr Abschiedskuss war zärtlich, und in diesem Moment hätte Pamela am liebsten gesagt, sie würde nicht in die Maschine steigen. Dann ließ Gerald sie los, gab ihr einen letzten Nasenstüber und sagte: »Ich gehe jetzt. Kümmere dich um deine Großmutter.«

Er drehte sich um, und schnell war sein breiter Rücken in der Menge verschwunden.

NEUNZEHN

Schottland – 2001

Schwungvoll öffnete die Sekretärin die Tür mit der Nummer 4.

»Ihr Sprechzimmer, Dr. Davison.«

Doktor Davison … Pamela ließ die Anrede in sich nachklingen. Auch nach fünf Monaten hatte sie sich an den Titel noch nicht gewöhnt. Sie trat in einen hellen, mit weißen Möbeln ausgestatteten, quadratischen Raum. Schränke mit Medikamenten und Instrumenten an den Wänden, eine breite Liege, ein moderner Schreibtisch, davor zwei bequeme Stühle für die Patienten. In einer Vase auf dem Tisch stand ein Strauß bunter Sommerblumen. Der Blick durch das breite, vorhanglose Fenster ging auf die Ruinen des Palastes von Linlithgow.

»Es ist sehr schön, ich danke Ihnen, Ms …«

»Catriona Hunter.« Unmerklich zuckte Pamela bei dem Vornamen zusammen. »Sagen Sie einfach Catriona zu mir.«

»Danke … Catriona. Wann kann ich anfangen?«

Lächelnd antwortete die Sekretärin: »Ich habe mir erlaubt, Ihre erste Patientin für heute nach dem Lunch einzuplanen, Dr. Davison.«

Die Verbindungstür zum nebenliegenden Sprechzimmer öffnete sich.

»Gerald!« Pamelas Augen leuchteten auf. Catriona bemerkte es und zog sich schmunzelnd zurück. »Zwick mich, damit ich es wirklich glauben kann.«

Sanft kniff Gerald in ihre Wange, dann küsste er sie zärtlich auf die Lippen.

»Doktor Pamela Davison, Sie sind wirklich und wahrhaftig Ärztin der Inneren Medizin und von heute an meine Kollegin«, sagte er in einem übertrieben ernsten Tonfall. »Die anderen des Teams lernst du heute Abend kennen. Ich habe einen Tisch im besten Restaurant der Stadt reserviert, um deinen Einstand zu feiern.«

»Den ich wohl bezahlen muss«, erwiderte Pamela schmunzelnd. »Du weißt genau, dass mein Gehalt nicht gerade üppig ist.«

»Beim Nationalen Gesundheitsdienst verdient sich niemand eine goldene Nase«, gab Gerald zu. »Hier im Ärztezentrum von Linlithgow ist die Arbeit aber äußerst angenehm, die zwei Kollegen und die eine Kollegin sind sehr kompetent und nett, und mit den meisten Patienten kommt man gut zurecht.«

Pamela erwiderte ernst. »Für deine Unterstützung in den vergangenen Jahren kann ich dir gar nicht genug danken, Gerald. Während der Zeit an der Universität in Edinburgh war ich manchmal nahe daran, aufzugeben, dann das anstrengende praktische Jahr in Aberdeen …« Sie seufzte. »Die langen Arbeitszeiten, oft achtundvierzig Stunden ohne Pause – das war wahrlich kein Zuckerschlecken, aber ich habe sehr viel gelernt.«

Er nahm sie in die Arme und drückte sie fest an sich. »Es war genau die richtige Entscheidung, Darling, jetzt sind wir wirklich und wahrhaftig Kollegen. Ob das gut geht?«

»Warum nicht? Seit unserer ersten Begegnung sind wir doch ein gutes Team, Dr. Finlay.« Pamelas Blick fiel auf den Schreibtisch. »Ich brauche noch ein Namensschild, damit die Patienten wissen, mit wem sie es zu tun haben.«

»Ich habe noch keines in Auftrag gegeben.«

»Warum nicht?«, fragte Pamela verwundert. »Du weißt seit sechs Wochen, dass ich heute hier anfange.«

Gerald schmunzelte und wirkte gleichzeitig verlegen. »Tja, ich dachte wegen des Namens … Dann braucht man keine zwei Schilder anzufertigen.«

»Ich fürchte, ich verstehe nicht, Gerald. Was ist mit meinem Namen?«

»Doktor Davison ist fraglos klangvoll, ich dachte jedoch …« Unsicher trat Gerald von einem Fuß auf den anderen. »Ich meine, also … Es ist so …« Er holte tief Luft und stieß hervor: »Es wäre schön, wenn du bald Pamela Finlay heißen würdest.«

Zuerst verschlug es Pamela die Sprache, dann flüsterte sie: »War das eben ein Heiratsantrag, Gerald?«

»Hm … ja, ich denke schon. Ich habe keine roten Rosen, keinen Champagner, nicht einmal einen Ring. Wenn du willst, gehe ich vor dir aber auf die Knie.«

Er beugte die Beine, und Pamela hielt ihn schnell am Ärmel fest. »Bitte nicht.« Sie deutete auf die offene Tür, aus dem Wartebereich des Ärztezentrums waren Stimmen zu hören. »Du weißt, ich bin keine große Romantikerin, darin sind wir uns einig. Ich will keinen Mann, der mir fünfmal am Tag ›Ich liebe dich‹ sagt, mich in Wirklichkeit aber kontrolliert und unterdrückt.« Pamela hatte Gerald längst von Joe erzählt und damit dieses Kapitel ihres Lebens endgültig abgeschlossen.

»Dann sagst du ja?« Gerald sah sie so unsicher an, dass Pamela ein Lachen unterdrücken musste.

»Natürlich sage ich ja! In den letzten vier Jahren warst du immer für mich da. Du hast mich motiviert, wenn ich glaubte, das Pensum des Studiums nicht zu bewältigen, hast mir einen Tritt in den Allerwertesten gegeben, wenn ich am liebsten alles hinschmeißen wollte, und du warst da, als Louisa ...«

Pamela brach ab. Gerald nahm sie in den Arm, sie bettete ihren Kopf an seine Brust. Die Großmutter würde für sie immer Louisa sein. Als ihr Herz plötzlich krank wurde, ohne Vorwarnung von einem Tag auf den anderen, war Gerald mit Pamela nach Atlanta geflogen und mit ihr zwei Wochen an Louisas Bett gesessen. Pamela hatte die Hand der Großmutter gehalten, als sie gegangen war. Louisas letzte Worte waren gewesen: »Wahre unser Geheimnis, Kind, und lebe dein Leben, als sei alles niemals geschehen.« Ihr bereits trüber Blick war zu Gerald geglitten. »Von oben behalte ich dich im Auge, mein Junge. Wenn du Pam nicht gut behandelst, werde ich dich bis in deine schlimmsten Albträume hinein verfolgen.«

Als Louisa die Augen schloss und zu atmen aufhörte, hatte Pamela gelächelt.

Nach ihrer und Louisas Rückkehr in die Staaten, hatte es fünf Monate gedauert, bis Pamela wieder nach Schottland geflogen war, um beim Prozess gegen Vika und Keith auszusagen. Pamela war drei Wochen geblieben und hatte wieder bei Gerald gewohnt, der inzwischen ein kleines Haus in Linlithgow gekauft hatte. Am vierten Abend schliefen sie das erste Mal miteinander. Es war so selbstverständlich gewesen, als würden sie sich bereits Jahre kennen. Am nächsten Tag war Pamela zur Universität nach Edinburgh gefahren und hatte sich nach der Möglichkeit erkundigt, ihr Studium wieder aufzunehmen. Es hatte noch einige Zeit gedauert, bis die Formalitäten geregelt waren, mit dem Herbsttrimester 1998 war Pamela dann als Medizinstudentin ordentlich immatrikuliert worden.

»Dr. Finlay, Ihre Patienten!«, rief Catriona Hunter und stand in der Tür. »Ms Bower ist bereits in Ihrem Sprechzimmer.«

Gerald löste sich von Pamela. Mit einem Zwinkern sagte er: »Du hörst es: Die Arbeit ruft. Wir werden viel zu tun haben, die Bezahlung ist mies, trotzdem bin ich glücklich, nach Linlithgow gekommen zu sein.«

»Ich ebenfalls«, erwiderte Pamela, »und ich bin froh, dass aus Clashmore House inzwischen eine Jugendherberge geworden ist. Mit ihrer Ausgelassenheit vertreiben die Teenies die Schatten der Vergangenheit.«

Gerald nickte und küsste Pamela auf die Lippen. »Sieh dich in Ruhe um und mach dich mit allem vertraut. Nach dem Lunch beginnt für dich der Ernst des Lebens, Darling. Heute Abend, nach der kleinen Feier, besprechen wir, wann wir heiraten wollen.«

»Am liebsten gleich morgen«, murmelte Pamela und sah Gerald nach, als er durch die Verbindungstür in sein Behandlungszimmer ging. Gleich darauf hörte sie die gedämpfte Stimme einer Frau, die ihm ihr Leiden schilderte, dann sprach Gerald ruhig und sanft. Sein Heiratsantrag eben war außergewöhnlich gewesen, aber Gerald war wie sie außergewöhnlich. Pamela hatte gewusst, dass er sie früher oder später fragen würde, obwohl im 21. Jahrhundert Ehen etwas außer Mode gekommen waren. Man brauchte keinen Trauschein, um miteinander glücklich zu sein. Trotzdem hatte sie Ja gesagt. Ein bisschen Romantikerin steckte dann eben doch in ihr.

Pamela trat ans Fenster und sah auf die Überreste der Burg, in der einst Maria Stuart geboren wurde. Auch die Königin verlor ihr Leben, weil sie eine Stuart war.

»Stuart …« Auf Pamelas Zunge hinterließ der Name einen bitteren Geschmack.

***

Sie alle hatten gewusst, dass die Bewahrer des weißen Lichtes Jakobiten waren: Adele und Bruce Patterson, Kirsty Lennox und ihr Sohn Colin, Morag Logan, Archie Grant und wahrscheinlich auch alle anderen Bewohner von Clashmore. Die meisten von ihnen teilten die jakobitische Gesinnung. Der Polizei war es nicht gelungen, einem von ihnen nachzuweisen, dass sie in kriminelle Machenschaften verstrickt waren. So, wie die Bewahrer selbst straffrei ausgegangen waren, mit Ausnahme von Vika und Keith. Beide wurden zu mehreren Jahren Gefängnis verurteilt. Robin, Leah, Jane und die anderen waren mit einer Verwarnung davongekommen und hatten sich in alle Winde zerstreut.

Mochte es auch sein, dass moralisch das Geschlecht der Stuarts die wahren Erben der englischen Krone waren, mochte die Geschichte stimmen, dass in Pamelas Adern das Blut der Stuarts floss: Niemand würde es jemals erfahren. Fanatiker wie die Bewahrer des weißen Lichtes gab es leider viele. Personen, denen es nicht um Recht oder Traditionen ging, sondern einzig und allein darum, gegen bestehende Ordnungen zu protestieren und Angst und Schrecken zu verbreiten. Im Namen der Stuarts war genügend Blut geflossen, mit ihr, Pamela Davison, künftige Finlay, hatte die Jahrhunderte alte Fehde ein endgültiges Ende gefunden.

Pamela drehte sich um und betrachtete den Raum, in dem sie künftig Menschen behandeln und ihnen helfen würde. Das hatte sie immer gewollt, ihr Leben hatte nur mehrere Haken geschlagen, bis sie auf den richtigen Weg gelangt war. Aber das Leben war nur selten geradlinig. Warum auch? Es wäre zu langweilig.

Nachwort und Danksagung

Die Erbin von Clashmore House ist ein fiktiver Roman und soll, trotz des Bezugs und der Schilderungen realer Ereignisse, auch als solcher gelesen werden.

Die erste Idee zu der Geschichte erhielt ich beim Besuch vom Traquair House in Schottland, etwa fünfzig Kilometer südlich von Edinburgh gelegen. Das Haus aus dem 12. Jahrhundert wird bis heute von derselben Familie bewohnt – treue Anhänger der Stuart-Dynastie und früher überzeugte Jakobiten. 1745 verschloss der 5. Earl of Traquair das große Eingangstor mit einer Kette, die erst wieder geöffnet werden soll, wenn ein Stuart auf dem englischen Thron sitzt. Was früher durchaus ernst gemeint war, wird heute für die zahlreichen Besucher touristisch vermarktet.

So war der Grundstein für diesen Roman gelegt, und mich beschäftigte die Frage: Was wäre, wenn es wirklich legitime Nachkommen von Prinz Charles Edward Stuart geben würde? Ob der *schöne Prinz* verheiratet gewesen war – darüber scheiden sich die Meinungen der Historiker. Belegt ist eine Tochter, Charlotte, die unehelich geboren wurde und keinen Anspruch auf den Thron erheben konnte, ebenso nicht deren Kinder. Heute gilt diese Linie als ausgestorben.

Die Eheschließung mit Flora MacDonald und ein gemeinsames Kind entspringt meiner Fantasie. Es *hätte* aber durchaus sein können, ebenso, dass überzeugte

Jakobiten die Nachkommen überwachten und beschützten, und über Jahrhunderte hinweg den Tag abwarteten, wieder einen Stuart zu inthronisieren. Ich habe sie die *Bewahrer des weißen Lichtes* genannt, eine solche Gruppierung hat es niemals gegeben. Jedenfalls ist nichts davon bekannt, aber man weiß ja nie …

Wie geschildert, kam es im Jahr 1936 zu einer Krise in England, als König Edward VIII. aus Liebe zu der geschiedenen und katholischen Amerikanerin Wallis Simpson abdankte und seinem jüngeren Bruder die Krone überließ. Eventuelle Aufstände verliefen aber schnell im Sand, da sich der neue König George VI. als sehr guter Monarch zeigte. Nach Ausbruch des Zweiten Weltkrieges war von einer Änderung in der Thronfolge ohnehin keine Rede mehr.

Keine Fiktion hingegen sind die Schilderungen des tragischen Unfalltodes von Lady Diana Spencer, Prinzessin von Wales, und der Ereignisse, die das Britische Königreich und Millionen von Menschen auf der ganzen Welt erschütterten und tagelang in Atem hielten. Nie zuvor waren die Forderungen, die Queen möge abdanken oder man solle die Monarchie am besten gleich ganz abschaffen, derart laut geworden Vielleicht erinnern Sie, meine lieben Leserinnen und Leser, sich noch an diese Zeit, vielleicht waren Sie damals noch zu jung (oder noch gar nicht geboren), um die Tragweite der Geschehnisse zu verstehen. Allen, die mehr darüber erfahren möchten, empfehle ich die mehrteilige ZDF-Dokumentation *Dianas Tod – Sieben Tage, die die Welt bewegten*, die in der Mediathek des Senders verfügbar ist. Die Dokumentation ergänzte meine eigenen Erinnerungen und war ein wichtiger Bestandteil meiner Recherchearbeit.

In diesem Jahr jährt sich Lady Dianas Tod zum 25. Mal – bis heute ist die *Königin der Herzen* unvergessen.

An dieser Stelle danke ich Frau Sandra Thoms, Programmleiterin des Dryas Verlags, ganz herzlich, dass sie mir – neben meiner ebenfalls in diesem Verlag erscheinenden erfolgreichen Cornwall-Krimi-Reihe – die Möglichkeit gibt, diese spannende und interessante Geschichte zu veröffentlichen.

Mein weiterer Dank gilt der Lektorin Christa Pohl. Wir arbeiten nun schon siebenundzwanzig Jahre sehr produktiv zusammen, und ich kann mich immer auf sie verlassen. Auch diesem Roman gab Frau Pohl den letzten Schliff.

Zu guter Letzt hoffe ich, Ihnen, liebe Leserinnen und Leser, unterhaltsame Lesestunden bereitet zu haben, und möchte nicht versäumen, auch Ihnen herzlich zu danken. Für Ihre Zeit, die Sie damit verbracht haben, Pamela und Ayleen durch eine aufregende Zeit zu begleiten, ebenfalls für Ihre zahlreichen Zuschriften zu meinen bisherigen Romanen.

Ihre Meinungen sind mir Freude und Motivation, noch viele schöne Geschichten zu Papier zu bringen.

Ihre
Rebecca Michéle